IN CERCA DI CARYN

Ricerca e soccorso Eagle Point, libro 4

SUSAN STOKER

Traduzione dall'inglese a cura di Emanuele Mazzola per Well Read Translations

http://wellreadtranslations.com

Design di copertina: AURA Design Group

Prodotto negli Stati Uniti

Trovare Monica
Trovare Carly
Trovare Ashlyn
Trovare Jodelle (22 Luglio)

Armi & Amori: verso il futuro

Soccorrere Caite
Soccorrere Brenae
Soccorrere Sidney
Soccorrere Piper
Soccorrere Zoey
Soccorrere Avery
Soccorrere Kalee
Soccorrere Jane

Delta Force Heroes

Salvare Rayne
Salvare Emily
Salvare Harley
Il Matrimonio di Emily
Salvare Kassie
Salvare Bryn
Salvare Casey
Salvare Sadie
Salvare Wendy
Salvare Mary
Salvare Macie
Salvare Annie

Armi e Amori

Proteggere Caroline
Proteggere Alabama
Proteggere Fiona
Il Matrimonio di Caroline
Proteggere Summer

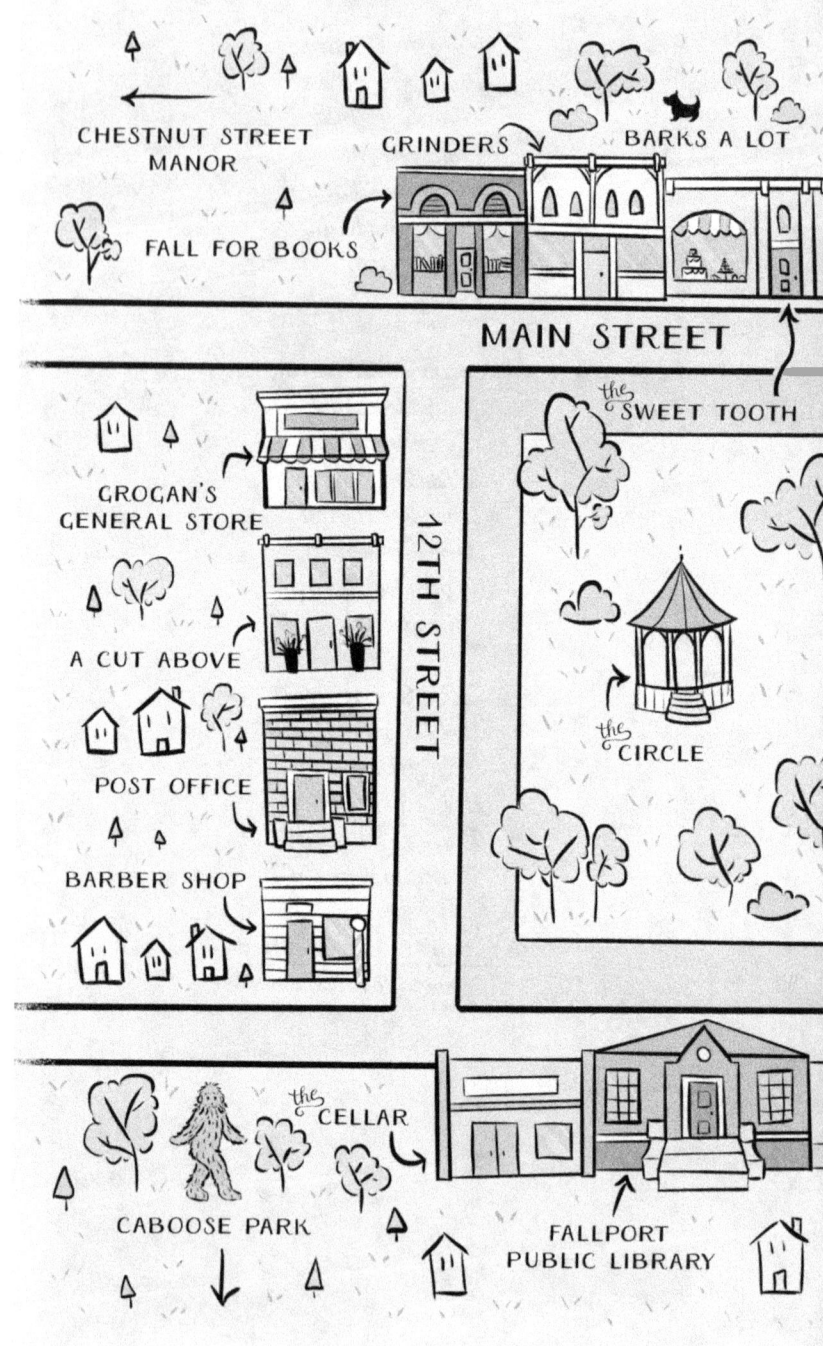

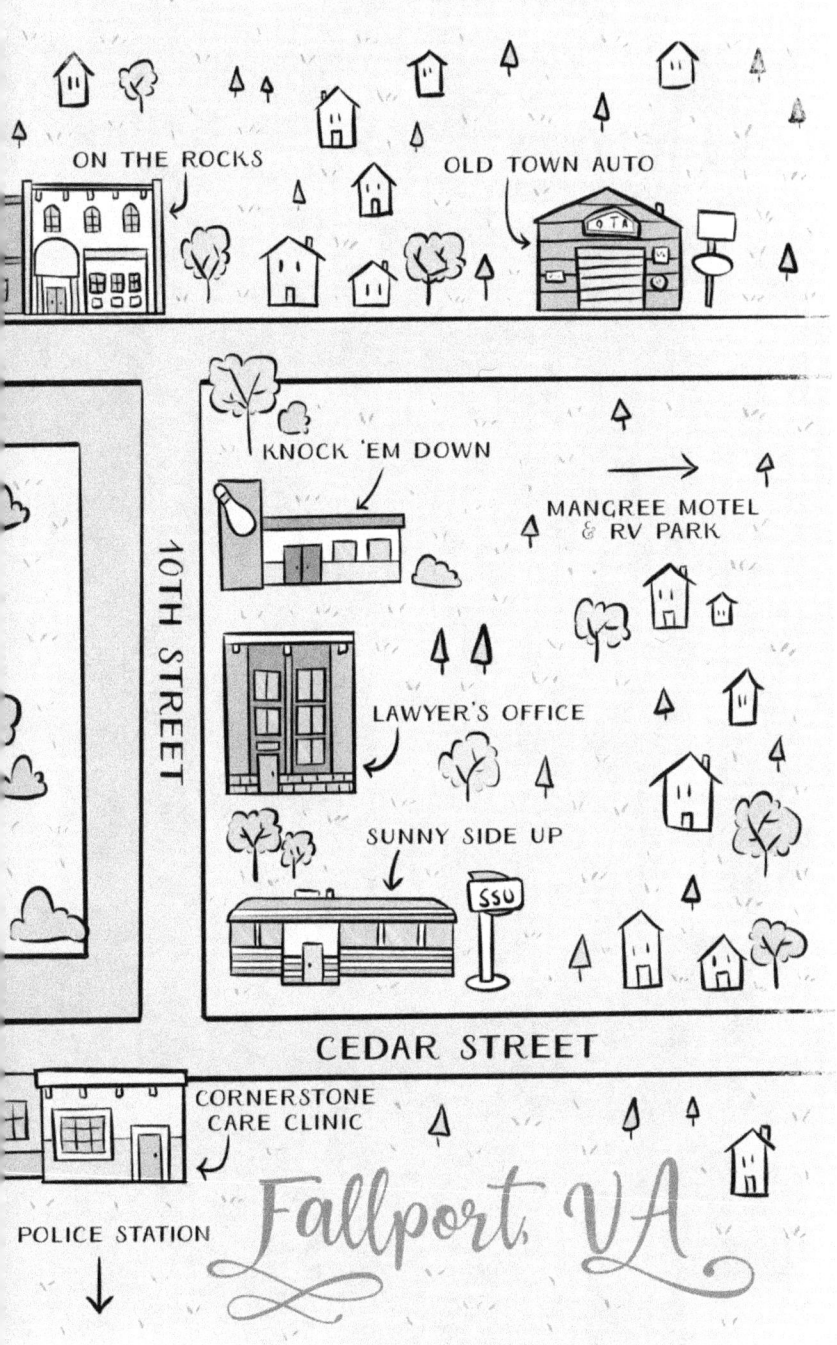

CAPITOLO UNO

Caryn Buckner dischiuse appena la porta della camera da letto del nonno; le sembrava di averla socchiusa già sessanta volte, da quando erano tornati a casa, il giorno prima. Non riusciva a smettere di controllare come stesse. Quando aveva sentito che era stato ferito, *accoltellato*, lei aveva chiesto immediatamente un permesso e si era messa al volante, partendo da New York City per raggiungere Roanoke.

Il capitano dei vigili del fuoco della caserma di Caryn le aveva detto che, se si fosse allontanata, al rientro avrebbe rischiato di non avere più il posto di lavoro, ma a lei non interessava. L'unico parente che le era rimasto era più importante del lavoro.

In un tempo passato, Caryn aveva sperato che i compagni vigili del fuoco e le rispettive consorti potessero diventare come una nuova famiglia per lei, ma quelle speranze erano state spazzate via ben presto, quando aveva cominciato a lavorare nella prima caserma. Non che i colleghi non fossero gentili, anzi, ma l'ambiente dei vigili del fuoco era dominato dalla politica e troppe persone la credevano incapace di svolgere bene le sue mansioni solo perché era una donna.

Un atteggiamento pessimo, per il mondo moderno, ma la

solidarietà tra vecchi amici e conoscenti, tutti uomini, era viva e vegeta a New York City quanto in qualunque altro luogo.

Motivo per cui a Caryn non interessava più se il capitano avesse o meno assunto un rimpiazzo per sostituirla. Si era stufata della metropoli. Stufata fino in fondo all'anima. All'inizio, l'aveva trovato un ambiente nuovo ed elettrizzante. Lei amava la società eterogenea, i tanti ristoranti etnici, il fatto che la metropoli non dormisse mai, le molte culture che coesistevano gomito a gomito. Un'atmosfera diversissima da Fallport, Virginia, dove aveva passato più estati col nonno.

Alla fine, però, quel tormento lento ma persistente l'aveva sfiancata. I commenti alle spalle, le risatine in faccia, la gente che non la credeva in grado di trasportare un tubo dell'acqua, di allestire delle flebo, di fare *nulla* ai livelli dei colleghi maschi. Un po' alla volta, aveva cominciato a desiderare un'esistenza più semplice, più lenta, in un centro abitato più piccolo.

L'unica persona che l'aveva sempre sostenuta in tutto e per tutto era il nonno. La madre non l'aveva mai compresa, né aveva avuto molto tempo da dedicare alla crescita della figlia. La spediva a Fallport ogni estate perché stesse con il nonno, e quelli erano stati i periodi migliori della vita di Caryn. I periodi in cui lei si era sentita veramente se stessa: un maschiaccio che amava sporcarsi e andare in giro per boschi, dietro la casa del nonno.

Periodi in cui poteva essere libera, per tre mesi, ogni anno.

In molti avrebbero pensato che Fallport era noiosa da morire. Una cittadina isolata e tranquilla della Virginia, ai piedi dei Monti Appalachi, un centro quasi dimenticato dal tempo. Una descrizione tutt'altro che errata. Però Caryn, a quarantun anni, aveva scoperto che era esattamente quello il tipo di cittadina in cui voleva abitare. Un luogo in cui tutti si conoscessero e si dessero del tu, in cui succedeva che, tornando a casa cinque ore dopo la fine presunta del turno di lavoro e troppo sfiniti per cucinarsi qualcosa, i vicini lo notassero e si offrissero di aiutare.

Scosse la testa e si accorse di essere rimasta sull'uscio del nonno troppo a lungo. Art dormiva profondamente.

La ferita da arma da taglio era un po' troppo vicina al cuore. Art aveva detto di essersi scansato all'ultimo secondo, probabilmente salvando così la propria vita. Altrimenti, la lama quasi sicuramente gli sarebbe penetrata nel cuore. O almeno nei polmoni. Invece aveva mancato entrambi, ferendo solo muscoli e pelle. Art aveva perso molto sangue, correndo comunque un grave pericolo. Aveva novantuno anni ed era molto fragile, nonostante lui non fosse disposto ad ammetterlo.

Tranquillizzata dal fatto che, per il momento, Art sembrava star bene, chiuse la porta e attraversò la casetta. Lei si era alzata presto, come sempre, e non era abituata a stare con le mani in mano. Quindi si prendeva un'ora o due per sé ogni mattina, prima che il nonno si svegliasse. Passava il tempo a riscoprire Fallport. A volte usciva per fare una corsetta. Oppure andava nel parco a fare allenamento: addominali, piegamenti e altri esercizi cardio. A Fallport non c'era una palestra vera e propria, né un edificio abbastanza alto da farle venir voglia di correre su per le scale. Nel suo lavoro, tenersi in forma era un obbligo, eppure a volte cominciava a sentire i suoi quarantun anni. In quei momenti, si limitava a una passeggiata nel bosco, tanto per schiarirsi la mente.

Controllò che la porta fosse chiusa a chiave, poi andò alla sua Hyundai Sonata. Non era certo una macchina di lusso, anzi, era un modello datato, ma quell'auto la portava dove doveva. A New York, Caryn sfruttava quasi sempre il trasporto pubblico. Quando era dovuta partire per tornare in Virginia e occuparsi del nonno, si era congratulata con se stessa per non aver venduto la macchina, anni prima.

Come sempre, a quell'ora del mattino, non incontrò nessuno sulla strada per il sentiero di Rock Creek. Non era il sentiero più impegnativo vicino a Fallport, ma c'erano abbastanza dislivelli per allenarsi a sufficienza.

Quando arrivò all'imbocco del sentiero, Caryn arricciò il naso. C'era già un altro veicolo parcheggiato, una Jeep Wrangler nera.

Che lei sapesse, l'unica persona che avesse quel modello d'auto era l'uomo che certamente non voleva incontrare quel mattino: Drew Koopman. Quell'uomo la metteva a disagio, per qualche motivo. Forse perché non la notava troppo... il che le dava più fastidio di quanto lei fosse disposta ad ammettere.

Era una follia: Caryn aveva passato tutta la vita a cercare di integrarsi. Prima con la madre, per lo più assente, poi a Fallport, dov'era considerata un'estranea, per non parlare di ogni singola caserma in cui si era ritrovata a lavorare. Per tutta la vita, aveva sentito come il bisogno di affermarsi. Perché non era abbastanza femminile, o abbastanza forte, oppure non era del genere giusto per fare il vigile del fuoco. Così aveva lavorato il doppio dei colleghi, per dimostrare di poter fare un lavoro buono quanto quello degli altri, se non migliore.

Sotto sotto, però, sospettava che molti non l'avrebbero mai considerata all'altezza, che l'avrebbero sempre vista come carente. Quanto avrebbe voluto spazzar via le opinioni degli altri! Avrebbe tanto desiderato accontentarsi, felice di se stessa. Una vita intera passata a cercare l'approvazione degli altri, non riuscendoci, era dura da superare.

Ecco perché l'ultima cosa che voleva era imbattersi in un uomo la cui opinione non avrebbe dovuto importarle... e invece le importava.

Caryn pensò di andare a trovare un altro sentiero, per quel mattino. Poi scosse la testa, strinse i denti e raddrizzò la schiena. No: ormai era là e aveva tutto il diritto di percorrere quel sentiero come Drew. Peraltro, forse non l'avrebbe nemmeno incontrato. Quand'anche l'avesse incontrato, lui si sarebbe limitato a farle un cenno del capo, come faceva sempre quando la vedeva, per poi andarsene allegramente per la sua strada. Il che a lei andava benissimo. Alla perfezione, davvero.

Terminato il discorsetto con se stessa, Caryn saltò giù dalla macchina e infilò le chiavi nella tasca nascosta alla vita dei pantaloncini da corsa. Infilò il cellulare nella tasca laterale e fece un po' di stretching, prima di partire lungo il sentiero. Sapeva bene anche lei che il cellulare non avrebbe ricevuto il segnale, nel bosco, ma si sentiva meglio portandolo con sé. Se poi le fosse venuta voglia di scattare qualche foto, avrebbe potuto.

Caryn percorse più di tre chilometri, da sola coi propri pensieri, nella natura incontaminata. Solo quando arrivò in cima a una salita e girò dietro un angolo, incontrò l'uomo che sperava di non incontrare.

Drew era seduto su una roccia, sembrava soprappensiero e fissava la foresta.

Caryn si fermò a guardarlo attentamente. Lui non l'aveva sentita arrivare, il che era sorprendente. Drew era stato in polizia e le era sembrato sempre molto attento a ciò che gli succedeva intorno. Era guardingo, quasi paranoico... non molto diverso dai tanti poliziotti che lei conosceva. Lo stesso carattere dell'ex compagno di Caryn.

Lei aveva fatto del suo meglio per stare lontano da Drew semplicemente perché era circondata ogni giorno da uomini come lui. Uomini che valutavano, uomini sospettosi. Maschi alfa. Si aspettava che anche lui fosse identico a quegli stronzi altezzosi e maschilisti che lei aveva conosciuto negli anni. Invece il nonno, Art, aveva un'opinione diversa su Drew, come del resto tutti i residenti di Fallport.

Vedendolo in quel momento, perso nei propri pensieri, con un certo cipiglio, come se sentisse il peso del mondo sulle proprie spalle, le scattò un sorprendente istinto di... compassione.

Di lui sapeva che aveva quarantacinque anni, anche se dall'aspetto non si sarebbe mai detto. Non aveva un solo capello bianco in testa, pochissime rughe sul viso, ed era in perfetta forma come i ventenni con cui lei lavorava. Drew portava la barba e baffi tagliati corti e in quel momento stava giocherellando con un bastoncino che teneva tra le mani, mentre fissava il bosco.

Caryn fu colpita all'improvviso dal fascino di quell'uomo. Lei non era il tipo che si interessasse particolarmente dell'aspetto estetico degli altri. A lei interessava di più il carattere delle persone. A giudicare da quanto le avevano detto su Drew, dal punto di vista dei suoi compaesani, era un gran lavoratore, un uomo gentile e altruista che si offriva sempre volontario per primo, quando a qualcuno serviva aiuto.

Però l'incontro con lui era partito per il verso sbagliato. Si erano conosciuti per la prima volta all'ospedale di Roanoke, quando lei era arrivata per far visita al nonno; si erano subito scontrati... duramente. Lei era sotto stress, perché Art era parecchio dolorante, quindi si era sfogata con Drew, il quale era semplicemente passato a trovare Art e non aveva alcuna colpa.

Quando Art le aveva detto che Drew era stato in polizia, lei non l'aveva presa bene. Certo, era sbagliato da parte di Caryn farsi dei pregiudizi su di lui per via del lavoro che aveva svolto, ma lei si fidava dell'esperienza... e non aveva saputo trattenersi.

Quando l'aveva incontrato di nuovo, all'Occhio di Bue, la tavola calda di Fallport, aveva tentato di chiarire tutto con Drew, ma la loro conversazione era stata interrotta da un altro cliente che stava per soffocare... e quando lei era intervenuta per salvarlo, Drew aveva cercato di impedirglielo mettendosi in mezzo. Di nuovo, la reazione di Caryn era stata dettata dal passato: gli aveva risposto malamente... dopo aver aiutato il malcapitato cliente, ovviamente.

Caryn non era orgogliosa del modo in cui si era comportata. Per nulla. Però quel Drew aveva qualcosa che la metteva sulle difensive. Forse per il passato in polizia, che le ricordava troppo l'ex compagno, anche se non era corretto. In base a tutto ciò che aveva sentito su di lui, Drew non aveva nulla in comune con Jonah.

Si rifiutò di pensare al proprio, disastroso matrimonio: mosse appena i piedi ed evidentemente fece rumore, perché Drew si voltò verso di lei e ne incontrò lo sguardo.

Per un momento, Caryn rimase di sasso. La presenza di quegli occhi marroni, quasi del color dell'ambra, e il movimento della mano di Drew verso il fianco, come per estrarre la pistola, la spinsero a rimanere immobile per evitare di essere percepita come una minaccia.

Però Drew non aveva alcuna pistola e quando si accorse di lei la guardò con una intensità avvolgente.

"Buondì," le disse tranquillamente.

Caryn gli rispose come faceva ogni volta che le sembrava di essere uscita da una qualche situazione di disagio: alzò il mento e parlò un po' troppo sulle difensive. "Non è tuo, il sentiero."

Drew alzò un sopracciglio e le rispose: "Lo so che non è mio."

Lei fece un respiro profondo. *Merda*, si stava comportando da stronza (di nuovo!) e si odiava per quell'atteggiamento. "Scusami," gli disse subito, "ti ho risposto male."

Drew accettò le scuse con un cenno del capo. "Bella mattina per una passeggiata."

"Verissimo," concordò lei. Caryn rimase in piedi dov'era, con un certo imbarazzo. Era il caso di superarlo e continuare la camminata, oppure era meglio lasciar perdere il sentiero e tornare alla macchina?

Drew decise per lei. "Non mordo mica, lo sai?"

"Lo so," gli rispose un po' troppo rapidamente.

Drew sospirò e distolse lo sguardo da lei.

Nell'attimo stesso in cui quegli occhi troppo esperti non

furono più puntati su di lei, Caryn si sentì in grado di tornare a respirare a fondo. Quell'uomo la influenzava parecchio e lei non sapeva nemmeno il perché. La costringeva sempre a mettersi sulla difensiva, come se lei non fosse all'altezza di condividere con lui lo stesso ambiente. Una stupidaggine. Drew non aveva detto o fatto nulla che giustificasse una reazione di quel tipo. Erano solo le insicurezze che avevano la meglio su di lei. Un aspetto su cui Caryn doveva lavorare. Si sforzò di fare un paio di passi verso di lui.

"Stai bene?" gli chiese di getto.

Lui si voltò di nuovo verso di lei e inclinò la testa perplesso.

"È solo che... te ne stai là seduto... Ti sei slogato una caviglia? È successo qualcosa?"

"No, sto bene. Mi godevo solo il silenzio del mattino," le rispose.

Caryn si sentì subito in colpa. "E io ti ho disturbato. Scusami. Proseguo per la mia strada."

"Vuoi sederti qui con me per un momento?" le chiese Drew.

Lei fu sinceramente sorpresa da quell'invito. "Perché?"

Lui si lasciò sfuggire una risatina. "Sono davvero *tanto* sgradevole? Cioè, so che non ti vado a genio, per qualche motivo, ma ti garantisco che non sono pericoloso. Pensavo solo che ti facesse piacere una pausa, per un secondo. Per fermarti e goderti la natura. Qui è tutto molto diverso da New York, di sicuro."

La reazione viscerale di Caryn fu di arrabbiarsi. A *lei* non andava a genio *lui*? Era esattamente l'opposto. Fece un respiro profondo: non aveva percepito alcun segno di sussiego o irritazione nel tono di voce di Drew, che stava solo cercando di essere gentile.

Le sembrò fosse il caso di proseguire con la passeggiata e lasciarlo coi suoi pensieri, quali che fossero; ma prima ancora di rendersene conto, si stava già avvicinando a lui per sedersi sulla roccia alla sua sinistra.

Drew aveva in viso un sorrisetto e Caryn avrebbe voluto chiedergli a cosa stesse pensando, ma aveva troppa paura che stesse ridendo di lei. Scosse un pochino la testa e si accigliò: odiava preoccuparsi così tanto di ciò che gli altri pensavano di lei. Tentava da una vita di perdere quella brutta abitudine... senza molta fortuna.

"Quanti pensieri ti passano in testa," osservò Drew. "Questo non è il posto per pensare troppo. Chiudi gli occhi e rilassati, Caryn."

Con grande sorpresa, Caryn seguì quel consiglio. Per ogni giorno in più che passava a Fallport, le sembrava di rilassarsi sempre meglio. Aveva lavorato senza tregua per anni, cercando di dimostrare il proprio valore, cercando di dare sempre il massimo, più dei colleghi. Era piacevole prendersi un momento per non dover pensare a nulla.

Drew non disse niente; Caryn con gli occhi chiusi, poteva sentire l'odore del terriccio sotto i piedi e ascoltare il cinguettio degli uccellini; quasi riusciva a sentire il sapore dell'aria umida. La notte prima era piovuto e l'umidità era rimasta nell'aria delle montagne. I capelli biondi tagliati corti probabilmente le si erano appiccicati alla testa per il sudore della fatica di arrampicarsi per raggiungere quel punto di osservazione sulla collina, ma lei, per la prima volta da un'eternità, non si stava preoccupando del proprio aspetto esteriore, né di ciò che Drew stesse pensando di lei. Lasciò che la pace di quel momento tranquillo le penetrasse nell'anima.

Ecco ciò di cui aveva bisogno, quel mattino.

"Come sta Art?" le chiese Drew dopo qualche minuto.

Invece di prendersela, perché quel momento di pacifico silenzio era stato interrotto, Caryn fu contenta che lui si interessasse e chiedesse del nonno.

"Sta bene," rispose, aprendo gli occhi e voltandosi verso Drew. Indossava un paio di pantaloni modello cargo che gli arrivavano al ginocchio e una maglietta tinta unita color rosso. Aveva i capelli in disordine, con qualche ciocca che sporgeva dalla testa. Si era chinato in avanti e aveva appoggiato i gomiti sulle ginocchia, teneva la testa girata verso di lei. "Si sente un po' in gabbia. Penso che abbia visto la morte un po' troppo da vicino, per i suoi gusti. Sì, è vero che ha novantun anni, ma penso che, sotto sotto, creda di avere molto più tempo davanti a sé. Adesso ha bisogno di un aiutino per camminare e... beh, la cosa gli dà molto fastidio. Non ha mai sentito l'età, prima di questo incidente."

"Comprensibile," rispose Drew con un cenno del capo. "Accidenti, non ho mai conosciuto un novantenne brioso quanto lui. È orgoglioso di te, lo sai?"

Caryn sbatté le palpebre sorpresa per quel cambio di argomento, ma non ebbe il tempo di replicare, perché Drew proseguì.

"Parla di te a tutti, davvero a chiunque. Proprio la settimana prima dell'incidente, mi ha beccato all'ufficio postale e mi ha raccontato dell'incendio che hai spento al trentaquattresimo piano di un grattacielo. Mi ha descritto nel dettaglio il modo in cui hai portato in braccio una donna per le scale, poi sei tornata su per salvare la sorella. Davvero impressionante."

Caryn non riuscì a trattenere l'impeto d'orgoglio che la attraversò. Quell'intervento era stato un vero inferno: il fumo in quell'appartamento era densissimo, quelle due donne erano disabili e non avrebbero mai potuto salvarsi da sole. Mentre gli altri colleghi domavano le fiamme al piano sopra a quello in cui vivevano le due sorelle, a Caryn era stato ordinato di portare a termine l'evacuazione degli abitanti. Le uniche rimaste da evacuare erano proprio loro due, quindi lei aveva fatto solo il proprio dovere. L'aveva raccontato al nonno Art una sera, parlando con lui al telefono, e lui era rimasto davvero colpito.

"Anche se, immagino... forse ha un po' esagerato con le

fiamme che ti lambivano le caviglie per tutto il tempo e l'attraversamento del muro di fuoco."

Caryn scoppiò a ridere. "Immagini bene," gli rispose con un sorriso. "Sulla rampa di scale c'era molto fumo, ma quando siamo scesi sotto al ventesimo piano, ce n'era meno... e non ho dovuto superare alcun muro di fuoco."

"È fortunato ad avere te," le disse Drew con serietà dopo un momento.

"Eh no: sono io fortunata ad avere *lui*," ribatté Caryn immediatamente.

Rimasero in silenzio per qualche altro minuto, poi Caryn si fece coraggio e gli chiese: "Ho sentito che eri un poliziotto."

Drew annuì.

Lei attese di sentirlo spiegare, di sentirsi raccontare dei colleghi e dell'amore per il lavoro in polizia... invece Drew non disse più nulla.

Lei si accigliò, mentre faticava a trovare un altro argomento di conversazione. Non era tanto brava, in contesti sociali come quello, come stava dimostrando una volta in più. Chiacchierare le riusciva malissimo. Sinceramente, si aspettava che lui cogliesse la palla al balzo per parlarle di quel periodo, invece l'accenno alla carriera in polizia sembrava averlo messo a disagio, un effetto che lei non aveva previsto.

"Vuoi proseguire?" le chiese Drew, indicando il punto in cui il sentiero continuava.

Caryn sbatté le palpebre sorpresa. "Con te?"

Drew accennò un sorriso. "Sì, con me. Non volevo insinuare di averne abbastanza della tua compagnia, se è questo che hai pensato."

Lei si sentì in colpa... perché era *esattamente* quello che aveva pensato... così cercò di evitare il rossore. "Beh... è solo che... che non ti vado a genio."

"Invece sì," disse subito Drew senza alcuna esitazione e con un tono sincero.

Caryn non seppe più che dire. Non aveva fatto proprio nulla per andare a genio a quell'uomo, anzi, l'esatto opposto. Nelle poche occasioni in cui avevano parlato, era sempre stata molto sgarbata.

"Se preferisci procedere da sola, lo capisco. Solo perché *io* ti apprezzo non significa che tu debba per forza ricambiare."

Lei si sentì come un pesce fuor d'acqua, così sbottò: "Pensi di riuscire a stare al mio passo?"

Drew fece una risata. "Probabilmente no, ma almeno posso provarci."

Wow. Moltissimi degli uomini che lei conosceva non avrebbero mai ammesso che una donna potesse batterli. Invece Drew non sembrava minimamente turbato dal fatto che lei fosse in una forma fisica migliore di lui.

D'impulso, Caryn annuì. "Va bene."

Non era certo un *sì* detto con entusiasmo, ma Drew non sembrò notarlo.

"Ottimo," le rispose alzandosi. "Preferisci fare strada, o vado avanti io?"

Caryn si alzò in piedi, di nuovo sorpresa da quella domanda. Secondo la sua esperienza, gli uomini non le chiedevano mai di guidarli. Andavano avanti senza alcun pensiero. Gli indicò il sentiero. "Prego, parti pure."

"Se vado troppo piano, dimmelo pure."

"Ti dico la verità, intendevo fare allenamento, ma non sto cercando di battere un record, niente del genere," gli disse con un sorrisetto malizioso.

Lui ricambiò il sorriso. "Meno male, perché sono fuori forma."

Caryn ne dubitava altamente. "Sì, certo."

Drew le lanciò un'ultima occhiata, poi si voltò e si avviò per il sentiero.

Lei fece un respiro profondo, nella speranza di non commettere un errore, poi lo seguì.

CAPITOLO DUE

Drew si chiese cosa diavolo stesse facendo. Aveva chiesto d'impulso se Caryn volesse proseguire la passeggiata insieme a lui, ma sinceramente non si aspettava che lei accettasse. Anzi, all'inizio, quando l'aveva vista, lui si era infastidito, perché era *certo* che Caryn avrebbe interrotto la pace di quel mattino con le *solite* uscite brusche. Il modo in cui gli si era rivolta era stata un'ulteriore riprova della scontrosità di quella donna.

Eppure... appena gli si era seduta vicino, con gli occhi chiusi, immersa nella natura placida, a Drew era sembrato di percepire dell'altro.

Le rughe intorno agli occhi per lo stress, le occhiaie scure, come se Caryn non avesse dormito bene; le spalle incurvate, come se fosse costretta a sopportare il peso del mondo intero.

Tutte impressioni che lo preoccupavano. Certo, non erano andati molto d'accordo, da quando si erano conosciuti; però, in realtà, lei non aveva fatto nulla di male, nulla che lo portasse a non apprezzarla. Anche lei aveva bisogno della forza rigenerante del bosco, più di tanti altri che lui conosceva.

Quando Drew era arrivato a Fallport, aveva passato molto tempo a camminare lungo i sentieri, alla ricerca di un equilibrio, alla ricerca di se stesso. Gli capitavano ancora giornate, come quel mattino, in cui sentiva il bisogno della quiete del bosco, per rasserenarsi.

La notte prima aveva fatto un brutto sogno, più che altro erano state immagini del passato, ma si era svegliato in ansia. Durante una protesta massiccia, quando lui era in servizio, era andato incontro a quelli del gruppo che creavano più tumulto. Nonostante lui fosse d'accordo con le idee portate avanti dai manifestanti, a loro non erano interessate le sue opinioni: per loro le forze dell'ordine erano solo un nemico. In quell'occasione, aveva visto tante brutture che attraverso i ricordi ancora lo perseguitavano.

Era andato a rifugiarsi nel bosco appena il sole era cominciato a sorgere all'orizzonte. Stava ancora cercando di cancellare le immagini del passato, quando Caryn aveva fatto rumore, cogliendolo di soprassalto. Per un attimo, era tornato a quella manifestazione, trasformatasi in rivolta. Qualcuno gli stava correndo incontro con l'intenzione di fargli del male. Aveva cercato la pistola nella fondina, accorgendosi che non c'era.

Si era subito reso conto di dov'era e del fatto che Caryn non era una minaccia. Eppure... dopo tanti anni, Drew odiava ancora la propria reazione istintiva: cercare subito la pistola.

Respinse l'urgenza di voltarsi per guardare la donna che lo seguiva; poteva sentirla a pochi passi di distanza. Caryn era perfettamente in grado di cavarsela, nel bosco. Probabilmente anche meglio di lui. Era chiaramente in forma, come dimostravano i suoi muscoli e il fatto che non le fosse nemmeno venuto il fiatone.

Vederla in quei pantaloncini sportivi attillati, che evidenziavano la forma delle cosce muscolose, non era *affatto* male. Quando lei gli si era seduta al fianco, Drew si era dovuto sforzare per evitare di mangiarsela con gli occhi. Caryn indossava una canotta che non nascondeva i bicipiti tonici.

Certo, era di sicuro una donna che poteva difendersi

benissimo fisicamente, ma, chissà come, lui sapeva che psicologicamente non era altrettanto sicura di sé.

Drew lanciò qualche occhiata rapida dietro di sé; i capelli biondi le incorniciavano il viso, qualche ciocca umida appiccicata alle guance, la brillantezza del sudore sulla pelle... Drew si sentì attratto da lei. Parlando con Art, aveva scoperto che Caryn aveva quarantun anni, ma quando non era sotto stress poteva dimostrare benissimo poco più di trent'anni, magari anche meno. Erano alti uguali, ed era bello poterla guardare negli occhi, quando erano in piedi.

Non che lui avesse qualcosa contro le donne basse, anzi... Bristol, la compagna di Rocky, era intorno al metro e mezzo... ma a Drew erano sempre piaciute le donne più alte.

Proseguirono nel cammino, in un silenzio che continuava a prolungarsi. Drew sapeva di dover dire qualcosa, ma non gli veniva in mente nulla e non voleva rischiare di infastidirla. Gli dispiaceva essere tanto scarso a conversare, così si voltò verso di lei per dirle: "Scusa, sai, non sono molto bravo a chiacchierare."

Lei lo sorprese ridacchiando: "Non c'è problema, nemmeno io."

Al che lui fece un bel sorriso. Anche se solo per un secondo, gli venne in mente l'immagine di loro due, seduti uno di fronte all'altra, intenti a mangiare senza parlare. Chissà perché, immaginò che non sarebbe stato spiacevole, anzi: molto rilassante.

Passarono alcuni minuti, poi Drew le disse: "A rischio di sembrarti irriverente, il che non è mia intenzione, nient'affatto... Sono solo curioso... Quanto tempo pensi di fermarti, prima di dover tornare al lavoro a New York?"

Lei sospirò, con grande sollievo di Drew e non sembrò per nulla irritata da quella domanda. "Non sono sicura."

Lui tornò a guardarla. "Hai accumulato tanti giorni di permesso?" Drew fremette appena le parole gli furono uscite di bocca. "Scusa, non sei tenuta a rispondere."

"In realtà è proprio così... però, più tempo passo qui e meno voglia ho di tornare a New York."

Drew si fermò in mezzo al sentiero e si voltò indietro.

Caryn fece spallucce un po' impacciata. "Una follia, vero?"

Lui fu sorpreso di quella confidenza, che però gli fece piacere. Probabilmente Caryn non intendeva aprirsi con *lui*, nello specifico, ma era stata spinta solo dal momento, dal posto in cui erano. L'esperienza insegnava a Drew che il bosco faceva abbassare le barriere difensive. Gli erano capitati innumerevoli episodi di persone che aveva incontrato nel bosco e che gli raccontavano informazioni personali di ogni sorta, mentre lui le accompagnava per tornare al mondo civilizzato.

"Nessuna follia," le rispose dopo un po'. "Fallport ha un modo tutto suo di avvolgere le persone."

Lei gli sorrise. "Alcuni giorni, non vedo l'ora di andarmene per tornare alla mia vita in città, mentre altri giorni... moltissimi giorni... non riesco nemmeno a immaginare di lasciare questo posto."

"Cosa faresti, se decidessi di rimanere?" le chiese Drew.

Caryn inclinò la testa fissandolo. "Cosa farei? Non vorrai dirmi che qui a Fallport non ci sono lavori? Che lavorare per i vigili del fuoco a New York doveva essere la realizzazione di un sogno?"

"Perché mai dovrei dirtelo? È la realizzazione di un sogno solo se è quello che vuoi veramente. Ogni lavoro ha i suoi alti e bassi, pro e contro, io non posso mettermi nei tuoi panni, sarei uno stupido arrogante se presumessi ciò che ti piace o che non ti piace."

"Io... beh, grazie, è solo che... a me piace lavorare nei pompieri, amo aiutare gli altri, ma odio la politica che ci sta dietro. Odio dover dimostrare il mio valore ogni santo giorno a persone che dovrebbero fidarsi di me a priori. Non sai davvero cosa significhi, sentirsi dire ogni volta di ritirare i tubi, o di controllare che siano tutti evacuati, invece di operare in prima linea. Nella mia caserma, sono preparata e competente come chiunque altro, ma siccome sono una donna, nessuno mi ritiene all'altezza."

"Hai ragione, sul discorso del sessismo non so che dire, ma ti capisco perfettamente, quando dici che ami aiutare gli altri ma odi i retroscena politici del lavoro. Anche se non ti ho mai vista in azione, Art mi ha raccontato molti episodi dei tuoi interventi e penso che tu sia perfettamente in grado e che i tuoi colleghi siano degli idioti."

Erano in piedi in mezzo al sentiero e Drew si soffermò a scrutare la donna che aveva davanti. "Se potessi scegliere cosa fare, *qualunque* cosa, cosa sceglieresti?" le domandò.

"Starei qui a Fallport, terrei compagnia al nonno. So che probabilmente non gli rimane moltissimo tempo ed è l'unico parente in vita che mi è rimasto, l'unico che mi abbia sempre sostenuta. Al cento per cento. Non si è mai tirato indietro. Adesso vorrei essere *io* a stargli vicino. Certo, quando si sarà rimesso, probabilmente ci faremo impazzire a vicenda; poi mi annoierei a morte; è una stupidaggine e io..."

"No, non dire così," la interruppe Drew.

"Non dire così come?" gli chiese Caryn.

"Non sminuire i tuoi desideri. Sono sicuro che tu e Art vi fareste impazzire anche *non* vivendo insieme. Capita a tutti di annoiarci, non importa se viviamo in una cittadina o nella metropoli più frenetica del mondo."

"Verissimo," gli rispose tranquillamente.

"Vorresti continuare a fare il vigile del fuoco?" le chiese. Drew si accorse di essere insistente, ma non se la sentiva di fermarsi.

"Non lo so."

"A Fallport c'è una caserma di pompieri con personale in pianta stabile," le disse. "Cosa ti impedirebbe di fare domanda per farti assumere?"

"Paul Downs."

"Ah già, quello. Ci ho avuto a che fare un paio di volte."

"Ecco, appunto, è il capitano, e mi odia. Mi ha sempre

odiata. Ogni estate, a qualunque età, ha sempre fatto in modo di rendermi la vita un inferno. Mi provocava, mi bullizzava, mi ha sempre fatta sentire un'estranea."

"Davvero? Ed è l'unico motivo che ti impedisce di farti assumere a Fallport in pianta stabile?"

Caryn strinse le labbra e lo squadrò, rispondendogli in modo un po' aggressivo per la frustrazione. "Perché mai vorrei trasferirmi in una cittadina in cui sono discriminata tanto quanto a New York? Se non anche di più? Sarei solo un'estranea, che è un problemone, nei piccoli centri abitati come Fallport."

"Non ti sbagli," le disse Drew con pazienza, non riuscendo a capire se ne fosse veramente convinta, o se stesse parlando solo per difendersi. "Però la gente ha un gran cuore, da queste parti. Sai quanti si sono fermati a casa di Art per sentire come stava? Quanti gli hanno portato da mangiare, o gli hanno offerto di fargli le pulizie o le lavatrici? Quanti ti hanno accolta senza esitare?"

Caryn sospirò. "Va bene, su questo hai ragione."

"Dico solo che la vita è breve e che non vale la pena di viverla facendo un lavoro che non ti piace."

"È così che ti è andata? Hai mollato perché non ti piaceva più fare il poliziotto?"

Drew non voleva affrontare quell'argomento, ma era una domanda sensata. "Più o meno."

"E adesso fai il commercialista."

"Esatto."

"Ma tu sei davvero soddisfatto, a startene seduto in ufficio con il naso sui numeri, invece delle scariche di adrenalina di quando lavoravi in polizia?" gli chiese.

Drew non sentì un briciolo di provocazione in quella domanda. "Sì," le rispose senza esitare. "Lavorare con la squadra di ricerca e soccorso Eagle Point soddisfa la mia esigenza di aiutare gli altri, mi dà le scariche di adrenalina di cui ho bisogno, ogni tanto."

Drew non riuscì a interpretare l'espressione negli occhi di Caryn. "Allora... se per caso chiedessi di unirmi alla vostra squadra?"

Drew sbatté le palpebre per la sorpresa. Non si aspettava quella richiesta.

Caryn non gli lasciò il tempo di ragionare. "Appunto. Proprio come pensavo. Va bene che tu faccia parte della squadra, ma una donna? Ci mancherebbe! Sempre lo stesso, ovunque vada. So che Paul reagirebbe in maniera simile, se chiedessi di entrare nella squadra dei vigili del fuoco di Fallport. I soliti vecchi amici che si tengono stretto il posto tra loro. Grazie per la camminata, ma adesso penso proprio che tornerò indietro. Voglio fermarmi alla tavola calda e portare al nonno la colazione. Ci vediamo."

Prima ancora che Drew potesse protestare, Caryn aveva già girato i tacchi per tornare da dove era venuta: al parcheggio all'imbocco del sentiero.

Lui la guardò camminare finché non sparì nel bosco, poi sospirò. Non intendeva farla arrabbiare, l'aveva solo colto di sorpresa.

Era vero che gli uomini della squadra di ricerca e soccorso erano molto amici, ma non per questo non avrebbero accolto volentieri un altro membro qualificato. Il fatto che Caryn fosse una donna non c'entrava nulla. Anzi, poteva rivelarsi un enorme vantaggio. L'esperienza accumulata nei vigili del fuoco le avrebbe dato un grande vantaggio, nelle occasioni in cui la squadra avrebbe dovuto spegnere degli incendi nel bosco. Caryn era anche una soccorritrice qualificata, quindi poteva aiutare anche nelle situazioni in cui serviva un intervento paramedico. Era in perfetta forma, non aveva timore di lavorare sodo e chiaramente era spinta dalla stessa voglia di aiutare gli altri che accomunava lui e gli altri.

Drew sospirò di nuovo. Aveva fatto un casino. Agli occhi di Caryn, era passato proprio come uno di quegli stronzi pieni di pregiudizi con cui lei lavorava a New York City.

Non volendo darle l'impressione che la perseguitasse in alcun modo, Drew tornò al parcheggio lentamente. Voleva lasciarle del tempo... ma non considerava chiuso l'argomento. Sarebbe andato a casa a farsi una doccia, poi avrebbe fatto un salto a casa di Art per sentire come stava... e magari avrebbe colto l'occasione per riprendere l'argomento lasciato in sospeso con Caryn.

Se lei desiderava trasferirsi a Fallport, nessuno avrebbe dovuto dissuaderla dal farlo. Né Paul Downs, né lo stesso Drew. Era stato sincero con lei, dicendole che la vita è troppo breve. Chiaramente, Caryn non era felice dell'ambiente di lavoro a New York e si sarebbe sentita molto più apprezzata a Fallport. Certo, in un centro abitato più piccolo la vita procedeva placida, ma lei lo sapeva già. Aveva trascorso a Fallport parecchie estati. La vita era più lenta, ma altrettanto ricca, forse anche più che in una metropoli. Avrebbe potuto fare passeggiate in montagna ogni volta che ne avesse avuto voglia, e gli abitanti sarebbero stati cordiali con lei, almeno molti di loro...

Drew ebbe la sensazione che Caryn si sarebbe integrata molto meglio di quanto lei si aspettasse.

———

Un'ora e mezza più tardi, Drew era nella casa che aveva in affitto; si era fatto la doccia, aveva fatto colazione e si stava preparando per andare a casa di Art, sia per trovare l'anziano compaesano che per parlare con Caryn. Voleva scusarsi, spiegarle che lo aveva colto di sorpresa e che lui non era per nulla come quei deficienti che non la ritenevano all'altezza dei colleghi uomini. Però gli squillò il telefono.

Drew si agitò, perché ultimamente sembrava che il telefono portasse più spesso brutte notizie che buone. "Koopman," rispose.

"Ciao Drew, sono Ethan. È sparito qualcuno."

Merda. Niente più chance di scusarsi con Caryn. "Dove? Dettagli?"

"Il sentiero di Falling Water."

Cavolaccio. "Quanto in alto?"

"Parecchio," rispose Ethan. "Ci ha telefonato il figlio, ha detto che il papà ha circa sessantacinque anni ma è in ottima forma, che è partito in solitaria per un'escursione di più giorni sui sentieri degli Appalachi. Doveva raggiungerlo nel punto di ritrovo stamattina, invece non ha avuto sue notizie."

"Da quanto tempo è su in montagna?" Drew non si soffermò nemmeno a quanta incoscienza ci volesse per andarsene da soli in montagna. Diamine, da che pulpito... Lui stesso era andato varie volte in montagna da solo. Anche quella stessa mattina. Però lui non era partito quel mattino per stare in montagna da solo più giorni e aveva vent'anni in meno dell'uomo scomparso.

"È partito due giorni fa. Doveva trovarsi col figlio stamattina, per approvvigionarsi e ripartire per altri due giorni."

"Non è che per caso è in ritardo?" chiese Drew.

"Non secondo il figlio: ci ha detto di aver parlato proprio ieri col padre, che ha confermato il punto e l'orario in cui incontrarsi stamattina."

"Ho capito. Va bene, ci vediamo all'imbocco del sentiero?"

"Sì."

"Chi c'è?"

"Io, te, Brock e Tal. Gli altri rimangono reperibili, se necessario."

Drew fece mente locale. Sapeva che la gamba di Bristol stava ancora guarendo, dopo il dramma che lei aveva vissuto, e che Rocky non era pronto a lasciarla da sola; non dopo l'inferno che Bristol aveva passato. Anche il segugio di Raid era appena stato operato; nulla di serio, ma gli avevano tolto una ciste sebacea proprio il giorno prima e non era pronto a rimettersi in pista. Tony aveva la laringite, quindi Zeke voleva stare vicino a Elsie, la sua compagna nonché madre di Tony, per tenere d'occhio il ragazzino e controllare che non peggiorasse. C'era solo da sperare di non doverli disturbare.

"Va benissimo. Ci vediamo là, arrivo il prima possibile."

"Non dimenticare il telefono satellitare," gli ricordò Ethan.

"Come se potessi dimenticare il nostro nuovo giocattolino," rispose Drew alzando gli occhi al cielo.

"Appunto, dicevo per dire. A tra poco."

Drew chiuse la telefonata e pensò di sentire al volo Art, ma lasciò perdere. Tuttavia, il pensiero di non chiarirsi con Caryn non gli piaceva. Era impossibile prevedere quanto tempo sarebbe durata la ricerca, considerando che non si sapeva quanto in là si fosse spinto quell'uomo. Magari avrebbero avuto un colpo di fortuna e l'avrebbero trovato vicino all'imbocco del sentiero. Se doveva tornare indietro per incontrare il figlio, forse si era imbattuto in un imprevisto nell'ultimo tratto, ma era altrettanto probabile che gli fosse successo qualcosa il giorno prima, subito dopo aver contattato il figlio.

Dopo aver imprecato con un filo di voce, Drew andò in camera a cambiarsi e si mise in tenuta da montagna. Quando fu pronto, prese lo zaino e uscì di casa. Mentre saliva sulla Jeep, ripensò a quel mattino, a quanto gli era piaciuto percorrere il sentiero insieme a Caryn, che non gli aveva riempito la testa di chiacchiericci inutili; sapere che lei lo stava seguendo l'aveva... rassicurato. Erano poche le persone che gli ispiravano altrettanta fiducia.

Drew non sapeva come mai Caryn gli avesse trasmesso quella sensazione, specialmente considerando che continuavano a scornarsi a vicenda. Forse era solo perché anche lei era impegnata in prima linea, proprio come era capitato a lui. Vigili del fuoco e poliziotti a volte si scontravano, ma comunque Drew non si era mai sentito in quel modo. Era grato agli uomini e alle donne che intervenivano per spegnere gli incendi, tanto quanto era contento di non dover essere lui a entrare di corsa in un edificio in fiamme.

Pregò che la squadra riuscisse a trovare il prima possibile l'uomo scomparso; dopodiché, avrebbe potuto scusarsi con Caryn, per evitare che quel battibecco cementasse un astio tra loro due. Si concentrò sulla missione. Una distrazione poteva portare molto presto a un passo falso, col rischio di ferire qualcuno della squadra. Doveva focalizzarsi su quell'intervento, almeno per il momento. Poi, a missione compiuta, non appena ne avesse avuto occasione, era prontissimo a scusarsi con Caryn.

Drew aveva la netta sensazione che valesse la pena umiliarsi un pochino, per lei... anche se non capiva esattamente il perché.

CAPITOLO TRE

Caryn era di pessimo umore. Aveva sperato che forse, *forse*, Drew fosse diverso dai tanti uomini con cui lei aveva lavorato in passato. Quando gli aveva chiesto di entrare nella squadra di ricerca e soccorso, aveva sperato che lui la sostenesse. Invece aveva solo giocato con le parole, ma nei fatti si era comportato da sessista, come tutti gli altri.

Sospirò e lasciò cadere la testa sul poggiatesta; era tornata alla casa del nonno, ma non era ancora uscita dalla macchina. Chiuse gli occhi e si imbronciò.

Non stava giudicando con imparzialità e lo sapeva bene. Eppure, il dolore rimaneva.

Dopo essersi soffermata a pensare all'accaduto, si era accorta che Drew non aveva fatto *alcun* commento che giustificasse una reazione come quella: non l'aveva derisa, non l'aveva sminuita; in realtà, non aveva detto una parola, accidenti. Lei non gli aveva *lasciato* il tempo di parlare. Aveva semplicemente interpretato quel silenzio come un modo di farle sapere che non la voleva nella squadra.

Se n'era andata senza dargli modo di esprimersi e lo aveva fatto esclusivamente per proteggersi, per non sentire ciò che non voleva sentire: i motivi per cui una donna non poteva unirsi alla squadra.

Ad attirarla, non era necessariamente il tipo di lavoro che avrebbe svolto con la squadra, quanto piuttosto lo stretto legame che percepiva tra Drew e gli altri. Per tutta la vita, era sempre stata estromessa da rapporti di quel tipo. A partire dalla scuola, fino all'età adulta. In nessuna delle caserme in cui aveva lavorato aveva trovato un ambiente aperto nei confronti delle donne. Sospettava che molti si adeguassero a collaborare con una donna solo perché non avevano scelta e perché la presenza di una donna nel personale era come una dichiarazione programmatica.

"Che idiota che sono," mormorò tra sé e sé, aprendo gli occhi e fissando nel vuoto. "Avrei dovuto ascoltare cosa voleva dirmi."

Doveva davvero riflettere su quelle reazioni istintive e sull'abitudine di presupporre sempre il peggio. Certo, stava solo cercando di proteggere se stessa, ma era stata molto maleducata. Se solo Drew avesse tenuto il conto delle occasioni in cui lei l'aveva aggredito in quel modo... Caryn doveva ammettere che persino *lei* non si sarebbe data un'altra chance.

In realtà, la passeggiata le era piaciuta, fino a quel punto. Drew le faceva un effetto rilassante; per quanto fosse chiaramente molto attento, non era paranoico, nonostante lei avesse creduto il contrario.

Caryn sospirò a fondo: aveva capito di aver commesso un errore colossale. Avrebbe voluto *davvero* sapere cosa Drew pensasse riguardo alla possibilità che lei entrasse nella squadra. Non che stesse considerando seriamente di trasferirsi a Fallport... o forse sì?

Dopo una risata autocritica, scosse la testa: era *così*, voleva rimanere, andare a vivere con Art nella cittadina in cui in pratica era cresciuta. Aveva ricordi bellissimi delle estati passate a Fallport, a parte Paul Downs. In genere, la gente era amichevole, e c'era un'atmosfera originale che lei adorava.

Peraltro, il capitano della caserma di New York non le aveva praticamente detto che non le avrebbe tenuto il posto? Stava cercando solo un pretesto per assumere qualcuno e lei gli aveva servito l'opportunità perfetta su un vassoio d'argento.

Per trasferirsi a Fallport, però, doveva trovare un impiego per mantenersi. Per quanto ne sapeva lei, i membri della squadra di ricerca e soccorso Eagle Point erano volontari. *Poteva* fare richiesta alla stazione dei vigili del fuoco, anche se non andava d'accordo con Paul Downs, ma lavorare per qualcuno che non l'apprezzava molto non sarebbe stata certo un'esperienza nuova. Voleva davvero continuare a lavorare nei pompieri? Era quella la domanda cruciale.

Lei era abilitata come soccorritrice, poteva fare richiesta in una squadra di soccorso, o magari unirsi alla forestale, agli uomini e alle donne che intervenivano d'urgenza per spegnere gli incendi boschivi.

Poi c'era *quell'altra* attività che la impegnava nel tempo libero...

Scosse la testa e allontanò quel pensiero: non pensava davvero che fosse una via percorribile per guadagnare, almeno non abbastanza per mantenersi. Lo faceva solo per divertimento.

Caryn aprì di scatto la portiera dell'auto: doveva darsi una svegliata, entrare in casa e vedere come stava Art. Doveva portargli la colazione che gli aveva comprato sulla via del ritorno. Prima o poi, avrebbe dovuto incontrare ancora Drew ... e scusarsi. Si era comportata di nuovo con estrema scontrosità, non avrebbe mai dovuto lasciarlo in quel modo. Caryn aveva quarantun anni: era passato molto tempo da quando aveva smesso di lasciarsi guidare dalle emozioni e agire senza buon senso.

Afferrò il sacchetto del cibo da asporto e si avviò verso casa. Art l'avrebbe tirata su di morale. Il nonno aveva sempre qualcosa di divertente da dirle, qualche aneddoto sugli amici, o sugli altri residenti di Fallport, storie che la facevano sorridere, aiutandola a dimenticare ogni preoccupazione, almeno per un po'.

———

Qualche ora più tardi, Silas e Otto erano a casa di Art, per fargli visita e anche per aggiornarlo alla svelta sui pettegolezzi che si stava perdendo perché doveva rimanere a casa in convalescenza, invece di stare seduto davanti all'ufficio postale, un'abitudine che i tre amici coltivavano da anni. Caryn era seduta per conto suo in un angolo del salotto con un libro e li ascoltava solo per metà, quando all'improvviso la sua attenzione fu riportata al presente da Otto, che stava parlando di una persona scomparsa. Secondo l'amico del nonno, la squadra di ricerca e soccorso Eagle Point era stata inviata qualche ora prima in missione di soccorso:

"Sembra che un signore sia andato da solo su in montagna, voleva attraversare tutto lo Stato, però non si è presentato al punto di ritrovo che aveva concordato col figlio. Così la squadra è partita per cercarlo," informò Otto.

"Io ce l'avrei fatta senz'altro," commentò Silas tutto sicuro di sé.

"Avresti fatto cosa? Attraversare tutta la Virginia a piedi?" gli chiese Art, evidentemente scettico.

"Perché, pensi che non possa farcela?" domandò Silas di rimando.

Per tutta risposta, Art e Otto scoppiarono a ridere.

Caryn fece del suo meglio per impedire alle labbra di aprirsi un un gran sorriso.

"Certo che ce la faccio!" insisté Silas. "Non sono ancora *tanto* vecchio e decrepito!"

"Silas, ma se ti lamenti quando devi attraversare a piedi la piazza!" esclamò Otto.

"E ti scricchiolano le ossa quando ti siedi," aggiunse Art.

"Sì, beh, non dico che farei capriole e salti mortali, ma potrei farcela," disse Silas brontolando un poco.

"Compiresti ottant'anni prima di finire," disse Art all'amico sessantanovenne scuotendo la testa. "E poi, perché mai *vorresti* farlo? Dovresti mangiare cereali e cibi secchi congelati, portarti tutto in spalla, dormire per terra e bere un caffè schifoso."

"È vero," borbottò Silas.

"Inoltre, ti perderesti tutto il gossip della zona," aggiunse Otto.

Caryn trovava quasi dolce il modo in cui i tre anziani interagivano. Certo, si prendevano in giro a vicenda ed erano molto competitivi, ma non facevano né dicevano alcunché di maligno. Erano tre bisbetici, ma si riconciliavano sempre e si stuzzicavano bonariamente. Proprio com'era appena successo con Silas. Prima l'avevano tormentato perché pensava di poter percorrere un sentiero interminabile nel bosco, poi però gli avevano offerto una facile via d'uscita, dicendogli che si sarebbe perso troppi pettegolezzi, andandosene in montagna. Anche se tra di loro c'era una grande differenza d'età, erano davvero molto amici.

"Comunque, ho sentito che in missione sono andati solo quattro membri della squadra," disse Otto. "Immagino sia perché il figlio di Elsie è malato e Bristol è ancora in convalescenza. Passerà del tempo, prima che Rocky se la senta di lasciarla a casa da sola, vedrete."

"Raid e Duke non sono andati?" chiese Art.

Silas alzò le spalle. "Sembra di no."

Caryn era piena di domande, ma se le tenne per sé, per abitudine. In passato, non aveva mai ottenuto molto mostrandosi troppo interessata. I colleghi vigili del fuoco ritorcevano contro di lei le tante domande, o reagivano snobbandola e ricordandole che il lavoro consisteva nel seguire gli altri, non nel fare domande.

Eppure, non riuscì a smorzare la curiosità sul modo in cui

la squadra Eagle Point si muoveva per cercare le persone smarrite. Che tipo di segnali cercavano nel bosco? Che protocollo si seguiva, quando veniva ritrovato qualcuno? Lei immaginava che, se la persona ritrovata fosse stata in grado di camminare, l'avrebbero semplicemente accompagnata fuori dal bosco. Se invece fosse stata ferita? L'avrebbero portata di peso? Avrebbero fatto intervenire un elicottero? C'erano tantissimi aspetti che lei era curiosa di scoprire.

Smise di ascoltare i tre anziani quando cominciarono a discutere dei risultati delle loro partite a scacchi. Era comunque un bello spettacolo, vedere Art con le guance di un rosa più acceso e con la forza di stare seduto tanto a lungo in salotto, in compagnia degli amici che erano andati a trovarlo quel giorno. Dopo l'aggressione, c'erano stati momenti in cui Caryn aveva temuto seriamente di perderlo. Per fortuna Art era un tipo tosto, una vecchia pellaccia ostinata, e si stava riprendendo molto bene.

Caryn era anche molto grata al dottor Snow, il medico del posto, per essersi reso disponibile a visitare a domicilio Art tutti i giorni.

Tornò coi pensieri a quel mattino, come nelle ultime ore le era successo spesso. Più ripercorreva le proprie azioni e più si sentiva in imbarazzo. Aveva fatto le bizze, letteralmente, come una ragazzina capricciosa. Ovviamente, offrendosi di lavorare nella squadra di ricerca e soccorso, aveva colto di sorpresa Drew, inoltre, invece di dargli il tempo di ragionare su quell'idea, aveva presunto che il suo silenzio fosse un segno di disapprovazione.

Doveva scusarsi con lui. Forse Drew non sarebbe stato disposto ad ascoltarla, non avrebbe voluto avere nulla a che fare con una donna che reagiva in modo tanto inconsulto, ma lei doveva scusarsi comunque. A lei *piaceva* Drew... Una scoperta alquanto sorprendente. Dopo aver divorziato e dopo aver lavorato gomito a gomito con dei poliziotti veramente pessimi, Caryn non avrebbe mai pensato di aver voglia di passare del tempo insieme a un altro ex poliziotto.

Sapeva di non essere giusta nel proprio giudizio: c'erano ottimi poliziotti a New York come in tutto il resto del mondo. Far parte delle forze dell'ordine non l'attirava, ma nutriva il massimo rispetto per chiunque affrontasse quotidianamente quei rischi. In ogni caso, vivere con l'ex marito le aveva insegnato che quasi tutti i poliziotti erano per natura sospettosi.

Jonah, in particolare, era sempre sul chi va là, come se in qualunque momento stesse per succedere qualcosa. Vivere con lui era stato uno sfinimento. Inoltre, Caryn si era presto accorta che non era un uomo particolarmente gentile. Erano state innumerevoli le volte in cui le aveva fatto pesare di essere tornata a casa tardi dopo un turno, anche se lui stesso era spesso in ritardo. Brontolava per l'appartamento in disordine o le dava della "pigra" perché lei non si sentiva di cucinare... ma lui non alzava mai un dito per fare le pulizie o per preparare la cena. L'accusava di essere troppo superficiale con la sicurezza, mettendo a rischio se stessa (e anche lui).

Si erano allontanati rapidamente, il matrimonio era durato solo due anni, prima che decidessero di comune accordo di lasciarsi.

Caryn notava in Drew la stessa... *attenzione* (non le veniva una parola migliore), ma almeno lui non sembrava eccessivamente nervoso o severo. Forse perché si era tolto l'uniforme già da tempo. O forse perché aveva un carattere migliore. In ogni caso, a parte la circospezione, Drew non somigliava per nulla a Jonah.

Sentì il cellulare squillare nell'altra camera e fu strappata dai propri pensieri; si alzò per andare a rispondere. I tre amici anziani non la notarono nemmeno mentre se ne andava, il che le avrebbe dato molto fastidio, se non fosse stata tanto grata a Silas e Otto, che tenevano compagnia al nonno.

"Pronto?" Rispose al telefono; non aveva riconosciuto il numero che la chiamava.

"Caryn? Sono Drew."

Lei sbatté le palpebre confusa, sentendo la voce profonda di Drew al telefono. "Come hai trovato il mio numero?" gli chiese.

Lui fece una risata e quel suono le arrivò alla schiena come una scossa elettrica. Oddio, aveva sempre avuto una voce tanto sexy? Forse era solo la distorsione del telefono."

"Siamo a Fallport."

Caryn immaginò che quella risposta bastasse a spiegare tutto. Eppure, era sorpresa che lui l'avesse chiamata, dopo il modo brusco in cui si erano separati quel mattino. "Che c'è?"

"Mi stavo chiedendo se potessi raggiungerci al sentiero di Falling Water per darci una mano."

A quel punto fu tanto sbalordita da rimanere senza parole. Ma non dovette parlare, perché Drew proseguì.

"Avrai sentito che siamo usciti in una missione di ricerca... Beh, abbiamo trovato l'uomo che cercavamo, ma non sta molto bene. Ha perso l'orientamento mentre cercava di tornare sul sentiero, poi si è disidratato e ora gli gira la testa, al momento è piuttosto fuori di sé. Si è anche ferito, nulla di grave, ma dobbiamo portarlo giù in barella e ci farebbe comodo un po' d'aiuto. Zeke, Raiden e Rocky sono reperibili, ma hanno motivi personali per rimanere a casa. Preferirei non doverli disturbare, se non è necessario."

Dato che lei non diceva nulla, Drew andò avanti, forse nel tentativo di convincerla.

"Il signore che si è perso è caduto e si è ferito al ginocchio. Pensiamo si sia slogato la rotula e non può appoggiare il piede a terra. Se non ce la fai, se hai bisogno di rimanere con Art, lo capisco. Pensavo solo che, dato che stamattina ti eri detta interessata, magari fossi disponibile ad aiutare."

Finalmente Caryn ritrovò la parola. "Sì! Certo! Posso partire tra qualche minuto, dove vi trovate esattamente?"

"In questo momento abbiamo ancora una quindicina di chilometri da percorrere, l'abbiamo ritrovato vicino al punto in cui il sentiero di Falling Water imbocca quello degli Appalachi. Se ci vieni incontro, considerando il tempo per arrivare al parcheggio, probabilmente potresti incontrarci al segnale degli otto chilometri. Di solito riusciamo da soli a gestire una persona, ma... questo tipo non è affatto leggero. Un paio di braccia in più ci farebbero comodo."

Eccitazione, entusiasmo e gratificazione pervasero Caryn; era anche sollevata nel constatare che Drew non mostrava alcun segno di rabbia per il modo infantile in cui lei si era comportata quel mattino. "Mi dispiace per stamattina," gli disse di getto.

"Nulla di cui dispiacersi," le rispose con calma. "Ci vediamo tra poco?"

"Sì, arrivo il prima possibile."

"Grazie. Non correre. Non vorrei che succedesse qualcosa mentre ci raggiungi."

Quand'era stata l'ultima volta che qualcuno si era preoccupato per lei? Caryn non se lo ricordava. "Non correrò."

"A dopo."

"Ciao."

Caryn chiuse la chiamata e rimase per una frazione di secondo in piedi, nella cucina di Art, poi girò i tacchi e andò nella camera in cui dormiva per cambiarsi. Indossò pantaloni cargo, scarponcini da montagna e una canotta, poi tornò dal nonno.

"Devo uscire per un po', potreste rimanere voi qui con Art?" chiese a Otto e a Silas.

"Ma certo," risposero entrambi.

Nel contempo, Art le chiese: "Dove stai andando?"

"Drew mi ha telefonato per dirmi che hanno trovato il signore scomparso e per chiedermi se posso raggiungerlo e dare una mano a tirare fuori dal bosco la persona scomparsa." Vide accendersi negli occhi dei tre signori un interesse immediato. Caryn sapeva che, se avesse dato loro spazio, l'avrebbero torchiata per farsi dare più informazioni che potevano, per soddisfare il loro amore per i pettegolezzi. "Ho detto di sì, ma voglio assicurarmi che qualcuno rimanga qui con te."

"Rimaniamo noi," le disse Otto.

"A una condizione," aggiunse Silas, "che quando torni ci sveli tutti i dettagli."

"Non si dice più *ciarle*!" esclamò Otto.

"Sto bene," brontolò Art, "non mi servono dei baby-sitter."

"Lo so che non ti servono," lo rassicurò Caryn mentre si avvicinava alla poltrona per baciarlo in fronte. "Ma l'ultima volta che me ne sono andata solo per un'ora, quando sono tornata ti ho trovato qui seduto con dei punti laceri perché avevi deciso di camminare per casa da solo."

"Avevo fame!" protestò Art.

"Per questo, vorrei che i tuoi amici rimanessero. Ti dà tanto fastidio? Potreste tirar fuori la scacchiera e cercare di pareggiare i conti."

A quel suggerimento, Art raddrizzò la schiena. "Vuoi dire che posso vincere e andare più in vantaggio?"

"Certo, intendevo proprio questo," gli rispose con calma, poi si voltò verso gli altri. "Grazie, signori, lo apprezzo."

"Non c'è problema," le garantì Silas.

Otto le fece l'occhiolino. "Non vedo l'ora di sentire tutti i dettagli, quando torni," le disse.

Caryn non trattenne un sorriso. "Ecco, ora vado. Se faccio tardi, telefono."

"Non col tuo cellulare, non potrai," le spiegò Silas. "I telefoni normali non prendono nel bosco. Però i ragazzi hanno dei nuovi telefoni satellitari, sono degli aggeggi che Bristol ha comprato per la squadra, puoi usare uno di quelli."

"Ma certo," disse Caryn. "Ora vado."

"Divertiti con i pirati!" le gridò Art appena la sentì uscire di casa.

Caryn sorrise: era un riferimento al film *La storia fantastica*, da cui lei da piccola era praticamente ossessionata; quando passava l'estate a Fallport, il nonno glielo lasciava guardare quasi tutte le sere senza lamentarsi.

Entrò in macchina e si avviò rapidamente verso il sentiero di Falling Water.

CAPITOLO QUATTRO

Quando Caryn arrivò all'imbocco del sentiero di Falling Water, fu sorpresa di trovarci solo una persona: Simon Hill, il capo della polizia di Fallport.

"Ciao, Caryn," le disse Simon vedendola uscire dalla macchina.

"Ciao, dove sono tutti gli altri?"

"Quali altri?"

Lei si accigliò confusa. "Beh, mi ricordo che, quando ero piccola, le ricerche delle persone scomparse erano una faccenda importante, arrivavano tutti per dare una mano. Dove sono i vigili del fuoco? E i volontari?"

Simon alzò le spalle. "I pompieri non partecipano alle ricerche. Quando è stata creata la squadra di ricerca e soccorso Eagle Point, c'è stata una riunione fiume sulle responsabilità; credo abbiano stabilito che i vigili del fuoco sarebbero rimasti nel loro ambito... sai, incendi e interventi di primo soccorso... mentre la squadra si occupa delle ricerche."

"Beh, ma è una stupidaggine," mormorò Caryn. Non aveva mai sentito nulla di tanto ridicolo. Quando c'era in ballo una vita umana, non importava quali fossero le responsabilità ufficiali: bisognava dare una mano. Punto. "E i volontari, invece?"

"Il sindaco ha deciso che non è sicuro mandare per boschi persone che non hanno una preparazione adeguata, c'è il rischio che si perdano a loro volta," le spiegò Simon chiudendosi nelle spalle.

Caryn si sentì di nuovo irritata: nella caserma di New York, lei aveva anche compiti di addestramento e tutti i colleghi dovevano imparare ogni singolo aspetto del compito di un soccorritore. Spesso organizzavano anche incontri con gli studenti qualificati delle scuole superiori per insegnare loro come funzionasse il lavoro dei vigili del fuoco. Il pensiero che nessuno stesse aiutando Drew e gli altri della squadra era duro da mandar giù.

Avrebbe voluto fare altre domande: come aveva fatto Fallport a cambiare tanto? Perché gli uomini della squadra Eagle Point erano praticamente lasciati soli? Tuttavia, doveva mettersi in cammino e incontrare gli altri sul sentiero per aiutarli a trasportare la vittima. "Hai avuto notizie?" chiese a Simon indicando il sentiero con un cenno della testa.

"Ethan mi ha telefonato poco fa, ha detto che stanno avanzando, ma che vanno piano perché devono fermarsi spesso per riprendere fiato."

Caryn annuì. L'ipotesi peggiore che potesse avverarsi in un intervento come quello era che uno dei soccorritori si ferisse. Non potendo portare fuori la vittima dal bosco, sarebbero rimasti bloccati tutti.

"Sono contento che ti abbiano chiesto di intervenire. Ti è mai capitato prima?" le chiese Simon.

Caryn sentì un briciolo di scetticismo nel tono di quella domanda, un tono familiare e irritante. "Me lo chiedi perché sono una donna?" gli domandò con espressione un po' più dura del voluto.

Il capo della polizia non se la prese minimamente. "Per nulla. È solo che... immagino non ti sia capitato spesso di dover camminare dieci chilometri con una vittima sulla barella, in mezzo al bosco, su un terreno scosceso," le spiegò Simon.

Caryn non si trattenne e ridacchiò. " Credi che Central Park sia molto diverso da questo bosco?" Era una battuta. "Comunque, hai ragione; del resto, mi è capitato di portare di peso delle vittime prive di sensi e scendere più di venti piani di scale, per poi risalire per le stesse scale e proseguire con l'intervento antincendio."

"Messaggio ricevuto," le disse Simon semplicemente. "Allora vai, io rimango qui ad aspettare l'ambulanza. Ci vediamo quando tornate."

Lei annuì, poi si girò verso l'imbocco del sentiero. Si avviò con passo veloce: voleva incontrare il prima possibile Drew e gli altri. Le faceva piacere sentirsi necessaria, inoltre aveva l'occasione di fare una seconda camminata nello stesso giorno. Da quando era arrivata a Fallport, si era un po' impigrita. Si ripromise mentalmente di recuperare al più presto. Nonostante il rapporto non idilliaco con Paul, magari avrebbe potuto passare lo stesso alla caserma dei vigili del fuoco e vedere se almeno poteva allenarsi con gli altri.

Dopo aver camminato per circa una decina di chilometri, udì le voci degli altri più avanti sul sentiero. Sentì il cuore accelerare, perché sapeva che finalmente avrebbe raggiunto la squadra Eagle Point e l'uomo che avevano ritrovato. Non che fosse pronta ad ammetterlo, nemmeno mentalmente, ma era anche un po' ansiosa (ed entusiasta) di rivedere Drew.

Oltrepassò una curva e trovò il gruppo che stava riposando all'ombra di uno degli alberi che lambivano il sentiero.

"Ciao!" disse salutando tutti mentre si avvicinava.

Quattro paia di occhi si rivolsero verso di lei con un'intensità che quasi la indusse a inciampare sui propri passi.

"Arrivano i rinforzi!" esclamò scherzosamente Tal.

Lei sorrise. Art le aveva raccontato tutto sugli uomini della squadra; il nonno si era divertito a svelarle tutti i pettegolezzi che ricordava su quegli uomini. Tal era britannico, il che era facile da capire, perché parlava con una cadenza tipica, molto marcata. In città faceva il barbiere, infatti aveva un look estremamente curato, nonostante fosse in mezzo al bosco, impegnato in una missione di soccorso.

Brock era più alto di Caryn di qualche centimetro; aveva i capelli castani tagliati corti e la guardava con espressione amichevole. "Piacere di vederti, Caryn," le disse con voce rombante.

Ethan era di fatto il leader del gruppo. Era innamoratissimo della fidanzata, Lilly; Art aveva detto a Caryn che tra quei due c'era un rapporto tenerissimo. Gli occhi di Ethan erano comunque inquietanti e Caryn si augurò di non indispettirlo mai: era un ex SEAL della Marina e lei ce lo vedeva, nelle squadre speciali. Le fece un cenno rispettoso col capo per farle sapere che era grato del suo intervento, poi si passò una mano nei capelli arruffati.

Caryn non vide traccia di dubbi o di malanimo sui volti degli uomini, il che la allietò. Troppe volte qualcuno aveva dubitato di lei, delle sue abilità, tanto che ormai per lei era come una seconda natura: sentiva l'esigenza di dimostrarsi all'altezza prima ancora che qualcuno le dicesse qualcosa. Quegli uomini sembravano diversi. In loro non vide altro che rispetto e sincero sollievo per il suo arrivo e per il suo aiuto.

Alla fine, Caryn portò gli occhi su Drew, che le stimolava una varietà di emozioni contrastanti. Per qualche motivo, la rendeva sospettosa; di cosa, lei proprio non lo sapeva. Inoltre, quando era in presenza di Drew, Caryn si agitava, si metteva sulla difensiva, si sentiva come in fibrillazione.

Proprio quella fibrillazione la coglieva di sorpresa. Quand'era stata l'ultima volta che si era sentita attratta da qualcuno? Anni, se non decenni prima. Lo sguardo incisivo di quell'uomo sembrava penetrare ogni sua spavalderia. Era come se Drew potesse leggerle nella mente, come se capisse quando lei si sentiva a disagio tra la gente, il che accadeva piuttosto spesso. Lei era bravissima a nasconderlo, ma aveva la sensazione di non essere riuscita a convincerlo.

"Grazie per aver accettato," le disse Drew.

"Ci mancherebbe. Avete un piano?" chiese, cercando di concentrare i propri pensieri sulla missione: trarre in salvo l'uomo ferito.

"Se puoi prendere il mio posto, ai piedi del signor Pierce, possiamo rimetterci in marcia," le disse Ethan. "Possiamo darci il cambio ogni cinque minuti circa. Finora, abbiamo camminato per quindici e riposato per dieci, quindi un altro paio di mani ci consentirà di non fare troppe soste e potremo arrivare prima allo sbocco del sentiero."

Caryn annuì, ma invece di andare subito al posto di Ethan, ai piedi dell'uomo ferito, virò verso la parte opposta della barella. Si inginocchiò a terra e fece un sorriso all'uomo ferito.

"Salve," gli disse sottovoce, "io sono Caryn, lei come si chiama?"

"Gunner. Gunner Pierce," le rispose lui con voce tremante.

"Che nome insolito," disse Caryn, come se si stessero presentando a un evento qualunque, invece che nel bosco, in una missione di soccorso.

"È un nome di origini scandinave, è da là che sono immigrati i miei nonni."

"Interessante... È originale. Invece il mio nome viene usato spesso per prendere in giro donne privilegiate che si comportano da snob... allora in tanti le chiamano: '*Ciao, Caryn carina!*' Ecco, è sempre una curiosità."

L'uomo accennò una risatina. "Anche il tuo è un bel nome. Da quel poco che so... da qui sdraiato, non mi dai affatto l'impressione di essere una snob privilegiata."

"Grazie, mi fa piacere. Trovo che sia tutto un po' ridicolo... il modo in cui in società si storpiano i nomi per prendere in giro gli altri. È una stupidaggine... Comunque, prima che riprendiamo la marcia, può dirmi come si sente? Dove le fa male? Possiamo fare qualcosa per renderle il trasporto più sopportabile?"

Caryn sentì su di sé l'attenzione degli altri, ma non poteva certo proseguire senza prima aver parlato con Gunner. L'esperienza le aveva insegnato che gran parte del lavoro consisteva nel creare un certo rapporto con la persona bisognosa di aiuto, che avrebbe vissuto l'intervento in modo più naturale e meno traumatico.

"Mi sono fatto parecchio male al ginocchio," le rispose Gunner, "mi dispiace moltissimo, ma proprio non posso camminare. Mi sono perso e mi sono messo a girare come uno stupido, cercavo solo di orientarmi, poi sono inciampato e sono caduto."

"Non si preoccupi, sono infortuni che possono capitare, per questo c'è la squadra con Drew, Ethan, Tal e Brock. Anzi, probabilmente ha ravvivato la loro giornata... così almeno sono usciti all'aria aperta per una passeggiatina nella natura."

A quel punto, insieme a Gunner, Caryn sentì ridere anche tutti gli altri.

"Adesso che sono qui anch'io a dare una mano, vedrà che raggiungeremo suo figlio molto prima. Ha fatto bene a dirgli dove dovevate incontrarvi e quando, altrimenti chissà quanto tempo avrebbe dovuto passare qui nel bosco!"

"Per caso sei single?" le chiese Gunner.

Caryn sentì uno della squadra reagire con una specie di grugnito di protesta, ma non tolse gli occhi di dosso da Gunner. "La ringrazio, lo prendo come un complimento, ma penso di essere un po' troppo giovane per lei."

Il sorriso di Gunner si aprì. "Non chiedo per me, signorina, ma per mio figlio. Lui è single e a me tu piaci già."

"Anche lei mi piace già," ribatté Caryn. "Non si sta lamentando, non piagnucola e ho la sensazione che ci farà sorridere per tutto il tempo, fino alla fine del sentiero." Caryn ignorò l'accenno al figlio di Gunner: sul lavoro, le era capitato talmente tante volte che qualcuno ci provasse con lei che ormai aveva fatto pratica e sapeva spegnere qualunque attenzione nei suoi confronti. "Adesso è pronto a uscire da questo bosco?" gli chiese.

Gunner annuì.

"Ottimo. Se per caso cambia qualcosa, se non sta bene, ce lo faccia sapere subito. Se il dolore aumenta, o se sente troppa pressione sulla gamba... possiamo fermarci, controllare... e lei può cambiare posizione sulla lettiga in modo da sopportare meglio il trasporto. Va bene?"

"Va bene," confermò lui. "Non posso certo dire che questo sia il lettino più comodo su cui mi sia sdraiato, ma è decisamente meglio che starmene per terra a chiedermi se ce la farò a sopravvivere."

"Assolutamente! Io rimango qui vicino e... tendo a parlare molto. Se vuole, può sempre chiudere gli occhi e riposare, va benissimo; altrimenti sarà tenuto a ridere a tutte le battute simpatiche che farò e dovrà fingere che io sia la persona più interessante che abbia mai conosciuto."

Gunner rise di nuovo. "Penso che non farei troppa fatica."

Caryn si alzò e gli fece l'occhiolino. "In realtà, penso che ne farà, perché so essere molto noiosa."

"Sì, certo..." replicò Gunner con scetticismo.

Caryn si voltò per scusarsi, per non aver preso la barella ai piedi dell'uomo, come le aveva detto Ethan... ma fu colpita e temporaneamente senza parole per l'attenzione intensa che le stavano rivolgendo gli altri quattro.

"Che c'è?" domandò alla fine; essere al centro dell'attenzione la metteva a disagio.

Ethan scosse appena la testa.

"Incredibile," mormorò Brock.

"*Impressionante*," aggiunse Tal.

Caryn non capì bene di cosa stessero parlando; si girò verso Drew, che fece un passo verso di lei e alzò una mano, come nell'intenzione di accarezzarle il viso, ma la riabbassò prima di sfiorarla.

"Grazie," le disse dopo un momento.

Lei non capì bene per cosa la stesse ringraziando, ma annuì lo stesso.

"Allora, ragazzi, siamo pronti a rimetterci in marcia?" chiese Brock.

Confermarono tutti, poi presero ciascuno il proprio posto intorno alla lettiga.

"Conto fino a tre: uno, due, *tre*."

Caryn, Drew, Tal e Brock sollevarono la barella allo stesso tempo. Ethan si mise in testa al gruppo, facendo strada per il tratto più percorribile.

Mentre camminavano, Caryn passò il tempo in parte guardando Gunner in volto per valutarne le condizioni e in parte controllando i propri passi sul terreno. Bastava che uno di loro inciampasse per costringere il povero Gunner a una misera caduta. L'uomo ferito era nelle loro mani e lei prendeva quella responsabilità in modo molto serio.

Durante il percorso, Caryn ascoltò Gunner parlare delle varie maratone che aveva corso quando era più giovane, fino a circa un decennio prima. Aveva smesso quando si era fatto male al ginocchio, nell'ultima corsa, così aveva cominciato a fare camminate in montagna, per tenersi allenato in maniera alternativa. La moglie era deceduta cinque anni prima, mentre il figlio, nonostante non fosse molto entusiasta delle avventure che il padre intraprendeva in montagna tutto solo, ne aveva comunque incoraggiato la nuova passione, perché era ovvio che Gunner era felice, percorrendo quei sentieri.

"Allora in futuro ci penserà due volte, prima di partire in montagna tutto solo?" gli chiese Caryn.

"Ci mancherebbe," rispose Gunner, "però *voglio* comprarmi uno di quei telefoni satellitari che hanno questi ragazzi."

"Sono molto utili," disse Drew, che camminava davanti a Caryn. Avevano deciso di portare la lettiga nel bosco coi piedi rivolti in avanti. "Anche se... non li abbiamo sempre avuti, e prima le missioni erano assai più complicate."

Quel commento spinse Tal a raccontare a Gunner (e a Caryn, che non aveva mai sentito quell'aneddoto) dell'incontro di Rocky e Bristol, che aveva portato al dono dei telefoni satellitari da parte della donna, per gratitudine nei confronti della squadra.

La conversazione scemò un pochino, ma Caryn intervenne subito per tenere la mente di Gunner impegnata, evitando che si concentrasse sul malessere e sul dolore dovuto alla ferita. "Allora... ha trovato Bigfoot da queste parti?" gli chiese.

Gunner ridacchiò. "Eh no, almeno non stavolta."

"Non stavolta?" gli domandò.

Il gruppo fece una breve pausa in modo che Ethan potesse prendere il posto di Drew. Ripresero subito a camminare lungo il sentiero.

"Sì. Non posso dimostrarlo, ma mentre stavo camminando in montagna in Alaska, qualche estate fa, giuro di averne visto uno da lontano. Si è fermato a un centinaio di metri davanti a me, sul sentiero, a fissarmi. Anch'io l'ho fissato, ma poi è sparito tra gli alberi."

"Magari era un alce," suggerì Brock.

Gunner sbuffò. "Conosco la differenza tra un alce e Bigfoot," disse.

"Allora lei ci crede," commentò Caryn.

"Certamente," rispose l'uomo con un po' troppo entusiasmo.

Lei fu contenta di sentirlo rinvigorito. Le guance gli si stavano colorando e sembrava più presente di quando lei si era unita al gruppo.

"Immagino che tu invece non ci creda?" chiese Gunner a Brock.

"Io no," rispose Brock senza esitare un solo momento.

"È solo una montagna di palle," intervenne Tal.

"Temo di essere d'accordo," commentò Ethan.

Caryn non poté che guardare Drew, che si era messo davanti al gruppo per fare strada nel percorso più libero.

Drew si voltò indietro verso Gunner e alzò le spalle. "Io non ho mai visto un Piedone... o dei Piedoni? E passo tanto tempo nel bosco."

"È una risposta che non significa nulla, secondo me," commentò Gunner. "Tu, invece, Caryn, che dici?"

"Io *non* ci credo," rispose lei facendo spallucce. "Però penso che ci siano tantissime specie animali che vivono tranquillamente senza farcelo sapere, specialmente negli oceani. Madre Natura è in continua evoluzione, quindi immagino che ogni giorno nascano degli incroci di cui gli scienziati non conoscono l'esistenza. Cavoli, nella foresta amazzonica ci sono intere tribù che non hanno mai avuto contatti con la civiltà moderna, quindi perché no: possono anche esserci delle creature umanoidi altrove, in giro per il mondo."

"Molto diplomatica," commentò Gunner.

"Grazie," rispose Caryn con un sorriso.

Il resto del rientro al parcheggio passò molto rapidamente; Caryn scambiò il proprio posto con quello degli altri un paio di volte, ma tenne viva la conversazione con Gunner. Gli altri intervenivano ogni tanto, ma sembravano contenti di lasciare a lei l'iniziativa di comunicare con l'uomo ferito.

Quando giunsero alla fine del sentiero, Ethan si trovava di nuovo davanti agli altri.

"Siamo arrivati!" disse Caryn a Gunner con entusiasmo. Le faceva male la mano per la presa sulla barella, ma si rifiutava di mostrare un briciolo di disagio agli altri. Aveva molta esperienza nel nascondere il dolore, anche solo per evitare che qualcuno ne approfittasse e glielo rinfacciasse in seguito. Il che le era capitato almeno una volta.

Era successo quando era una matricola, dopo un intervento per un incendio particolarmente feroce, un intervento durato tutta la notte; a fine missione, lei era tutta indolenzita e si sentiva uno straccio. Aveva fatto un commento sulla propria stanchezza, mentre stavano rientrando alla caserma dei vigili del fuoco... e gli altri avevano cominciato subito a prenderla in giro. Le avevano dato della debole, dicendole che doveva farsi le ossa, se voleva stare a fianco dei pompieri più "massicci".

Il fatto che lei poco prima li avesse sentiti lamentarsi di avere tutti i muscoli indolenziti e di essersi fatti il mazzo per spegnere l'incendio, non aveva avuto alcun peso. Caryn aveva imparato la lezione: lavorare duramente, il doppio degli uomini, per ottenere anche solo un minimo di rispetto. Una verità che l'aveva fatta infuriare, ma con cui aveva dovuto imparare a convivere.

Non solo: quando c'era un ferito di mezzo, l'ultima cosa da fare era lamentarsi apertamente della stanchezza mentale o fisica. Le persone da soccorrere dovevano avere la massima fiducia nell'abilità dei soccorritori, dovevano sapere che sarebbero state salvate, a prescindere dai rischi che ne mettevano in pericolo la sicurezza. Così Caryn aveva imparato a tenersi per sé dolori e fatiche, fino a quando non fosse stata per conto suo.

"Suo figlio l'aspetta in ospedale," disse Ethan a Gunner. "Voleva raggiungerci qui, ma io ho convinto il capo della polizia a rassicurarlo sulle sue condizioni, così è andato nello studio medico del dottor Snow per sbrigare le pratiche per il ricovero."

"Grazie mille," disse Gunner.

Quando il gruppo uscì dal bosco, nella radura del parcheggio c'era già un'ambulanza ad attendere. Camminarono dritti verso il portello posteriore, che si aprì appena furono vicini. Trasferirono Gunner sulla barella dell'ambulanza senza particolari complicazioni.

Prima che la barella fosse spinta dentro l'ambulanza, Gunner allungò una mano per prendere quella di Caryn.

"Grazie," le disse.

"Ho fatto solo il mio dovere," gli rispose lei. Parole che aveva ripetuto più volte di quante potesse contarne, quando qualcuno l'aveva ringraziata.

Gunner però scosse la testa. "Ero davvero in preda al panico, mi dispiaceva per la situazione, mi chiedevo che diavolo stessi facendo. Sono troppo vecchio per andare in giro nella natura selvaggia senza compagnia."

"Non è vero," ribatté lei. "Se avesse la schiena ricurva e camminasse col deambulatore per via di un'anca sbilenca, potrei capire, ma è evidente che è in forma smagliante e che conosce i suoi limiti. Non fa le corse sui sentieri, li prende a un passo ragionevole. Chiunque avrebbe potuto perdersi e infortunarsi. Secondo me, si rimetterà in sesto in men che non si dica."

Gunner sorrise. "Sono d'accordo. Volevo solo dire che... mi dispiaceva per tutto, ero perso nei miei pensieri, poi sei arrivata tu e mi hai fatto ridere, mi hai fatto tornare presente, quindi... grazie."

"Non c'è di che," gli rispose sottovoce. "Adesso... come ho ripetuto a mio nonno di novantun anni, anche troppe volte nelle ultime settimane... un po' di riposo! Il corpo non si rimette in sesto con la stessa rapidità di un tempo, come quando aveva vent'anni in meno. Riuscirà a riprendere la stessa routine, ma non esageri, non si sforzi troppo."

"Sissignora," le rispose Gunner.

Caryn sentì una mano sul braccio e si girò; trovò Drew in piedi al suo fianco. Ethan, Tal e Brock erano dietro di lui a un paio di metri. "Devono partire," le disse Drew dolcemente.

"Giusto," rispose lei, che tornò a rivolgersi a Gunner. Quando Drew staccò la mano dal braccio di Caryn, lei era pronta a giurare di aver sentito la pelle formicolare nel punto in cui lui l'aveva presa. "Si prenda cura di sé," disse a Gunner, "e si ricordi di ringraziare suo figlio per aver chiamato subito aiuto."

"Ah, non preoccuparti, glielo dirò. Mio figlio si preoccupa

sempre tanto, ma in questo caso ha avuto ragione, lo ringrazierò. Comunque è single davvero, quindi l'offerta di presentartelo è ancora valida, se vuoi," aggiunse Gunner con un bel sorriso.

"Che persistenza," commentò lei scuotendo la testa. "Si rimetta presto."

"Certamente, grazie a te e alla tua squadra."

"Ah, ma io non sono..."

I soccorritori stavano già chiudendo le porte dell'ambulanza, quindi lei non ebbe il tempo di spiegare che si trovava a Fallport solo momentaneamente e che non faceva parte della squadra di ricerca e soccorso, ma li aveva aiutati solo in quel frangente.

Caryn indietreggiò di un passo e guardò l'ambulanza che usciva dal parcheggio. Simon si avvicinò e strinse la mano a tutti, anche a lei, ringraziando di nuovo.

Alla fine, Caryn rimase nel parcheggio con gli altri quattro.

A quel punto, si sentì un po' in imbarazzo, anche se loro non le avevano dato alcun motivo per provare disagio. Prima che potesse dire qualcosa, fu Ethan a parlarle.

"Sei stata fantastica," le disse.

Lei sbatté le palpebre incredula e fece spallucce. "Ho solo dato una mano. La parte difficile l'avete fatta voi, trovando Gunner e riportandolo indietro per quasi tutto il sentiero."

"Fai sempre così?" le chiese Tal.

"Così come?" chiese lei, sinceramente confusa.

"Schivi sempre un complimento?"

Caryn non se n'era mai resa conto, ma quando ci pensò, si accorse che lo faceva sempre, in ogni occasione, e sapeva anche il perché... per via dell'ambiente tossico in cui aveva lavorato.

Lei amava quel lavoro: domare gli incendi, aiutare i feriti nel primo soccorso, anche solo salvare un gatto che ogni tanto si arrampicava un po' troppo in alto su un traliccio...

ma orientarsi nei giochi di potere e cercare di non infastidire i colleghi era uno sfinimento. Per evitare di dare nell'occhio, doveva sminuire ogni complimento ricevuto, insistere che lei era solo una componente secondaria del gruppo, che si era limitata a contribuire parzialmente allo sforzo collettivo.

Era una situazione stremante, ma la verità era quella: se anche solo uno dei colleghi uomini avesse sentito dire che lei era in predicato per una promozione, o se Caryn avesse ricevuto troppi complimenti, con ogni probabilità qualcuno l'avrebbe accusata di essersi guadagnata favori andando a letto con qualcuno. Un'assurdità totale, che però era la realtà di moltissime donne, in ogni campo. Soprattutto negli impieghi considerati tradizionalmente più "maschili".

Impegnarsi a rimanere nell'ombra, per risultare una nella media, era un metodo per sopravvivere. Quando però Caryn si accorse di quanto si era spinta oltre, in quel costante tentativo di confondersi per non attirare l'attenzione, all'improvviso se ne vergognò.

"Sei stata fantastica, con Gunner," le disse Ethan con determinazione. "Quando si tratta di chiacchierare con le persone ferite, di solito interviene Zeke, perché noialtri non siamo molto bravi a conversare. È chiaro che hai un talento nel mettere le persone a loro agio. Ho visto coi miei occhi quel signore che si tranquillizzava man mano che gli parlavi. Scommetto tutto quello che ho che anche la sua pressione sanguigna è tornata nella norma, da quando ci hai raggiunti a quando siamo arrivati all'ambulanza."

Quel complimento fece molto piacere a Caryn. L'istinto di scansare quell'attenzione era sempre presente, ma lei lo contenne. "Grazie," gli disse. "In realtà, a me piace parlare con la gente, creare un legame. Se posso aiutare qualcuno ad avere meno paura, mi sembra di aver fatto già molto."

"Beh, di sicuro hai come una specie di tocco naturale; però volevo farti una domanda," le disse Ethan.

Caryn sentì una stretta allo stomaco e si preparò, come se temesse ciò che stava per chiederle. "Sì?"

"Davvero credi all'esistenza di Bigfoot?"

Lei scoppiò a ridere per il sollievo. Quando si ricompose, gli rispose: "Ehi, se Gunner ha detto di aver visto Piedone, chi sono io per contraddirlo?"

Gli altri quattro le stavano sorridendo... Per lei era un'esperienza più unica che rara: essere circondata da uomini che la supportavano, invece che sdegnarla per il timore di dover competere con lei. Le sembrava una situazione surreale.

"Caryn sta considerando di trasferirsi qui a Fallport e ha espresso un certo interesse nei confronti della squadra Eagle Point," disse Drew con naturalezza.

Lei si voltò verso di lui, sorpresa e non del tutto felice che Drew avesse spifferato a tutti la confidenza che lei gli aveva fatto, ovvero l'ipotesi di fermarsi a vivere in quella cittadina.

Prima che potesse rimproverarlo, parlò Brock.

"Certo."

Una parola, non disse altro, ma lei ne sentì l'effetto dalla testa ai piedi.

"*Accipicchia*, certo," aggiunse Tal. "Oggi sei stata incredibile... e sei anche molto più carina di noi."

"Fa sempre piacere che nella squadra entri qualcuno qualificato," disse Ethan con meno esuberanza, ma con altrettanta convinzione.

"Non me ne intendo, di ricerche," si sentì in dovere di dire Caryn.

Ethan alzò le spalle. "Possiamo sempre insegnarti... e dato che non andiamo mai nel bosco da soli... Beh, *quasi* mai: Rocky ha fatto un'eccezione e ha imparato la lezione... Comunque, un altro paio di occhi che cerchino chi si perde sono assolutamente apprezzati."

"Ah... allora grazie... ma non ho ancora deciso se trasferirmi o meno," spiegò loro apertamente.

"Dovresti," le disse Brock. "Art sente la tua mancanza, ci

soffre; tesse le tue lodi ogni volta che qualcuno lo ascolta. Se ti fermassi, andrebbe in visibilio."

"In visibilio? Ma si dice ancora?" chiese Tal.

"Io l'ho appena detto, non hai sentito?" chiese Brock senza alcuna irritazione.

A quel punto, Caryn scoppiò a ridere. "Lo so che il nonno sarebbe contentissimo, se venissi a vivere a Fallport, ma dovrei comunque trovare un lavoro."

"Ho sentito che i vigili del fuoco devono assumere qualcuno," disse Ethan.

"Davvero?" chiese Caryn.

"Sul serio?" domandò Drew allo stesso tempo.

"A quel che ho sentito, sembra proprio di sì. Fanno fatica a trovare nuove reclute, mancano i candidati qualificati. Evidentemente Fallport è troppo lontana dalle località preferite da molti e il salario non è all'altezza di quanto offrono nelle metropoli," spiegò Ethan.

Caryn immaginò che fosse anche un modo per informarla, oltre che un commento generico, così fece spallucce. "Il costo della vita qui a Fallport è molto più contenuto che in una grande città," commentò.

"È vero," rispose Ethan annuendo.

"Pensi di fare domanda?" insisté Brock.

Caryn non trattenne un sorriso. "Non lo so. Non vado molto d'accordo con Paul."

Tal sbuffò. "Sì, è un inetto."

"Un che?" chiese Caryn confusa.

"Un citrullo, un fesso, un pallone gonfiato, un paraculo."

Gli altri scoppiarono a ridere.

"Tradotto... è uno stronzo," concluse Brock sempre ridacchiando.

Caryn era d'accordo, ma pensò fosse più educato non dirlo. "Non lo conosco molto bene, ma da ragazzi non andavamo tanto d'accordo, quando passavo qui l'estate."

"Probabilmente ha mantenuto gli stessi pregiudizi di un tempo, immagino," riassunse Brock.

"In pratica, è quello che penso."

"Beh, sarà anche uno stronzo, ma è pur *sempre* il capitano della caserma dei vigili del fuoco e probabilmente la sua opinione conta, se c'è da assumere qualcuno," disse Ethan.

Caryn guardò Drew, che fino a quel momento era stato piuttosto tranquillo; lei non fu sorpresa dal fatto che la stesse fissando.

"Sarebbe un idiota a non assumerti," le disse lui con convinzione.

Caryn si accorse di essere arrossita. Chissà come, il loro rapporto, spigoloso ai primi incontri, si era trasformato e ora Drew cercava quasi di convincerla a trasferirsi a Fallport. Lei non sapeva bene come reagire.

"In ogni caso, se ti interessa sul serio unirti alla nostra squadra, possiamo anche fermarci più tardi a parlarne. Posso spiegarti i dettagli, come funziona l'addestramento, quanto spesso veniamo chiamati... cose così," le disse Ethan.

"Grazie."

"Oppure puoi parlarne con Drew," le disse Ethan facendole l'occhiolino. "Allora salutaci Art, va bene."

Caryn evitò di guardare in direzione di Drew, improvvisamente intimidita, nonostante lei non fosse una persona normalmente timida. "Non mancherò."

"Grazie ancora per l'aiuto, ci è stato molto utile," le disse Brock.

"Sottoscrivo in pieno," aggiunse Tal con un sorriso.

Dopo qualche momento, Caryn rimase nel parcheggio da sola con Drew.

"Hai fame?"

Caryn fu colta di sorpresa e guardò l'orologio al polso: era quasi ora di cena. "Ehm, sì, ma dovrei tornare a casa a vedere come sta il nonno."

"Pensavo... magari potremmo fermarci all'On the Rocks.

Zeke è a casa con Tony, ma Elsie è al lavoro, volevo presentartela. Possiamo prendere qualcosa da mangiare da portare a tuo nonno. Non è come mangiare alla tavola calda di Sandra, ma il cibo è comunque molto buono."

"Perché?"

"Perché è buono? Perché Zeke ha assunto un ottimo cuoco. È..."

"No... volevo dire... perché vuoi presentarmi Elsie?"

Drew corrugò la fronte. "Perché no? Elsie è fantastica ed è la moglie di Zeke, che fa parte della squadra Eagle Point."

Caryn rimase perplessa. "Ancora non capisco."

"Siamo una famiglia," le spiegò Drew con calma. "Siamo molto uniti. Quando Zeke si è messo con Elsie, il nostro gruppo ha accolto sia lei che il figlio. Lo stesso con Lilly e con Bristol. Far parte della squadra significa passare il tempo con gli altri *e* con i relativi partner. Siamo una cerchia molto protettiva, se succede qualcosa a uno di noi, o a una persona a noi cara, non esitiamo a fare tutto il possibile per far sentire la nostra presenza."

Caryn non seppe fare altro che fissarlo. Drew le stava descrivendo uno scenario che, un tempo, lei si aspettava di trovare in caserma, al primo incarico nei vigili del fuoco. Si era immaginata di passare anche il tempo libero coi colleghi, di fare amicizia con le loro famiglie, di socializzare fuori servizio. Invece non era successo in nessuna delle caserme in cui aveva lavorato.

A quel punto, lei non si aspettava certo di essere inclusa in un gruppo tanto coeso come quello di Drew e degli altri della squadra; eppure, lo desiderava.

Nonostante la sensazione che non fosse una mossa furba e che avrebbe fatto meglio a proteggere i propri sentimenti, si ritrovò a dire: "Ottima idea."

Drew la fissò come se potesse osservare lo scompiglio che la agitava, ma le disse solo: "Bene. Allora ci vediamo là."

Lei annuì, ma appena Drew si girò per tornare alla sua Jeep Wrangler, lei sbottò: "Perché mi hai chiamata?"

Lui non dovette chiederle cosa intendesse; tornò a voltarsi verso di lei e le rispose: "Perché sapevo che avresti accettato e che potevi contribuire alla missione." Poi fece un cenno col capo verso la mano che Caryn aveva sforzato di più trasportando la barella e disse: "Quando siamo al locale, prendiamo anche un po' di ghiaccio... Ce la fai a guidare?"

Lei fu stupita dal fatto che Drew avesse notato la mano affaticata e fu ancor più sorpresa dal candore con cui gliene aveva parlato, così semplicemente annuì.

"Va bene. Comunque, per la cronaca... la prima volta che ho portato una lettiga nel bosco, avevo la mano talmente martoriata che non sono stato in grado di usarla per almeno ventiquattr'ore, dico davvero. Ci vediamo tra poco." Dopo di che, Drew si voltò e raggiunse la macchina.

Di riflesso, Caryn strinse il pugno e sentì i muscoli della mano che protestavano. Ciononostante, provava un sollievo e una leggerezza che le mancavano da tantissimo tempo.

Tirò fuori dalla tasca le chiavi dell'auto e si mise al volante.

Era stata una bella giornata, sia pur confusa... una di quelle giornate che potevano destabilizzarla... ma che la facevano star bene. Caryn sperava solo che cenare con Drew e conoscere Elsie fosse un buon modo di chiudere in bellezza.

CAPITOLO CINQUE

Drew respirò a fondo mentre guidava. Aveva osato parecchio, quel giorno, ma fino a quel momento, ogni mossa era andata a buon fine. Aveva immaginato che i compagni di squadra non se la sarebbero presa, se lui avesse telefonato a Caryn per chiederle aiuto, infatti erano stati contenti... e lei era stata incredibile.

Nessuno degli uomini aveva legato molto bene con il signor Pierce, che aveva brontolato e soffriva; avevano dovuto insistere parecchio anche solo per convincerlo a farsi portare fuori dal bosco. Durante la prima parte del tragitto per tornare a valle, il gruppo era rimasto quasi sempre in silenzio, in un clima un po' imbarazzante... fino all'arrivo di Caryn.

Chissà come, lei aveva addolcito quel signore nel giro di pochi minuti, cambiandone completamente l'atteggiamento. Quando avevano raggiunto la piazzola del parcheggio, ormai il signor Pierce rideva ed era molto più tranquillo, nonostante la tragedia sfiorata.

Vedere Caryn all'opera aveva aperto gli occhi a Drew; lui si era già immaginato che fosse brava, ma non aveva capito esattamente *quanto* brava. Gli dispiaceva aver spifferato agli amici che lei stava pensando di trasferirsi a Fallport. Non le aveva chiesto se si trattasse o meno di una confidenza che lei gli aveva fatto, ma ormai era troppo tardi, aveva vuotato il sacco, per così dire.

Gli amici l'avevano accolta benissimo, proprio come Drew si aspettava. Dopo averla vista all'opera con il signor Pierce e dopo il modo in cui Caryn si era fiondata a fare la sua parte, trasportando la barella senza lamentarsi, nonostante l'evidente dolore alla mano, tutti avevano capito senza alcun dubbio che sarebbe stata un elemento molto utile per il gruppo.

Però Caryn aveva ragione: la squadra di ricerca e soccorso era su base volontaria, quindi le serviva un lavoro per mantenersi. Per quanto ne sapeva Drew, Caryn non era certo segretamente milionaria, ma del resto, non la conosceva affatto.

Gli aveva detto che non andava molto d'accordo con Paul Downs, il che non l'aveva affatto sorpreso. La reazione di Tal non era stata affatto fuori luogo: quel Downs *era* uno stronzo, ma di sicuro non avrebbe rinunciato alla possibilità di assumere una professionista come Caryn nel dipartimento antincendio di Fallport. Drew l'avrebbe verificato a tempo debito.

La proposta che aveva fatto a Caryn di vedersi all'On the Rocks gli era uscito un po' d'impulso, ma Drew non se ne pentiva, anzi, tutt'altro. Di norma, dopo una missione, lui tornava a casa per rilassarsi; chissà perché, quel giorno aveva sentito il bisogno di stare più tempo con lei. Voleva conoscerla meglio. La prima impressione era di una donna brusca e dallo scatto facile, ma negli occhi di Caryn, Drew aveva visto anche fiumi di emozioni, nonostante lei tentasse con forza di nasconderle. Drew aveva capito che i complimenti la mettevano a disagio, il che era un vero peccato.

Tuttavia, Drew cercò di ricordarsi che potevano essere solo amici, per quanto fosse interessato a lei. I rapporti stabili non gli andavano a genio; lui era molto umorale e distaccato; inoltre, Caryn era già stata sposata, proprio con un poliziotto; da quel che gli aveva detto, non era minimamente interessata a correre tra le braccia di un altro ex sbirro.

Drew scosse la testa e accostò nel parcheggio dietro all'On the Rocks. Perché mai stava pensando a un rapporto affettivo? L'unico rapporto che avrebbe instaurato con quella bella pompiera sarebbe stato di tipo professionale.

Anche mentre lo pensava, Drew capì che si stava prendendo in giro da solo. Era interessato. *Troppo* interessato. Per una frazione di secondo, pensò anche di far saltare la cena al locale, ma allontanò quell'idea con la stessa velocità con cui gli era venuta. Lui non era tipo da bidoni. Peraltro, voleva davvero far conoscere Caryn a Elsie. Caryn aveva un disperato bisogno di un legame profondo con qualcuno, lo si vedeva chiaramente. Aveva una palese espressione melanconica negli occhi blu, molto espressivi, in particolare quando aveva parlato del desiderio di creare un legame più stretto con i colleghi e con le loro famiglie.

Prima ancora di rendersene conto, Drew era già nella piazzola davanti al locale e seguiva con gli occhi Caryn che girava l'angolo e arrivava da dietro l'edificio. Non l'aveva fatto aspettare molto. Drew non poté non ammirarla, mentre si avvicinava. Aveva i capelli biondi corti, adatti al suo viso e alla personalità pragmatica. Camminava con passo sicuro e la canotta che indossava metteva in evidenza le braccia muscolose.

Drew poteva senz'altro dire che Caryn era il suo tipo.

Mise da parte quel pensiero e sorrise, quando lei lo raggiunse, poi afferrò la maniglia della porta. "Sei già stata qui?" le chiese mentre teneva aperta la porta.

"Sì, ma è passato un po' di tempo. Non sono una che beve molto," gli rispose.

Drew dovette sforzarsi per non appoggiarle una mano dietro la schiena, mentre la seguiva nel locale. Di solito, lui non cercava molto il contatto fisico, ma con Caryn era quasi un istinto naturale.

Hank Blackburn era dietro il bancone del bar e li salutò con un cenno del mento appena entrarono. Valerie McGee, una delle cameriere che lavorava regolarmente all'On the Rocks, li salutò da lontano, ma lo sguardo di Drew fu attirato dalla donna che si stava avvicinando: Elsie.

I capelli castani mossi le incorniciavano il viso un po' in disordine, sembrava un po' consumata. "Ciao!" disse appena fu vicina. "Immagino l'abbiate trovato?"

Drew non fu sorpreso di scoprire che Elsie sapeva della missione. Anche se Zeke non aveva partecipato alla ricerca e in quel momento non era presente, ovviamente aveva tenuto aggiornata la moglie.

"Ciao. Sì, l'abbiamo trovato, adesso è dal dottor Snow."

"Bene. Tu devi essere Caryn. Ho sentito parlare molto di te," disse Elsie con il solito sorriso smagliante, voltandosi verso la donna al fianco di Drew.

"Sono proprio io, e non mi sorprende che tu abbia sentito parlare di me."

Elsie ridacchiò. "Se c'è qualcosa che funziona a Fallport è il gossip. Non che io abbia chiacchierato alle tue spalle, ma sai, è difficile non stare ad ascoltare. Art parla di te continuamente... si vanta di te. Cioè, chi non si vanterebbe? Specialmente della nipote, appesa alla fine di una corda al sedicesimo piano, impegnata a salvare una donna costretta a uscire dalla finestra."

Caryn spalancò gli occhi. "Hai sentito quella storia?" le chiese.

"E chi non l'ha sentita? Te lo giuro, Art ha raccontato quell'episodio per un'intera settimana a tutti quelli che sono passati dall'ufficio postale."

"Sei addestrata per i salvataggi alla corda?" le chiese Drew, incapace di resistere alla curiosità.

Caryn alzò le spalle. "Sì."

"Non lo sapevo."

"Non me l'hai chiesto," ribatté lei con un sorrisetto beffardo.

Drew non poté fare altro che ricambiare il sorriso. Caryn aveva ragione: non gliel'aveva chiesto. Gli venne il dubbio che quella donna potesse fare molto altro di cui non aveva mai parlato. Non era una che si vantava. Faceva il proprio lavoro e probabilmente pensava di non fare nulla di straordinario. "Alla squadra farebbe comodo aggiungere qualcuno capace di intervenire con un'imbragatura," le disse.

"Aspetta, allora stai pensando di unirti alla squadra Eagle Point?" chiese Elsie spalancando gli occhi.

"Sto valutando. Cioè, ci sono altre decisioni da prendere, prima di quella... in particolare se deciderò di trasferirmi stabilmente qui a Fallport."

"Sarebbe fantastico!" esclamò Elsie. "Sul serio! So che ultimamente Zeke ha lavorato davvero tanto, tra il locale e l'aiuto che ha dato a me, con Tony; ho l'impressione che ci siano state più persone scomparse, di recente, e con la puntata su Bigfoot che sta per andare in onda, penso che la situazione non migliorerà. La tua presenza e la tua preparazione sarebbero l'ideale."

Caryn sembrò sorpresa dal calore e dalla rapidità con cui Elsie aveva accolto la possibilità che lei entrasse nella squadra di ricerca e soccorso.

"Ehm... grazie."

"Io non sono una che ami stare tanto all'aria aperta... basta chiederlo a Zeke. Beh, almeno quando lo vedrete, perché stasera non c'è. Sono andata a piedi fino al punto di osservazione Eagle Point, ma penso che mi sia bastato per almeno un anno. Cioè, lui aveva preparato quell'osservatorio per poterci passare la notte, così abbiamo evitato di dormire per terra, in tenda; è stato meraviglioso... ma la camminata di quindici chilometri per arrivarci... meno meravigliosa. Anche se abbiamo mantenuto un passo molto lento, lo so... ah, per non parlare di quella scala, sai che fatica, ogni volta, scendere per andare a fare pipì? Comunque, penso che saresti di grande aiuto agli altri."

Drew si accorse che Caryn era un po' spiazzata dalla valanga di informazioni che le stava dando Elsie, così intervenne con calma: "Pensi che ci sia posto per noi? È stata una giornata un po' lunga."

"Oh! Certo! Scusatemi, sono qui a trattenervi con le mie chiacchiere, mentre avrete sicuramente fame e sete." Elsie fece loro cenno di seguirla e continuò a parlare, mentre li accompagnava al tavolo. "Cosa posso portarvi da bere? Drew, prendi una birra?"

"Non oggi. Pensavo più a una limonata alla fragola."

Sentì su di sé lo sguardo di Caryn e si voltò verso di lei, trovandola col viso sorpreso.

"Che c'è? Un uomo non può ordinare una limonata?"

"Non è questo," ribatté lei, che poi fece spallucce timidamente. "Sì, va bene, è questo."

Drew non se la prese. Non era tipo da offendersi facilmente. Aveva la pellaccia dura e si mise a ridere. "Non hai mai assaggiato la limonata alla fragola dell'On the Rocks."

Caryn inclinò la testa per confermare, poi si voltò verso Elsie appena arrivò al tavolo. "Allora credo proprio che prenderò anch'io una limonata alla fragola."

Elsie era raggiante. "Ottima scelta. Torno subito con la brocca e i menù. Immagino che avrete una bella sete."

"Grazie Else," le disse Drew.

"Figurati." Poi Elsie si girò e si avviò verso il bar.

Appena seduti, Caryn disse: "Mi sembra carina."

"Lo è," rispose Drew senza esitare.

"Art mi ha raccontato cos'è successo a lei e al figlio, adesso mi sembra che stia bene."

Drew non fu sorpreso dal fatto che Caryn conoscesse tanto bene i retroscena degli abitanti di Fallport: in fondo, viveva con uno dei principi del gossip.

"Sì, sta bene, ma ogni tanto è giù di morale; ce l'ha con se stessa per essersi fidata dell'ex. A volte pensa di essere la peggior madre al mondo, si odia per aver dato una seconda chance di fare il padre all'ex, che negli anni passati non aveva mai mostrato alcun interesse per Tony."

"La capisco. Col senno di poi, si capisce tutto perfettamente. Anche se la situazione è completamente diversa, anch'io mi sono sentita molto giù dopo alcuni interventi andati male," spiegò Caryn dopo essersi accomodata sulla sedia di fronte a Drew.

"Per esempio?" le chiese lui, che poi ci ripensò. "Scusami, lascia pur perdere."

"Ma no, non c'è problema. Per esempio, una volta c'è stato un ingorgo pazzesco su una superstrada. C'era nebbia e qualcuno ha tamponato, la scarsa visibilità ha innescato un effetto a catena. Ci saranno stati trentacinque veicoli incidentati, tra macchine e camion. Abbiamo cominciato a soccorrere i casi più urgenti, valutare le persone intrappolate negli abitacoli, cercare di capire chi andasse soccorso prima. In una macchina c'era una donna che stava parlando con un collega che l'aveva raggiunta; la donna era chiusa dentro. Era presente e lucida, quindi si è deciso che non aveva la priorità. Io avevo uno strano presentimento, ma non potevo certo andare contro la decisione del capitano responsabile dell'intervento..." La voce di Caryn si affievolì.

Drew fece per prenderle la mano, senza pensarci; le avvolse le dita con le proprie e le strinse leggermente. "Cos'è successo?"

"È morta dissanguata. Arteria femorale recisa, ma siccome aveva i sedili dell'auto neri, nessuno ha notato l'emorragia al momento della valutazione. Lei non si è lamentata del dolore, non ha chiesto di essere liberata... non so nemmeno se si fosse resa conto di quanto fosse grave la ferita. Ha detto semplicemente ai soccorritori di aiutare qualcun altro, qualcuno che ne avesse più bisogno. Penso ancora a quell'intervento, a cos'avrei dovuto fare di diverso."

"A me invece è capitata una telefonata al numero d'emergenza," le disse sottovoce Drew, che si sentiva in dovere di raccontarle uno dei propri fallimenti più gravi. "Chi ha risposto ha pensato che dall'altra parte ci fosse una bambina, ma non ne era sicuro. Diceva solo di avere bisogno di aiuto. Mi hanno mandato a quell'indirizzo. Quando ci sono arrivato, c'era un prato immacolato... fiori da tutte le parti, erba tagliata... una zona relativamente benestante."

"Ho bussato alla porta e mi ha risposto una donna; era vestita bene, capelli a posto, truccata. Le ho spiegato di aver risposto a una telefonata al 911 proveniente da quell'indirizzo, ma lei era totalmente sorpresa. Ha detto che era a casa da sola con la figlia di cinque anni e che andava tutto bene. Come da protocollo, ho insistito per vedere la figlia. Lei ha accettato subito e mi ha portato la bambina alla porta: era molto timida e non mi guardava mai negli occhi, ma sembrava star bene, in salute. Indossava dei jeans e una bella maglietta coi fiori rosa; capelli biondi, ben pettinati. Madre e figlia sembravano a posto, così ho ringraziato e me ne sono andato."

A quel punto fu Caryn a stringergli la mano.

"Il giorno dopo, quando sono entrato in servizio, ho scoperto che la bambina era stata assassinata dalla madre. Credo che fosse stata molestata per molto tempo, che le ferite per le percosse fossero nascoste dai vestiti. La telefonata alla polizia è stata il fattore scatenante per la madre; quando me ne sono andato, lei ha portato la figlia di sopra, ha riempito la vasca da bagno e ci ha affogato la bambina. Avrei dovuto fare più domande, parlare con la figlia a quattr'occhi. Qualcosa. *Qualunque* cosa."

"Non è stata colpa tua," gli disse Caryn sottovoce.

"Certamente... e vale lo stesso per te, con quella donna, nell'incidente d'auto," ribatté Drew alzando appena le spalle.

Si guardarono a lungo, commiserandosi a vicenda. Nonostante avessero lavorato in ruoli diversi, ovviamente avevano molto in comune.

"Arriva la limonata!"

Il tono felice e spiritoso di Elsie risucchiò Drew nel presente; lasciò andare la mano di Caryn mentre Elsie appoggiava sul tavolo la brocca e due bicchieri già pieni.

"Ecco i menù, anche se immagino a te non serva, Drew," disse Elsie.

Lui scosse la testa. All'On the Rocks si mangiava bene, ma non c'era l'enorme scelta che offriva Sandra all'Occhio di Bue. Drew aveva da tempo imparato a memoria quel menù.

"Cosa c'è di buono?" chiese Caryn.

"Tutto," rispose Elsie sicura di sé. "Però ti consiglio in particolare il cheeseburger. So che non sembra nulla di speciale, ma va assaggiato. Non so come lo prepari esattamente Max, il nostro cuoco, ma insaporisce la carne con qualcosa, prima di metterla sulla griglia. È molto succoso, anche quando è ben cotto. Ah, la salsa speciale è una vera ciliegina sulla torta, per così dire."

Caryn sorrise. "Come potrei mai dire di no?" chiese. "Vada per il cheeseburger."

"Salsa e patatine?"

"Certamente!"

"Ottimo. Invece per te, Drew?" chiese Elsie.

"Prendo lo stesso."

"Niente pomodoro, giusto?"

"Esatto."

"Fantastico. Porto l'ordine in cucina e torno subito."

"Grazie," le disse Drew. Elsie ricordava i gusti di tutti, era una cameriera eccezionale, oltre ad avere una personalità molto positiva. Era una vera e propria attrazione, all'On the Rocks, e non solo perché aveva sposato il proprietario.

"Dai, assaggia la limonata," disse Drew appena Elsie fu andata via.

In risposta, Caryn abbassò la testa e con le labbra avvolse la cannuccia immersa nel bicchiere. Appena il liquido dolciastro le ricoprì le papille gustative, lei spalancò gli occhi.

Drew ridacchiò, poi bevve un lungo sorso dal suo bicchiere.

"Santo cielo!" esclamò Caryn appoggiandosi allo schienale.

"Vero? Te l'avevo detto."

"Ma è *fantastica*. La combinazione giusta di acido e zucchero."

"Va giù che è una meraviglia, di sicuro," commentò lui.

"Dovrò portarmene via una tanica, penso che diventerà la mia nuova ossessione."

Drew non trattenne un sorriso. Aveva reagito esattamente come Caryn, la prima volta che aveva bevuto quella limonata. Non l'aveva nemmeno ordinata, ma Elsie l'aveva convinto fino a farlo cedere, a rischio di sembrare scortese. Ovviamente, anche lui era rimasto colpito dal primo sorso.

"Lo sai che Art mi ha raccontato molto di Fallport: i negozi, le coppie che si frequentano, tutti i pettegolezzi che poteva ricordare... quindi pensavo che ormai non ci fosse più nulla che potesse sorprendermi... ma mi accorgo che c'è molto più di quanto pensassi."

"Ad esempio, una deliziosa limonata alla fragola?" chiese Drew.

"Eh sì. Anche quella. Ma anche tu."

"Io?"

"Sì. Negli anni, Art mi ha parlato qualche volta di te, ma io ho sempre trascurato tutto quello che mi diceva sugli uomini single di Fallport. Specialmente un ex poliziotto. Mai e poi mai avrei pensato che tu potessi andarmi a genio."

Una fragorosa risata riempì la bocca spalancata di Drew.

Caryn arrossì. "Cacchio, detto così mi rendo conto che suoni peggio di come intendevo. Scusami."

"Non devi scusarti. A dire la verità, un po' mi ero fatto la stessa impressione, tutte le volte che Art parlava a fiume *di te*. Immaginavo fosse impossibile che fossi tanto fantastica quanto lui continuava a sostenere."

"Immagino che l'idea che ci eravamo fatti l'uno dell'altra

non ci abbia aiutati a partire col piede giusto, quando ci siamo incontrati all'ospedale di Roanoke, non credi?" gli chiese.

"Infatti. Però devo ammettere che mi sbagliavo. Sei davvero fantastica, Caryn."

"Confermo, e guarda che lo so che è un bel complimento, detto da un poliziotto," gli disse scherzando.

Drew alzò un sopracciglio e inclinò la testa verso di lei.

Caryn fece un gran sorriso. "Immagino ti aspetti che dica lo stesso di te, vero?"

"Beh, sai com'è... Il mio ego potrebbe non riprendersi mai più, se non ricambi. Potrei cadere in una depressione profonda e non uscire più di casa. I miei clienti si arrabbierebbero, se ignorassi i loro libri contabili, e il fisco verrebbe a beccarmi, se non saldo correttamente le tasse. Verrei ostracizzato da Fallport, rimarrei senzatetto e per mangiare dovrei racimolare monetine al distributore di merendine."

"Signore mio, che dramma! Va bene, d'accordo. Anche tu non sei poi tanto male."

Drew non ricordava di essersi mai divertito tanto in compagnia di una donna. Caryn non era solo eccezionalmente brava nel suo lavoro, era anche divertente e pragmatica; lui si accorse di rispettarla a un livello che cresceva vertiginosamente.

Non ti interessa un rapporto di coppia, rammentò a se stesso.

"Non tanto male. Che donna spietata," le disse dopo un momento.

"Non faccio male a una mosca," ribatté lei.

"Appunto. Per la cronaca... io preferisco la cruda realtà; come ti dicevo, è difficile che mi offenda."

"Uno dei vantaggi di essere un ex poliziotto, giusto?" gli chiese.

"In pratica, sì. Mi hanno affibbiato ogni epiteto possibile e immaginabile, mi hanno accusato di tante malefatte, ma ero un bravo poliziotto. Uno in gamba. Uno che si faceva in quattro per aiutare chiunque, in ogni modo. So quel che sono e quel che non sono, quindi quello che dicono gli altri di me non mi fa né caldo né freddo."

"Vorrei tanto pensarla allo stesso modo," gli disse Caryn sottovoce. "A me dà troppo fastidio, invece."

Drew fu molto dispiaciuto per lei, ma non ritenne quello né il luogo né il momento di affrontare una conversazione profonda sulla psiche e sul modo in cui Caryn giudicasse se stessa, specialmente perché avevano appena cominciato a conoscersi.

"Beh, per quel che vale, per me sei da dieci e lode," le disse. "Apprezzo molto l'aiuto che ci hai dato oggi. Sapevo che ce l'avevi con me, stamattina, quando sei andata via, ma speravo accettassi lo stesso di aiutarci."

"Non ce l'avevo per nulla," ribatté lei. "Non hai detto o fatto alcunché di male. Sono stata io ad avere una reazione eccessiva, non ti ho nemmeno lasciato il tempo di rispondere alla mia richiesta improvvisa e inaspettata di unirmi alla squadra di ricerca e soccorso. Ero troppo preoccupata per ciò che avresti *potuto* dire, quindi non ti ho lasciato il tempo di dire nulla. Dovrei essere io a scusarmi."

"Penso che... quando devi costantemente fare attenzione a ciò che dici e a ciò che fai, per evitare di essere criticata, ti abitui a proteggerti da qualunque tipo di ritorsione. Non c'è nulla di cui ti devi scusare."

"Grazie, però penso di aver sbagliato; sto cercando di riconoscere i miei difetti per migliorarmi."

"Proteggere te stessa non è un difetto," affermò Drew con decisione.

"Ma comunque..."

"Appunto, beh... di nuovo, grazie mille per il tuo intervento di oggi. Sei stata davvero fantastica con il signor Pierce."

"Era nel panico e ce l'aveva con se stesso. Aveva solo bisogno di rilassarsi."

"Sono d'accordo, e sei stata tu ad aiutarlo, non noi. Come va la mano?" Fu un cambio d'argomento all'improvviso che a Caryn non sembrò dispiacere, anzi non sembrò nemmeno notarlo.

"La mano va bene. Non avevo mai pensato a quanto fosse faticoso portare di peso una barella in quel modo."

"Va bene nel senso che non riuscirai a muoverla per qualche ora? O va bene nel senso che è gonfia, ma che basteranno un paio di pillole di antidolorifico e domattina sarai come nuova?" le chiese Drew.

Lei fece un gran sorriso. "La seconda."

"Ecco, comunque, se non vuoi metterci del ghiaccio subito, ti consiglio caldamente di metterlo stasera, perché aiuta molto."

"Ci stavo già pensando."

"Ottimo."

Drew scrutò Caryn dall'altra parte del tavolo. Avevano molte esperienze in comune; anche lei era una persona alla mano, che chiaramente teneva molto al nonno, tanto da mollare tutto per trasferirsi a Fallport e stargli vicino. Anche lei non aveva paura di ammettere i propri difetti, era una persona modesta.

Insomma... a Drew, Caryn piaceva; si era convinto che, più tempo passava con lei e più *voleva* passarne.

"Accidenti," mormorò Caryn vedendo Elsie che si avvicinava. "Quei piatti sono più grandi della mia testa!"

Drew sorrise. Caryn non si sbagliava: Zeke e gli altri non lesinavano sulle quantità di cibo che veniva servito all'On the Rocks. Elsie appoggiò i piatti sul tavolo.

"Eccoci qua. Due cheeseburger, uno completo, l'altro senza pomodoro. Patatine e fagiolini come contorno, perché ho pensato che un po' di verdura non guastasse, insieme ai carboidrati e alle proteine. Quando è ora, vi riempio di nuovo la brocca. Stasera per dolce c'è la torta con cocco e cioccolato, quindi tenete un po' di spazio!"

Poi Elsie si girò per tornare al bar a riempire un'altra brocca di limonata.

"Sul serio, c'è troppo da mangiare."

"Vuoi dire che, dopo la camminata di oggi, non hai fame?" le chiese Drew.

"Una fame da lupi, ma insomma..." insisté Caryn.

Per tutta risposta, Drew prese il proprio cheeseburger e ne morse un gran pezzo, poi prese a masticare con un'espressione divertita. Dopo aver deglutito, le disse: "Appena comincerai a mangiare, non t'importerà più: è tutto troppo buono."

Caryn seguì il suo consiglio e diede un morso al panino. Quando cominciò a masticare, le si spalancarono gli occhi e Drew amò d'istinto quella reazione, la stessa di quando Caryn aveva assaggiato la limonata.

"Va bene, sto pensando... Credo di essere stata negligente a non aver mai mangiato qui," disse Caryn dopo aver deglutito il boccone. "Che stupida, avevo dato per scontato che servissero pietanze semplici, cucina da bar. Devo ricredermi."

Drew ridacchiò. "Credo che Zeke se lo sia sentito dire parecchie volte."

Mangiarono e chiacchierarono del più e del meno. Caryn gli chiese informazioni su alcuni compaesani che aveva conosciuto durante le estati passate col nonno; Drew le raccontò del tempo necessario a farsi accettare in paese, problema che avevano affrontato anche gli altri uomini della squadra di ricerca e soccorso Eagle Point; dopo cinque anni, ormai i cittadini li trattavano come se avessero sempre vissuto a Fallport.

Quando entrambi ebbero finito di mangiare, la porta del locale si aprì di nuovo. Nel frattempo, c'era stato un costante viavai di clienti, ma quando Drew lanciò un'occhiata per capire chi fosse entrato, vide Lilly in compagnia di Davis Woolford, un ex militare senzatetto che aveva scelto di abitare a Fallport.

Lilly e Davis andarono al bancone del bar, dove Elsie parlò

con lui. Dopo una breve conversazione, Lilly gli diede una pacca sulla spalla e lui si sedette. Poi, come se avesse già saputo che Drew e Caryn erano seduti a quel tavolo, Lilly si avviò dritta verso di loro.

Drew non poté evitare una piccola sensazione di disagio: si stava godendo il tempo passato da solo con Caryn. Beh... "da solo" non era esattamente corretto, ma almeno aveva parlato con lei a tu per tu.

Però Drew apprezzava Lilly; magari, l'amica avrebbe potuto aiutarlo a capire meglio la donna che gli stava seduta di fronte.

CAPITOLO SEI

"Ciao!" esclamò con gioia una donna che si avvicinava per tirar fuori la sedia vicina a quella di Drew, ma senza sedersi.

"Accomodati pure, Lilly," le disse lui con un pizzico di sarcasmo.

Caryn soffocò la risata che stava per uscirle di bocca. Drew poteva anche fingere che gli desse fastidio che quella donna si fosse autoinvitata a sedersi con loro, ma era ovvio che non lo irritasse veramente.

Lilly lo ignorò e sorrise a Caryn.

Caryn non aveva affrontato argomenti personali con Ethan, mentre percorrevano insieme il sentiero. Erano tutti troppo concentrati sul compito di tirar fuori Gunner dal bosco e portarlo al sicuro, ma quando gli altri avevano parlato sia pur brevemente di Lilly, Caryn aveva capito dalle parole di Ethan che lui ne era follemente innamorato. Era passato molto tempo, dall'ultima volta che Caryn aveva conosciuto un uomo che non avesse timore di mostrare pubblicamente la propria devozione per la compagna. I colleghi vigili del fuoco amavano atteggiarsi da macho e non consideravano molto virile ammettere apertamente l'amore per la propria donna.

Secondo lei era una stupidaggine; infatti, sentendo Ethan

che parlava senza problemi del proprio affetto per Lilly, le era venuta voglia di conoscerla.

"Oooh, limonata alla fragola!" disse Lilly con entusiasmo.

Subito dopo, Elsie arrivò con un bicchiere pulito, una cannuccia e una brocca piena di quella bevanda deliziosa.

"Meno male che ci sei tu!" esclamò Lilly allegramente.

"Mi piace far contenti gli altri," disse Elsie.

"Come sta Tony?"

"Si sta riprendendo. Penso che Zeke fosse quello più fuori di testa tra tutti noi. È la prima volta che mio figlio si ammala da quando stiamo insieme... Sai com'è, Zeke è molto protettivo," spiegò Elsie.

"Che dolce," commentò Lilly.

"Infatti. Comunque, godetevi la limonata e se volete mangiare qualcosa fatemelo sapere."

"Va bene. Grazie."

Dopo che Elsie se ne fu andata, Drew chiese: "Come stai *tu*, Lilly? Non ho più sentito nulla delle nozze... Come procedono i piani?"

"Io sto bene, grazie," gli rispose Lilly facendo spallucce. "Rocky sta lavorando parecchio per rimettere in sesto il fienile che ha comprato per Bristol in modo che sia pronto per la cerimonia. A me, sinceramente, non interessa dove ci sposeremo; mi basta diventare la moglie di Ethan, son già felice. Però... non sono qui per parlare di me. Volevo conoscere Caryn, dirle che gran bella impressione ha fatto oggi su Ethan, che adesso è tutto entusiasta di accoglierla nella squadra."

Caryn fu sorpresa di quel commento. "Anch'io sono contenta di conoscerti, ma penso che Ethan si sia fatto un'idea sbagliata. In realtà non ho deciso di trasferirmi a Fallport, non ancora."

Lilly abbassò la testa scoraggiata. "Accipicchia." Poi si risollevò. "Però quel 'non ancora' significa che possiamo sempre convincerti."

Caryn rise. "Penso di sì."

"Ecco, allora... siccome Art è tuo nonno, probabilmente conoscerai già tutti gli aspetti belli e brutti di questa cittadina. Cominciamo con quelli brutti: Whip Johansen," disse Lilly sporgendosi in avanti sulla sedia.

Drew si appoggiò divertito allo schienale; sembrava contento di lasciar parlare Lilly.

"Sarebbe il proprietario del circolo del biliardo?" domandò Caryn.

"Proprio lui: è uno stronzo! È l'unico locale in piazza che non mette le luci di Natale, non partecipa all'iniziativa 'dolcetto o scherzetto' per Halloween e non chiude durante la parata del quattro luglio. Per non parlare della sicurezza, che in quel locale lascia molto a desiderare. Basta che i clienti paghino per bere alcol, per il resto va bene grosso modo tutto. Fin troppe volte Simon è dovuto andare a tarda notte con gli altri poliziotti per interrompere risse e gestire altre grane."

"Poi c'è il sindaco. Anche lui è una *specie* di stronzo. Cioè, io non entrerei mai in politica, ci mancherebbe... non invidio certo l'incarico del sindaco, ma sì... sarebbe carino se tirasse un po' più acqua al mulino dei nostri uomini. Bristol ha donato alla squadra i telefoni satellitari per facilitare le missioni, per sicurezza, perché il sindaco la menava continuamente sul costo e sul budget insufficiente."

"È stata molto carina," commentò Caryn.

"Sì, davvero. Quando Rocky l'ha trovata nel bosco, non aveva modo di telefonare per chiedere aiuto e così ha dovuto portarla in braccio per dieci chilometri; così lei ha vissuto in prima persona l'esigenza di comunicare con l'esterno dai sentieri."

"Come è successo oggi," disse Caryn guardando Drew.

"Già! Devo ammettere che è stato un sollievo poter telefonare mentre eravamo in mezzo al bosco," rispose Drew.

"Davvero utile," commentò Caryn.

"Infatti," concordò Lilly.

"Paul Downs... è un altro dei cattivi," aggiunse Drew.

"Chi?" chiese Lilly corrucciandosi.

"Il capitano dei vigili del fuoco," rispose Caryn per lui. "Se mi trasferisco a Fallport, dovrò trovarmi un lavoro e non mi dispiacerebbe entrare nei pompieri, ma Paul mi odia a morte, quindi non penso proprio che vorrà assumermi."

"Beh, ma sarebbe uno stupido!" esclamò Lilly. "Cioè, io non lo conosco, ma perché mai dovrebbe odiarti?"

"Sinceramente non lo so: io non gli ho fatto nulla... ed è passato tantissimo tempo da quando eravamo ragazzi... da quando ci siamo conosciuti."

"Ecco, beh, insomma... se non ti prendono nei vigili del fuoco, ti troveremo qualcos'altro," disse Lilly con leggerezza. "Anch'io non sapevo cos'avrei fatto, quando mi sono trasferita perché avevo trovato l'amore."

"Adesso è la fotografa e videografa ufficiale di Fallport," spiegò Drew a Caryn.

"E sono molto più impegnata di quanto mi aspettassi. Incontro continuamente persone che mi parlano di progetti nuovi, di ciò che vogliono, delle loro esigenze e dei costi. Ethan mi incoraggia a farmi pagare di più, ma io non me la sento. A proposito, mi farebbe comodo un'assistente..." aggiunse con un sorriso furbo, lasciando in sospeso la frase.

Caryn sorrise mortificata. "Non credo proprio di essere tagliata per quel ruolo, sono tutto tranne che creativa."

"Non c'è problema," rispose Lilly, "sono sicura che qualcosa si troverà. Cosa ti piace fare nel tempo libero?"

Caryn ridacchiò. "Mi piace leggere, anche se non sono sicura di poterci pagare le bollette."

"Forse no, ma potresti fare un lavoro legato alla lettura."

Caryn pensò subito a Thomas Robertson, uno scrittore di thriller che aveva avuto successo in tutto il mondo e si era fatto tradurre in decine di lingue. Ogni volta che usciva un suo libro, andava subito in cima alle classifiche dei bestseller e ci rimaneva per settimane. Caryn l'aveva incontrato una decina di anni prima a New York, quando era scoppiato un incendio nella libreria in cui Robertson stava firmando dei libri e lei aveva ricevuto l'incarico di portare al sicuro lui e tutti gli altri presenti.

Robertson aveva immaginato di raccontare quell'incidente in un libro e le aveva lasciato un biglietto da visita, chiedendole se potesse contattarla per farle delle domande sulla sua esperienza nei vigili del fuoco. Lei aveva accettato... e in seguito si erano sentiti al telefono alcune volte, per parlare del lavoro nei pompieri. Lui le aveva fatto un'infinità di domande per rendere il personaggio più autentico.

Quando la prima bozza del libro era arrivata a compimento, Caryn era rimasta colpita perché lui le aveva chiesto di leggere il manoscritto e dare qualunque suggerimento le venisse in mente. Ovviamente, lei aveva detto di sì... per poi stare *malissimo* quando aveva trovato innumerevoli errori nei fatti narrati e persino un paio di incongruenze nella trama del libro.

Thomas però l'aveva ringraziata moltissimo e le aveva spiegato che moltissimi altri lettori di bozze gli avevano giurato che il libro era meraviglioso e perfetto, quando in realtà non era così, solo perché erano dei fan e non volevano irritarlo.

Allora lui le aveva chiesto di leggere anche i libri successivi e Caryn era diventata la sua *beta reader* ufficiale. Si era imbattuta in quel lavoro quasi per caso, ma le piaceva molto. Thomas aveva persino insistito nel pagarla per quell'incarico e lei aveva accettato i soldi con piacere, ma dato che scrivere libri era un processo lento, quelle poche migliaia di dollari che lui le faceva guadagnare in un anno erano più un bonus, che un vero e proprio stipendio.

Però lui le aveva detto più volte nel corso degli anni che, se le interessava lavorare a tempo pieno come *beta reader*, lui aveva molti amici scrittori che avrebbero colto al volo quell'occasione, chiedendole di leggere i loro manoscritti prima che venissero pubblicati. Lei aveva sempre detto di no... ma quando Lilly aveva accennato alla possibilità di trasformare un hobby in una professione, Caryn si era subito chiesta se l'offerta di Thomas fosse ancora valida e se fosse quella l'opportunità che lei stava cercando.

"Vedo gli ingranaggi che ti si muovono nella testa," le disse Lilly con un sorriso enorme.

Caryn fece spallucce. Non si sentiva pronta nemmeno per ragionare davvero su quell'ipotesi: lei era nei vigili del fuoco, non era una professionista dell'editoria. Non era certa di poter voltare le spalle agli anni di addestramento e al lavoro che aveva svolto per gran parte della vita.

"Comunque, allora... abbiamo elencato i cattivi, ma a Fallport c'è anche tanta brava gente. Davis Woolford, tanto per cominciare, è un essere umano meraviglioso, tanto che si fanno tutti avanti per prendersi cura di lui. Pensa che alcuni cittadini gli stanno addirittura costruendo una casetta dietro alla tavola calda. Sandra ha accettato il progetto, così potrà occuparsi di lui."

"Fantastico," commentò Caryn, sinceramente entusiasta.

"Davvero... e Finley prepara dei rotolini alla cannella assai gustosi nella pasticceria qui in piazza: si chiama Sweet Tooth, il posto ideale per tutti i golosi... E poi certo, c'è la tavola calda, e se ti annoi puoi andare a giocare a bowling o passare il tempo al Caboose Park. Anche il medico, Doc Snow è una persona meravigliosa. Ah: anche se non c'è il cinema, c'è lo Starry Skies Drive-in che è molto divertente. Ethan mi ci ha portato l'altra sera. Ci proiettano soprattutto film di qualche anno fa, ma a nessuno importa più di tanto. Le scuole sono tra le migliori della regione, in base alle classifiche dei test e ai punteggi vari... ma quel che a me piace più di tutto è che, nonostante Fallport sia una piccola cittadina, sia ricca di differenze."

Caryn non si trattenne e fece una risatina.

"Che c'è?" chiese Lilly.

"Sei riuscita a prender fiato mentre mi facevi tutto l'elenco?" le chiese.

Lilly arrossì un pochino. "No... però davvero, prima di trasferirmi, non sapevo cosa mi perdevo. Anche se tu non sei veramente una nuova arrivata, quindi probabilmente sapevi già tutto da tempo."

"Sì, lo sapevo, ma è interessante sentire anche un altro punto di vista su Fallport," disse Caryn per rassicurarla, "e poi saresti un'ottima rappresentante della comunità locale: è ovvio che sei innamorata di questo posto."

"Qui mi piace davvero, ma non per via della pista da bowling o della libreria: è per via delle persone. Quasi tutti sono generosi e farebbero i salti mortali per dare una mano a chi ne ha bisogno."

"Me ne sono accorta con mio nonno," confermò Caryn.

"Eh sì. Con tutta la gente che passa a trovarlo, quanto sarà pieno il freezer di Art?"

"Pieno bombato," rispose Caryn ridendo un pochino. Non era un'esagerazione: in casa c'era più cibo di quanto potessero mangiarne nonno e nipote... e a quel pensiero, Caryn si sentì in colpa perché quella sera stava cenando fuori.

"Non preoccuparti," disse Drew interrompendo i pensieri di Caryn.

Lilly si voltò verso di lui con un'espressione perplessa. "Cosa c'è da preoccuparsi?" chiese.

"Caryn ha pensato al frigo pieno di roba da mangiare e adesso si sta rammaricando di essere uscita a cena, invece di mangiare ciò che hanno portato tutte quelle persone gentili."

Come faceva Drew a sapere ciò che lei stava pensando? Caryn non ne aveva idea.

Drew alzò le spalle, come riuscendo di nuovo a leggerle nella mente, e le disse: "Io avrei la stessa preoccupazione, quindi ho capito che era quello il motivo dell'espressione stranita che ti era venuta."

"Davvero, probabilmente dovrei tornare a casa. Quando

mi hai telefonato, ho lasciato Otto e Silas con Art e potrebbero aver aperto le ostilità sulla scacchiera, o chissà, magari quei due l'hanno tirato fuori di casa nonostante il consiglio del medico e stanno facendo baldoria in città, mentre noi siamo qui a chiacchierare."

Drew e Lilly risero.

"Beh, senti," le disse Lilly, "se ti capita di annoiarti... anche se ne dubito, perché mi sembri il tipo di donna che trova sempre qualcosa da fare... ma se ti annoi puoi sempre telefonarmi e andiamo insieme in biblioteca o in libreria. Posso presentarti Khloe: lavora con Raiden in biblioteca. A vederla, sembra una peperina, ma in realtà è molto gentile e il segugio di Raid le vuole un bene dell'anima, con gran disappunto del suo padrone. Non conosco il proprietario della libreria, invece, ma sarebbe meglio rimediare al più presto. Ah... Bristol se la prenderà, sapendo che sia io che Elsie ti abbiamo conosciuta mentre lei ancora no, quindi probabilmente si inventerà al più presto un'uscita per tutte noi. Quanto tempo ti fermi a Fallport?"

Riecco la stessa domanda. Caryn alzò le spalle. "In realtà, non lo so. Sto aspettando che Art si muova meglio e diventi autosufficiente. In un certo senso, mi affido a Doc Snow, mi farà sapere lui che ne pensa, quando il nonno sarà in grado di cavarsela da solo. A quell'età, però... mi preoccupa, potrebbe non tornare più come prima."

"Art è uno tosto," disse Drew con decisione.

"Lo so, ma ha anche novantun anni," aggiunse Caryn. "Cioè, quanti novantenni conoscete che vivono ancora da soli, senza nemmeno l'assistenza domiciliare?"

"Beh, io oggi ho conosciuto uno di più di sessant'anni che va ancora a percorrere i sentieri sui Monti Appalachi per conto suo," ribatté Drew.

Caryn non trattenne un sorriso. "È vero... *Touché*."

"Sono sicuro che Art sarebbe fuori di sé dalla gioia, se tu ti trasferissi qui a Fallport; però, come ti diceva Lilly, starà bene comunque, anche se decidi diversamente. Ci saranno comunque tanti amici che gli daranno una mano e posso garantirti che, dopo quello che è successo, in paese faremo tutti più attenzioni agli amici e ai vicini di casa e controlleremo tutti, in caso non ci siano notizie o non si vedano in giro per mezza giornata."

Drew aveva ragione e Caryn lo sapeva, ma ciò non le impediva di sentire che il tempo che poteva trascorrere insieme al nonno diventava sempre meno. Art non sarebbe vissuto per sempre e lei voleva stargli vicino più che poteva. Era stato sempre e solo lui a mostrarle affetto per tutta la vita. A prescindere da ciò che lei facesse, dal lavoro, lui c'era sempre stato e aveva sempre fatto il tifo per lei.

Caryn rifiutò di pensare alla madre: non in quel momento, quando si sentiva discretamente appagata e con la pancia piena, dopo il successo della prima missione di ricerca e soccorso; così annuì a Drew. "Lo apprezzo molto."

"Fatti dare il mio numero da Drew," le disse Lilly, "anche i numeri di Bristol e di Elsie. Vuoi fare colazione allo Sweet Tooth una di queste mattine? Posso presentarti a Finley, così capirai cosa intendo, quando dico che fa dei rotolini alla cannella da morirci."

"Qui gira tutto intorno al cibo?" chiese Caryn, incapace di trattenersi.

"Più o meno."

"Sì."

Lilly e Drew le risposero allo stesso tempo, poi risero tutti e tre.

"I piccoli centri abitati funzionano così."

"Finirò per diventare grossa come un elefante, se non comincio ad allenarmi più regolarmente," commentò Caryn fissando il piatto vuoto davanti a sé. Non se la sentiva nemmeno di pensare a tutte le calorie che aveva appena consumato. Anche senza la torta al cioccolato che Elsie aveva cercato di offrire loro ma che sia lei, sia Drew avevano rifiutato.

"Tu corri?" le chiese Drew.

Caryn annuì. "Sì."

"Io cerco di allenarmi ogni mattina, faccio qualche corsetta durante la settimana, almeno quando non sono imbottigliato dalle scadenze fiscali. Se ti va di unirti a me, mi fa piacere."

Caryn si chiese se fosse davvero pronta ad allenarsi con lui? Drew la interessava già più di quanto si aspettasse. Del resto, farsi una bella sudata davanti a lui poteva avere dei benefici: Drew avrebbe capito rapidamente che lei non era come tante altre, che non si metteva il trucco, che non le importava affatto di comprare abiti firmati. Accidenti, non portava quasi mai nemmeno una borsetta con sé. Passare più tempo con lui avrebbe evidenziato anche i difetti di Drew.

Si accorse di annuire prima di ripensare a quella decisione.

"Ottimo. Possiamo trovarci davanti a casa di Art. Alle sei è troppo presto?"

"Alle sei va bene, di solito mi sveglio verso le cinque e mezza."

"Ogni mattina?" le chiese Lilly.

"Quasi."

"Wow, ma è pazzesco! Come alzarsi presto per allenarsi," aggiunse con un sorriso, "o allenarsi in generale."

"Come se trascinarti quelle macchine fotografiche enormi con quei borsoni non fosse un allenamento," ribatté Drew alzando gli occhi al cielo. "Quanto ti pesava addosso la telecamera che usavi per riprendere quel programma?"

"Vabbè," commentò Lilly, che scoppiò a ridere senza rispondere alla domanda. "Insomma, mi ha fatto molto piacere conoscerti, Caryn, e guarda che dicevo sul serio, troviamoci! Ti va? Rotolini alla cannella domattina?"

"Certo, dopo la corsa?"

"Benissimo. Alle dieci ti va bene? So che è un po' tardi, ma così fai in tempo a finire la corsa, darti una sistemata e stare un po' con il nonno."

Caryn apprezzò il pensiero di Lilly per Art. "Alle dieci è perfetto."

"Fantastico. Grazie per la limonata, Drew. Ci vediamo." Al che, Lilly si alzò.

"Se Ethan o Rocky hanno bisogno di aiuto per la casa nuova di Rocky, fammelo sapere. Non sono un'esperta in costruzioni, ma per trasportare o alzare roba sono una campionessa."

"Glielo faccio sapere." Lilly salutò entrambi con un cenno della mano e si avviò verso il bar, dove Davis era seduto a mangiarsi un hamburger. Gli disse qualcosa, poi abbracciò Elsie e andò verso la porta.

"Ragazzi, *davvero*, sembrate molto amici," commentò Caryn un po' imbarazzata dal tono nostalgico della propria voce.

"Siamo molto amici," confermò Drew. "Sono fiero di avere vicino a me uomini e donne tanto speciali."

Speciali quanto doveva essere lui. Caryn si chiese quanto sarebbe stata diversa la vita, quanto diverso il lavoro, se avesse avuto intorno un sistema di supporto come quello degli amici di Drew. Però era inutile rivangare vecchie amarezze. Il passato era passato.

"Sei pronta ad andare?" le chiese Drew.

Lei guardò l'orologio al polso, quasi sussultò e annuì. "Sì."

"Art sta bene," le ripeté Drew, di nuovo leggendole nella mente. "Se fosse successo qualcosa, Otto e Silas avrebbero telefonato a uno di noi o a Simon e ti avrebbero contattata."

"Lo so, è solo che mi dispiace; sono venuta a Fallport per Art, per aiutarlo a guarire, e mi sembra di passare più tempo a fare le mie cose."

"Lui non se la prenderebbe," aggiunse Drew. "È felicissimo di averti vicina e... probabilmente *non* ti vuole troppo addosso. Ti preferisce fuori a girare, a conoscere meglio Fallport. Specialmente se sapesse che stai pensando di trasferirti. Gliel'hai già detto?"

"Ma sei matto?" rispose Caryn mentre si avviavano verso l'uscita del locale. Drew aveva pagato la cena appena prima che arrivasse Lilly; Caryn aveva insistito per pagare la propria parte, ma lui aveva declinato l'offerta; chiaramente era rimasta troppo a lungo in una metropoli, perché gli ultimi due uomini con cui era uscita l'avevano lasciata pagare senza problemi. "Non posso certo dire ad Art che sto pensando di trasferirmi a Fallport, almeno finché non sono sicura. Si creerebbe delle aspettative e poi ci starebbe malissimo, se decidessi diversamente."

"Probabilmente hai ragione, però immagino che prima o poi verrà a saperlo. Sai che da queste parti le voci circolano ad alta velocità."

"Cacchio, hai ragione." Caryn sospirò mentre Drew le teneva aperta la porta. "Gli parlerò. È solo che non voglio deluderlo."

"Non penso che potresti mai deluderlo," rispose Drew. "Allora... domattina alle sei per la corsa, di solito per quanto corri?"

Caryn fu contenta di cambiare argomento. I complimenti di Drew la facevano stare troppo bene. "Sono passate un paio di settimane dall'ultima corsa, quindi magari dovrei andarci piano. Ti va bene dieci chilometri?"

Drew fece un gran sorriso. "Dieci chilometri per te vuol dire andarci con calma?"

"Beh, sì," gli rispose facendo spallucce.

"Va bene, allora dieci chilometri, fantastico. Ci vediamo domattina. Se hai bisogno di qualcosa, chiama pure."

"Ehm... però non ho il tuo numero," gli disse.

"Merda. Scusa, non ci ho pensato." Drew mise la mano nella tasca anteriore e ne tirò fuori il cellulare.

Caryn prese il proprio dalla tasca e si scambiarono i

numeri. Poi lui le dettò anche i numeri di Bristol, di Lilly e di Elsie, insieme a quelli degli altri uomini della squadra.

"Va bene, penso che basti, almeno per adesso," gli disse stuzzicandolo. "Cioè, posso salvarmi domani i numeri di tutti gli altri abitanti di Fallport."

Lui fece una risatina. "Volevo solo che ti prendessi prima quelli più importanti," ribatté scherzando. Poi la guardò negli occhi e le disse: "Oggi sei stata fantastica, Caryn. Avevamo proprio bisogno di te. Grazie."

"Non c'è di che," gli rispose lei sottovoce, cercando con tutta se stessa di non respingere subito quel complimento, ma di accettarlo con grazia.

Camminarono insieme nel parcheggio dietro all'On the Rocks, dove Drew rimase dietro alla propria macchina mentre lei saliva sulla sua Sonata e faceva manovra. La casa di Art non era lontana dalla piazza centrale. Caryn guardò nello specchietto retrovisore e vide Drew che si avviava in direzione opposta.

Stare vicino a Drew... la destabilizzava. Soprattutto perché si sentiva attratta da lui in un modo nuovo, con una forza che non aveva mai sentito prima. Caryn aveva passato tutta la vita a erigere una barriera intorno a sé per proteggersi. Aveva cominciato molto presto... altrimenti non sarebbe stata in grado di crescere in modo sano. La madre era stata una genitrice terribile; essersi creata una vita nonostante la madre era stato quasi miracoloso.

Caryn sapeva di dover ringraziare il nonno e la cittadina di Fallport. Da bambina, in quel paese aveva vissuto momenti spensierati. Le esperienze vissute a Fallport e gli insegnamenti del nonno l'avevano accompagnata per tutta la vita.

Trasferirsi lì cominciava a sembrarle una scelta ovvia: il nonno avanzava con gli anni e lei voleva passare con lui più tempo possibile. Il lavoro a New York non la rendeva felice e ormai nemmeno vivere in una metropoli le piaceva più di tanto. Più conosceva Drew e gli altri amici e più le veniva voglia di entrare in quella cerchia.

D'altronde, anche quello era un problema: se si fosse trasferita e poi non avesse funzionato?

Voleva rimanere ottimista, all'idea di un cambiamento, di un possibile trasloco, ma i timori la frenavano.

Dopo un respiro profondo, Caryn decise di sforzarsi per mettere da parte qualunque pensiero negativo. Se si fosse trasferita a Fallport, per lei sarebbe stato un nuovo inizio. Una ripartenza di cui aveva molto bisogno.

Decise di lasciarsi trasportare dal destino, di lasciarsi andare al legame che sembrava esistere con Drew; quando accostò nel vialetto di casa del nonno, Caryn si sentiva più leggera. La scelta di Fallport le sembrava quella giusta, doveva solo seguire l'istinto... almeno per una volta.

Non vedeva l'ora che arrivasse l'indomani per andare a correre. A dirla tutta, l'entusiasmo le nasceva soprattutto al pensiero della persona *con cui* sarebbe andata a correre. Inoltre, già pregustava il rotolino alla cannella che avrebbe mangiato dopo la corsa. Lilly era stata molto cordiale con lei, come anche Elsie.

Sì... la vita a Fallport era piacevole. Sia pur con prudenza, Caryn cominciava a entusiasmarsi per ciò che l'aspettava in futuro.

CAPITOLO SETTE

Drew bussò alla porta di casa di Art alle cinque e cinquantotto del mattino dopo. L'entusiasmo per quella corsa era più di quanto lui avesse previsto. La sera prima, aveva passato del tempo ad analizzare cos'avesse Caryn esattamente che lo attraeva; dopo aver passato troppo tempo a riflettere (peraltro senza arrivare ad alcuna conclusione), aveva deciso di lasciarsi andare, almeno per il momento.

Gli piaceva quel mix di vulnerabilità e carattere tosto. La trovava una donna intelligente, una che lavorava sodo, ma nel contempo dolce. Caryn era una che si impegnava al massimo e non si lasciava mettere i piedi in testa da nessuno; però aveva ancora bisogno di sentirsi accettata, bisogno di piacere, e Drew sospettava che non si trattasse solo dei colleghi vigili del fuoco.

La porta si aprì... e Drew dovette trattenersi per non rendersi ridicolo spalancando la bocca appena la vide. Caryn indossava dei pantaloncini corti da ciclista che aderivano alle cosce snelle, un modello simile a quello che aveva quando si erano incontrati lungo il sentiero. La canotta era altrettanto stretta. Non era certo una donna gracile, ma non era nemmeno grossa. Era... robusta, e a Drew piaceva ogni centimetro di ciò che vedeva.

Quando lei si girò per chiudere la porta a chiave, Drew buttò l'occhio su quel sedere da favola e quasi si strozzò con la propria lingua.

Caryn Buckner era sexy da morire, tanto da costringerlo a trattenersi dall'avvicinarsi e metterle una mano su quelle belle curve.

Lei si girò e si accorse subito che Drew la stava squadrando. A sua volta, anche lei lo squadrò da capo a piedi, ma Drew era piuttosto certo che la propria *mise*, costituita da pantaloncini e una vecchia canotta sgualcita, non avrebbero avuto *su di lei* un effetto altrettanto sconvolgente.

"È un po' prestino per rifarsi gli occhi, non trovi?" gli chiese mentre apriva la cerniera di una tasca nascosta sul retro dei pantaloncini, all'altezza della vita, per infilarci le chiavi di casa.

"Non so che farci... sei senz'altro in ottima forma," le rispose Drew.

Caryn sorrise, cogliendolo di sorpresa. "Grazie. Ti dirò, mi sembra di dovermi allenare il doppio di tutti gli altri, in caserma, per tenermi al passo. Te lo giuro, di solito era più facile non guadagnare peso e completare tutti gli allenamenti... prima di arrivare ai quaranta. Poi è come se il mio corpo si sia ribellato, tipo 'no, basta'."

Drew fece un gran sorriso. "Conosco quella sensazione, anche se, da quando mi sono trasferito, quando avevo quarant'anni, non ho più dovuto preoccuparmi di mantenere degli standard alti o di rimanere al passo con i poliziotti più giovani."

"Per non parlare del fatto che non hai più dovuto rincorrere criminali," aggiunse Caryn con un sorriso.

"Sì, è vero anche quello. Devi fare stretching prima di partire?" le chiese.

"No, sono pronta. Mi sono alzata un po' prima per scaldare i muscoli prima che arrivassi."

"Ottimo. Per stamattina, pensavo di rimanere nei paraggi. Un perimetro della piazza, poi fino al Caboose Park, magari passiamo davanti alle scuole... se per te va bene."

"Direi di sì."

"Un'altra volta possiamo andare a ovest lungo Main Street, verso i sentieri. È solo che da quella parte è un po' più brullo."

Caryn annuì. "Per adesso preferirei non allontanarmi troppo da Art. Non si sa mai." Teneva il telefono in una tasca di plastica fissata al bicipite del braccio con una chiusura a velcro.

"Se vado troppo piano o troppo forte, tu dimmelo," aggiunse Drew mentre partiva con una corsetta leggera.

"Perderai le staffe, se ti dico che vai troppo piano?" gli chiese Caryn.

"No, no," rispose subito Drew, "so di non avere una corsa molto rapida, però ho una buona resistenza fisica."

Appena quelle parole gli uscirono dalla bocca, gli venne il sospetto che potessero dare adito a doppi sensi; non che lui intendesse alludere, ma... Accidenti, era vero sia per la corsa *sia* per le prestazioni a letto.

Caryn fece una smorfia appena raggiunto un ritmo di corsa piacevole. "Sto cercando di decidere se commentare o meno," ammise.

"Sentiti pure libera di darmi del filo da torcere su qualunque argomento, posso reggere."

"Secondo la mia esperienza, la resistenza fisica è probabilmente la qualità più importante. Andare a un ritmo serrato e veloce va benissimo, ma a volte dà più soddisfazione prolungare le cose."

Drew non riuscì a trattenere la sonora risata che gli sfuggì di bocca. Quando riprese il controllo di sé, le rispose: "Sono d'accordo. Comunque, per la cronaca, nessuna si è mai lamentata delle mie prestazioni, in passato."

Caryn stava ancora ridendo quando arrivarono nei pressi della piazza. "Stiamo sempre parlando della corsa, vero?" gli chiese scherzando.

"Non saprei, è vero?" ribatté Drew.

Lei scosse semplicemente la testa. Corsero a ritmo tranquillo per un po' di tempo, poi lei proseguì: "Davvero, non sei affatto come mi aspettavo."

"Cosa ti aspettavi?" le chiese Drew.

Caryn fece spallucce. "Uno zuccone. Qualcuno attaccato alle regole con pedanteria e senza alcun senso dell'umorismo."

"Se ci fossimo conosciuti quando ero appena uscito dalla polizia, avresti trovato un uomo corrispondente a quella descrizione," confessò Drew con sincerità. "Però... negli ultimi cinque anni mi sono sforzato moltissimo di mettermi alle spalle quella persona: godermi la vita in una ridente cittadina come Fallport, prendere tutto con più filosofia, a ritmo tranquillo. Non so se ci sono riuscito fino in fondo, ma ho imparato che ogni tanto le regole si possono anche piegare. Però fidati: non è che sia diventato un tipo molto divertente."

Lei ridacchiò. "Appunto."

"Dico sul serio."

"So che pensi di non essere divertente, però, Drew, mi hai fatta ridere negli ultimi giorni più di quanto io abbia riso in tanti anni."

"Come mai?" le chiese Drew, mosso dal sincero desiderio di conoscerla meglio. "Da quel che ho visto e da quel che ho sentito raccontare da tuo nonno, sei fantastica in ciò che fai. Sei una persona pragmatica, lavori sodo e tutto il resto... poi sei un'ottima compagna di allenamento."

"Quant'è passato, dieci minuti?" gli chiese con una risatina.

"Vero, allora ritiro l'ultimo commento... Riformulerò quando avremo finito," ribatté Drew scherzando.

Corsero per qualche altro minuto, poi lei gli confessò: "Di solito non sono così."

"Così come?" le chiese Drew.

"Gentile."

Lui sbatté le palpebre sorpreso. "Non ti credo. Cioè, avrai avuto anche tu i tuoi momenti, ma ci saranno state delle circostanze attenuanti."

Lei ridacchiò, anche se non fu una risata ricca di gioia. "Adesso esageri. In mia difesa, posso dire che a New York devo sempre stare all'erta. Se dico qualcosa di sbagliato sul lavoro, posso subire conseguenze negative per la mia carriera. Sono sempre tutti pronti a darmi addosso per un nonnulla. Sono troppo liberale? Troppo conservatrice? Mi sono mossa male in un intervento? Mi sono lamentata in servizio? Ho messo in pericolo uno dei miei colleghi di caserma? Andavo troppo piano, o troppo forte... Sinceramente è estenuante. Non posso permettermi il lusso di rilassarmi."

"Che schifezza," commentò Drew.

"Infatti," confermò Caryn. "Anche se mi dispiace ammetterlo, mi ha fatto piacere trovare un buon motivo per prendermi un congedo. Anche se dirlo mi farà conquistare il titolo di peggior nipotina al mondo... quasi quasi mi ha fatto piacere che Art abbia avuto bisogno della mia presenza, così mi sono staccata dal lavoro."

"Penso che tu sia semplicemente un essere umano," ribatté Drew.

Passò un minuto intero, prima che lei gli chiedesse: "Non fai commenti? Non mi dici che dovrei mollare perché sono troppo brava per farmi trattare in quel modo?"

Drew scosse la testa. "Non c'è bisogno: lo sai già."

La sentì sospirare.

"Peraltro, ti capisco. Mi sono trovato nelle stesse condizioni. Di questi tempi, essere nelle forze dell'ordine è estremamente difficile, oggi ancor più di cinque anni fa, quando ho mollato io. Anche allora, comunque, ogni giorno era un tormento continuo. Tutto ciò che facevo era rivisto al microscopio. I video della mia telecamera di servizio erano revisionati fino all'esaurimento. Tutto ciò che dicevo o facevo poteva alimentare ramanzine o essere usato come esempio negativo. Intendiamoci, penso che un certo livello di scrutinio sia assolutamente necessario. Ci sono troppi poliziotti che commettono gesti discriminatori senza conseguenze, capita fin troppo spesso... ma ce ne sono altrettanti che fanno il loro lavoro al meglio, cercando di tenere tutti al sicuro... ed è dura. Quando mi sono trasferito a Fallport, penso di non avere riso per almeno un anno. Quindi... ti capisco."

"Ti dispiace aver mollato?" gli chiese Caryn.

Drew non si era accorto che la conversazione fosse diventata tanto profonda, ma non gli dispiaceva. Se avesse potuto confidarsi con qualcuno, negli ultimi anni di servizio in polizia, forse sarebbe riuscito a resistere più a lungo, o avrebbe potuto mollare senza sentirsi troppo oppresso da quella decisione. "No, al cento per cento," le rispose. Nei primi mesi, mi sono chiesto più volte cos'avessi combinato, certo... mi impensierivano i soldi, ciò che gli altri potevano pensare di me, mi chiedevo se stessi deludendo qualcuno... ma adesso, dopo cinque anni fuori dalla polizia, posso dirti che è stata la decisione migliore che io abbia mai preso per me stesso. Molti non pensano che fare il commercialista sia un impiego interessante, ma a me piace."

"E poi, come mi dicevi, c'è sempre la squadra di ricerca e soccorso che soddisfa il desiderio di aiutare gli altri."

"Esattamente," le rispose Drew annuendo.

Rimasero di nuovo in silenzio per qualche lungo minuto, solo con il suono dei piedi che colpivano l'asfalto e degli uccellini che cinguettavano sugli alberi.

"A volte vorrei solo che qualcuno mi dicesse di mollare. Mi renderebbe tutto più semplice," gli confidò Caryn.

Senza esitare, Drew la guardò e le disse: "Molla tutto, trasferisciti qui a Fallport e passa con tuo nonno tutto il tempo che gli rimane."

Caryn ridacchiò. "Ecco, ma non è così semplice."

"Certo che no. Ci sono infiniti dettagli che dovrai definire. Però hai detto che volevi sentirti dare una specie di permesso di mollare e così te l'ho dato io."

A quel punto, Caryn lo guardò e Drew non pensò ad altro che a quanto la trovasse bella. Forse non secondo un canone predefinito, ma in quel preciso istante, con le guance arrossate, il sudore che le brillava sulla fronte e sul petto, coi capelli biondi arricciati sulla fascia elastica intorno alla testa... Guardandola, cominciò a eccitarsi.

"Grazie," gli disse lei dopo un momento.

Per il resto dell'allenamento, la conversazione proseguì in modo molto più leggero. Drew raccontò a Caryn il peso oberante delle scadenze fiscali nei primi quattro mesi dell'anno, un peso che però gli lasciava molto più tempo libero nei mesi successivi. Le raccontò anche alcuni aneddoti delle missioni di ricerca e soccorso più memorabili. Lei gli parlò della signora che abitava accanto a lei nel palazzo a New York, la quale andava matta per i gatti. Parlarono dei pregi dei vari caffè aromatizzati e di quale fosse il gusto di gelato più prelibato.

Alla fine della corsa, rientrando verso casa di Caryn, Drew sentiva ormai di conoscerla molto meglio... e sperava che anche lei si sentisse più vicina a lui. "Mi dispiace di ciò che ho detto o fatto quando ci siamo incontrati la prima volta, se ti ha dato fastidio," sbottò.

Lei lo guardò sorpresa. "Cosa?"

"Sì, tu eri sotto stress per quanto era appena accaduto ad Art, avrei potuto essere più gentile."

Lei scosse la testa. "Già tutto dimenticato. Anch'io non sono certo stata una principessina innocente."

Ecco un altro aspetto che gli piaceva di Caryn: non rimaneva imbronciata a lungo.

"Vuoi allenarti anche domani?"

"Sì," gli rispose senza alcuna esitazione."

"Ottimo. Stessa ora?"

"Se va bene a te, va bene anche a me."

"A me va bene." Drew cercò di pensare alla svelta a cos'altro potessero fare insieme per allenarsi. Correre era un buon inizio, ma poteva diventare noioso. "Che ne dici se domani andiamo a fare una camminata in montagna? Posso cominciare a mostrarti i sentieri più battuti, quelli in cui veniamo chiamati più spesso, magari posso spiegarti alcuni dei segnali che cerchiamo, quando qualcuno si perde."

Gli occhi azzurri di Caryn si illuminarono per l'entusiasmo. "Sì! Mi farebbe molto piacere."

"Fantastico. Penso che potremmo anche lasciar perdere il sentiero di Fallport Creek; è una camminata facile di un paio di chilometri, quattro contando il rientro. Quindi magari domani potremmo affrontare il sentiero di Barker Mill. Sono una decina di chilometri andata e ritorno, ogni tanto capita che dei turisti sprovveduti lo imbocchino sopravvalutando le proprie capacità e si facciano male. Possiamo salire fino ai sentieri di Rock Creek e di Eagle Rock."

"Ottima idea. Però immagino che le persone che si perdono siano più quelle che escono dai sentieri battuti, giusto?" gli chiese. Ormai erano arrivati alla via dove abitava Art e stavano camminando, per rallentare il battito cardiaco.

"Esatto, però di solito partono comunque da un sentiero. È raro che qualcuno esca da un sentiero tracciato e si spinga molto lontano, nel bosco fitto. Quando succede, però, usiamo le stesse tecniche di tracciamento che si usano sul sentiero."

"Mi sembra logico. Quante persone avete ritrovato finora?"

Drew alzò le spalle. "Non saprei, non sono sicuro, penso che Ethan tenga il conto, più che altro per fare rapporto al sindaco e al consiglio comunale, per dimostrare che i soldi che spendono per la squadra sono spesi bene, o anche per far leva sul budget, quando ci serve qualcosa... tipo i telefoni satellitari."

"Che vi ha comprato Bristol."

"Infatti. Non è stata ad aspettare che il comune decidesse *se* approvare la spesa inserendo i telefoni satellitari nel budget."

"Già mi sta simpatica."

"È una persona adorabile," le disse Drew con un sorriso.

Caryn inclinò la testa. "Davvero le consideri amiche tue?"

"Chi?"

"Le compagne dei tuoi amici."

"Lilly, Elsie e Bristol? Assolutamente sì. Come mai sei così sorpresa?"

"È solo che, nella mia esperienza, gli uomini in genere tollerano appena le mogli o le fidanzate degli amici."

"Beh, qui non funziona così. Per me sono importanti quanto Ethan, Zeke e Rocky. Soprattutto perché i miei amici sono felici con loro, sono più appagati e si vede chiaramente."

Caryn annuì. "Sarà meglio che entri in casa a vedere come sta Art."

"Certo. Grazie per aver corso con me oggi e per non esserti lamentata se tiravo quasi sempre indietro."

"Grazie per avermi invitata; comunque sarei stata una scema a correre alla mia solita velocità alla prima occasione, dopo due settimane di fermo."

Drew fece una risatina. Era certo che Caryn si fosse trattenuta, ma che fosse troppo educata per farglielo notare. "Ci vediamo in giro."

"Ci vediamo."

Fu davvero difficile per Drew girarsi e tornare in macchina; gli piaceva quella zona, era un quartiere piccolo, vicino alla piazza, e la vecchia casa di Art era circondata da altre abitazioni molto simili. Era un quartiere accogliente, tranquillo. Perfetto per Art... e ideale anche per la nipote, che in quel luogo accogliente avrebbe potuto ritrovare se stessa.

———

Passò un'ora, prima che Caryn entrasse in doccia, dopo aver assistito il nonno nella sua routine del mattino. Lo aiutò ad andare in bagno, a prepararsi il caffè e gli portò il giornale che era stato consegnato davanti a casa; Art amava leggerlo ogni mattina, mentre sorseggiava il caffè. Nel frattempo, lei gli preparò per colazione una ciotola di cereali e della frutta tagliata a tocchetti. Gli portò tutto e poi andò in bagno a prepararsi per la giornata.

Mentre era in piedi sotto il getto d'acqua calda, Caryn ripensò alla corsa. Drew era totalmente diverso dagli altri poliziotti che lei aveva conosciuto. Si sentì quasi in colpa per averlo giudicato male, al primo incontro. Lui non aveva esitato a scusarsi per come si era comportato, quando in realtà entrambi erano stati sgarbati e si erano lasciati trasportare dal pregiudizio reciproco, invece di conoscersi per quelli che erano.

Le loro circostanze non erano molto diverse... Evidentemente, cinque anni prima, anche lui era arrivato al limite, proprio come lei. Anche se i problemi che lo avevano portato via dalla polizia erano diversi da quelli che aveva lei nei vigili del fuoco.

Caryn aveva un disperato bisogno di sentirsi accettata nel campo professionale, voleva sentirsi inclusa nel gruppo, condividere il cameratismo di tutti gli altri vigili del fuoco. Invece, fin da quando era entrata nella prima caserma, era sempre stata esclusa. I colleghi l'avevano fatta sentire inferiore, quasi fosse peso morto. Lei aveva sopportato per anni, impegnandosi fino all'esaurimento per diventare più furba, più veloce, più forte... e proprio come aveva ammesso quel mattino... era sfinita.

Spinse da parte ogni pensiero deprimente e tornò a concentrarsi su Drew Koopman. Non era sicura del perché lui fosse tanto gentile con lei, ma non poteva certo negare che le facesse piacere. Chissà come, proprio la persona con cui lei non avrebbe mai immaginato di legare in un milione di anni era diventato qualcuno che lei vedeva volentieri, qualcuno con cui parlava volentieri. Drew la comprendeva, aveva affrontato rischi potenzialmente letali proprio come lei. Il modo in cui le leggeva nella mente era fuori dal comune.

Inoltre... Caryn non poteva certo negare di essere attratta da lui.

Drew era circondato da un'aura inebriante di uomo duro e mascolino, mista a un tocco da secchione. Le piaceva... molto. Probabilmente perché era così che si sentiva anche lei. Le piaceva leggere. Divorava i nuovi romanzi dei suoi scrittori preferiti appena venivano pubblicati, però poteva anche sollevare di peso un uomo di corporatura media e portarlo fuori da un edificio in fiamme senza troppi problemi. Sapeva tutto ciò che c'era da sapere sulla scienza del fuoco, eppure sentiva un'ondata di adrenalina ogni volta che sedeva in un'autopompa che sfrecciava per le strade a sirene spiegate.

Inoltre, Drew sapeva prendersi cura di se stesso. Certo, lei correva veloce, ma anche lui non era certo un pigrone, anzi, si teneva in forma. Per un attimo, quando erano tornati alla casa di Art a fine corsa, le era passata per la mente l'idea di strappargli di dosso la maglia e di toccarlo proprio in mezzo al petto. Era stato un istinto tanto intenso quanto sbalorditivo, in realtà.

Al momento, però, poteva definirlo al massimo un amico. Un'amicizia fresca, per di più, e lei non aveva ancora deciso se trasferirsi o meno a Fallport. L'ultima cosa che voleva era avviare un rapporto per poi andarsene via.

Mentre sciacquava il balsamo dai capelli, le venne un pensiero sfuggente: non doveva per forza impegnarsi in un rapporto serio ed esclusivo, poteva semplicemente fare sesso con lui, per poi tornarsene a New York City e riprendere con la vita di sempre senza alcun problema.

Però Caryn, in vita sua, non si era mai concessa un rapporto leggero. Non era fatta in quel modo. Di solito si innamorava alla svelta e con tutta se stessa (proprio come la sua mamma), e aveva sempre evitato di farsi coinvolgere fisicamente con un uomo prima di essere sicura che tra lei e lui ci fossero delle affinità che andavano oltre l'attrazione fisica. Lei desiderava un partner. Pensava di averlo trovato in Jonah, ma aveva scoperto rapidamente di essersi sbagliata.

Sospirò mentre chiudeva l'acqua e decise di non pensare troppo a ciò che stava succedendo con Drew. Quel che doveva succedere... sarebbe successo, e lei avrebbe deciso di rimanere, o di tornare a New York. Non avrebbe perso tempo e forze a preoccuparsi.

La giornata passò alla svelta. Caryn si incontrò con Lilly allo Sweet Tooth e mangiò un rotolino alla cannella grande quasi quanto la sua testa. Era delizioso, proprio come aveva affermato Lilly. Conobbe Finley, la pasticcera timida e formosa, che le piacque immediatamente. Scoprì che la Bristol che tutti volevano farle incontrare era in realtà Bristol Wingham, l'artista che creava bellissime vetrate istoriate. Lei aveva visto una delle sue creazioni in una chiesa di New York ed era rimasta meravigliata dalla scena intricata che sembrava quasi saltar fuori dal vetro. A quel punto, l'idea di incontrare Bristol la intimidiva un po'.

Quando aveva confidato il proprio timore a Lilly, lei aveva allontanato qualunque preoccupazione. "Bristol è una persona adorabile, molto alla mano. Andrete d'accordissimo, ne sono sicura!"

Poi Lilly le aveva raccontato della vetrata che Bristol stava preparando per uno dei pannelli dell'Occhio di Bue. Era una scena nel bosco, con un uomo che indossava una giacca della squadra di ricerca e soccorso Eagle Point, ritratto mentre percorreva un sentiero. Era il modo in cui Bristol ringraziava il fidanzato e gli altri per tutto ciò che facevano.

Poco dopo, Lilly era dovuta andar via per incontrare un cliente, mentre Caryn era rimasta un po' più a lungo. A quel punto, Finley, che aveva ascoltato la conversazione da lontano, le si era avvicinata dicendole che Bristol aveva intenzione di inserire nella scena composta col vetro anche Bigfoot che faceva capolino da dietro un albero. A Caryn era sembrata un'idea divertente, ma Finley le aveva spiegato che Lilly aveva emozioni contrastanti su tutta la questione Bigfoot, per via di quanto era successo nel programma sul paranormale per cui aveva lavorato.

Caryn comprese la posizione di Lilly, nonostante Lilly non avesse avuto nulla a che fare con la morte di uno degli attori del programma... né con le bravate che il produttore aveva messo in scena per manipolare i filmati di quell'episodio.

Dopo aver promesso di tornare presto in pasticceria e dopo aver salvato il numero di telefono di Finley nei contatti del cellulare, Caryn era uscita per andare nella libreria Libro Aperto, a due civici di distanza dalla pasticceria. Si trattenne fin troppo a lungo a scandagliare libri e a parlare dei vari autori più in voga con la proprietaria .

Yanelis Sanchez era una signora sulla cinquantina e aveva sposato l'uomo della sua vita a diciott'anni, ma era rimasta vedova dopo appena un decennio. Aveva cresciuto da sola i due figli e si era trasferita a Fallport da non molto tempo. Aveva comprato il negozio di libri usati dal proprietario precedente e passava allegramente le giornate immersa in ciò che le dava più gioia: i libri.

Neli, come amava farsi chiamare, era stata entusiasta di parlare con un'altra bibliofila e, chissà come, Caryn si era ritrovata a raccontarle della propria esperienza come *beta reader* di Thomas Robertson. Alla fine era uscita dalla libreria con una borsa piena di libri e con la sensazione di avere un'altra nuova amica.

Era quasi folle la facilità con cui riusciva a legare con gli abitanti di Fallport. Caryn non si era mai sentita tanto ben accolta o tanto in famiglia come in quel paese. Ripensò a quel mattino, quando aveva espresso ad alta voce il desiderio che qualcuno le dicesse semplicemente cosa fare. Drew non aveva esitato e le aveva dato il permesso di mollare il lavoro a New York per trasferirsi a Fallport.

Magari fosse stato tanto facile.

Però, del resto... qual era il problema?

Prese una decisione d'istinto: si avviò rapidamente verso casa di Art, che era piuttosto vicina. Controllò come stesse il nonno e fu felice di trovarlo impegnato a intrattenere le signore che di solito si trovavano dall'estetista per chiacchierare. Dorothea, Cora, Ruth e Clara erano tutte presenti. Clara stava scaldando uno stufato al forno che qualcuna aveva portato, mentre le altre erano impegnate in una discussione accesa sui verbali dell'ultimo incontro del consiglio comunale.

Caryn controllò che il nonno stesse bene e che non avesse bisogno d'altro; quando lui la rassicurò, lei gli disse che sarebbe uscita di nuovo, per tornare entro un'oretta. Art la salutò con un cenno della mano e lei uscì più tranquilla per raggiungere la macchina.

Si avviò verso il dipartimento dei vigili del fuoco di Fallport. Prima di decidere davvero di trasferirsi, doveva capire se le voci che circolavano fossero fondate, cioè se il dipartimento dei vigili del fuoco della cittadina stesse realmente cercando un nuovo membro a tempo pieno. Voleva anche vedere che ambiente fosse, respirarne l'atmosfera... e capire se i responsabili avrebbero o meno assunto una donna volentieri.

Lei sapeva di essere estremamente brava in quel lavoro, ma non avrebbe significato nulla, se fosse entrata di nuovo in un ambiente maschilista. Ormai aveva sopportato abbastanza maschilisti per una vita intera. Se anche alla caserma di Fallport ci fossero state simili ostilità, lei avrebbe preferito lasciar perdere.

Parcheggiò dietro l'edificio e ne fu sbalordita al primo sguardo. L'esterno era immacolato e dalle ampie finestre si vedevano i veicoli parcheggiati all'interno: un'autobotte, un veicolo da trasporto e un veicolo più grande per il soccorso specializzato.

Caryn bussò a una porta sulla sinistra delle finestre. Dato che nessuno le rispondeva, spinse la porta per aprirla e disse: "C'è nessuno?"

Fu accolta da un grande silenzio; proprio quando stava per andar via con l'idea di tornare in un altro momento, un uomo passò vicino all'ingresso e la notò sull'uscio.

"Salve, posso aiutarla?" le chiese.

Lei aprì meglio la porta ed entrò. Fu sollevata di scoprire che quell'uomo non era Paul. Sapeva di doverlo affrontare, prima o poi, ma fu contenta di non dovergli parlare in quel preciso istante.

"Salve, mi chiamo Caryn Buckner," gli disse.

"Certo," le rispose l'uomo, "sei la nipote di Art, la collega di New York. Abbiamo sentito molto parlare di te. Mi dispiace per quanto è successo ad Art, una vera sfortuna."

"Grazie... Sì, una sfortuna, ma il nonno si sta riprendendo molto bene."

"Mi fa piacere sentirlo. Io mi chiamo Oscar," le disse l'uomo porgendole la mano.

Caryn gliela strinse e non si sorprese sentendosela stringere più del necessario. Lei si rifiutò di subire quella stretta o di mostrare un briciolo di disagio: gli strinse la mano con altrettanta forza, poi lui annuì.

"Cosa ti porta da queste parti?"

"Pensavo di passare a salutare," gli rispose goffamente.

Oscar fece una risata. "Immagino tu abbia anche sentito che c'è un posto disponibile."

Lei fece spallucce e non lo negò. "In effetti, potrei farci un pensierino."

"Beh, ovviamente sei qualificata," le disse Oscar. "Sempre che sia vero quel che si dice in giro su di te."

"È tutto vero. Ho ottenuto le qualifiche professionali a New York, ma ho fatto i test anche a livello nazionale, quindi posso lavorare ovunque. So che mi servirebbe un'abilitazione valida in Virginia, ma non penso che sarebbe un problema fare richiesta. Inoltre, sono una soccorritrice certificata e anche in questo caso ho passato i test nazionali."

"Notevole," commentò Oscar.

Caryn non percepì alcun accento sarcastico o derisorio nel tono della voce di Oscar, così gli annuì.

"Vuoi fare un giro della caserma?"

"Certo."

Oscar la stava trattando bene... ma più Caryn si guardava attorno e più si preoccupava. In tutte le caserme che aveva frequentato, il personale teneva gli ambienti estremamente puliti. I nuovi arrivati erano responsabili dei piatti da lavare, dei pavimenti da pulire, in generale dovevano tenere la caserma immacolata. Tutti i pompieri, durante i turni da ventiquattro o da quarantott'ore, dovevano rifarsi la branda e tenere ogni oggetto personale sollevato dal pavimento, in modo che non fosse tra i piedi.

Invece quella caserma era un casino e le ricordava più la sede di una confraternita, che un dipartimento dei vigili del fuoco. Nei lavelli c'erano pile di piatti sporchi, mentre sui fornelli c'era una pentola con gli spaghetti rimasti dall'ultimo pasto. C'erano bottiglie vuote sparse qua e là sui tavoli intorno ai divani o alle sedie nella sala TV, c'era persino un'enorme macchia impossibile da ignorare, proprio in mezzo alla moquette.

Fu ancor più sgomenta per lo stato delle attrezzature e degli stivali nel garage. Era tutto sporco, c'era fango attaccato agli stivali e le giacche erano appese malamente, creando un rischio per la sicurezza. Sembrava tutto gettato a casaccio e di fretta. Caryn si chiese come facesse ciascuno a ritrovare la propria giacca in quel caos.

Quando poi vide i veicoli da vicino, quasi le venne da piangere. Caryn aveva passato infinite ore a lavare e asciugare autopompe alla caserma di New York. La sua esperienza le diceva che i colleghi erano più soddisfatti se lavoravano in veicoli puliti e scintillanti. Non era solo una questione di orgoglio per il lavoro che svolgevano, ma era anche un ottimo modo di tenersi impegnati tra un intervento e l'altro. Ovviamente, ogni volta che un veicolo veniva parcheggiato davanti alla caserma, inevitabilmente attirava l'attenzione dei bambini che passavano in strada. Lavare le autopompe era un modo fantastico per conoscere le persone del posto e far felici bimbi e bimbe.

I veicoli del dipartimento di Fallport, invece, erano ricoperti di fango e terriccio. Le cromature erano opache, nonostante i raggi del sole. Non solo: i tubi attaccati ai veicoli sembravano accatastati a casaccio, invece di essere ripiegati o avvolti con perizia intorno ai relativi supporti. Tubi piegati in quel modo potevano causare disastri, in caso di incendio. Sarebbe stato difficile srotolarli e tirarli fuori dai veicoli rapidamente e senza fatica: si sarebbero annodati e incastrati, facendo perdere del tempo che poteva costare la vita a una vittima intrappolata in un edificio, se non la distruzione totale dell'edificio.

Caryn avrebbe voluto chiedere cosa diamine stesse succedendo, ma non erano affari suoi; tutt'altro. Oscar doveva essersi accorto di quella reazione sul volto di Caryn, perché le disse quasi per discolparsi: "Stiamo cercando di farci dare dal comune altri fondi per comprare una nuova autobotte. Questi veicoli sono vecchi, tra l'altro c'è stato un incendio nel bosco l'altro ieri."

L'altro ieri? Caryn si trattenne per non alzare gli occhi al cielo e non dirgli che bastavano poche ore per lavare quei dannati veicoli e sistemare le attrezzature. Cercò di rimanere più impassibile che poteva. "Dove sono tutti?" chiese.

Sempre secondo la sua esperienza, nelle caserme c'era continuamente una certa attività: chi guardava la TV, chi cucinava, chi si teneva impegnato con un videogame, o allenandosi, o facendo le pulizie. Invece, in giro per quella caserma non aveva notato anima viva. Eppure era una stazione funzionante a tempo pieno, con vigili del fuoco stipendiati per essere sempre pronti a intervenire, durante i turni a loro assegnati.

"Ah, penso che siano andati a farsi un pisolino," le rispose Oscar.

Di nuovo, Caryn strabuzzò gli occhi. Era letteralmente pieno giorno e le squadre non erano certo state impegnate fino a tarda notte per spegnere un incendio. Avrebbero dovuto senz'altro essere tutti svegli, impegnati a fare *qualcosa*.

Si rese conto di giudicare un po' troppo e cercò di ragionare su ciò che vedeva e sentiva... ma non le venne in mente nulla che potesse giustificare dei vigili del fuoco che dormivano durante il giorno.

"Grazie per avermi dedicato del tempo e avermi mostrato la caserma," disse a Oscar, mentre lui le faceva strada verso l'uscita. Non aveva notato una palestra all'interno, il che le sembrò molto strano. Era fondamentale che il personale si tenesse in forma. Quello del pompiere era un lavoro duro e lei era orgogliosa di tutti gli sforzi che faceva per rimanere in forma: le consentivano di per svolgere al meglio le proprie mansioni, di aiutare chiunque ne avesse bisogno e di soccorrere le vittime in caso di incendio, quando era necessario.

"Nessun problema," le rispose Oscar. "Se il lavoro ti interessa davvero, dovresti fermarti a parlare con Paul. È lui il responsabile della commissione per le assunzioni."

Lei si aspettava già di dover parlare con Paul, anche se l'idea di certo non la entusiasmava; però erano passati degli anni, dall'ultima volta che aveva visto il ragazzino che da piccola le stava tanto antipatico; chissà, magari era cambiato.

Le venne da ridere, ma riuscì a contenersi.

"Magari passo a parlargli."

Oscar le annuì, le strinse di nuovo la mano, poi rientrò in caserma.

Caryn rimase seduta a lungo in macchina, fissando quella

caserma. Era tutta chiusa, non invitava i passanti a fermarsi coi bambini per vedere i veicoli, o anche solo a entrare per fare un giro veloce. Si accorse per la prima volta che, nonostante nemmeno le caserme di New York le piacessero per molti motivi, aveva comunque diverse ragioni per apprezzarle... a partire dal grande orgoglio che ogni vigile del fuoco metteva nella cura dei locali.

Avviò il motore della macchina e fece manovra per allontanarsi dal dipartimento dei vigili del fuoco e tornare alla casa di Art. Doveva riflettere meglio, prima di decidere riguardo al proprio futuro. Per il momento, voleva solo passare altro tempo col nonno. Negli ultimi giorni, era stata fuori casa più di quanto volesse. Art si stava riprendendo molto bene, ma non aveva certo recuperato al cento per cento. Il medico, Doc Snow, aveva promesso di fermarsi per una visita domiciliare proprio quel pomeriggio e Caryn voleva essere presente per sentire la prognosi sulla convalescenza del nonno.

Nonostante la delusione per le condizioni della caserma dei pompieri di Fallport, l'entusiasmo di Caryn per quella cittadina non era scemato. Aveva ancora voglia di scoprire meglio il paesino in cui da piccola aveva abitato per molte estati.

CAPITOLO OTTO

Dopo una settimana e mezza, Caryn aspettava alla finestra del salotto del nonno, quando vide la Jeep di Drew accostare in strada. Ormai si erano creati una routine di allenamento ogni mattina, che per lei era diventato il momento clou della giornata. Non sapeva bene se fosse per via degli allenamenti, che la facevano star meglio, o perché correre le dava modo di passare del tempo con Drew.

Lui l'aveva accompagnata a percorrere i sentieri principali della zona e lei aveva compreso molto meglio quanto potesse essere difficile trovare qualcuno che si perdesse in quell'area. C'erano migliaia di ettari di bosco e avere solo una vaga idea di dove potesse essere qualcuno non bastava minimamente per trovarlo. Drew le aveva insegnato come cercare tracce nel terreno e nel fogliame, come esaminare i rami dei cespugli circostanti e quanto fosse importante non perdere la testa, qualora lei stessa si fosse persa nel bosco.

Ma, soprattutto, Drew le aveva insegnato ad *ascoltare*. Avevano passato molto tempo semplicemente rimanendo in piedi tra gli alberi ad ascoltare il suono della natura.

Drew le aveva spiegato che l'assenza dei rumori prodotti dagli animali poteva essere tanto rivelatrice quanto i loro versi. Due giorni prima, l'aveva anche testata, precedendola sul sentiero e nascondendosi, per poi chiederle di trovarlo. Lei era passata due volte vicino al punto in cui lui era uscito dal sentiero, prima di accorgersi delle tracce minime che Drew aveva lasciato: delle orme sul fango di fianco al sentiero. Lei si era imbarazzata perché aveva impiegato quasi un'ora per trovarlo, invece lui l'aveva lodata, dicendosi impressionato.

Le aveva anche confidato di avere fallito, la prima volta che aveva dovuto cercare Ethan, tanto che l'amico era dovuto uscire dal suo nascondiglio dopo due ore e mezza lamentandosi per la fame e dicendo che non aveva intenzione di rimanere nel bosco tutta la notte. Caryn non aveva capito se fosse una frottola o meno, ma almeno quella storia l'aveva fatta sentire molto meglio.

Infine, Drew le aveva preannunciato per quel giorno una sorpresa e lei non vedeva l'ora di scoprire cosa le avesse preparato come allenamento. Invece di aspettare che arrivasse a bussare alla porta, Caryn lo anticipò andandogli incontro sul prato davanti a casa.

"Fremi dalla curiosità?" le chiese per stuzzicarla.

"Ehi, sei stato tu a creare l'aspettativa per stamattina. Se poi non è un gran che, ci rimarrò male."

"Ahi," commentò Drew mettendosi una mano sul cuore.

Quel mattino, Drew aveva un bell'aspetto, come del resto in ogni altra occasione in cui si erano trovati per allenarsi. Come al solito, indossava un paio di pantaloncini neri, ma al posto della solita maglia portava una canotta. Caryn intravide un po' di peluria nera sbucare dal colletto della canotta e le venne voglia di scoprirgli il petto per vedere se fosse ricoperto di pelo, o se si trattasse solo di qualche ciuffetto.

Poi le venne l'istinto di darsi uno schiaffo in fronte: non importava quanto pelo avesse un uomo sul petto. Per nulla.

Peccato però che, man mano che Caryn passava il tempo con Drew, l'attrazione che provava per lui crescesse sempre più. Drew le piaceva: come persona; come amico; come uomo. Era veramente *interessata* a lui, tanto che stava diventando sempre più difficile non lasciar trapelare l'attrazione. L'ultima cosa che voleva era rovinare una buona amicizia... ma non poteva negare di avere una voglia matta di sentire il sapore di quelle labbra piene, di scoprire se fosse bravo a baciare come lo era in tutto il resto.

"Beh, penso che ti piacerà la mia sorpresa, altrimenti pazienza," le disse con tono quasi troppo tranquillo.

Caryn si accorse che lui era nervoso, il che le piacque ancor di più.

Decise in quel momento di sforzarsi per apprezzare la sorpresa di quel mattino, qualunque fosse, anche la più odiosa. Anche quello era un segnale di quanto le piaceva quell'uomo. In passato, Caryn non aveva mai mentito su qualcosa di futile, semplicemente per accontentare qualcuno. Di solito, diceva esattamente quel che pensava e senza girarci troppo attorno. Probabilmente perché era abituata a lavorare con uomini spesso rudi, che si comportavano proprio in quel modo; ma l'ultima cosa che voleva era far star male Drew, che si era dato molto da fare per prepararle l'allenamento speciale che la aspettava quel mattino.

Invece di partire di corsa, indicò la Jeep. "Oggi dobbiamo prendere l'auto."

Non era la prima volta che prendevano la macchina per andare ad allenarsi. Quando avevano percorso dei sentieri un po' lontani, erano arrivati in auto ai relativi imbocchi. Caryn annuì e salì sul lato del passeggero.

"Non è molto distante, ma penso che alla fine saremo entrambi troppo stanchi e indoleniti per tornare di corsa."

Caryn alzò un sopracciglio e lo guardò. "Adesso sono curiosa."

Drew le fece solo un sorriso, poi avviò il motore.

Caryn era incuriosita ormai da *tutto* ciò che riguardava quell'uomo. La sua Jeep era immacolata: non c'era in giro nemmeno una cartaccia, nemmeno un contenitore di cibo d'asporto, come quelli che spesso si trovavano sotto i sedili. Lei non era certo una sciattona, ma aveva in macchina cianfrusaglie di ogni tipo, inoltre la camera in cui dormiva a casa di Art non era esattamente in ordine; invece Drew teneva tutto ben pulito e organizzato: le aveva confidato che era la sua indole da matematico.

Il viaggio non fu lungo e quando Drew accostò l'auto davanti all'officina in cui lavorava Brock, Caryn lo guardò con un'espressione confusa in volto. L'attività di Brock aveva un nome, il *Vecchio Garage*, ma molti dei residenti di Fallport lo chiamavano semplicemente *l'officina*.

Drew le aveva raccontato che Brock aveva sentito una vera e propria vocazione mentre armeggiava con la macchina, dopo essere uscito dalla polizia di frontiera.

"Per favore, dimmi che non stai cercando di farmi assumere qui," commentò Caryn.

Ormai era diventata una specie di battuta ricorrente; dopo aver sentito i pensieri di Caryn sulle condizioni della caserma dei pompieri, Drew aveva cominciato a suggerirle vari impieghi da provare, al di là dei vigili del fuoco. Dall'estetista alla docente di letteratura inglese, fino alla manutenzione stradale... ormai erano più proposte per farla ridere che consigli veri e propri.

"No no... e prima che tu me lo chieda, sì: Brock sa che siamo qui e mi ha dato una chiave, quindi non dobbiamo scassinare la porta. Dai, andiamo, tra un minuto vedrai la sorpresa."

A quel punto, incuriosita al massimo, Caryn seguì Drew al cancello della recinzione massiccia che stava dietro l'officina. Quando lui sbloccò il cancello in legno e lo spalancò, Caryn rimase esterrefatta: non si aspettava certo quella scena.

Entrarono in quella che si poteva descrivere solo come una discarica.

"Brock e gli altri vanno a prendere le macchine che

nessuno vuole più e le portano qui, così possono recuperare le parti buone per riparare i veicoli in circolazione. Serve a tenere bassi i costi di manutenzione. Penso che sia anche perché ai ragazzi piace armeggiare con le vecchie auto," le spiegò Drew.

Era uno spazio impressionante. C'erano rottami allineati da tutte le parti. Macchine di ogni dimensione, anche modelli d'importazione, auto chiaramente accidentate con parti fracassate. "Ehm... io non me ne intendo di macchine," gli disse Caryn, "quindi se l'allenamento consiste nel cercare pezzi di ricambio, non ti sarò molto utile."

Drew fece una risata. "No no: sono venuto qui ieri sera per preparare tutto." Le fece strada verso un ampio spazio tra due file di auto... e Caryn fu sbalordita da ciò che vi trovò.

"Cominceremo qui con la gomma," le spiegò indicando uno pneumatico enorme appoggiato a terra. "Dovremo sollevarla e rovesciarla completamente più volte fino ad arrivare in fondo. Poi torniamo di corsa mettendo i piedi tra i pioli delle scale che ho steso a terra, sperando di non inciampare. Poi passiamo qui," indicò due macchine senza ruote appoggiate su dei blocchi, "e strisciamo sotto. Poi dieci flessioni sulle braccia e dieci addominali in posizione supina... movimenti completi, non con le ginocchia piegate o a mezz'aria, infine un circuito di corsa... da qui a là, poi là, là..." Le indicò delle linee verniciate sul terreno sempre più lontano che demarcavano il circuito.

"Poi, per concludere, mi prendi in spalla e mi porti fin laggiù, mi metti a terra, mi trascini alla fila successiva di veicoli, mi prendi di nuovo in spalla e torni di corsa da dove abbiamo cominciato. Non ho trovato un sacco da allenamento da farti usare, ma altezza e peso corrispondono, quindi se vuoi possiamo alternarci a fare il peso morto."

Caryn lo fissò incredula e senza parole.

"Che c'è? Un'idea stupida?" le chiese. "Se non vuoi fare

l'ultima parte... Oh, accidenti, possiamo anche lasciar perdere tutto il circuito e andare a correre."

"No!" esclamò Caryn con un po' troppa forza, poi scosse la testa e abbassò il tono. "È un'idea *meravigliosa*, davvero incredibile, Drew."

"Sono andato online e ho cercato alcuni degli allenamenti specifici dei vigili del fuoco, e ho pensato ai compiti che svolgi di solito, poi mi sono inventato delle attività che simulassero i tuoi interventi. Con le scale mi è andata male, perché a Fallport non ci sono palazzine da usare per allenarsi. Al massimo ci sarebbe lo stadio delle scuole, ma ho pensato di riservarlo per un'altra occasione."

"Sul serio, Drew, è... Penso che *nessuno* si sia mai dato tanto da fare per me quanto hai fatto tu preparando tutto questo."

"Te lo meriti," le rispose tranquillamente.

Si guardarono a lungo, con complicità. Caryn non sapeva bene che fare. Abbracciarlo? Baciarlo? In realtà voleva proprio baciarlo, ma anche abbracciarlo.

Fu lui a interrompere quel momento dicendole con un gran sorriso: "Spero proprio che tu mi faccia il mazzo in questo circuito, altrimenti sarò costretto a dire in giro che ti stai rammollendo."

Caryn si sentì stimolata nella sua natura competitiva e gli rispose con un gran sorriso: "Non esiste al mondo che tu mi batta, mollaccione."

Lui si mise a ridere.

Caryn stentava a credere di trovarsi in quel luogo con un poliziotto, per quanto ex, che non sembrava affatto preoccupato di farsi battere da lei in un percorso di allenamento.

"Vuoi che faccia un riassuntino per ricordarti il circuito di allenamento?" le chiese.

"Non c'è bisogno, se per te va bene. Mi sembra abbastanza intuitivo."

"Bene, allora non ci rimane che una cosa da fare."

"Che cosa?"

"Sasso carta forbice per vedere chi parte. Chi vince si fa il primo giro."

Caryn porse la mano in avanti divertita.

"Bim, bum, *bam!*" disse Drew, ed entrambi batterono il ritmo con le mani fino al *bam*.

Caryn vinse con la mano aperta a carta sul pugno chiuso a roccia di Drew.

Lui annuì alla sconfitta. "Vediamo come te la cavi."

Caryn era più che pronta. Anzi, si scoprì inebriata dall'entusiasmo, non tanto per l'allenamento, quanto per il fatto che Drew si fosse dato tanto da fare per lei. Non era tenuto, avrebbero potuto continuare a correre, o percorrere altri sentieri; invece quella era una vera e propria *sfida*. Il fatto che si fosse preso il tempo per andare online, per fare delle ricerche e trovare un allenamento specifico per lei... la scaldò dentro, facendola un po' sciogliere.

Ovviamente lei non era come tante altre donne, che si commuovevano per un mazzo di fiori o dei gioielli; per lei, quel circuito era molto meglio.

Fece un respiro profondo e fece un passo verso l'enorme pneumatico preparato a terra.

"Sei pronta? A posto, *via!*" esclamò Drew.

Caryn si accovacciò, afferrò lo pneumatico da un lato e si rialzò, facendo attenzione a poggiare il peso sulle gambe e non sulla schiena. Le sfuggì un grugnito appena sentì tutto il peso di quella gomma. Era estremamente pesante e le sue braccia fecero fatica a sollevarla da terra, ma poi la ribaltò. La gomma colpì il terreno e sollevò una nuvola di polvere tutt'intorno. Lei tornò subito in ginocchio e la afferrò di nuovo, poi ancora, fino ad arrivare in fondo al tragitto.

A quel punto si girò e tornò di corsa all'inizio, facendo attenzione a mettere i piedi tra i pioli della scala appoggiata a terra. Poi andò dritta ai veicoli sollevati sui blocchi e si gettò pancia a terra strisciando per superarli.

Mentre contava i dieci piegamenti e i dieci addominali, sentì Drew che la incitava. Le diceva che stava andando alla grande, ricordandole il prossimo passaggio. Lei si accorse di sorridere mentre correva verso la prima delle linee tracciate a terra. Quand'era stata l'ultima occasione in cui si era divertita tanto? Sinceramente, non se lo ricordava.

Quando fu il momento dell'ultima prova, trovò Drew sdraiato a terra. Lei doveva prenderlo in spalla e portarlo di peso, per poi rimetterlo a terra, trascinarlo per una decina di metri, poi prenderlo di nuovo in braccio... ma esitò per un momento.

"Dai che ce la fai, Caryn. Forza!"

"Non vorrei farti cadere," sbottò lei.

"Non succederà, dai, fai finta che io sia una persona intrappolata: devi tirarmi fuori da un palazzo incendiato... tirarmi letteralmente."

Dopo un respiro profondo, Caryn si accovacciò e lo prese per il braccio, se lo tirò in spalla come aveva fatto innumerevoli altre volte con i manichini da addestramento. Però in quel caso era diverso, soprattutto perché si trattava di un essere umano in carne e ossa... ma anche perché si trattava di *Drew*.

Caryn l'aveva frequentato quasi sempre, negli ultimi giorni, e anche se si sentiva sempre più attratta da lui, non c'era mai stato alcun contatto fisico... a parte qualche sfioramento occasionale delle mani o delle spalle, durante gli allenamenti. Sentirsi Drew addosso le dava una sensazione... estremamente intima.

"Ottimo lavoro!" le disse mentre lei procedeva verso la fine del circuito. Drew faceva del suo meglio per starle sopra a peso morto senza lamentarsi, nonostante avesse la spalla di Caryn piantata nella pancia.

"Impressionante... Adesso mettimi giù e trascinami fino a quella macchina blu," le suggerì.

"So dove devo andare," ribatté lei, che però non era affatto irritata. Sentirsi supportata da lui e sapere di aver fatto un'ottima impressione era inebriante. Si abbassò e lo mise a terra con la massima attenzione, poi lo prese per i polsi e cominciò a trascinarlo sul terriccio.

Guardando in basso per un momento, lo vide sorriderle. Mentre camminava all'indietro, coi piedi sollevava altra polvere, ma a Drew non sembrava importare. Il circuito sembrava misurato alla perfezione... abbastanza difficile da farla arrivare in fondo senza fiato, ma non tanto sfiancante da impedirle di portare a termine il compito.

"Perfetto, ultimo sforzo, sei quasi in fondo," le disse per incoraggiarla.

Dopo un altro respiro profondo, nonostante il cuore che le batteva forte nel petto, Caryn sollevò di nuovo Drew da terra e se lo tirò sulle spalle. Per fortuna non era più alto o più pesante, altrimenti forse non sarebbe riuscita a compiere quell'ultimo sollevamento.

Lui non poteva saperlo, ma quello era proprio il punto su cui moltissimi colleghi vigili del fuoco mettevano in dubbio le abilità di Cayn: dubitavano che fosse in grado di trascinarli fuori da un edificio in fiamme o da una qualunque situazione di pericolo. Lei si era impegnata al massimo durante le esercitazioni per dimostrare di potercela fare, ma quella sfiducia le era rimasta addosso.

Pur barcollando sotto il peso di Drew, Caryn riuscì a superare la linea finale che lui aveva tracciato per terra. Dopo averlo rimesso a terra, rimase piegata con le mani sulle cosce, ansimando.

"Niente male," le disse Drew mettendosi seduto e guardando il cronometro al polso. "Però scommetto di poterti battere."

Quel commento le fece alzare un sopracciglio. "Non esiste al mondo."

Lui rise mentre si rimetteva in piedi.

Rimasero uno di fronte all'altra a fissarsi e lei sentì il forte impulso di gettarsi tra le sue braccia, afferrandogli i capelli dietro la nuca e tirandogli la testa in modo da trovarsi le sue labbra sulle proprie, per poi baciarlo alla follia. Infatti fece un passo verso di lui, ma poi si fermò.

Il cuore le batteva all'impazzata, ma lei strinse i pugni per evitare di seguire l'istinto. Continuarono a fissarsi, poi lei fece un altro respiro profondo e distolse lo sguardo.

"Per la cronaca..." le disse Drew sottovoce, "prestazione incredibile." Poi si allontanò e andò a prendere lo pneumatico, lo sollevò come se non pesasse quasi nulla e lo fece rotolare per riportarlo nella posizione di partenza. Lo lasciò cadere con un tonfo e sbatté forte le mani per togliersi di dosso la polvere. "Sei pronta a cronometrarmi?" le chiese.

Lei scosse la testa leggermente per tornare con la mente al circuito, annuì e si preparò con l'orologio al polso. "Sono pronta a guardarti collassare," gli disse provocandolo.

Il sorriso sul viso di Drew era molto maschio e la tentava parecchio. Lo vide prepararsi con le gambe leggermente divaricate, poi lui la fissò in attesa.

"Che c'è?" gli chiese.

"Devi fare il conto alla rovescia per farmi partire."

"Ah sì, scusa. Pronti, a posto, *via!*"

Guardare Drew fu come guardare un atleta alle Olimpiadi. Le aveva sempre detto di essere troppo vecchio e fuori forma, ma a giudicare da quella partenza sarebbe stato impossibile definirlo in *alcun* modo fuori forma.

Quando lui si accovacciava, lo sguardo di Caryn gli cadeva spesso sul sedere. Del resto, lei non se ne vergognava: qualunque donna sana di mente ne avrebbe approfittato per mangiarselo con gli occhi. Prima ancora che lei se ne rendesse conto, Drew stava già correndo indietro verso di lei, coi piedi che volavano dentro e fuori gli spazi tra i pioli delle scale, senza la minima esitazione. Si gettò sotto le macchine e le superò in pochi secondi, così lei si mise in posizione per farsi sollevare di peso.

Mentre Drew faceva le flessioni a terra, i bicipiti gli si gonfiavano e Caryn si leccò le labbra, improvvisamente secche. Il resto della corsa fu completato senza commenti... ed eccolo sovrastarla con un gran sorriso. La tirò su di peso e se l'appoggiò sulla spalla senza la minima difficoltà. Caryn gli fissò il sedere mentre lui la portava quasi correndo fino al punto in cui doveva metterla a terra. La mise giù con molto più controllo rispetto a quanto aveva fatto lei, poi le prese i polsi e lei ebbe l'impressione di sentirsi sfiorare la pelle sensibile dai suoi pollici, prima che lui cominciasse a trascinarla a terra. Infine, se la rimise in spalla e arrivò alla linea del traguardo.

Lei si accorse a malapena di aver premuto il pulsante del cronometro.

"Allora?" le chiese rimettendola coi piedi a terra. "Chi ha vinto?"

Caryn si sentiva ancora molto confusa, combattuta dal desiderio di gettarsi tra le braccia di Drew; guardò il tempo sul cronometro e si imbronciò: "Secondo me ti sei già allenato prima su questo percorso."

Lui le sorrise. "No no, comunque l'ho fatto provare a Brock per assicurarmi che andasse tutto come mi aspettavo. Però credo che il trasporto in spalla non sia del tutto equo, perché io peso di più. Magari la prossima volta posso tenermi addosso della zavorra per pareggiare i conti della bilancia. Vuoi fare un altro giro?"

"Sì!" esclamò lei senza esitare. Nonostante Drew le provocasse una sensazione di disagio un po' inquietante che le vibrava nelle vene, Caryn si stava comunque divertendo. I muscoli si sarebbero fatti sentire di sicuro il giorno dopo, per quell'allenamento estremo, ma in quel preciso istante a lei non interessava.

"Diamoci dentro!" gli disse con un gran sorriso.

Ripeterono il percorso varie volte, tante che Caryn perse il conto. A un certo punto, Drew suggerì di non portarsi reciprocamente in spalla, ma di prendere invece un enorme pneumatico; però lei protestò: per quanto fosse scomodo portare in spalla un corpo a peso morto, era un esercizio autentico che corrispondeva a quanto facevano i vigili del fuoco in una situazione di emergenza. Inoltre, a lei piaceva portare Drew in spalla, proprio come le piaceva farsi portare da lui.

Quando furono soddisfatti e decisero di chiudere l'allenamento per quel mattino, ormai erano entrambi ricoperti di sudore per l'intensità degli sforzi sostenuti.

Si sedettero all'ombra e sorseggiarono dell'acqua che si erano portati, poi Caryn si voltò verso Drew. "È stato divertentissimo. Grazie."

"Davvero, ci mancherebbe."

Anche il silenzio tra loro era comunque piacevole: era da tempo che Caryn non si sentiva tanto bene. Non si era mai sentita tanto... *soddisfatta*, dopo un allenamento a New York, dove tutto sembrava essere sempre una specie di gara in cui lei era sotto scrutinio. Mai un momento in cui potersi divertire, semplicemente godendosi la fatica di portare il proprio corpo al limite. Quel mattino, con Drew, si era comunque sentita stimolata sul lato competitivo, ma senza il timore di dover per forza raggiungere degli standard arbitrari o delle aspettative.

"Hai parlato con Paul del posto di lavoro?" le chiese Drew dopo un momento.

Caryn sospirò. "No. Come ti dicevo, sono passata alla caserma, ma non ci sono più tornata."

"Cos'è che ti trattiene?" le chiese.

Lei fissò i veicoli che la circondavano. "Non ne sono sicura." Non era del tutto vero. Caryn non riusciva a scrollarsi di dosso la brutta sensazione che aveva provato quando aveva fatto il giro della caserma.

"Il posto di lavoro non rimarrà disponibile per sempre," le disse Drew sottovoce.

Lei lo sapeva; infatti non le dette fastidio quel commento.

"Lo so." Ormai rimuginava da un po' sull'eventuale trasloco a Fallport e doveva smettere di essere evasiva, doveva prendere una decisione. Il comandante della caserma di New York le faceva pressioni per sapere quando sarebbe tornata, sempre che tornasse. Nonostante alla notizia che si sarebbe presa una pausa, lui aveva minacciato di licenziarla, era ormai chiaro che per qualche motivo non aveva intenzione di liberarsi di lei. Art si stava riprendendo velocemente, ormai era quasi in grado di tornare ad arrangiarsi da solo. Proprio il giorno prima era tornato al solito posto, fuori dall'ufficio postale, rimanendoci per mezza giornata.

Era giunto il momento di darci un taglio e decidersi.

Caryn si decise e si voltò verso Drew. "Andrò a parlargli questa settimana."

Lui le sorrise. "Allora? Cosa significa?"

Sopraffatta dall'emozione, Caryn sbuffò. "Vuoi ancora sapere quando me ne vado?" gli chiese scherzando; era un riferimento alla domanda che le aveva posto all'Occhio di Bue, dopo che lei aveva praticato la manovra Heimlich per sbloccare le vie respiratorie di un uomo sul punto di soffocare.

Invece di prenderla male, Drew le rispose semplicemente: "Sì."

Lei si leccò le labbra e sussurrò: "Penso di voler rimanere."

"Bene, perché ci sono un sacco di altre persone che vogliono che tu rimanga."

Poi Drew alzò una mano lentamente e con il dorso delle dita le sfiorò la guancia, facendole venire voglia di avvicinarsi a lui.

Lui accennò un sorriso, poi spostò la mano sotto al mento di Caryn, invitandola ad alzare la testa. Lei si accorse che Drew stava abbassando la testa e chiuse gli occhi quasi senza accorgersene, mentre il cuore le batteva fuori controllo nel petto.

Lui le sfiorò appena le labbra con le proprie, come per

testare la reazione. Dato che Caryn non si tirò indietro, né gli disse di fermarsi, le spostò la mano dietro la nuca, tenendole ferma la testa mentre le appoggiava la bocca sulle labbra.

Il secondo approccio non fu un bacio accennato: tirò fuori la lingua e le leccò i bordi delle labbra, che lei aprì subito, desiderosa di accoglierlo in bocca. La sensazione della barba sulla pelle fu sensuale, erotica, tanto da scatenarle un gemito in gola.

Caryn sentì dietro il collo le dita di Drew che stringevano, ma era una presa tutt'altro che spiacevole. Le loro lingue si incontrarono, avanzando e arretrando, e lei apprezzò quella disponibilità a cederle, almeno in parte, il controllo del bacio.

Spilli e aghi sembrarono punzecchiarla in tutto il corpo. Le venne voglia di muovere una mano e di appoggiargliela sulla coscia, e a quel punto fu lui a lasciarsi sfuggire un gemito in gola. Sapere di fargli lo stesso effetto che lui suscitava in lei le provocava una sensazione inebriante.

Rimasero a lungo là seduti a baciarsi, toccandosi solo con le labbra, con le mani sul collo e sulla coscia, tanto che lei perse la sensazione del tempo. Si sentiva piena di energie, quasi come se potesse ripetere il percorso di addestramento altre dieci volte arrivando in fondo senza nemmeno il fiatone.

Non si era mai sentita come in quel momento... e fu quel pensiero a farle chiudere il bacio. Appena Drew la sentì tirarsi indietro, alzò la testa, ma senza toglierle la mano da dietro la nuca. La fissò negli occhi per un lungo momento, le iridi marroni che la penetravano.

Lei avrebbe voluto chiedergli a cosa stesse pensando, ma aveva una paura folle di saperlo.

A quel punto lui prese fiato dal naso e le disse: "Il vecchio Grogan ha organizzato una festa al Caboose Park per guardare in compagnia l'episodio del programma Indagini Paranormali che viene trasmesso venerdì sera, quello su Bigfoot. Vuoi andarci insieme a me?"

Caryn aveva già sentito parlare di quella festa. Lilly non

aveva alcuna intenzione di partecipare: aveva ripetuto più volte di non voler avere più nulla a che fare con quel programma, anche se tutto ciò che era successo l'aveva portata a conoscere l'uomo della sua vita; le veniva comunque il voltastomaco al pensiero di come, nel mondo dello spettacolo, ci si potesse persino approfittare della morte di qualcuno per trarne un profitto.

Elsie invece avrebbe partecipato insieme al figlio Tony, come anche Bristol, ovviamente accompagnate dai rispettivi partner. Caryn immaginava che sarebbero andati anche Brock, Tal e Raiden... come del resto molti altri abitanti di Fallport. Erano tutti curiosissimi di scoprire come sarebbe stata descritta la cittadina in cui abitavano, anche per l'aspettativa che il programma stimolasse frotte di turisti a visitare Fallport per scoprire i sentieri montani su cui magari, con un po' di fortuna, si poteva avvistare Bigfoot.

Ovviamente era rimasta persa nei propri pensieri per troppo tempo, perché Drew le staccò la mano dalla nuca e cominciò a tirarsi indietro.

Senza pensarci, lei gli afferrò il polso e gli strinse il ginocchio con l'altra mano. "Mi farebbe molto piacere," gli rispose rapidamente.

"Ci saranno tutti gli abitanti di Fallport," le disse, come per avvertirla.

"Me l'ero immaginato," gli rispose.

"Voglio che sia un'uscita di coppia," proseguì Drew. "Non ho intenzione di fingere che siamo solo amici."

Ah, ecco il motivo dell' avvertimento. Caryn riportò la mano di Drew sul proprio viso e lui gliela appoggiò sulla guancia mentre lei parlava. "Bene, perché nemmeno io ho intenzione di fingere. La mia vita è in subbuglio totale, non so nemmeno se avrò un lavoro, quando mi trasferirò, ma so che più passo il tempo in tua compagnia e più ne voglio passare. Non sono il massimo, Drew, mi trascino dietro molti problemi. Non ho mai avuto un rapporto di coppia che funzionasse e questo mi preoccupa, perché l'ultima cosa che voglio è incasinare la nostra amicizia."

"Non farai casino. Non *faremo* casino," le disse senza esitare.

"Non ne sarei sicurissima."

"Io sono disposto a provarci, e tu?"

"Anch'io." Caryn non dovette pensare molto alla risposta.

"Bene. Allora andremo a questa festa per guardare il programma, io porto le sedie e una coperta, magari qualcosa da sgranocchiare. Ci terremo per mano, ogni tanto ci baceremo per avere la certezza che tutti sappiano che non sei più sul mercato, poi si vedrà."

Caryn non si trattenne e scoppiò a ridere. "Difendi il territorio?" gli chiese stuzzicandolo.

"Assolutamente sì, cazzo, non sono un idiota," le rispose. "Anche se tu non te ne rendi conto, *sei* il massimo e mi sono già accorto di quanti uomini ti ronzino attorno, anche in questa cittadina."

Caryn alzò gli occhi al cielo. "Non mi ronzano attorno."

"Tu pensala pure come vuoi, tesoro."

Caryn lo trovava completamente folle: nessuno aveva mai bussato alla sua porta per chiederle di uscire, lei lo sapeva, ma Drew insisteva e non le andava di contraddirlo.

"Farò del mio meglio per far funzionare il nostro rapporto," le disse Drew, tornato serio, "ma ho anch'io i miei difetti. Da gennaio ad aprile sono impegnatissimo, lavoro quasi senza sosta. Sono uno che si fida poco, è un residuo del lavoro che facevo prima; in pratica non ho altri amici, a parte gli uomini della squadra e le loro compagne. Poi..."

Caryn alzò una mano e gliela mise davanti alla bocca. "Non sei perfetto, ho capito. Nemmeno io. Va benissimo."

Lo sentì sorridere sotto la mano, che poi abbassò.

"Non so cosa sia, di te, che mi è entrato dentro. Non mi è mai successo prima," rifletté lui.

Caryn annuì. "È lo stesso anche per me."

"Allora, andiamo avanti un giorno alla volta, ti va?"

"Mi sembra giusto."

"Che programmi hai per oggi?" le chiese.

"Art vuole andare anche oggi all'ufficio postale, ma prima ha un appuntamento con Doc Snow. Voglio che il medico lo dichiari ufficialmente guarito, prima che il nonno torni alla sua routine di sempre. Lui può anche pensare di avere vent'anni e di poter tornare arzillo come prima, ma non è così."

"Anche se... tornare alla routine di sempre potrebbe fargli bene," ragionò Drew.

"Infatti, ma non voglio che si sforzi troppo," rispose Caryn. Nel frattempo, lui le aveva tolto la mano dalla guancia per tornare a mettergliela dietro la nuca e le stava accarezzando col pollice la pelle sensibile, facendole venire la pelle d'oca sulle braccia. Quell'uomo, senza nemmeno volerlo, la faceva impazzire.

"Sono d'accordo. Pensi che gli farebbe piacere venire alla festa con noi?" le chiese Drew.

"Non ti dispiacerebbe?"

"Per niente. Cioè, tu e il nonno siete come una combinazione due per uno. Poi... quel vecchietto mi sta simpatico. Però, per la cronaca, se viene con noi, non mi impedirà di prenderti per mano e di baciarti. A lui starà bene?"

Caryn ridacchiò. Come mai non la sorprendeva sapere che Drew non avrebbe annullato le proprie tendenze da maschio alfa solo per la presenza del nonno? "A lui starà benissimo," gli rispose con sincerità. "Art ti rispetta e... siccome ultimamente ci siamo frequentati parecchio, ha cominciato a farmi delle domande non troppo ambigue sul nostro rapporto."

Drew rise. "L'ho detto che mi stava simpatico," commentò; poi si avvicinò a lei e abbassò di nuovo la testa. Fu un bacio breve e dolce. "Devo portarti a casa, così potrai preparare Art per l'appuntamento col medico. Posso telefonarti più tardi?"

"Con piacere," gli rispose Caryn con un certo imbarazzo.

"Ottimo."

Mentre si alzavano, Drew la sostenne con una mano sotto al gomito mentre lei gli chiedeva: "Invece *tu* che programmi hai per oggi?"

"Devo cominciare le pratiche per aprire un fondo d'investimento per Bristol. Ci siamo trovati due giorni fa per parlare dei livelli di rischio e decidere che tipo di garanzie preferisce avere, ma voglio ricostruire le sue dichiarazioni dei redditi degli ultimi anni per capire se e come posso farle risparmiare qualcosa in deduzioni. Poi devo esaminare dei documenti per altri clienti."

"Allora è una giornata ricca di adrenalina," commentò Caryn stuzzicandolo.

Drew però non reagì nemmeno con un sorriso. "A me piace molto lavorare coi numeri, perché non possono deludermi, come capita troppo spesso con le persone."

"Non lo dicevo per deriderti," gli spiegò Caryn. "Non c'è niente di male in ciò che fai."

Lui alzò le spalle. "So che non è un lavoro avventuroso."

"Scommetto che i livelli di adrenalina si alzano alle persone che risparmiano migliaia di dollari di tasse grazie a te, o agli investitori che raddoppiano i loro risparmi."

Al che lui sorrise. "È così."

"Sii te stesso, Drew, a prescindere da quel che pensano gli altri."

"A me interessa quello che pensi *tu*," le confidò.

"Beh, non devi preoccuparti. Finora non ho sentito nulla su di te che mi faccia venire voglia di allontanarmi."

"Spero che sia sempre così. Dai, andiamo, ti riporto a casa di Art."

Camminarono mano nella mano verso la macchina.

"Non dobbiamo prima rimettere a posto qui attorno?" gli chiese mentre lui le apriva lo sportello dell'auto.

"No. A Brock sta bene così. Tanto non c'è molto da sistemare, solo la scala, al massimo la gomma."

Il viaggio di ritorno alla casa del nonno fu fin troppo breve, e Caryn si accorse di essere arrivata prima di quanto volesse. Fissò Drew per una frazione di secondo, poi si decise, si avvicinò e prese l'iniziativa di baciarlo. Lui ricambiò immediatamente e si baciarono con un'intensità simile a quella del primo bacio.

Lui le passò una mano nei capelli corti e sorrise. "Saluta Art da parte mia."

"Va bene. Grazie ancora per questa mattina, mi sono divertita un sacco."

"Anch'io," le rispose. "Ci sentiamo dopo."

Lei annuì e si aprì lo sportello per scendere. Non si sorprese notando che lui non fece subito retromarcia per andarsene, ma rimase ad aspettare che lei aprisse la porta di casa e si girasse per salutarlo con un cenno della mano. Drew pensava di essere eccessivamente sospettoso, ma lei aveva vissuto moltissimi anni in una metropoli, acquisendo tutta la circospezione necessaria, e sentirsi protetta da lui le faceva piacere.

Prima di andare dal nonno, Caryn si appoggiò alla porta chiusa e sorrise, ripensando a quella mattina. Era ufficiale: lei e Drew stavano insieme.

Il sorriso diventò più radioso. A lei andava più che bene. Anche se il futuro rimaneva molto vago, almeno aveva deciso di rimanere a Fallport, anche per vedere come si sarebbe sviluppato il rapporto con Drew; le sembrò che un peso enorme le fosse stato tolto dalle spalle. Per la prima volta da chissà quanto tempo, era entusiasta del proprio futuro.

Stava ancora sorridendo quando si spinse via dalla porta per andare in salotto a vedere come stesse il nonno Art.

CAPITOLO NOVE

Drew non aveva premeditato di baciare Caryn, ma proprio non era riuscito a trattenersi. Grazie al cielo, lei aveva ricambiato il primo bacio e non si era ritratta per lo stupore o per la rabbia.

Da allora, erano passati alcuni giorni molto belli e piacevoli.

Nulla tra loro due sembrava essere cambiato, se non che entrambi cercavano molto di più il contatto fisico. I baci che si davano erano senz'altro un grande valore aggiunto. Si erano trovati tutte le mattine per allenarsi e le conversazioni erano diventate molto più personali, dato che ormai si erano messi insieme.

Insieme. Santo cielo, era passato fin troppo tempo dall'ultima volta che Drew aveva cercato di avvicinarsi tanto a una persona. Da quando aveva *desiderato* avvicinarsi tanto a qualcuna. Però Caryn lo aveva attirato a sé senza nemmeno cercare di conquistarlo. Di lei gli piaceva praticamente tutto: il bene che voleva al nonno, lo spirito competitivo, la motivazione a impegnarsi al massimo come vigile del fuoco.

Era arrivata finalmente la sera della festa di paese, la sera in cui Drew l'avrebbe accompagnata a guardare l'episodio su

Bigfoot della serie sul paranormale, proprio l'episodio che era stato filmato intorno a Fallport. Doveva ammettere di essere curioso di vedere il programma. A prescindere da quel che lui stesso pensava sull'esistenza di Bigfoot... o dal potenziale afflusso di turisti in cerca della creatura leggendaria, il che presagiva un certo numero di dispersi da andare a ritrovare, Drew era comunque contento per i negozi del centro, che avrebbero guadagnato di più proprio grazie ai turisti.

Caryn gli aveva detto che Art non stava nella pelle da quando aveva saputo che loro due si erano messi insieme e che aveva accettato con grande entusiasmo di farsi accompagnare alla festa. Per fortuna, Doc Snow gli aveva dato il via libera per fare ciò che voleva, a patto che lo contattasse immediatamente in caso si sentisse affaticato o gli tornasse il dolore al petto.

Drew raggiunse la porta di Art con una corsetta leggera e alzò la mano per bussare, ma la porta si aprì prima ancora che la mano raggiungesse il legno. Caryn lo aspettava con un enorme sorriso stampato sul volto.

"Ciao!" gli disse.

Si erano visti anche quel mattino, eppure, chissà perché, gli sembrava fosse passata un'eternità. "Ciao," le rispose lei. Gli si gettò tra le braccia e lui l'abbracciò con una risata divertita e gioiosa. Caryn lo strinse tra le braccia e i loro corpi sembravano combaciare perfettamente, con grande piacere di Drew. Erano di altezza simile, quindi tutte le parti del corpo aderivano in modo quasi perfetto.

Caryn lo baciò rapidamente sulle labbra, poi fece un passo indietro, gli prese la mano e lo trascinò in casa. "Siamo super-entusiasti per questa sera. Cioè, so che qualcuno ha da ridire sul programma, ma è comunque forte vedere Fallport in TV."

Gli occhi di Drew squadrarono Caryn da capo a piedi, mentre lei lo precedeva verso il salottino della casa di Art. Caryn indossava un paio di jeans e una maglia blu del dipartimento dei vigili del fuoco di New York infilata nei pantaloni.

Calzava un paio di scarpe da ginnastica e sembrava molto a suo agio in quel look sbarazzino; Drew dovette impegnarsi per non afferrarla e gettarsi con lei sul divano.

"Piacere di vederti," gli disse Art distraendolo da Caryn.

"Piacere mio, ho sentito che andiamo molto meglio. Ottimo lavoro!"

"Molto meglio!" confermò Art. "Grazie per avermi invitato a venire alla festa di questa sera con voi. Comunque... ci vengono anche Otto e Silas e mi tengono una sedia per stare insieme a loro." L'anziano fece l'occhiolino. "Non vorrei mai reggere il moccolo."

"Oh, non avevamo alcun dubbio," disse Caryn, mentre Drew si limitò a ringraziare Art con un cenno del capo, prima che i due si scambiassero un sorriso.

Caryn si prese un po' di tempo per preparare il frigo portatile che aveva insistito a portare con sé. Drew si era offerto di portare tutto il necessario per mangiare, ma lei ci teneva a contribuire, quindi lui non aveva insistito.

Quando furono sulla Jeep, già diretti verso il parco, Caryn disse: "Siamo abbinati."

"In che senso?" le chiese Drew.

"Nei vestiti. I jeans, le scarpe da ginnastica, la maglia blu." Glielo spiegò con un gran sorriso.

Lui distolse lo sguardo dalla strada e si accorse che Caryn aveva ragione. Non si erano messi d'accordo, ma indossavano davvero delle maglie di un blu quasi identico. Lui aveva scelto una delle tante maglie della squadra di ricerca e soccorso Eagle Point. "Hai ragione," le rispose ricambiando il sorriso.

"Non ti dà fastidio, vero?"

"No no," le rispose Drew. "Se in futuro vorrai che ci vestiamo ancora in modo simile, sappi che io ci sto."

"Davvero?" gli chiese Caryn un po' scettica. "Non sai quante volte ho sentito i colleghi a New York che prendevano in giro le coppiette di turisti che si vestivano allo stesso modo."

"Beh, io non sono come loro," affermò Drew con fermezza. "Se ti fa felice, a me sta bene."

"Lo terrò a mente," concluse lei.

Drew fece per prenderle la mano quando Art parlò dal sedile posteriore. "Ti ricordi quella parata del quattro luglio, quando avevi dieci anni e hai insistito che indossassimo entrambi qualcosa di rosso, bianco e blu? Eravamo davvero buffi," disse scherzando.

Caryn non se la prese affatto, anzi, si mise a ridere. "Eravamo fantastici," ribatté, "e all'epoca non ti sei certo lamentato!"

"Sì, beh, eri tanto entusiasta all'idea che ci vestissimo alla stessa maniera, con i colori del giorno dell'indipendenza..." rispose Art.

"Non hanno pubblicato una foto di noi sul giornale, tanto eravamo carini?" chiese Caryn.

"Sì! La conservo da qualche parte."

Lei si voltò indietro per parlare col nonno. "Davvero ce l'hai? Saranno passati trent'anni!"

"E allora?" ribatté lui. "Ho conservato tanti ricordi delle nostre estati."

"Mi piacerebbe tanto vederli. Sempre che tu voglia mostrarmeli," aggiunse Caryn senza insistere troppo.

Drew le strinse la mano: l'aveva sentita commuoversi mentre parlava.

"Ma certo! Dobbiamo guardarli insieme prima che tu torni a New York," le rispose Art.

Drew la guardò sorpreso: gli sembrava incredibile che non avesse ancora detto al nonno che intendeva rimanere. Lei sembrò a disagio per un momento, poi fece un gran respiro.

"A proposito... direi proprio che... ho deciso di rimanere a Fallport, cioè... se per te va bene."

Le ultime parole le uscirono con una certa insicurezza. Drew non aveva dubbi sul fatto che Art sarebbe stato più che contento.

Infatti, proprio come c'era da aspettarsi, Art la tranquillizzò immediatamente.

"Certo!" esclamò con entusiasmo agitando il pugno per aria.

Caryn ridacchiò. "Allora immagino che tu sia contento."

"Bimba, se avessi potuto farti trasferire qui appena hai finito il college, l'avrei fatto... ma sapevo che dovevi andare in giro per il mondo a seminare i tuoi frutti, a vivere le tue esperienze... per capire che tutto ciò che puoi cercare nella vita si trova anche qui a Fallport."

Drew si voltò e incontrò gli occhi di Caryn. Per una frazione di secondo, condivisero un momento di profonda comprensione, poi lui dovette tornare a concentrarsi sulla strada.

"Quando hai ragione, hai ragione," rispose Caryn, "ma ci sono ancora tanti dettagli da definire. Dove vivrò, che lavoro farò, sai... il quadro completo."

"Ma va' là!" esclamò Art. "Puoi stare a casa mia tutto il tempo che vuoi. So che prima o poi preferirai vivere per conto tuo, ma nel frattempo non rimarrai in mezzo a una strada. Per il lavoro, il comune farebbe malissimo a non assumerti nei vigili del fuoco, sempre... sempre che tu non voglia cambiare."

"Perché mai dovrei cambiare?" gli chiese Caryn, che fece subito seguire a quella un'altra domanda. "E... che lavoro potrei fare, se non quello? Non è che ho dei talenti segreti, degli assi nella manica da tirar fuori."

"Tu puoi fare tutto quel cavolo che ti metti in testa di fare," disse Art con orgoglio.

Drew adorava il supporto che il nonno le stava dando.

"Sei intelligente e furba, hai sempre la testa china su un libro, che se vuoi saperlo è un'ottima cosa... Non ti sei fatta inquinare la mente da tutta la spazzatura che danno in televisione oggigiorno. Qualunque sia il campo in cui deciderai di impegnarti, farai faville."

"Grazie nonno," rispose Caryn tranquillamente.

Drew le strinse di nuovo la mano, poi ruotò il volante per parcheggiare parallelo alla strada. Il parcheggio del Caboose Park era pieno, com'era prevedibile. C'erano macchine allineate lungo tutta Main Street... ma per fortuna trovarono un posto abbastanza grande per infilarci la Jeep.

Mentre Caryn aiutava il nonno a uscire dalla macchina, Drew aprì il bagagliaio e prese le sedie da campeggio, la borsa con gli spuntini che aveva preparato, la coperta e il frigo portatile di Caryn. Lei gli tolse la coperta di mano e prese il nonno sottobraccio, mentre Drew li seguiva con tutto il resto.

Trovarono piuttosto alla svelta Otto e Silas, e Art si accomodò vicino a loro. Caryn affidò loro un'infinità di istruzioni, specificando di chiamarla, qualora il nonno si fosse stancato troppo. Solo quando Art la interruppe, insistendo che non era un invalido e invitandola ad andarsene, lei si rassegnò.

Quando Drew riuscì finalmente a metterle un braccio intorno alla vita, si rilassò.

"Pensi che oggi il nonno starà bene?" gli chiese Caryn mentre camminavano verso il gruppetto della squadra che avevano avvistato poco prima.

"Starà bene. Qui ci sono quasi tutti e vedrai che tutta la cittadinanza lo terrà d'occhio," le disse per rassicurarla.

Grogan aveva installato uno schermo gigante in mezzo al prato enorme, vicino al vecchio vagone rosso da cui prendeva nome il parco. C'erano anche due altoparlanti, piazzati strategicamente ai lati dello schermo, in modo che chiunque fosse in grado di sentire la trasmissione, da qualunque posizione. Si vedevano alcuni tavolini da una parte per i venditori: chi offriva maglie, chi altri ninnoli ispirati a Bigfoot. Drew si fece una risata sotto i baffi: il proprietario del mercatino locale non si lasciava sfuggire alcuna opportunità per guadagnare qualcosa.

Due bambini si avvicinarono di corsa e consegnarono a Drew e a Caryn una statuetta gommosa di Bigfoot: era fatta dello stesso materiale delle palline anti stress da schiacciare nel pugno. Dietro c'era scritto: "Supermercato Grogan, Fallport, Virginia."

"Un regalo del vecchio Grogan!" esclamò uno dei due ragazzi, poi entrambi sfrecciarono via per distribuire altre statuette in giro.

"Che meraviglia," commentò Caryn con un sorriso enorme in volto.

Drew si trattenne per non alzare gli occhi al cielo, ma dovette riconoscere che quell'omaggio strambo era anche a suo modo divertente.

"Ehi, voi due, ciao! Sono contenta che siate arrivati!" disse Elsie.

"Guardate! A voi ne hanno data una?" chiese Tony alzando la sua statuetta gommosa di Bigfoot per farla vedere meglio.

Caryn gli mostrò la propria sorridendo. "Sì, ce l'hanno data."

"Che bella!"

"Vedo che Art sta già tenendo banco," disse Bristol dalla sua sedia. Rocky l'aveva fatta accomodare in una sdraio molto comoda per farle tenere la gamba appoggiata su un frigorifero portatile; evidentemente anche loro avevano avuto l'idea di portare da bere e da mangiare. La gamba di Bristol era stata fratturata due volte da un suo fan ossessionato che l'aveva rapita e torturata come nel film *Misery non deve morire*; però Rocky aveva spiegato che stava guarendo bene e che era già in grado di spostarsi da sola, sia pure con un deambulatore per ginocchio.

"È contento di essere tornato in azione," le spiegò Caryn.

"Menomale che si è ripreso," commentò Bristol di cuore.

Quando Caryn aveva conosciuto Bristol, appena una settimana prima, si era emozionata moltissimo. Bristol continuava a scusarsi per l'attacco subito da Art: era stato proprio quel fan che la perseguitava a pugnalarlo; Caryn si era sentita sopraffatta dalla franchezza e dalla vicinanza dell'artista, e in seguito aveva confidato a Drew che tutte le preoccupazioni che l'avevano assillata per quell'incontro erano prive di fondamento: aveva trovato in Bristol una donna dolcissima, proprio come le avevano preannunciato tutti.

"Mio nonno è forte," le spiegò Caryn. "Doc Snow gli ha quasi dato carta bianca, gli ha detto solo di prendersi un altro mesetto di riposo, prima di iscriversi alla cinque chilometri di Fallport, quest'autunno."

Drew si mise all'opera: aprì la coperta sull'erba e preparò le sedie mentre Caryn salutava gli altri. Gli faceva estremo piacere sapere che Caryn andava d'accordo con tutti. Per lui era molto importante, ma non quanto lo era per lei, che voleva stringere un legame profondo con ogni membro del gruppo.

Drew si accomodò e si estraniò dalla conversazione per godersi quella sensazione di appagamento. Era proprio ciò che cercava quando era uscito dalle forze dell'ordine: la possibilità di partecipare a un evento pubblico come quello rilassandosi e basta, senza doversi preoccupare del fatto che qualcuno fosse infastidito dalla sua presenza. Aveva degli ottimi amici, una nuova partner che non vedeva l'ora di conoscere meglio e un sistema di supporto molto solido, forse più di quando era in polizia.

Dopo aver salutato Duke con delle carezze, che il segugio non ricambiò nemmeno aprendo gli occhi, e dopo aver scambiato due chiacchiere con Raiden, Tal, Brock e tutte le altre, Caryn andò a sedersi vicino a Drew.

"Che serata fantastica," gli disse con un sorriso.

"Infatti," concordò lui.

"Mi dispiace che Ethan e Lilly non siano venuti, ma caspico il motivo."

"Quando la puntata finisce gli telefono per fargli un riassunto. Nel frattempo, sono andati a casa di Rocky per sistemare il fienile."

"Pensi che ce la faranno a sistemarlo prima di Halloween, per le nozze?" chiese Caryn. "Non manca poi molto tempo."

"A loro andrà bene anche se non sarà perfetto," le rispose Drew. "Vogliono solo convolare a nozze."

"Che dolci."

Drew alzò le spalle senza commentare, anche se non poteva nascondersi un briciolo d'invidia per la coppia di amici. "Tu invece che mi dici?" le chiese. "Hai in mente una cerimonia di nozze che sogni da tutta la vita?"

Caryn ridacchiò. "No... cioè, intendiamoci, ho sempre desiderato trovare la persona giusta, l'uomo con cui passare il resto della vita, ma dopo il fallimento del primo matrimonio non ho più tanta voglia di saltare a piè pari nel prossimo."

"Com'è stata la tua prima cerimonia?" le chiese Bristol, che ovviamente aveva sentito tutta la conversazione.

Caryn si voltò verso di lei. "Nessuno dei due aveva avuto il tempo di programmare, i turni erano troppo sfalsati, quindi abbiamo deciso di andare direttamente in municipio il primo giorno libero che avevamo entrambi." Fece spallucce. "La cerimonia non è stata niente di speciale, probabilmente avrei dovuto accorgermi che non era il caso di sposarlo, perché non mi interessava minimamente celebrare," disse senza scaldarsi troppo.

"Non so se è la cerimonia di nozze che fa la differenza in un matrimonio," commentò Rocky prendendo la mano di Bristol. "Non importa se è in municipio o se è una cerimonia sfarzosa con migliaia di invitati... quel che conta è che i due diretti interessati siano pronti e vogliano impegnarsi insieme per far funzionare il rapporto a lungo termine."

Drew annuì. Era d'accordo con l'amico, al cento per cento, e anche Caryn sembrava d'accordo.

Bristol guardò il fidanzato e disse: "È il tuo modo di dirmi che non vuoi aspettare fino a dicembre?"

"Niente affatto," le rispose Rocky con semplicità. "Fosse per me ti sposerei anche oggi, ma sarei felice comunque, anche senza nozze. Sei la mia donna, punto: non sarà certo una cerimonia o la mancanza di una cerimonia a fare la differenza. Sono dispostissimo ad aspettare dicembre perché so che per te è importante. Per essere contento, mi basta sapere che mi ami e che con me sei felice e ti senti al sicuro."

"Oooooh," disse Elsie sottovoce.

"Romanticone," disse Zeke a Rocky alzando gli occhi al cielo.

Al che risero tutti.

"Beh, io voglio sposarmi nella nostra casa fantastica, perché voglio far sapere a tutti che persona meravigliosa sei," disse Bristol con decisione.

Rocky le prese la mano e ne baciò il dorso. "Allora è esattamente così che andrà."

"Tu invece che ne pensi?" chiese pacatamente Caryn a Drew, dopo che gli altri ripresero a chiacchierare. "Che tipo di nozze preferiresti avere?"

"La verità? Una cerimonia tranquilla. Non mi piace essere al centro dell'attenzione e mi sembra uno sperpero spendere tanti soldi per una cerimonia sfarzosa."

Caryn fece una risatina. "Una posizione da vero commercialista."

Drew sentì le guance arrossarsi, ma replicò minimizzando. "Non so che dire; cioè, voglio che la mia donna si senta come una principessa in un giorno speciale per lei, ma preferirei non dover invitare mezzo mondo. Mi piacerebbe uno scambio di promesse più intimo, qualcosa che rimanga tra noi due."

"Mi sembra un'idea carina," commentò Caryn.

Si fissarono a vicenda per un lungo momento. Drew non era sicuro di cosa stesse succedendo, ma gli piaceva. Anche se si trovavano in un parco pubblico, circondati da una folla di centinaia di persone, in quel momento gli sembrava che il mondo si fosse fermato per loro due.

"Ehilà, Buckner, ho sentito dire che ti interessa il posto in caserma."

Quelle parole furono come un secchio d'acqua ghiacciata che interruppe l'atmosfera; Drew si voltò e vide davanti a sé Paul Downs. Con lui c'erano anche altri vigili del fuoco di Fallport: Lou, Dennis e George.

"Salve, Paul. Sì, è una possibilità che sto valutando," rispose Caryn con molta diplomazia.

"Pensavamo ti farebbe piacere venire a sederti con noi per conoscere il resto del gruppo, nel caso avessi domande sull'incarico, cose così," le disse Paul.

Drew si irritò ma non disse nulla. Sapeva che si la comparsa di Paul aveva anche un risvolto positivo, perché Caryn doveva rompere il ghiaccio e parlargli, prima o poi, dato che era lui il comandante della caserma; il fatto che fosse stato Paul a fare il primo passo, offrendole un ramoscello d'olivo, per così dire, era sorprendente, ma incoraggiante.

"Ah, ma..."

"Abbiamo ricevuto qualche richiesta e dobbiamo prendere una decisione," le spiegò Paul interrompendola. "Cioè, se non ti interessa, non c'è problema, ma dato che il sindaco mi ha chiesto di valutarti, immaginavo dovessimo procedere."

Drew non fu affatto sorpreso che si fosse sparsa la voce che Caryn sarebbe rimasta a Fallport. Anche se lei aveva appena deciso, ovviamente c'erano altre persone che speravano di trattenerla.

Caryn guardò oltre Paul e gli altri: c'era la tenda installata dai vigili del fuoco, sotto cui vari altri pompieri distribuivano bottiglie d'acqua a chi ne aveva bisogno. Drew si accorse che Caryn era combattuta. Le faceva piacere rimanere con lui e con gli altri amici, ma desiderava anche conoscere i colleghi vigili del fuoco.

"Vai pure," le disse Drew.

"Ma... sono qui insieme a te," ribatté lei.

"Non vado da nessuna parte," le rispose per rassicurarla.

Lei lo guardò a lungo. "Sei sicuro?" gli chiese.

Non era certo una conversazione privata, con la presenza di Paul e degli altri, più tutti gli amici che ascoltavano, così Drew evitò di dire tutto ciò che voleva dirle; annuì e concluse semplicemente: "Ma certo."

"Va bene, non sarà per molto."

"Non preoccuparti, ti aspetto qui."

Caryn gli fece un sorriso timido, poi si alzò, si presentò agli altri pompieri e strinse la mano di ciascuno. Quando si incamminò per andare alla tenda, era già impegnata in una conversazione con Lou.

Drew la guardò con un senso di orgoglio... e anche con un po' di dispiacere. Quasi gli dava fastidio doverla condividere, ma era quello che lei desiderava: conoscere gli altri e magari fare una bella impressione. Secondo lui non sarebbe stato un problema: Caryn era estremamente professionale nel suo lavoro.

"Per caso, è appena passato uno che ti ha soffiato la ragazza?" gli chiese Tal scherzosamente.

"Ma stai zitto," gli rispose Drew bruscamente guardandolo male.

"Che tipo quel Paul, per nulla simpatico," commentò Bristol sottovoce.

"Non è un problema," disse Drew agli altri, dispiaciuto all'idea che disapprovassero la scelta di Caryn. Avrebbe anche potuto mandare a quel paese Paul, o dire a Caryn che preferiva rimanesse con lui e con gli amici, ma dopo il racconto della visita alla caserma, era chiaro che il dipartimento dei vigili del fuoco di Fallport aveva *bisogno* di lei. Drew si sarebbe sentito un egoista insistendo perché Caryn rimanesse con lui, quando conoscere gli altri pompieri le avrebbe dato più chance di ottenere l'incarico.

Era sinceramente felice per lei. Paul avrebbe potuto scegliere un momento migliore per parlarle, ma Drew non aveva intenzione di negare a Caryn quell'opportunità.

"Stava rimuginando per trovare il modo di parlare con Paul, quindi è una buona cosa. Immagino che in passato non andassero d'accordo, quindi se è venuto qui a invitarla... è un ottimo segno, promettente, dato che lei ha deciso di rimanere."

"Davvero?"

"Son contenta per lei!"

"Pensi che mi faranno salire sull'autopompa?"

L'ultimo a parlare era stato Tony.

Drew gli sorrise. "Penso proprio che si possa fare."

"Evvai!"

Nel quarto d'ora che seguì, Drew tenne d'occhio Caryn che chiacchierava e rideva insieme agli altri, sotto la tenda dei pompieri. Sembravano andare tutti d'accordo, per fortuna. Erano giorni che aspettava l'appuntamento di quella sera, ma Drew non l'avrebbe trattenuta in alcun modo; inoltre, Caryn non era certo il tipo di donna che amasse sentirsi dire con chi parlare e con chi no.

"Va tutto bene?" gli chiese Raiden mentre si sedeva al posto di Caryn.

"Ma certo, perché mai non dovrebbe?" gli rispose Drew un po' troppo sulle difensive.

"Perché la tua ragazza ti ha abbandonato per passare il tempo con dei pompieri giovani e palestrati..." gli spiegò Raid tenendo un'espressione impassibile.

Drew sbuffò. "Se ottiene il posto in caserma, passerà con loro molto più tempo," spiegò all'amico.

"È vero. Però non mi è piaciuto lo sguardo di Paul."

Drew non aveva distolto lo sguardo da Caryn, quando Raid si era seduto, ma a quel punto si voltò verso di lui. "Cosa intendi dire? Che sguardo?"

"Da furbo. Vedevo spesso lo stesso sguardo, ogni volta che salivo a fare un'ispezione su una barca in cerca di droga. I trafficanti pensavano sempre di essere più furbi di noi e quando scoprivano che non era così, ci guardavano con quella stessa espressione, prima di tentare qualche stupidaggine affrettata."

"Del tipo?" gli chiese Drew.

"Del tipo estrarre un'arma, o saltare in mare."

"Davvero? Dove pensavano di scappare, tuffandosi in acqua?"

"E chi lo sà? Però te lo dico... Ho visto lo stesso sguardo da furbo negli occhi di Paul."

Drew sospirò. "Apprezzo l'avvertimento, ma non posso e non voglio ostacolare Caryn. Ha appena deciso di trasferirsi a Fallport, ha bisogno di quel lavoro. Tra l'altro... non è un'ingenua, sa di non stare simpatica a Paul. Ha bisogno di questa opportunità per dimostrargli di poter lavorare insieme da professionisti a prescindere da ciò che è successo a livello personale in passato."

"Di sicuro ha tutte le qualifiche per ottenere il posto, ma l'ultima cosa di cui ha bisogno è saltare dalla padella nella brace," disse Raiden.

Drew era d'accordo, ma si trovava in una posizione delicata. Lui e Caryn si erano appena messi insieme e anche se il loro legame era già molto profondo... o almeno così la pensava *lui*, non era certo di potersi permettere di cercare di dissuaderla dall'idea di ottenere il lavoro per il quale lei era qualificata. "È una donna intelligente," disse a Raid, "se Paul fa il cretino, lei se ne accorgerà."

Raid annuì. "Lo spero."

Drew apprezzò il fatto che l'amico non si mettesse a discutere con lui.

Raid gli fece un cenno col mento, si alzò e tornò alla sedia in cui era seduto prima. Nel frattempo, Duke non si era mosso dal suo angolino d'erba. Quel segugio prendeva con estrema serietà i suoi pisolini e nemmeno il frastuono del parco affollato sembrava infastidirlo.

L'orario d'inizio della puntata si avvicinava e l'atmosfera si caricò di aspettative. Si erano lamentati tutti di quanto fosse ridicolo quel programma, ma sotto sotto erano in tanti a entusiasmarsi per la notorietà che avrebbe portato a quel piccolo lembo di Virginia.

Quando cominciò la sigla dell'episodio, la folla si zittì. A Drew venne voglia di tornare a guardare Caryn: stava parlando con Oscar e con altri uomini che Drew non conosceva. Una fitta di gelosia gli nacque nel petto, ma lui la represse al meglio. Caryn era una donna adulta e vaccinata e poteva parlare con chi voleva.

Tornò a concentrarsi sul grande schermo, cercando di seguire la trasmissione. Anche se Lilly e Ethan avevano preferito non partecipare, Drew sapeva che erano comunque curiosi sul lavoro svolto dai produttori per dipingere gli eventi che avevano vissuto tutti insieme a Fallport. Drew sperava per loro che non si facesse alcun cenno alle sofferenze che Lilly aveva dovuto sopportare.

———

Caryn non sapeva bene che pensare del gruppo di pompieri di Fallport. In superficie, erano tutti cordiali e ottimisti, e le rispondevano sempre nel modo giusto, ma lei non riusciva a scrollarsi di dosso la sensazione che ci fosse qualcosa... sotto. Dato che non non si trattava che di una mera sensazione e che tutti l'avevano accolta piuttosto bene, cercò di distrarsi da quel presentimento.

Nessun gruppo di colleghi l'aveva mai fatta sentire alla pari. Anche se tutti i funzionari giuravano sempre che uomini e donne avessero pari trattamento, non era affatto vero, almeno non nella sua esperienza. Forse, nelle zone rurali come quella, l'ambiente era diverso; lei non ne era convinta, ma quella serata le stava facendo venire voglia di crederci.

Aveva conosciuto un bel gruppo di uomini. A parte gli amici più vicini a Paul (Lou, Dennis e George), aveva incontrato Oscar, che l'aveva salutata con un sorriso, poi Nico,

Treyvon, Frank, Darnell, Steve e alcuni altri i cui nomi non era riuscita a imparare subito. Si erano mostrati molto interessati alle esperienze di Caryn nei pompieri di New York City e lei aveva raccontato alcune storie, aneddoti delle missioni più difficili a cui aveva partecipato. Poi loro le avevano raccontato alcuni degli interventi più ridicoli per cui erano stati chiamati a Fallport.

Tutto sommato, la socializzazione con i vigili del fuoco di Fallport sembrava andare sorprendentemente bene. Però Caryn continuava anche a guardare verso il prato, dov'era seduto Drew. Tra lui e gli altri c'era la sedia che lei aveva lasciato vuota; ripensò a ciò che Drew le aveva detto prima: che preferiva una cerimonia di nozze tranquilla e che non amava essere al centro dell'attenzione. Vederlo seduto un po' in disparte rispetto agli altri amici le strinse il cuore. Avrebbe preferito stare là con lui.

In quel momento si sentì un pochino in colpa. Avrebbe dovuto stare in compagnia di Drew e degli altri amici. *Voleva* stare insieme a loro, invece eccola a passare il tempo del presunto appuntamento insieme al gruppo di pompieri.

Non si era mai sentita tanto combattuta. Stava vivendo qualcosa che aveva sempre desiderato, in tutta la carriera professionale: far parte di un gruppo. Sentirsi integrata. Eppure non riusciva a godersi quel momento perché voleva stare insieme a Drew. Del resto, non poteva essere in due posti allo stesso tempo.

"Allora, che ne pensi della nostra squadra?" le chiese Paul strappandola a quei pensieri e riportandola al presente.

Caryn si girò verso l'uomo che si era sempre impegnato al massimo per rendere infernali le visite a Fallport di quando era bambina. Anche da adulta, quando Caryn passava per Fallport, lui sbuffava ogni volta che la vedeva e la trattava generalmente in modo sgarbato. Il fatto che l'avesse invitata a parlare con tutti gli altri, quella sera, le era sembrato totalmente estraneo al carattere del Paul che conosceva. Se da un lato lei era felice di poter incontrare gli altri vigili del fuoco, era ancora molto prevenuta sulle motivazioni di Paul.

"Sono tutti molto gentili," gli rispose.

Paul rise nervosamente. "Gentili. Sì, proprio noi. Allora... davvero ti trasferisci? Perché mai vuoi lasciare un bel lavoretto divertente a New York per questa cittadina in mezzo al nulla?"

Invece di rispondergli, Caryn rilanciò. "E *tu* perché sei qui? Se odi tanto Fallport, perché non sei mai andato via, a cercare un lavoro in qualche metropoli?"

Lui la fissò tanto a lungo da metterla a disagio e farle venire voglia di andar via. Poi le sorrise. "*Touché*. Allora, pensi che ti interesserebbe il posto di lavoro?"

Lei annuì. Anche se quel Paul non le stava affatto simpatico, il lavoro le *serviva*.

"Ottimo. Se vai online sul sito di Fallport, clicchi sul logo del dipartimento vigili del fuoco e trovi il modulo per fare domanda," le spiegò.

"Va bene."

"Non so quanto tempo serva per scremare le richieste, ma dovrai comunque passare il colloquio e tutto il resto," l'avvertì Paul.

"Certamente."

"Qui non funziona come a New York."

Caryn si accigliò e si chiese cosa stesse cercando di dirle esattamente. "Lo capisco."

"Spero proprio che sia così." Poi gli occhi di Paul si alzarono dietro le spalle di Caryn, che si voltò e vide che si erano avvicinati Lou e Dennis.

"Ehi, vuoi che ci troviamo in compagnia qualche volta?" le chiese Dennis. "Così avrai modo di conoscere meglio il gruppo."

Caryn fu presa alla sprovvista da quell'invito. "Ehm... certo!" Fu una risposta quasi automatica. Lei non era sicura di cosa intendessero con "compagnia", ma l'ultima cosa che voleva era irritare uno di loro.

"Bene! Di solito ci troviamo alla Tana il venerdì sera, magari possiamo vederci là."

Caryn non ne era sicurissima. Aveva sentito di tutto su quel circolo del biliardo alquanto turbolento. Il proprietario se ne fregava di cosa facessero i clienti nel locale, a patto che non facessero danni. Art le aveva raccontato per filo e per segno la rissa che si era scatenata in quel locale proprio due sere prima; il proprietario, Whip, sembrava essersi preoccupato solo di chi avrebbe pagato le stecche da biliardo nuove per sostituire quelle rotte. Aveva persino ignorato un cliente che era rimasto gravemente ferito quando un tipo aveva tirato fuori un coltello in mezzo alla scazzottata.

"Che c'è?" le chiese Dennis vedendola esitare. "Non te la senti di venirci?"

Caryn sentì un brivido alla schiena. Quante volte i colleghi pompieri l'avevano accusata di avere paura o avevano cercato di intimidirla? Fin troppe, spesso solo perché era una donna e quindi doveva essere più fragile rispetto a tutti gli altri. "Non c'è problema," gli rispose con tutta la determinazione che riuscì a trovare in sé.

"Ottimo. Allora ci vediamo là. Ci sentiamo per la prossima uscita, sarà divertente," disse Lou, che fece un cenno col capo verso di lei e verso Paul e se ne andò insieme a Dennis verso il fondo della tenda.

Caryn deglutì a fatica e ricordò a se stessa che era proprio quello che voleva: entrare a far parte di un gruppo di colleghi molto affiatati; se doveva fingere di divertirsi socializzando in un locale, non si sarebbe certo tirata indietro. Non sarebbe stata la prima volta che faceva qualcosa senza volerlo veramente, per poter andare d'accordo con i colleghi. Qualunque impressione positiva avrebbe fatto bene anche a livello professionale.

A quel punto, Harry Grogan andò al microfono per dare a

tutti il benvenuto. Caryn stava per tornare da Drew e dagli altri, quando George le disse: "Ti abbiamo tenuto un posto."

Lei guardò prima la seduta vuota in fondo alla fila degli altri pompieri, poi guardò il gruppo della squadra di ricerca e soccorso. "Dovrei tornare dagli altri," rispose indicando il punto in cui era seduto Drew.

"Come? Preferisci passare il tempo con il secchione?" le chiese Paul.

Caryn si corrucciò. La risposta era... *sì*, assolutamente, preferiva passare il tempo con Drew piuttosto che con quei tipi. Però Paul non le lasciò il tempo di aprir bocca.

"Immagino che non possiamo biasimarla, se vuole spassarsela col suo amichetto, invece di stare qui con noi, eh?" disse agli altri facendoli ridere. Lei digrignò i denti mentre gli altri sciorinavano battute sconce o cercavano di superarsi a vicenda raccontando aneddoti a sfondo sessuale.

Da un lato, Caryn voleva veramente cementare il rapporto con i vigili del fuoco. Voleva ottenere il posto per poter rimanere a Fallport. Stranamente, il fatto che non stessero addolcendo le battute volgari e che si esprimessero senza mezzi termini la faceva sentire parte del gruppo più di qualunque cosa avessero detto quella sera.

Tuttavia, più rimaneva ad ascoltare quegli uomini, i suoi potenziali colleghi, che parlavano male delle donne con cui erano andati a letto, più Caryn si accorgeva che forse non era esattamente quello il cameratismo che stava cercando da anni.

Il programma iniziò e tutti i pompieri cominciarono subito a prendere in giro ogni minimo dettaglio dell'episodio. Caryn non credeva nell'esistenza di Bigfoot, ma di sicuro non le piaceva il modo in cui quegli uomini, che dovevano essere al servizio della comunità, prendevano in giro ogni singolo compaesano che compariva sul grande schermo. Passarono pochi minuti e già si sentì a disagio. Era difficile scrollarsi di dosso l'esigenza di appartenere a un gruppo, di essere inclusa dai colleghi, ma Caryn voleva disperatamente allontanarsi da lì.

Cercò di nuovo Drew con gli occhi. A un certo punto, Tony gli si era seduto in braccio e gli aveva appoggiato la schiena contro il petto e la testa su una spalla. Stavano guardando insieme il programma; ogni tanto, Caryn vedeva Drew dire qualcosa al ragazzino. Tony reagiva annuendo o ridendo, senza mai distogliere l'attenzione dal grande schermo.

La misura fu colma: non ce la faceva più.

"Mi ha fatto molto piacere conoscervi," disse; poi, senza aspettare una risposta, si alzò e si avviò per tornare da Drew.

L'episodio era arrivato quasi a metà; Caryn si sarebbe presa a schiaffi da sola, per non essersi allontanata prima dai pompieri. Si sedette vicino a Drew e gli rivolse un sorrisetto dispiaciuto.

"Tutto bene?" le chiese Drew.

Di nuovo, Caryn si sentì in colpa per averlo lasciato da solo. Drew avrebbe potuto essere arrabbiato con lei, o anche solo essersela presa. Invece le aveva chiesto come stesse e se fosse tutto a posto, visto che Caryn aveva passato del tempo con degli uomini di cui lei stessa non si fidava.

"Sì," gli rispose sottovoce. Avrebbe voluto dirgli molto altro, ma la trasmissione del programma proseguiva e lei non voleva perdersene altri momenti. Non voleva nemmeno distrarre Tony, che era completamente assorbito da ciò che vedeva.

Drew la sorprese: alzò la mano libera e intrecciò le dita con lei.

Caryn chiuse gli occhi per un momento. Non meritava quell'uomo... e decise di comportarsi meglio nei confronti di Drew. Certo, le interessava il lavoro nei vigili del fuoco, le serviva per mantenersi, ma non voleva sacrificare il rapporto che si stava creando con lui.

L'episodio terminò con un finale sospeso, un espediente che Caryn trovò molto furbo; era una soluzione brillante per tenere l'interesse del pubblico e fare in modo che tornassero tutti a guardare l'episodio successivo, la settimana dopo. Nelle ultime scene, il "ricercatore" era ancora disperso e gli altri presentatori erano giunti alla conclusione peggiore: era stato Bigfoot a portarlo via.

Drew si voltò verso di lei e le chiese: "Che ne pensi?"

Lei lo fissò per un momento, poi gli rispose: "Non era male, immagino che... forse mi aspettavo qualcosa di diverso, dopo aver sentito cos'è successo a Lilly."

"Infatti," concordò Drew.

"Che forte!" esclamò Tony saltando giù dalle ginocchia di Drew. "Cioè, sappiamo tutti come va, che Bigfoot non ha rapito davvero quel tipo, ma l'hanno fatto sembrare vero. Non vedo l'ora di seguire il prossimo episodio, fra una settimana!" Poi agitò davanti a sé due statuette molli di Bigfoot come se stessero lottando l'una contro l'altra.

"Tony! Dai, vieni ad aiutarci a metter via le nostre cose," disse Elsie. "Puoi giocare con quelli in macchina mentre torniamo a casa."

Il bimbo si girò senza dire altro e andò ad aiutare la sua mamma.

Drew cominciò a sistemare le sedie e a metter via le cose che aveva portato.

Caryn rimase là in piedi con un certo imbarazzo. Voleva farsi accettare dagli amici di Drew, ma aveva la netta sensazione di aver rovinato tutto, scegliendo di andarsene per passare il tempo con i pompieri.

"Non c'è problema, sai? Noi ti capiamo," le disse qualcuno da dietro.

Lei si girò e trovò Raiden, con Duke seduto al suo fianco. Il segugio stava sbavando, come succedeva spesso, quando non stava dormendo, ma a Raid non sembrava importare.

"Cosa c'è da capire?" gli chiese.

"Che devi conoscere le persone con cui potresti lavorare. Devi capire se fidarti di loro, proprio come loro devono conoscere te. Nelle situazioni d'emergenza, non c'è tempo per i dettagli, o per dubitare."

Caryn lo fissò.

"Se finirai per lavorare insieme a loro, devi fare il possibile per andarci d'accordo."

Invece che aiutarla, quelle parole apparentemente comprensive e incoraggianti la fecero sentire anche peggio di prima. Era uscita con Drew per guardare il programma, poi aveva abbandonato lui e gli altri amici appena si era presentato Paul. Avrebbe dovuto andare alla tenda, conoscerete tutti, ma poi tornare subito indietro prima che cominciasse l'episodio. Non avrebbe dovuto permettere a un desiderio di dirottarla da ciò che voleva veramente.

"Infatti," gli disse dopo un momento.

"Nessuno se la prenderà con te per aver fatto ciò che devi, hai una nuova vita da costruirti," le disse Raid.

"Mi dispiace non aver passato più tempo con voi, ragazzi," gli disse Caryn.

Raid alzò le spalle. "Non c'è nessuno che ti cronometra," le disse per rassicurarla. "Sono sicuro che avremo tantissime occasioni per passare del tempo insieme." Al che, dopo aver grattato brevemente Duke dietro le orecchie, Raid si girò per andare a prendere la propria sedia.

"Sei pronta a prelevare Art?"

Caryn sussultò per la sorpresa. Si girò e vide Drew in piedi di fianco a lei con le sedie sottobraccio, la coperta sulla spalla e il frigo portatile nell'altra mano. Era riuscito a preparare tutto mentre lei parlava con Raiden. Fece per prendere il frigo. "Posso portarlo io."

"Ci penso io," le disse Drew facendola fremere.

"Mi dispiace," gli sussurrò.

"Non c'è niente di cui dispiacersi."

Caryn però aveva capito che Drew era irrequieto. Era stata un'idiota e non sapeva come porre rimedio al proprio comportamento. Sì, era tornata da lui per guardare insieme il resto dell'episodio, ma si rimproverava di essersi anche solo allontanata.

Si incamminò al fianco di Drew verso il punto in cui sedevano Art, Silas e Otto. Il nonno parlò senza sosta per tutta la camminata verso la Jeep di Drew. Ripercorse praticamente ogni dettaglio del programma, a volte con sdegno, altre volte con entusiasmo. Nonostante tutti i pregiudizi su quel programma sul paranormale, sembrava che in fondo gli fosse piaciuto.

Drew mise le sedie e tutto il resto nel retro della Jeep, poi controllò che Art si fosse accomodato, infine si mise al volante. Appena avviò il motore, gli squillò il telefono. Rispose con il vivavoce del veicolo.

"Ciao, sono Ethan. Allora? Com'era?"

"Non male, in realtà. Comunque sei in vivavoce, e con me ci sono Caryn e Art."

"Ciao a tutti," disse Ethan.

Caryn e Art salutarono insieme l'amico di Drew.

"Allora? Fammi il riassunto così lo riferisco a Lilly."

"Beh, almeno le riprese erano fantastiche. Puoi dire a Lilly che con la telecamera ci sa fare davvero."

"Sono sicuro che non sai quali fossero le sue riprese," commentò Ethan ridacchiando.

"Vabbè, in parte è vero, ma mi ricordo precisamente alcune delle scene che ha girato lei, come l'incontro in municipio, il primo giorno... quindi non sto solo dando aria alla bocca," rispose Drew con una risatina.

"Ecco, beh... che altro?"

Caryn ascoltò Drew che raccontava all'amico un riassunto dell'episodio e i fatti esposti. Poi lo sentì aggiungere: "Noi non c'eravamo, perché hanno interrotto proprio quando è saltato fuori che Trent era disperso... e che probabilmente l'aveva portato via Bigfoot. Tutto sommato, un bel programma. Le bravate dei tecnici nel bosco per attirare Bigfoot e riprenderlo erano tutte cavolate, ma divertenti."

"Allora possiamo aspettarci senz'altro un afflusso di turisti," commentò Ethan.

"Ah, sì," confermò Drew.

"Che piega pensi prenderà la storia nel prossimo episodio? Pensi che sveleranno tutti i dettagli su Joey, dandogli la colpa di aver ucciso l'amico?"

"E chi lo sa... ma immagino di no, probabilmente. Chiunque voglia può andare su internet e trovare tutti i dettagli, ma sai che la gente è pigra e aspetterà di vedere cosa succede la settimana prossima. Immagino che i produttori vorranno creare un legame tra la persona scomparsa e Bigfoot. Poi alla fine ci sarà tipo un titolo di coda o una nota in sovrimpressione per dedicare tutto a Trent e fine della storia."

"Dici che sono tanto cinici?" chiese Ethan con una risatina.

"Dimmi che non lo pensi anche tu," ribatté Drew.

"Vabbè, hai ragione. C'era qualcosa nel programma che irriterebbe Lilly, se lo guardasse?" chiese Ethan.

A quelle parole, Caryn provò ancor più rispetto per quell'uomo, a cui chiaramente non interessava nulla del programma, ma si preoccupava solo dell'eventuale effetto che potesse avere sulla sua fidanzata.

Le venne un senso di malinconia... talmente forte che la colpì come un crampo all'addome. Qualcuno si era mai preoccupato tanto per lei? Possibile? Lei non credeva proprio. Sapeva che il nonno Art le voleva bene, ma l'amore di un parente era diverso dall'amore di un compagno, ovviamente.

"No," rispose Drew. "Cioè, vedere il programma potrebbe farle tornare dei ricordi spiacevoli di ciò che ha passato, ma si vedono solo i cosiddetti investigatori che vanno per boschi a cercare Bigfoot."

"Ho capito; grazie, amico. Ho registrato la trasmissione per poterla guardare più tardi, ma non ero sicuro di cosa fare."

"Vuoi che venga anch'io per guardarlo insieme a voi?" gli chiese Drew.

Di nuovo, Caryn ebbe un'altra conferma della bontà dell'uomo che le stava al fianco.

"Penso che non serva. Se dici che non ci rimarrà male, mi basta. Mi dispiace non esserci stato, questa sera."

"Non devi scusarti, ti capiamo. Di sicuro si sarebbero tutti girati verso Lilly per notare le sue reazioni, e lo sai che lei si sarebbe sentita a disagio. Va bene così."

"Sì, infatti, già questa possibilità è bastata per farci decidere di non venire."

"Il vecchio Grogan però ha portato un bel po' di cosette carine su Bigfoot," aggiunse Drew. "Maglie, cappelli, tutto l'ambaradan. Penso che Elsie abbia comprato una statuetta antistress di Bigfoot in più per voi."

"Dai, starai scherzando..." disse Ethan sospirando.

"No, no."

"Insomma, sapevamo che si stava organizzando per guadagnare sulla trasmissione, ma dai... statuette antistress?"

"Sono anche carine," sbottò Caryn.

Ethan ridacchiò. "Ecco, ne sono sicuro. Comunque, ora vi saluto. Ci vediamo."

"Ci vediamo," rispose Drew all'amico.

Lo salutarono anche Caryn e Art, poi Drew chiuse la telefonata. Un minuto dopo, accostò davanti alla casa di Art e uscì per aiutare l'anziano a scendere dal sedile posteriore, mentre Caryn esitò e non uscì dall'abitacolo.

"Io vado in casa, vi lascio soli," disse Art con un sorriso malizioso mentre camminava lentamente verso la porta di casa.

"Possiamo parlare?" chiese Caryn sottovoce girandosi sul sedile per guardare Drew.

Lui la scrutò per un lungo momento, poi annuì e tornò al volante, chiudendo lo sportello.

Caryn si morse un labbro e fece un gran respiro. Sapeva di

dover affrontare l'argomento, ma non sapeva bene da dove cominciare. Aveva lo stomaco annodato e si sentiva a disagio per come si era sviluppata la serata. Dopo tutto l'entusiasmo per l'uscita con Drew, le sembrava di aver rovinato tutto.

Appena aprì la bocca per scusarsi, lui si avvicinò e le fece scivolare una mano dietro la nuca.

Le bastò quel gesto per mettersi a piangere. Come mai la trattava con tanto affetto? Avrebbe dovuto arrabbiarsi con lei, che l'aveva lasciato da solo per andare a chiacchierare con un gruppo di altri uomini. A parti invertite, lei non sarebbe stata tanto comprensiva.

Sapeva di dover dire qualcosa, così alzò la testa e lo guardò negli occhi.

CAPITOLO DIECI

Drew era completamente scombussolato, ma quando si accorse che ovviamente Caryn era in difficoltà e voleva parlargli, non si trattenne e le si avvicinò. Le mise una mano dietro la nuca e le accarezzò col pollice la pelle sensibile.

Gli dispiaceva vederla in ansia, in preda al rimpianto e con gli occhi che lo guardavano pieni di lacrime.

"Mi dispiace," gli disse con voce gracchiante.

Drew però scosse la testa: nelle ultime due ore era stato in preda a un'intera gamma di emozioni, ma capiva veramente il motivo per cui Caryn era andata a parlare con gli altri vigili del fuoco. Lui sperava che quella sera fosse un primo appuntamento ufficiale, ma avrebbe dovuto immaginare che, con mezza Fallport in piazza, *qualunque* tipo di appuntamento privato era una pia illusione.

"Come ti dicevo prima, non hai nulla di cui scusarti."

"Drew, ti ho lasciato da solo per andare a parlare con quello scemo di Paul e coi suoi amici."

"Me la sarei presa se *non* ci fossi andata," le rispose Drew.

Caryn lo guardò perplessa.

"Senti, io ti capisco: devi creare un legame con quelli, se vuoi il lavoro. Mi hai detto che non andavi d'accordo con

Paul, almeno in passato, e il fatto che sia venuto a invitarti per unirti a loro è stato un buon segno. Non me la sono presa, Caryn, te lo giuro."

"Per tutto il tempo che ho passato con loro, avrei preferito stare con te," gli disse sottovoce.

"Non c'è problema," confermò lui.

Caryn però scosse la testa. Era ovviamente combattuta per quella scelta. "Per tutta la vita, mi sono sentita come un pesce fuor d'acqua. Non avevo i vestiti carini perché mia mamma non voleva comprarmeli. Non facevo amicizia facilmente perché ero 'strana', praticamente un maschiaccio. Al college, la situazione è un po' migliorata e quando ho cominciato a lavorare nei pompieri ero al settimo cielo. Mi immaginavo di fare molti amici importanti tra i colleghi, invece non è andata così. Mi sono trovata di nuovo estromessa, solo perché sono una donna. Non importava a nessuno che lavorassi il doppio degli altri, o che fossi in grado di svolgere qualunque mansione, mi trattavano sempre con sufficienza."

"Ho cambiato assegnazione varie volte nella speranza che la situazione cambiasse, ma non è mai successo. In ogni nuovo incarico, in ogni nuova caserma, speravo di trovare il posto giusto per me, invece di volta in volta venivo sempre emarginata. A volte direttamente, altre volte in modo più sottile, ma me ne sono sempre accorta. Io voglio solo essere accettata per quella che sono, per quello che so fare, per le mie capacità... perché sono brava nel mio lavoro, Drew. Stasera... è solo che... mi sono ritrovata nella mia solita speranza; volevo farmi accettare, far parte di un gruppo speciale, senza l'aspettativa che succedesse davvero."

"Eppure... anche se molti di quei tipi non sono certo persone con cui sceglierei di passare il tempo, sembra che mi abbiano accettato. È stata una sensazione inebriante e mi ha fatto piacere il modo in cui si sono aperti."

"È un buon segno," commentò Drew.

"Infatti, però... allo stesso tempo ero dispiaciuta perché non stavo insieme a te."

"Guardami, Caryn," la invitò, poi aspettò che lei lo guardasse negli occhi e la tirò un po' più vicina prima di proseguire. "Sei una persona meravigliosa; non ti ho mai vista intervenire in un incendio, ma è chiaro che ami il tuo lavoro. Mi sono allenato insieme a te e ho visto che te la cavi alla grande. Hai imparato tutto ciò che ti ho spiegato sulle missioni di ricerca e soccorso, tra l'altro molto più alla svelta di me, quando ero agli inizi. Spero che ti offrano il lavoro nel dipartimento antincendio e sono contenta che Paul finalmente abbia aperto gli occhi nei tuoi confronti, però... davvero, ascolta bene cosa sto per dirti."

Lei annuì.

"Non importa cosa succede tra noi, non importa il lavoro che scegli di fare qui a Fallport... io ti apprezzo *esattamente* per come sei. Lo stesso vale per Ethan e per tutto il resto della squadra. Anche per Elsie, per Lilly e per Bristol. A modo nostro, siamo tutti dei disadattati; non devi dimostrare nulla, hai già provato il tuo valore. Hai capito?"

Per tutta risposta, Caryn chiuse gli occhi e singhiozzò sonoramente.

Drew le lasciò il tempo di riprendere il controllo delle proprie emozioni, poi si avvicinò e la baciò in fronte. "Mi è mancato averti al mio fianco stasera, ma in nessun momento ti ho *mai* incolpata per aver fatto ciò che dovevi fare per ottenere quel lavoro."

Lei riaprì gli occhi e respirò profondamente. "Sei troppo buono per essere vero," gli sussurrò.

"No... sono solo un uomo che sa riconoscere qualcosa di bello quando ce l'ha davanti," le rispose alzando le spalle. "Però non mi sentirei a posto se non aggiungessi una cosa... ma non voglio che tu te la prenda."

Caryn sbatté le palpebre per liberarsi delle lacrime che le riempivano gli occhi. "Se tu non te la sei presa dopo che ti ho mezzo scaricato al primo appuntamento, anzi, sei stato molto comprensivo, penso di poter ascoltare ciò che hai da dirmi senza perdere la calma."

"Non mi fido di Paul," sbottò Drew. Caryn aggrottò la fronte e lui proseguì subito a spiegarle. "Non lo conosco, non veramente. Non ci siamo mai incrociati più di tanto, ma con tutto quello che mi hai detto su come ti trattava in passato con lui, faccio molta fatica a capire perché sia diventato all'improvviso tanto aperto e voglia fare l'amichetto con te."

"Perché sono una brava vigile del fuoco," rispose Caryn.

"So che sei brava, e daresti un contributo eccezionale al dipartimento di Fallport... ma non riesco a togliermi di dosso i sospetti su di lui, mi chiedo cosa l'abbia spinto." Drew trattenne il fiato e aspettò la reazione di Caryn sulla sfiducia nei confronti di Paul.

Lei annuì, togliendolo dalle spine. "Pensavo la stessa cosa. Cioè, da un lato mi ha fatto piacere che stasera non abbia tirato fuori il suo solito carattere da idiota, ma anche *a me* sembra un cambio troppo netto, una inversione totale di marcia rispetto all'atteggiamento che ha sempre avuto nei miei confronti."

"Dico solo di farci attenzione. So che vuoi farti accettare nel loro gruppo, ma guardati attorno, nel caso ci sia sotto qualche intrallazzo," concluse Drew.

"Pensi che mi stia preparando qualche tiro mancino?" gli chiese Caryn.

"Non ne ho idea, ma credo sia meglio stare attenti."

"Sono d'accordo. Farò attenzione."

"Bene."

"Drew, pensi che... potremmo ripetere il nostro primo appuntamento? Anche se sono stata io a fare casino, non mi dispiacerebbe fare il bis... magari senza portarci dietro il nonno," propose Caryn.

"Insieme a mezza Fallport?" aggiunse lui con un sorriso, sollevato per il modo calmo in cui lei aveva accettato la sfiducia nei confronti del cambio di atteggiamento di Paul, apparentemente inspiegabile.

"Sì, anche senza mezza Fallport."

"Hai già qualcosa in mente? Qualcosa che non hai ancora fatto e che ti andrebbe?"

"Magari potremmo stare in casa a guardare un film o qualcos'altro, da te? Così è impossibile che ci interrompa qualcosa o qualcuno."

"Sempre che non mi chiamino per una ricerca," disse Drew con sarcasmo.

Caryn ridacchiò. "Ecco, a parte quello."

"Mi farebbe piacere," le rispose.

"Non so nemmeno dove vivi," gli disse Caryn.

Drew alzò le spalle. "Non è un segreto. Ho una casetta in affitto dall'altra parte della piazza. Niente di sfarzoso."

"Sono sicura che andrà benissimo."

Drew le sorrise, distratto dalla conversazione per il modo in cui lei si leccò le labbra.

"Drew?"

"Sì?"

"Hai intenzione di baciarmi o che?"

Lui sorrise ancora e abbassò la testa senza dire una parola. Rimasero a baciarsi nella Jeep fino a perdere la sensazione del tempo, ma quando Drew si staccò da lei, capì di essersi perso per quella donna. Era stata una serata difficile per entrambi, ma gli faceva molto piacere essere riuscito a superare tutto parlandone. Caryn non aveva esitato, aveva preferito chiarire subito tutto. Sotto sotto, in parte Drew apprezzava che le fosse dispiaciuto passare tanto tempo a sopportare i vigili del fuoco di Fallport. Non c'era da biasimarla, anzi, lui la capiva, ma... le era mancata comunque.

"Vuoi comunque fare allenamento domattina?" gli chiese Caryn appena riprese fiato.

"Certamente. Non ti starai mica rammollendo, vero?"

Lei alzò gli occhi al cielo. "Sì, figurati!"

"Preferisci una corsa, di nuovo il percorso ad ostacoli o una camminata nel bosco?"

"Camminata," gli disse senza esitare.

Lui non poté che apprezzare quella scelta: gli piaceva passare il tempo con lei camminando per i sentieri circostanti. Caryn assorbiva come una spugna ogni minima informazione che lui le dava sulle missioni di ricerca e soccorso e a Drew piaceva anche solo starle accanto.

Nessuno dei due fece per allontanarsi; Drew le teneva sempre una mano dietro la nuca, mentre lei gli teneva una mano sulla coscia, così lui sorrise.

"Credo che sia il momento di andare. Di sicuro i vicini di casa stanno tenendo d'occhio quanto tempo rimaniamo in macchina a trastullarci."

"Non m'interessa," le rispose Drew alzando una spalla.

"Sai che c'è? Nemmeno a me," gli disse lei. "Il che è un gran passo, per quanto mi riguarda, perché di solito sono ossessionata da quel che gli altri pensano di me."

"Non dovresti. Se non piaci agli altri è un problema *loro*, non tuo," le disse Drew. "Sei una donna intelligente, premurosa, lavori sodo e hai un milione di altre qualità. Non potrai certo piacere a tutti, ma non c'è bisogno di farsene un problema. Le uniche persone che contano sono le persone care. Sii fiera della persona che sei, di tutto ciò che hai superato, dei traguardi che hai raggiunto."

Lei inclinò la testa. "Non è tutto così semplice."

"Certo che no. Penso che il senso di appartenenza sia un'esigenza innata per gli esseri umani. Dobbiamo piacere. Però ho scoperto che è letteralmente impossibile fare amicizia con tutti. Alcuni possono provare antipatia per il colore dei tuoi capelli o della pelle, per il tuo peso, per il tuo genere, per il modo in cui parli o per centinaia di altri motivi stupidi."

"Come il tipo di uniforme che indossi?" gli chiese con un filo di voce.

"Esattamente. Tanti mi odiavano a prima vista solo perché vedevano la mia uniforme e nient'altro. Non importava quanto cercassi di aiutare, alcuni non riuscivano a liberarsi dei propri pregiudizi nei confronti del mio lavoro. Però lo capisco, ci sono anche dei poliziotti corrotti in circolazione e ogni loro azione malvagia si riflette su ciascuno degli altri, che invece rispettano il giuramento proteggendo e servendo il prossimo. Tuttavia, nonostante le antipatie, io facevo il mio lavoro lo stesso. Comunque vale per tutte le professioni; che tu ci creda o meno, ci è capitato di andare in missione per ritrovare delle persone che si erano perse e queste ci hanno odiato a prima vista."

"Certo che non ha alcun senso," commentò Caryn rattristata.

"Eh, lo so, ma pazienza, facciamo sempre ciò che dobbiamo per mettere tutti a loro agio, perché non si facciano male e tornino dai loro cari. Quindi... se ci sono persone a cui non piaci per quella che sei, che vadano a quel paese! Saranno loro a perderci, non tu."

"Suona bene, messa in questo modo," ammise Caryn.

"Ottimo."

"Ci proverò; anche se per me non è mai stato semplice ignorare ciò che pensano gli altri."

Drew ci stava male per lei. "Immagino, da quanto mi hai detto e anche da ciò che non mi hai detto, pare che tu non abbia avuto una gran bella infanzia. Sei in contatto con tua madre?"

"No," gli rispose succintamente.

"Ecco, e dato che Art non parla mai della figlia, immagino che anche tra loro non ci sia molto affetto?"

Caryn prese fiato lentamente. "Non sono pronta a parlare di lei... ma... sì, non è stata né una brava mamma né una brava figlia."

"Capisco... comunque se *mai* avessi voglia di parlarne, sappi che io ci sono."

"Grazie. Tu invece hai parenti?"

"Beh, non sono stato clonato in un laboratorio segreto da una massa gommosa," le rispose scherzando, anche per alleggerire l'atmosfera.

Lei rise, proprio come lui sperava.

"I miei genitori non sono stati un gran che," le confidò. "Non mi hanno dedicato molto tempo, quando ero piccolo, ma non mi hanno fatto mancare nulla di essenziale. Sono uscito di casa subito dopo il diploma delle superiori. Ho frequentato un college pubblico e mi sono laureato in giurisprudenza, indirizzo giustizia penale, ma mentre studiavo ho lavorato anche a tempo pieno in una lavanderia. Sono riuscito a entrare nell'accademia della polizia di Stato della Virginia... il resto è storia. Entrambi i miei genitori sono morti poco tempo fa, il papà per infarto, la mamma invece ha avuto problemi per tutta la vita, era un'alcolista. Vorrei tanto avessimo sviluppato un rapporto migliore, ma è andata così."

Caryn gli accarezzò un braccio. "Mi dispiace."

"Quando sono morti, ormai eravamo praticamente degli estranei, il che mi dispiace, ma anche loro non hanno mai mostrato molto interesse a sviluppare un rapporto, quelle poche volte che li ho contattati. Di nuovo, peggio per loro."

"Davvero un peccato, perché sei una persona meravigliosa."

Quel commento le fece guadagnare un altro bacio. Drew cercò di non andare troppo oltre; non desiderava altro che stringerla a sé e mostrarle quanto stesse diventando importante per lui: si stava innamorando follemente... ma era pronto a lasciare che fosse lei a decidere i tempi, ad aspettare che anche Caryn fosse pronta a impegnarsi in un rapporto.

"Domattina alle sei ti va bene?" le chiese.

"Perfetto. Sarà meglio che vada a controllare che il nonno si sia sistemato."

"Ormai... probabilmente starà già russando," commentò Drew. "Ha passato una serata piena di emozioni."

"Gli piace stare in compagnia con gli amici e parlare con tutti quelli che si fermano a salutarlo," disse Caryn.

"È uno dei pilastri della nostra comunità, di sicuro," commentò Drew, che poi si sforzò di toglierle la mano dalla nuca, pur sentendo subito la mancanza del contatto con la pelle morbida di Caryn.

"Grazie per essere stato così comprensivo a proposito della serata. Non succederà più," gli disse.

"Cosa non succederà?" le chiese.

"Che io ti pianti per andare a chiacchierare con qualcun altro."

"Ne abbiamo già parlato. Non mi hai piantato," insisté Drew.

"Invece sì, ma ti ringrazio per averla presa con stile," ribadì Caryn facendo spallucce.

Drew non poté far altro che avvicinarsi per un ultimo bacio. "Va bene," le disse allontanandosi. Poi uscì dalla Jeep per raggiungerla dall'altra parte. Quando arrivò da lei, Caryn era già in piedi davanti allo sportello. Drew la strinse un'ultima volta a lungo e con molto affetto, contento di sentire che anche lei ricambiava l'abbraccio con altrettanta forza.

"Dai," disse Drew con la voce leggermente roca. "Entra in casa, prima che io dia *davvero* uno spettacolo di cui i vicini possano parlare a lungo."

Lei fece una risatina, proprio come sperava Drew. "Grazie per questa sera, per essere così meraviglioso. A domattina."

Drew aspettò di vederla aprire la porta di casa e quando lei lo salutò con un cenno della mano si mise al volante della Jeep. Mentre tornava a casa, ripensò alla serata. Non era andata come se l'era immaginata, ma alla fine gli sembrava di essersi avvicinato a Caryn più di prima.

Ogni rapporto ha i suoi alti e bassi. Per fortuna erano riusciti a parlarne e a risolvere tutto. Drew capiva veramente il desiderio di Caryn di sentirsi inclusa nel gruppo dei vigili del fuoco. Sperava solo che quel desiderio di piacere agli altri non venisse usato contro di lei.

———

Paul Downs era seduto sulla pedana in legno nel giardino posteriore della casa dei suoi genitori, in compagnia di Lou, Dennis e George; si stavano scolando insieme una cassa di birra.

"Quel programma è una tale cavolata," commentò Dennis disgustato.

"Totalmente, e ci creerà dei problemi, con tutti gli idioti che arriveranno da queste parti a romperci le scatole," aggiunse George.

"Vero? Altri interventi inutili per segnalazioni fasulle, persone che chiamano l'emergenza per un incendio nel bosco che si rivela solo un fuocherello di qualche campeggiatore. Non riusciremo a farci una bella dormita senza essere interrotti da una chiamata."

"Magari potremmo approfittare dell'occasione per spremere più soldi al consiglio comunale," propose Lou. "Ci farebbe comodo una TV migliore, o delle poltrone nuove in caserma. Tu che ne pensi, Paul?"

"Penso che tu abbia ragione. Magari potremmo comprare anche lavatrici nuove o convincere il sindaco ad assumere un cuoco a tempo pieno."

Ridacchiarono tutti insieme.

"Com'è la storia con la tipa di stasera?" chiese Lou dopo aver bevuto un sorso di birra.

Paul fece una smorfia. "Caryn Buckner. Una rompiscatole da sempre, da quando l'ho conosciuta."

"Quanto tempo fa?" gli chiese George.

"Da quando eravamo ragazzini. Lei veniva a trascorrere l'estate qui a Fallport perché sua madre era una squattrinata, o qualcosa del genere. Non lo so e non m'interessa... ma all'epoca pensava di essere superiore, proprio come adesso. Guardava noi del posto dall'alto al basso e pensava di essere più intelligente di tutti; ma ride bene chi ride ultimo," concluse Paul con un sorriso.

"Ah sì?" gli chiese Lou. "Che ti passa per la testa?"

"Quella stronza si considera una vigile del fuoco eroica di città e vuole farsi assumere qui al dipartimento. Una cazzata che non succederà mai, fintanto che il capitano sono *io*. Non me ne frega se è tanto brava sulla carta; nessuna squinzia arriva e cerca di fare una merda di rivoluzione nella mia caserma. Poi non voglio mettere a rischio la mia vita facendola entrare nella squadra: è impossibile che riesca a trascinarmi fuori da un edificio in fiamme. Cazzo, le ragazze non dovrebbero essere ammesse nei vigili del fuoco, ma possibile che non ci arrivino?"

Gli altri si dissero tutti d'accordo sonoramente con l'amico.

"Però le hai detto come fare domanda," disse George. "Anzi, l'hai proprio incoraggiata."

"È vero," rispose Paul con un ghigno, "ma non significa che debba sceglierla. Non l'assumerei mai."

"Se poi il comune insistesse? Sai, per questioni di parità, o diversità o altre cazzate?" chiese Lou.

Paul si fece torvo. "Piuttosto che lavorare con quella stronza mollo tutto," disse con astio. "Comunque... ho un piano. Ovviamente sbava all'idea di entrare nel nostro gruppo, ma prima che succeda... dobbiamo metterla alla prova, dovrà dimostrare di avere le qualità che servono per entrare nei pompieri."

Sui volti degli altri uomini si formarono ghigni simili a quello di Paul.

"Ne ho già parlato prima con Dennis e lui ha fatto scattare la trappola per la prima prova di iniziazione," spiegò Paul.

"La nostra partita settimanale di biliardo alla Tana," disse

George, ricordando chiaramente la conversazione di quella serata.

"Esatto," confermò Dennis con una smorfia.

"Pensi che si presenterà?" chiese Lou. "Sai che le persone di qui odiano quel posto."

"Si presenterà," rispose Dennis. "Vuole farsi assumere e sa che l'unico modo è leccarci il culo."

"Magari può leccare qualcos'altro," aggiunse George afferrandosi il pacco.

Risero tutti.

"Non mi dispiacerebbe ficcarglielo in gola," aggiunse Dennis, "ma immagino che sia troppo perfettina per darci dentro. Almeno all'inizio."

"Pensi che abbia fatto carriera portandosi a letto le persone giuste?" chiese Lou.

"Di sicuro! È impossibile che una tipa arrivi in quella posizione senza scoparsi capitani e ufficiali superiori," rispose Paul, "ma io non la tocco quella passera. Voglio solo metterla al suo posto. Voglio farle capire bene che, nonostante ciò che pensa lei, non è una di noi... e non lo sarà mai. Le lascerò pensare di avere una chance, ma alla fine, dopo tutto quello che le faremo patire, non otterrà il posto."

"Brindiamo al piano!" esclamò Lou alzando la propria lattina di birra.

Gli altri lo imitarono e fecero tintinnare le lattine tra loro.

"Abbiamo una settimana per pensare a qualcosa di buono, come prima iniziazione," disse Paul. "Se non mangia la foglia, ci inventeremo qualcos'altro finché non capirà che non entrerà mai a far parte del dipartimento dei vigili del fuoco di Fallport."

"Le donne, cazzo! Rovinano sempre tutti," sbottò Dennis avvelenato, per poi far partire un rutto potente.

"Sentite questa," disse Lou con un sorriso; poi sollevò una natica dalla sedia di plastica e fece partire un peto lungo e sonoro.

"Che schifo, dai!" esclamò George ridendo e agitando una mano davanti al proprio naso.

"Non ci serve una donna che rovina tutto quello che ci siamo costruiti," concluse Lou.

"Puoi dirlo forte," confermò Paul. "Specialmente se si tratta di quella stronza di Caryn Buckner."

"Sì, vaffanculo!" esclamò Dennis.

"Ah! Vaffanculo, Caryn! ... Vaffancaryn!" esclamò Lou schiamazzando da solo alla propria battuta.

Paul bevve un altro sorso di birra, soddisfatto del supporto che gli amici avevano subito dato alla sua proposta. Era stato molto facile metterli contro Caryn. Sinceramente, lui non ricordava nemmeno il motivo per cui Caryn gli stava antipatica. Non sapeva nemmeno cos'avesse fatto, tanti anni prima, per farlo adirare tanto; ma non gli importava: Paul non voleva una femmina nella *propria* squadra di vigili del fuoco ed era disposto a tutto pur di evitarlo.

CAPITOLO UNDICI

"Ciao cara, sono Lilly, come stai?"

Caryn sorrise appena sentì la voce di Lilly al telefono. Erano passati tre giorni dalla trasmissione del programma sul paranormale e Caryn le aveva appena inviato un messaggio per sentire se andasse tutto bene. Invece di risponderle via messaggio, Lilly le aveva telefonato subito.

"Sto bene, grazie," le rispose Caryn.

"Mi fa piacere. Sei pronta per una serata tra amiche?" le chiese Lilly andando subito al sodo.

Caryn, sorpresa, riuscì solo a dire: "Cosa?"

"Una serata tra amiche. Ho chiesto anche a Bristol e a Elsie e loro ci stanno. Bristol diceva di invitare anche Khloe e io pensavo di sentire anche Finley, per sentire se le va. Quindi adesso abbiamo tutto un programmino e speravo ti unissi a noi."

Caryn non ne era sicura. Aveva incontrato tutte le altre a parte Khloe, di cui sapeva solo che lavorava in biblioteca con Raiden, ma niente di più... non le conosceva bene e non voleva sentirsi un'estranea. "Ehm... per quando?"

"Per stasera!" esclamò Lilly con gioia. "Ci troviamo tutte a casa di Bristol verso le sei. Non c'è bisogno di mangiare prima, perché ordiniamo pizza, alette di pollo e altre porcherie per mangiare insieme. Sono sicura che Finley, se verrà, porterà dei manicaretti dalla pasticceria. Fidati, anche i soliti biscotti e le solite paste diventano fenomenali, se li prepara lei. Dai, dimmi che ci sarai!"

Caryn non riuscì a trattenere un sorriso. "Mi sembra divertente." Lei stessa fu sorpresa di quella reazione.

"Evvai!" esclamò Lilly e Caryn cercò solo di non scoppiare a ridere. "Ci beviamo vino e birra e penso che ci siano anche dei cocktail misti. Rocky sta già promettendo di riportare a casa chi ne ha bisogno, quindi non c'è da preoccuparsi e si può bere. Però niente paura: lui non partecipa alla serata tra amiche. Verrà qua a casa nostra con Ethan."

"Posso portare qualcosa?" chiese Caryn, che pian piano si stava entusiasmando per l'invito a passare del tempo con Lilly e con le altre.

"No no, penso ci sia già tutto."

Caryn però non si sarebbe mai presentata a mani vuote. Voleva contribuire anche lei a quell'iniziativa divertente. Le venne subito un'idea, ma decise di tenerla come sorpresa.

"Oh, ma... però penso di doverti avvertire," aggiunse Lilly.

Caryn si agitò subito. "Avvertire di che?"

"Siamo tutte ansiose di sapere tutto su come va con il tuo commercialista fico, e... per la cronaca, insieme siete adorabili."

Caryn sentì le guance arrossarsi. In fondo era a Fallport, era naturale che tutti parlassero di lei e di Drew, anche se lei non ci era abituata. Specialmente rispetto alla metropoli, in cui ognuno era bene o male invisibile e non interessava a nessuno conoscere i fatti degli altri, sapere con chi uscivi o cosa facevi nel tempo libero. "Non sono sicura ci sia ancora molto da dire," rispose a Lilly a cuore aperto.

"Non importa! Ti imploreremo lo stesso per conoscere i dettagli," le spiegò Lilly con nonchalance. "Se vuoi un passaggio, fammi un fischio e passo a prenderti io così andiamo insieme da Bristol. Ma penso che anche Drew sarà contento di accompagnarti. Art se la cava, se ti fermi fuori fino a tardi?"

Il pensiero di Lilly, che si preoccupava per il nonno, fu molto carino. Art era un uomo molto fortunato, era circondato dall'affetto di tutta la cittadinanza. "Sì, il nonno sta molto meglio. Praticamente è tornato se stesso. Il solito brontolone."

Lilly ridacchiò, poi aggiunse con tono più serio: "È fortunato ad averti."

"No," ribatté Caryn, "sono *io* quella fortunata." Aveva detto la stessa cosa a Drew e lo pensava davvero.

"Ma certo. Adesso, prima che mi sciolga troppo, voglio dirti che son contenta che passiamo del tempo insieme, questa sera. Ci vediamo verso le sei."

"Fa piacere anche a me, non vedo l'ora! Grazie per l'invito," aggiunse Caryn.

Si salutarono e Caryn rimase in piedi in salotto, con lo sguardo fisso nel vuoto per un lungo momento. Fu interrotta da Art.

"Cosa fai là imbambolata?" le chiese con il suo solito modo di fare diretto.

Lei sussultò per la sorpresa, sorrise e si girò verso il nonno. "Stavo solo pensando," gli rispose.

"Beh, pensa a come portare il sederino a tavola, intanto che preparo da mangiare."

Caryn alzò gli occhi al cielo: non si sarebbe mai seduta a tavola, lasciando al nonno l'incombenza di preparare il pranzo. Lui lo sapeva benissimo. "Cosa ti va di mangiare?" gli chiese.

"Pensavo di preparare dei panini con la frittata," le rispose Art.

"Ottima idea. Come posso aiutarti?" gli chiese. Caryn doveva ripetersi che il nonno non era un invalido e che, prima che arrivasse lei, era sempre stato in grado di arrangiarsi. Non voleva certo togliergli quella soddisfazione, ma *voleva* dargli una mano.

"Puoi prendere il formaggio e cominciare a fare le fettine, ma non fare come l'altra volta, che potevo sentire a malapena il gusto perché l'avevi affettato troppo sottile."

Caryn sapeva che il nonno la stava solo pungolando, così rispose con un sorriso: "Sissignore."

Lui ricambiò il sorriso e si avviò con lei verso la cucina. Caryn lo sapeva già: dopo pranzo, Art sarebbe andato in piazza a sedere con gli amici al solito posto, davanti all'ufficio postale. "Stasera non sono a casa per cena, nonno," gli disse.

"Magari puoi passare all'Occhio di Bue a prenderti qualcosa."

"Dove vai?" le chiese Art.

"Mi ha telefonato Lilly e mi ha invitato per una serata tra amiche," gli spiegò Caryn.

Art si fermò con la padella a mezz'aria per girarsi a guardarla. "Davvero?"

"Sì... perché?"

L'anziano si chiuse nelle spalle e appoggiò la padella sul fornello. "È una brava persona," le rispose. "L'ho capito subito, appena l'ho conosciuta. Anche se stava lavorando per quel programma sciocco, non era come gli altri. Si vedeva lontano un miglio. Immagino ci saranno anche Elsie e Bristol?" le chiese.

"Penso di sì," gli rispose Caryn. "Poi mi ha accennato anche a Finley e Khloe, potrebbero esserci anche loro."

Art si girò di nuovo verso di lei... e Caryn gli vide le lacrime negli occhi. Lo fissò preoccupata. "Nonno? Stai bene? Vieni che ti metto seduto."

Lui le fece un cenno con la mano e scosse la testa. "Sto bene," le rispose con voce roca. "È solo che... in tutte le occasioni in cui sei venuta a trovarmi, non ti ho mai vista frequentare tante persone."

Caryn strinse le labbra: Art aveva ragione. Da ragazza era sempre stata trattata da estranea, poi non aveva mai passato abbastanza tempo in quella cittadina per crearsi dei legami veri. "Mi hanno invitata anche a passare una serata con gli uomini del dipartimento dei vigili del fuoco, questo fine settimana."

Al che Art aggrottò le sopracciglia. "Con quel figuro di Paul Downs e i suoi amici?"

Quando Caryn annuì, il nonno le chiese: "Passare una serata dove? Non so se sia il caso di passare una serata con quel gruppo di uomini."

"Nonno, ho quarantun anni," gli rispose Caryn un po' esasperata. "Posso badare a me stessa. Non è che andrò a fare un'orgia o a fumare erba, niente del genere!"

"Però... non mi piacciono né lui né i suoi amici."

"Se mi assumono in caserma, passerò molto tempo con loro," spiegò Caryn con calma al nonno, di cui rispettava al massimo l'opinione. Art era vissuto quasi tutta la vita a Fallport e sapeva vita, morte e miracoli di tutti. Il fatto che Paul non gli stesse simpatico la mise a disagio, ma se fosse rimasta, se avesse ottenuto l'incarico nei pompieri locali, avrebbe frequentato per forza sia lui che gli altri.

Art fece un grugnito e si girò di nuovo verso i fornelli.

Caryn strinse ancora le labbra per la frustrazione... soprattutto perché in realtà era d'accordo col nonno. Dopo tanti anni di astio, anche lei non si fidava di quell'improvviso cambio di atteggiamento da parte di Paul, alla festa di piazza. Persino Drew l'aveva messa in guardia... ma cosa poteva fare? Doveva tenerselo buono, se voleva farsi assumere nel gruppo.

"So che dovrai passare più tempo con loro," le disse il nonno, che poi sospirò e si voltò per guardarla negli occhi. "È solo che mi preoccupo per te."

Caryn fu quasi sopraffatta dall'affetto del nonno. "Lo so... e spero che tu sappia che anch'io mi preoccupo per te."

"Penso sia stato chiaro quando mi hai raggiunto subito, appena hai sentito quel che mi era successo. Comunque, avrò anche novantun anni, ma anch'io so badare a me stesso," le disse ripetendo le parole di poco prima.

Caryn scoppiò a ridere. "Ecco. Allora... che ne dici di badare a te stesso e alla tua nipotina preferita riprendendo a preparare dei panini?"

Lui le regalò un sorriso veloce e tornò ai fornelli. "Sissignora."

Più tardi, quel pomeriggio, Caryn era a casa da sola a sbrigare delle faccende, quando le squillò il telefono. Guardò lo schermo e vide che era Drew a chiamarla. Caryn era intenta a fare le pulizie e in quel momento stava stendendo i panni, ma le bastò vedere il nome sullo schermo per provare più entusiasmo.

"Ciao!" gli rispose con gioia.

"Ciao a te," replicò lui. "Sembri felice."

"Sono contenta di sentirti."

Drew proseguì con un tono più profondo: "La tua voce mi fa lo stesso effetto. Ho sentito dal tam tam di paese che stasera vai da Bristol con le altre."

"Sì, mi ha telefonato Lilly sul presto. Perché? C'è qualcosa che dovrei sapere?"

"No no, anzi, tutto benissimo. Telefonavo solo per sentire se ti faceva comodo un passaggio... se vuoi posso passare a prenderti anche quando sei pronta per tornare a casa."

"Davvero non ti dispiace? Non vorrei interromperti la serata."

"Non mi sarei offerto se mi dispiacesse e... vederti non è mai un'interruzione."

Caryn sentì le farfalle nello stomaco.

"Troppo sdolcinato?" le chiese non sentendola rispondere.

"No, è solo che... penso di non essere abituata a sentire frasi dolci come le tue."

"Che peccato," commentò lui. "A che ora vuoi che passi da te?"

Che uomo! Un misto di tenerezza e pragmaticità. Caryn

non poteva certo dire che le dispiacesse. "Credo che cominci tutto verso le sei," gli spiegò.

"Posso passare a prenderti dieci minuti prima, se ti va bene. Non c'è molta strada per arrivare a casa di Bristol o a casa di Rocky."

"Va benissimo. Grazie."

"Figurati, è un piacere, Caryn," le rispose, e lei quasi sentì il suono del suo sorriso.

"Non so quanto tempo mi fermerò," lo avvertì, "ma Lilly ha detto che può portarci a casa Rocky, se c'è bisogno."

"Ci penso io, basta che mi telefoni," le disse Drew.

"Anche se si fa tardi?" gli chiese.

"Tesoro, facevo spesso i turni di notte... e sono anche uno che non va a letto presto, quindi va benissimo. Poi, se pensi che mi perda la mia ragazza bella allegra o mezza ubriaca, ti sbagli."

Caryn rise. "Non sono una abituata a bere, quindi basterà poco..."

"Scommetto che diventi adorabile... comunque, ci vediamo tra qualche ora. Vedrai che ti divertirai un mondo."

"Lo spero proprio."

"Sicuro."

La sicurezza nel tono di voce di Drew la fece rilassare un pochino. Caryn non era preoccupata per la serata, forse si sentiva solo un po' nervosa. Quelle donne erano amiche di Drew e voleva andare d'accordo con loro.

Dopo aver chiuso la telefonata, si accorse di essere ancora in piedi in mezzo alla stanza, con lo sguardo fisso nel vuoto. Pensava a Drew che l'aveva chiamata "la mia ragazza".

Scosse la testa e prese la scopa con cui stava lavando per terra. Doveva smetterla di sognare a occhi aperti come una sciocca e concludere le faccende domestiche per potersi preparare a quella serata.

———

Drew si presentò a casa di Art alle cinque e cinquanta, ma riuscì a partire con Caryn solo qualche minuto dopo le sei. Quando lei gli aveva aperto la porta, lui l'aveva squadrata da capo a piedi, poi l'aveva spinta dolcemente in casa, aveva chiuso la porta e infine l'aveva baciata fino a farle vedere le stelle.

Quando il bacio era finito, le aveva passato il pollice sulle labbra, sorridendo.

"A cosa devo questo saluto?" gli aveva chiesto lei.

"Al fatto che è passato troppo tempo dall'ultima volta che ti ho visto," le aveva risposto Drew.

Ovviamente si erano visti quella stessa mattina per allenarsi, ma Caryn non glielo aveva fatto notare, né gli aveva risposto che era ridicolo. Si era semplicemente goduta la sensazione piacevole di quel bacio focoso.

Lui l'aveva baciata un'altra volta arrivati a destinazione (ma con più leggerezza, senza esagerare), dicendole di divertirsi. Ovviamente era arrivata in ritardo e dato che le altre erano già tutte sedute sul portico esterno a sorseggiare vino, le erano subito saltate addosso nel momento stesso in cui Drew era andato via.

Caryn si era sorbita il terzo grado sul rapporto tra lei e Drew, per poi finalmente sedersi con le altre in casa, sui cuscini, a rilassarsi dopo essersi rimpinzate dei manicaretti che Finley aveva portato dalla tavola calda.

"Sono piena bombata," brontolò Elsie.

"Ah, pure io," concordò Bristol.

"Troppo piene per un altro bicchiere di vino?" chiese Lilly con un sorriso.

"Certo che no!"

"Non sia mai!"

Risposero entrambe allo stesso tempo.

Caryn pensò che fosse il momento giusto per parlare della sorpresa che aveva portato. Le altre avevano notato la borsa che lei aveva tra le mani quando era arrivata, ma non le avevano chiesto nulla perché erano troppo concentrate a bersagliarla di domande su Drew.

"Ragazze, vi ho portato qualcosa da provare," disse Caryn alzandosi dal divano. Si sentiva già un po' brilla per il bicchiere e mezzo di vino che aveva bevuto sul pasto, ma non vedeva l'ora di condividere ciò che aveva portato alle altre.

Caryn fu sorpresa di scoprire che la misteriosa Khloe non era arrivata per la serata, ma da quel poco che le avevano raccontato di lei Bristol e le altre, anche Caryn voleva conoscerla meglio. Stando a quel che le avevano detto, Khloe aveva dei segreti profondamente inquietanti che la mettevano sempre in agitazione... almeno quello era il sospetto delle altre. Ovviamente era un motivo in più per cercare di coinvolgerla nella cerchia di amiche. Dato che c'era una palese tensione tra lei e Raiden, con episodi anche angoscianti, la curiosità delle amiche era alle stelle.

Caryn tirò fuori dalla borsa la bottiglia e la alzò esclamando enfaticamente: "Voilà!"

"Ooooh, mi vien da pensare che ci sia dell'alcol?" chiese Lilly.

"Pensi giusto," disse Caryn a lei e alle altre. "È un liquore artigianale all'ananas. Roba forte fatta in casa, direttamente alla fonte."

Vide gli occhi confusi delle altre e abbassò la bottiglia portandosi la mano lungo il fianco. "*Cosa?* Non avete mai provato il liquore speciale di Clyde?"

"Clyde?" chiese Finley.

"È il vecchio brontolone che vive appena fuori Fallport. Ve lo giuro, pensavo che mi puntasse il fucile contro, quando ci siamo avvicinati troppo al suo terreno... e a una delle sue distillerie clandestine nel bosco, mentre filmavano la primavera scorsa," spiegò Lilly.

"Ah, ne ho sentito parlare," commentò Bristol.

"Non è poi tanto brontolone," proseguì Caryn.

"Ah no? A me era sembrato di sì," commentò Lilly. "Di

sicuro con noi non è stato tanto gentile. C'è stato un periodo sia pur breve in cui tutti pensavano che fosse stato lui a uccidere Trent, perché la tenda e le attrezzature da campeggio sono state ritrovate in una discarica sul suo terreno."

"Perché le aveva trovate abbandonate in mezzo al bosco," disse Caryn difendendolo. "A voi non darebbe fastidio, se trovaste quella roba abbandonata nel vostro giardino?"

"Ma certamente," ammise Lilly.

"Poi in quel momento Clyde non sapeva nemmeno che Trent fosse disperso," aggiunse Caryn. "Altrimenti avrebbe telefonato lui stesso a Simon per dirgli cos'aveva trovato. Pensava solo di fare una buona azione, ripulendo il sentiero da quella roba. Invece si è quasi fatto incriminare. Beh, non proprio, ma si è fatto torchiare bene dai poliziotti."

"Da come parli si direbbe che tu lo conosca bene," disse Bristol.

Caryn fece un respiro profondo. Stava avendo una reazione eccessiva e lo sapeva. "È solo... io lo so cosa significa essere emarginati, non è divertente. Clyde non si merita l'animosità che riceve dagli abitanti di Fallport."

"Ma distillare liquori artigianali non è illegale?" le chiese Finley.

Caryn non percepì alcun tono accusatorio, per cui si rilassò. "In generale sì, ma in realtà Clyde ha un permesso e vende la sua roba a dei negozi della Virginia e anche al sud."

Quattro paia di occhi si spalancarono.

"Ha un permesso?" chiese Elsie.

"Eh sì... e so per certo che dona molti dei suoi introiti in beneficenza. Soprattutto a gruppi animalisti, perché non va molto d'accordo con le persone... non posso biasimarlo. Immagino che abbia i suoi motivi per vivere come un eremita... e mi danno fastidio quelli che non superano l'aspetto da brontolone e non vanno oltre, perché sotto sotto è un brav'uomo."

"Come cavolo fai a conoscerlo tanto bene?" le chiese Lilly sporgendosi in avanti.

Caryn si accorse di essere ancora in piedi davanti alle altre, come in atto di predicare. Si girò e andò in cucina a prendere dei bicchierini, poi rispose alla domanda di Lilly.

"L'ho incontrato un'estate quando ero a Fallport in visita. Ero da sola nel bosco a giocare e mi sono quasi persa. Mi sono imbattuta in uno dei suoi casotti nel bosco... ne ha più di uno. Sono dei baracchini, davvero... all'inizio ero spaventata, ma poi ho cominciato a parlare con lui e ho scoperto che era anche gentile, a suo modo. Mi ha fatto vedere la distilleria, mi ha spiegato come funzionava, mi ha fatto una ramanzina perché ero andata nel bosco da sola, spiegandomi che era pericoloso, poi ha controllato che tornassi sul sentiero giusto per rientrare a casa di Art."

"Quanti anni ha Clyde, comunque?" chiese Finley.

"Non ne ho idea," rispose Caryn rientrando in salotto con i bicchierini. "Ne ha tanti. Insomma... ragazze, dovete provare questo liquore."

Appoggiò i bicchierini sul tavolino da caffè, aprì la bottiglia e cominciò a versare degli shot di liquorino.

"Non saprei... a me non piace la roba troppo forte," disse Elsie.

"Immagino che un liquore artigianale non abbia un sapore molto buono," aggiunse Bristol.

Anche Lilly e Finley sembravano scettiche.

"Fidatevi di me," disse Caryn.

"Dice la pompiera tosta che corre in un edificio in fiamme quando tutti gli altri scappano fuori," mormorò Lilly, che però si fece coraggio e prese in mano uno shot.

Le altre seguirono il suo esempio e annusarono con sospetto il liquido nei bicchierini.

"Eh, però... l'odore è buono," commentò Bristol alzando le sopracciglia.

"È vero," concordò Finley. "Sa di cannella… e penso anche noce moscata."

"Ci pensa la pasticcera a scoprire tutti gli ingredienti solo annusandolo," commentò Elsie ridendo.

"Non so cosa ci metta," ammise Caryn, "ma ha lo stesso sapore di una torta di mele, quindi immagino che quegli ingredienti ci siano. Però è una bella botta, per cui è meglio non andare oltre uno shot, massimo due. Credo che col passare del tempo l'alcol fermenti di più? Non so bene come funzioni, ma quando Clyde mi ha passato la bottiglia mi ha detto che stava già 'riposando' da un po'."

"Dai, allora brindiamo!" esclamò Bristol.

"A cosa brindiamo?" chiese Lilly annuendo, per poi mettersi in ginocchio e avvicinarsi alle altre.

Alzarono tutte i bicchierini.

"Alle nuove amicizie. Ai paesini. Alla salute!" esclamò Lilly.

"Alle nuove amicizie!"

"Alla salute!"

"Amen!"

Fecero tintinnare i bicchierini e scolarono gli shot di liquore artigianale.

Seguirono alcuni colpi di tosse, ma quando Caryn si guardò attorno vide che tutte le nuove amiche avevano il viso sorridente.

"Che *buono*!" esclamò Bristol.

"Hai proprio ragione, ha lo stesso sapore di una torta di mele!" concordò Elsie.

"Penso di aver bisogno di un altro assaggio, per essere sicura che mi piaccia," aggiunse Finley.

Risero tutte, poi porsero i bicchierini a Caryn.

Lei versò un altro shot a ciascuna delle amiche e le guardò con piacere scolarsi il secondo cicchetto con la stessa facilità con cui si erano bevute il primo.

"Wow, questa roba va dritta alla testa," commentò Lilly con un'espressione stranita.

"Ve l'ho detto che è forte," spiegò Caryn mentre riavvitava il tappo alla bottiglia. Le faceva piacere contribuire al divertimento, ma non voleva certo far ubriacare le amiche. Non sarebbe stato carino da parte sua.

"Va bene, allora d'ora in poi sei la nostra fornitrice ufficiale di liquore," disse Lilly a Caryn.

Le altre si dissero d'accordo.

Dopo un po' di tempo, cominciarono a parlare degli uomini della squadra di ricerca e soccorso.

"Ho sentito che all'inizio, quando l'hai incontrato, non andavi d'accordo con Drew," disse Elsie.

Caryn le rispose senza problemi. "Non ci siamo presi bene," confermò alzando le spalle. "Io non stavo benissimo, ero troppo preoccupata per il nonno ed ero prevenuta sul lavoro che Drew aveva fatto in polizia... immagino che ci siamo fatti influenzare entrambi dai nostri pregiudizi, tanto da dimenticare le buone maniere."

"Ti dava fastidio perché era un poliziotto?" le chiese Bristol.

"A dire la verità, sì."

"Pensavo che pompieri e poliziotti andassero d'accordo. Fratellanza, sorellanza o come cavolo si chiama..." disse Finley.

"Cioè, è vero che lavoriamo molto insieme, ma non per questo andiamo sempre d'accordo. La mia esperienza in una metropoli è che i poliziotti ci prendono come un gruppo di teste calde scatenate... pensano che non vogliamo aspettare che transennino prima di intervenire. A loro volta, i pompieri ce l'hanno con i poliziotti che a volte esagerano nel bloccare le persone, poi ci sono tutte le regole, gli ordinamenti..."

"Però io capisco l'esigenza delle regole," aggiunse subito Caryn. "Cioè, facciamo lavori molto diversi. In generale, la gente non cerca di nascondere merce illegale a noi, anzi, tanti sono proprio contenti quando arriviamo. Invece con la polizia è un'altra storia." Non volendo abbassare il morale della serata, Caryn aggiunse: "Però c'è una cosa che ho imparato dai poliziotti."

"Che cosa?" le chiesero le altre quattro all'unisono.

Caryn alzò un piede e indicò la scarpa. "Portarsi sempre una chiave per le manette."

Le altre si avvicinarono e notarono una piccola chiave di metallo intrecciata con il laccio della scarpa.

"Santo cielo, davvero, anche Ethan ne tiene una nel portafogli!" esclamò Lilly.

"Penso che anche Zeke ne porti una," aggiunse Elsie.

Bristol fece un gran sorriso e annuì. "Rocky se ne infila una in tasca ogni santo giorno, la mattina."

"Wow, sono davvero così tante le persone che vengono ammanettate contro la loro volontà, da queste parti?" chiese Finley con le sopracciglia aggrottate per la confusione.

"Sono sicura di no," rispose Caryn per rassicurarla, "ma i ragazzi avranno imparato senza dubbio dagli anni di servizio che è sempre meglio essere preparati, non si sa mai. Detto questo, io ho passato del tempo a cucire delle mini tasche sul retro dei miei pantaloni per infilarci la chiave. È successo che un pazzo ha dato fuoco all'appartamento in un grattacielo e poi ha aspettato che arrivassero i soccorsi. Quando il primo soccorritore si è presentato sulla scena, il pazzo l'ha colpito in testa, lo ha ammanettato a un tubo di una caldaia e ce l'ha lasciato per farlo soffocare. A oggi, non si è mai scoperto il perché l'abbia fatto, ma il soccorritore è stato fortunato perché uno dei vicini ha visto tutto dallo spioncino e ha telefonato alla polizia, ha raccontato tutto sia al telefono che ai primi poliziotti che sono arrivati. Quelli hanno tirato fuori la chiavetta magica per le manette e l'hanno portato in salvo prima che soffocasse davvero."

Tutte le altre rimasero a bocca aperta sbalordite nel sentire quella storia.

"Perché nei pantaloni, però?" le chiese Finley.

"Beh, quella nei lacci della scarpa funziona benissimo, ma se mi ammanettano con le mani dietro la schiena, non riesco a prenderla tanto facilmente. Specie se mi ammanettano fissandomi a qualcosa. Invece la tasca dietro la cinta dei pantaloni è comodissima," aggiunse Caryn alzando una spalla.

"Davvero furba," commentò Lilly.

"Impressionante," aggiunse Bristol, "ma a volte non puoi raggiungere nemmeno la vita dei pantaloni."

La stanza rimase in silenzio mentre tutte ripensavano con ansia a ciò che aveva detto l'amica, che ovviamente si riferiva al periodo in cui era stata tenuta prigioniera, non molto tempo prima.

Finley era seduta sul divano di fianco a Bristol e le mise un braccio intorno alle spalle, appoggiandosi a lei.

"Hai ragione," confermò Lilly, "e a volte non sei nemmeno ammanettata, quindi la chiave non basta."

Caryn ci rimase malissimo: ciò che era cominciato come un commento leggero si era trasformato e logicamente le due amiche si erano ricordate alcuni momenti terribili del loro passato recente. "Penso che sia importante non arrendersi mai, quando scoppia un casino," disse sottovoce. "Che si tratti di una chiave nascosta per le manette, o di lottare con mani e piedi, o anche solo di usare la testa per trovare ogni modo possibile per rimanere in vita finché non arriva qualcuno ad aiutare."

"Totalmente d'accordo," disse Bristol. "Quando mi sono fatta male nel bosco, non sapevo se qualcuno mi stesse o meno cercando, ma non mi sono arresa. Ero disposta a trascinarmi fino all'imbocco del sentiero, se necessario."

"Io sono andata di corsa nel bosco sapendo che, se mi fossi persa, Zeke mi avrebbe trovata. Dovevo solo allontanarmi dal mio ex abbastanza da farlo desistere, perché smettesse di inseguirmi," spiegò Elsie.

"Io sapevo di non poter resistere per sempre, appesa a

quella fune, ma non mi sarei mai e poi mai arresa per darla vinta a Joey," aggiunse Lilly sottovoce.

"Io invece do il peggio, nelle situazioni di stress," disse Finley. "Non sopporto nemmeno quando un cliente alza la voce. Crollo come un castello di carte. Sono condannata in partenza."

"No, non è così," rispose Elsie con decisione. "Pensavo la stessa cosa di me stessa, ma quando arriva il momento fatidico ti guardi dentro nel profondo e trovi la forza di resistere."

"Mamma mia come ci siamo incupite, vero?" commentò Lilly prendendo fiato.

"Mi dispiace, non volevo rovinare la festa," disse Caryn.

"Ma dai! Penso che dovremo cucire anche noi delle mini tasche nei vestiti, per essere preparate," aggiunse Lilly con determinazione.

"Dovremo anche ordinare un bel lotto di chiavi per manette!" aggiunse Bristol con un sorriso.

"Ci penso io," mormorò Finley tirando fuori il cellulare.

Caryn sorrise. Quelle donne le piacevano davvero. Erano molto alla mano, divertenti e fortissime.

"Io non ho mai nemmeno impugnato un paio di manette," commentò Elsie.

Caryn non si trattenne e ridacchiò, facendo esplodere una risata generale.

"Penso che Zeke potrebbe aiutarti a risolvere questo problemino," spiegò Lilly.

"Vero? Può farti vedere lui come usarle nel modo giusto," aggiunse Bristol.

Caryn non aveva la minima intenzione di entrare in argomento... ma ovviamente ce la trascinarono lo stesso.

"Per caso Drew ha tirato fuori le sue manette per fare pratica con te come ai vecchi tempi, Caryn?" le chiese Lilly.

Caryn si accorse che stava arrossendo, ma non sapeva che farci, così sorrise. "Non è tanto che stiamo insieme."

"Ah, allora ci andate piano... mi sembra proprio tipico di Drew," commentò Lilly.

"La chimica tra voi due è piuttosto intensa," aggiunse Elsie, "e penso sia molto dolce che ti abbia accompagnato e che passi a prenderti."

Caryn non poteva certo negare che anche a lei faceva piacere. "È solo che... in passato non mi è andata molto bene con gli uomini e sono un po' restia a lasciarmi andare... specialmente perché non ho ancora un lavoro, nulla..."

"Però *rimani*, vero?" le chiese Finley.

"Sì sì, rimango," confermò Caryn. Fino a quel momento, nonostante l'avesse già detto al nonno, l'idea di rimanere l'aveva convinta solo a metà. Invece quella sera, seduta in quel salotto e circondata da amiche che l'avevano accettata senza alcuna esitazione, si rese conto di voler rimanere a Fallport con tutta se stessa. Lavoro o meno, voleva scoprire come si sarebbe sviluppato il rapporto con Drew, voleva stare vicino al nonno e coltivare le amicizie che aveva sempre sognato.

"Bene!" esclamò Bristol.

"Farai domanda per entrare nei vigili del fuoco?" le chiese Elsie.

"Secondo me sì, a giudicare dal modo in cui hai fatto pappa e ciccia coi tipi in piazza," commentò Bristol con un gran sorriso.

"Cosa? Che tipi? Mi sono persa qualcosa?" chiese Lilly.

Caryn fu di nuovo in imbarazzo e l'alcol che le scorreva nelle vene, insieme alla disinvoltura con cui scorreva la conversazione tra amiche, fece sì che sbottasse, dicendo di essere stata orribile a mollare Drew da solo.

"Non si è fatto problemi," le disse Bristol con dolcezza. "Ogni tanto gli lanciavo un'occhiata, ti teneva sempre gli occhi addosso. Anche quando Tony gli è salito in braccio, lui ha continuato a guardare verso di te, per controllare che stessi bene. Sono sicura che se avesse notato anche un minimo disagio da parte tua, o se uno di quelli avesse fatto qualche mossa strana, Drew sarebbe intervenuto e ti avrebbe raggiunta, anche per far sentire la propria presenza."

"Però..." riprese Caryn. "Sono uscita con lui e l'ho mollato per passare il tempo con un gruppo di altri uomini. Non volevo nemmeno fermarmi con quelli."

"Però *vuoi* quel lavoro," disse Elsie, "e dimostrare di fare squadra fa parte del gioco, credo proprio, specialmente nei vigili del fuoco."

"È così," confermò Caryn.

"I nostri uomini sono possessivi e protettivi, ma non sono degli stupidi," disse Lilly. "Drew non si metterà a tormentarti come un matto se parli con degli altri uomini; anzi, più che altro ti terrà d'occhio per controllare che vada tutto bene. È un po' la sua seconda pelle, per via del lavoro in polizia."

"Lo so, ma non mi dispiace. Solo che quella sera ho pensato che fosse più importante attaccare bottone con quel Paul Downs e con gli altri, prima dell'inizio del programma, invece che rimanere con voi e con Drew, e per questo mi prenderei a schiaffi."

"Non credo tu abbia pensato fosse più importante," disse Elsie con diplomazia, "è che ne avevi bisogno in quel momento per garantirti un futuro professionale. Senza un lavoro sarebbe più difficile trasferirti, vero?"

"Certamente."

"Ecco, vedi?!" insistette Elsie alzando le spalle. "Io so benissimo, meglio di tanti altri, quanto sia importante trovare la propria strada. A prescindere da come va la storia con Drew, vuoi essere in grado di mantenerti da sola. Se hai bisogno di un'ora da passare con gli uomini che potrebbero diventare un domani i tuoi colleghi, per conoscerli, per farti conoscere, io penso che non ci sia assolutamente nulla di male."

"Ragazze, siete molto comprensive, ma sono stata scortese e lo so bene."

"Eh, vabbè, pazienza," commentò Elsie. "A volte bisogna essere un po' egoisti e pensare a se stessi."

Aveva ragione. Caryn sentì la tensione scivolare via dai muscoli. "Siete fantastiche, ragazze," sbottò.

"Certo che siamo fantastiche," aggiunse Lilly con un sorriso compiaciuto.

"Sì, ma intendo... volevo dire che... merda," concluse Caryn.

Fu Elsie ad avvicinarsi mettendole una mano sulla gamba per confortarla. "Ti capiamo. Pensa che io ero talmente impegnata a farmi il mazzo per sostenere Tony e me stessa, che non avevo né il tempo né le forze per crearmi delle amicizie vere. Però ho imparato che avere qualcuno a cui appoggiarsi, qualcuno con cui ridere, è più importante che guadagnare qualche soldo in più."

"Idem," intervenne Lilly. "Io sono arrivata a Fallport pensando di rimanere per un paio di settimane, ma sono stata risucchiata da questa cittadina e la mia vita è completamente cambiata."

"Il fatto che Sandra, che mi aveva appena conosciuta, si fosse preoccupata per me, quando non sono passata alla tavola calda a salutarla a fine vacanza, mi ha *letteralmente* salvato la vita," aggiunse Bristol. "Quando abitavo a Kingsport rimanevo sempre sulle mie, ero convinta di essere una persona chiusa, di non avere bisogno di amiche, ma mentivo a me stessa. È vero che sono chiusa di carattere, lo sono rimasta, ma aver trovato voi come amiche è stato l'appiglio a cui mi sono aggrappata quando sono stata rapita. Sapevo che c'eravate voi e che mi avreste cercata."

"Anch'io sono molto timida, ma sto cercando di migliorare grazie a voi, ragazze," aggiunse Finley.

"Merda, adesso mi viene da piangere," disse Caryn con una risatina, mentre si asciugava le lacrime dalle guance.

"Niente lacrime!" esclamò Lilly. "Siamo delle tipe toste e possiamo affrontare tutto ciò che la vita ci mette davanti!"

Al che risero tutte.

"Possiamo anche andare a fare pipì," aggiunse Elsie alzandosi. "Torno subito."

Al che risuonarono altre risatine, e Caryn si rilassò di nuovo sul divano.

"Finley... che ci dici di Brock?" chiese Bristol con una certa esitazione.

"Niente," rispose lei scuotendo la testa.

"Ma gli piaci!" disse Bristol.

Finley sbuffò. "No, non è vero!"

"Invece *sì*," insisté Bristol. "Se gli dessi anche solo un minimo segnale che ti interessa, penso che si dimostrerebbe molto premuroso nei tuoi riguardi."

"Non credo proprio che succederà," disse Finley. "Comunque grazie per aver tentato, ma è impossibile che un uomo come Brock Mabrey perda anche solo un minuto a guardare una come me."

"Una che cucina dolci da sogno e che è sempre gentilissima con chiunque entri nella sua pasticceria?" le chiese Elsie. "Ho visto che più di una volta hai dato da mangiare a Davis senza chiedergli nulla."

"Sono ciccia," disse Finley senza un briciolo di disagio nel tono di voce. "Sono sempre stata sovrappeso e non cambierò. Mi piace troppo mangiare, non potrei mai patire la fame e... una dieta senza zuccheri e carboidrati? Per me è impossibile. Però io mi piaccio così. Anzi, sto molto meglio con me stessa di quando ero più giovane. Ma Brock... lui è uno muscoloso, atletico... accidenti, come tutti gli uomini nella squadra Eagle Point. Io non sarei mai all'altezza. Camminare non mi dispiace, anche in montagna, ma non sarei mai in grado di tenere quel passo."

"Vedo le occhiate della gente, sento le critiche celate dietro ai complimenti: 'Che viso carino'. Come se non lo sapessi cosa vogliono dire: che avrò anche un viso carino ma tutto il resto no. Non voglio assolutamente che uno come

Brock debba subirsi commenti del genere... subirsi una come me."

"Che cavolata!" esclamò Lilly con un pizzico di veleno che sorprese tutte. "A Brock non interessa se hai qualche chilo di troppo. Lui non è quel tipo di uomo."

Finley sospirò e fissò il bicchierino che aveva in mano. "Lo so che è diverso," disse sottovoce.

"Allora perché non provi a conquistare ciò che vuoi?" le chiese Bristol.

"Di che si parla?" chiese Elsie tornando dal bagno.

"Di Finley che vuole Brock, ma è troppo timida per provarci," riassunse Caryn.

"Ragazze, non potete capire," aggiunse Finley quasi disperandosi.

"Allora spiegaci," le chiese Lilly, "perché abbiamo visto come vi girate attorno in punta di piedi. Lui ti fissa di continuo, praticamente prega per avere un segnale da parte tua, per parlare con te, poi tu non fai nulla e lui se ne va... e allora sei *tu* che guardi *lui* con gli occhi tristi da cerbiatta. Straziante."

"Merita di trovare di meglio, rispetto a me," sussurrò Finley.

"Merita una donna che lo ami con tutta se stessa," ribatté Lilly. "Una donna che gli prepari i suoi dolci preferiti, che rida con lui, che lo sostenga quando torna a casa stanco e affamato da una missione. Una che lo sorprenda portandogli il pranzo in officina, una che non abbia paura di prendergli la mano anche se è sporca d'olio... una che gli dia forza quando qualcuno lo guarda dall'alto al basso per il lavoro che fa."

"Qualcuno lo guarda dall'alto al basso perché fa il meccanico?" chiese Finley, raddrizzando la schiena. "Perché? Che stupidaggine! Cioè, allora ognuno dovrebbe ripararsi la macchina da solo, quando si guasta, no? Improbabile. Chi ha detto qualcosa? Chiunque sia, è meglio che non venga in pasticceria!"

Scoppiarono tutte a ridere.

"Cosa c'è? Cos'ho detto di tanto divertente?" chiese Finley sbuffando.

"Sei tu che sei divertente... e sei esattamente la persona di cui Brock ha bisogno." Bristol fece un sorrisetto dolce a Finley. "Però mi rendo conto che l'argomento ti mette a disagio, non era mia intenzione. Voglio dirti solo un'ultima cosa... Non aspettare troppo. Brock è un brav'uomo, uno scapolo da non farsi scappare. Se non stai attenta, qualcun'altra si farà avanti e perderai la tua occasione."

Finley rimase in silenzio, persa nei propri pensieri; Caryn sperava davvero che l'amica si guardasse dentro e trovasse il coraggio di chiedersi se tra lei e Brock potesse funzionare con Brock; lui sembrava un tipo disponibile e aperto, tanto che aveva lasciato che Drew preparasse un percorso a ostacoli nel retro dell'officina. Caryn ce li vedeva benissimo insieme... sempre che Finley vincesse la timidezza e si facesse avanti.

"Sto pensando... mi sa che mi bevo un altro shot di quella roba alla torta di mele," disse Bristol a Caryn, che fece un gran sorriso e afferrò la bottiglia che aveva di fianco esclamando: "Su i bicchieri!"

Quando furono tutte pronte a tornare a casa, si era già fatta mezzanotte. Caryn non era abituata a fare tanto tardi, ma non poteva negare di aver goduto di ogni minuto trascorso con le altre. Erano amiche divertenti, follemente innamorate dei rispettivi compagni... e a fine serata erano tutte ubriache più che mai.

Avevano parlato meglio dei rispettivi compagni, della squadra di ricerca e soccorso, delle missioni in generale e delle ricerche più recenti, inventandosi storielle su tutti gli energumeni che gli uomini della squadra dovevano aver affrontato quando erano nelle forze armate; avevano discusso dei programmi TV e dei film preferiti, avevano riso, ruttato e persino fatto altro gas una volta o due. Tutto sommato, Caryn non ricordava l'ultima occasione in cui si era divertita tanto come quella sera, o quando si era sentita a proprio agio con un gruppo di donne.

Lilly ed Elsie telefonarono ai rispettivi compagni, rifiutando l'offerta di Rocky di portarle a casa. Era ovvio che desiderassero con ansia di passare del tempo da sole con i rispettivi uomini, proprio come Caryn. Bristol aveva invitato Finley a fermarsi per la notte e la pasticcera si era accomodata nella camera degli ospiti poco prima che arrivassero gli uomini.

Quando Drew bussò alla porta, Caryn e Bristol erano rimaste da sole. Rocky stava ripulendo in cucina senza fare alcun commento per l'incombenza, il che impressionò Caryn.

Bristol traballava un po' sul deambulatore da ginocchio, mentre accompagnava Caryn alla porta, ma Rocky si affrettò a raggiungerla per sostenerla. Lei abbracciò Caryn con forza, poi aprì la porta.

"Eccola qua, pronta per te!" esclamò con enfasi nel salutare Drew.

Lui ridacchiò e scosse la testa. "Vedo."

"La torta di mele che ha portato era defiziosa... no, aspetta, demizia... cacchio. Molto buona," disse Bristol trionfalmente.

Lo sguardo affettuoso che Drew rivolse a Caryn le fece tremare le ginocchia come fossero state di gelatina. "Non sapevo che avessi preparato una torta, tesoro."

"Ma no," sbottò lei, "è liquore artigianale, me l'ha dato Clyde."

Drew sembrò sorpreso per un momento, poi annuì. "Ah, adesso capisco perché barcolli e perché Bristol si imbroglia nel parlare."

Bristol sorrise. "Eh sì."

Rocky le mise un braccio intorno alla vita. "Penso sia ora di andare a letto," le disse.

"Oooooh, sì, ti prego," rispose Bristol alzando gli occhi lucidi verso il fidanzato.

Caryn distolse lo sguardo dal palese desiderio nel volto della nuova amica, poi rise. "Però falle bere un bel bicchierone d'acqua prima di metterla a dormire," disse a Rocky.

"Ci avevo già pensato, ma grazie," le rispose lui.

Caryn alzò le spalle. "Tra amiche ci si aiuta."

Al che, Bristol si gettò di nuovo tra le braccia di Caryn, che non poté fare altro che afferrare l'amica minuta.

"Piano," disse Drew avvicinandosi e mettendo una mano dietro la schiena di Caryn per darle il sostegno di cui aveva bisogno per non arretrare di qualche passo.

"Dai, è ora di andare di sopra," disse Rocky facendo girare Bristol per prenderla in braccio.

"Grazie per avermi invitata," le disse Caryn.

Bristol si accoccolò addosso a Rocky. "Dobbiamo ritrovarci presto."

"Sì!" disse Caryn con gioia, incespicando nel fare un passo verso la porta. Drew fu di nuovo pronto nel sostenerla.

"Grazie," disse Drew salutando Rocky con un cenno del mento.

"Ci pensi tu a lei?" chiese Rocky.

"Certamente."

Certamente. Come se non fosse nemmeno necessario chiedere. Caryn si sentì piena di gioia. Drew le mise un braccio intorno alla vita e l'aiutò a uscire di casa. La fece accomodare sul sedile della Jeep e poi fece il giro per andare al volante. Salì e si voltò verso di lei per sorriderle. "Ti sei divertita?" le chiese.

"Oh, sì."

"Bene." Al che Drew avviò il motore e partì per la casa di Art. Fu un viaggio troppo breve. Arrivarono proprio quando gli occhi di Caryn si stavano chiudendo e lei stava per addormentarsi.

"Aspetta un attimo," le disse Drew accostando nel vialetto

proprio vicino alla macchina di lei. Uscì dall'abitacolo, fece il giro della Jeep e l'aiutò a scendere tenendole un braccio intorno alla vita mentre l'accompagnava alla porta. Usò la chiave di Caryn per aprire ed entrò con lei come se fosse stato a casa propria, accompagnandola fino in camera e facendola sedere sul lato del letto. "Adesso cambiati," le disse. "Torno subito con dell'acqua e un'aspirina."

"Sto bene," gli disse lei.

"Starai ancora meglio dopo aver bevuto un po' d'acqua per diluire quel liquorino. Non sapevo che conoscessi Clyde," aggiunse Drew.

"Ti dà fastidio?" gli chiese senza pensarci.

Drew aggrottò la fronte. "Perché mai? Clyde è un brav'uomo. Adesso cambiati," le ripeté. "Se torno e ti trovo mezza nuda, non so come reagirò."

Caryn gli sorrise, felice che anche a lui piacesse Clyde. Secondo lei, quel pover'uomo era vittima dei pregiudizi. "Se mi dici così, mi passa la voglia di rivestirmi," gli disse a cuore aperto.

La folata di calore negli occhi di Drew le fece stringere le cosce di scatto. Si sentì travolta da un'ondata di lussuria. Caryn desiderava quell'uomo. Drew era un uomo giusto, lei era disposta a scommetterci tutto ciò che aveva.

"La prima volta che faremo l'amore, non sarà certo col nonno dall'altra parte del corridoio che probabilmente origlia alla porta per sentire cosa diciamo. *Né* quando hai bevuto troppo. Quando arriverà quel momento, dovremo essere entrambi completamente lucidi e al cento per cento sicuri di ciò che vogliamo."

"Tu cosa vuoi?" gli sussurrò Caryn.

"Una compagna," le rispose senza esitare, "e ho la sensazione che tu sarai la compagna migliore che io abbia mai avuto. Dai, muoviti," le disse con voce roca, prima di passarle il dorso delle dita sulle guance paonazze e poi avviarsi fuori dalla camera.

Non avrebbe potuto trovare parole più importanti per Caryn. Anche lei aveva sempre cercato un compagno vero, senza mai trovarlo. Sapeva che Drew aveva avuto probabilmente un sacco di compagne, negli anni, sia sul lavoro che nella vita privata, eppure le aveva appena detto che pensava fosse lei quella perfetta... ecco, ormai era persa.

Si alzò in piedi, si sfilò la maglia da sopra la testa e la lasciò cadere sul pavimento, noncurante di dove atterrasse. Le servirono vari tentativi per sganciare il reggiseno, ma finalmente ci riuscì e lasciò cadere anche quello. Afferrò la canotta in cui era solita dormire e se la infilò dalla testa. Poi si sfilò jeans e mutandine. Quasi cadde a terra mentre indossava i pantaloncini unisex che metteva la notte, ma riprese l'equilibrio all'ultimo secondo. Si infilò sotto le lenzuola e si coprì, seduta con la schiena appoggiata alla testiera, poi sentì bussare leggermente alla porta.

"Sei pronta?" le chiese Drew da dietro la porta.

"Sì."

Drew aprì tenendo in mano un bicchierone d'acqua. Si mise seduto sul bordo del letto e le passò da bere. Lei capì di non avere scampo: prese il bicchiere, si mise in bocca l'aspirina che lui le passò, e bevve più che poté.

"Bravissima," le disse Drew sottovoce mentre le prendeva di mano il bicchiere quasi vuoto per appoggiarlo sul comodino di fianco al letto. Poi lei si abbassò nel letto e lui le si avvicinò, la fissò per un lungo momento, poi le passò una mano tra i capelli. "Mi piacciono molto i tuoi capelli," le disse sottovoce.

Caryn sorrise. "Grazie. Anche i tuoi mi piacciono. Anche la barba... ti sta bene."

"Stiamo bene insieme," le disse con molta semplicità. "Immagino che domani salteremo l'allenamento?"

Caryn arricciò il naso e guardò verso la vecchia radiosveglia sul comodino. "Ehm... magari possiamo allenarci più tardi?"

"Va bene. Alle nove? Alle dieci?"

Lei annuì.

Drew si lasciò sfuggire una risatina. "Ecco, diciamo che passo a prenderti e se poi non te la senti possiamo anche saltare, per un giorno."

"Domani devo fare domanda di assunzione al dipartimento di Fallport, poi devo andare a fare la spesa. Ho anche un libro da controllare." Ormai si rendeva conto a malapena di ciò che stava dicendo. Caryn era rilassata e le piaceva essere sovrastata da Drew, sentire quel profumo silvestre nelle narici.

"Un libro da controllare?"

"Eh sì," gli spiegò chiudendo gli occhi. "L'ultimo libro di Thomas Robertson. Gli faccio da *beta reader*."

"Davvero?"

Lei spalancò gli occhi sentendo il tono sorpreso di Drew. "Sì. Leggo tutto quello che scrive prima che vada in stampa. Serve a controllare che non abbia fatto pasticci."

"Sei una donna piena di sorprese," le disse Drew sorridendo. "Pensa che è uno dei miei scrittori preferiti... e tu ora mi dici che sei in parte responsabile di ciò che scrive?"

"Quasi, circa. Non del tutto," gli rispose alzando le spalle.

"Per forza che mi piaci! Adesso dormi, Caryn. Son contento che stasera ti sia divertita. Ah... sei anche caruccia da morire quando sei un po' ubriaca."

"Grazie," gli disse con gli occhi che si stavano chiudendo di nuovo.

Lui ridacchiò e lei sentì di nuovo vibrare dentro sé quel suono; poi sentì addosso le labbra calde di Drew, ma era troppo stanca per andare oltre un gemito di contentezza.

Drew la baciò sulla fronte, poi si rialzò, facendo muovere il letto. "Buona notte, tesoro."

"'Notte." Caryn si addormentò prima ancora che lui si chiudesse alle spalle la porta.

CAPITOLO DODICI

Drew non riusciva a smettere di sorridere, ricordando quanto fosse adorabile Caryn la sera prima. Gli aveva telefonato alla fine della serata passata con le amiche a casa di Bristol e lui era uscito di casa prima ancora che la telefonata terminasse. Aveva aspettato quella telefonata tutta sera, ansioso di sapere se quell'incontro fosse andato bene. Quando era arrivato, vedendo quanto erano affiatate Caryn e Bristol, aveva capito chiaramente che la serata tra amiche era andata anche meglio di quanto *lui* si aspettasse.

Drew avrebbe tanto voluto accettare l'invito che aveva letto negli occhi di Caryn, quando l'aveva accompagnata in camera sua, ma quello non era il posto giusto, né quella sera era il momento giusto. Però ci sarebbero arrivati, e lui non vedeva l'ora.

Era stato uno choc sentire che Caryn lavorava come *beta reader* per Thomas Robertson, un uomo che Drew riteneva un genio con le parole; sapere che lei aveva rivestito un ruolo nel processo editoriale l'aveva sbalordito. Quella donna lo colpiva ogni giorno di più.

Bussò alla porta di Art alle dieci in punto e salutò con un cenno del capo l'anziano che venne ad aprire.

"Ciao Art, come andiamo oggi?"

"Bene, bene. Però penso che la questione sia come sta *Caryn* oggi?"

Drew ridacchiò. "Un po' sbatacchiata?" gli chiese Drew, mentre Art gli faceva cenno di entrare.

"Diciamo di sì. Le avevo detto di non portare il liquorino di Clyde, ma lei non mi ha ascoltato," gli disse Art sbuffando. "Un'ottima lezione: quella è roba forte."

"Ma buona, a quel che sento," replicò Drew.

"Molto buona. Quello è un uomo talentuoso. Scontroso, brontolone, pronto a battagliare con chiunque anche solo si avvicini al suo terreno, ma è bravissimo in quel che fa."

Drew annuì d'accordo, ma portò l'attenzione su Caryn: era seduta al tavolino nel cucinotto di Art con un bicchiere di succo d'arancia e una tazza di caffè, oltre che un piatto con una sola fettina di pane tostato. Drew le sorrise.

"Non una parola, Drew," gli disse grugnendo, senza alzare lo sguardo.

Il sorriso di Drew si allargò, ma lui le obbedì e non aggiunse altro, mentre prendeva la sedia vicina a lei per poi accomodarsi. "Buondì," la salutò tranquillamente.

"Non berrò mai più," gli disse sottovoce, finalmente alzando lo sguardo.

"È la frase tipica della storia mondiale delle sbronze, lo dicono tutti, dopo una notte di bevute."

"È che non mi riesce bene," brontolò lei.

"Non è un brutto segno," commentò Drew prendendole la mano. Le passò il pollice sul dorso con dolcezza. "Però eri carina, ieri sera."

Caryn alzò gli occhi al cielo. "Ecco. Carina. Proprio quello che ogni donna vuole sentirsi dire."

Con un'occhiata in salotto, Drew vide che Art non faceva nemmeno finta di non ascoltare. Qualunque commento su quanto fosse stato difficile per lui lasciarla a letto da sola avrebbe dovuto aspettare. "Allora... Thomas Robertson?" le chiese.

"Mi ricordo vagamente di avertene parlato," gli rispose bevendo un sorso di caffè.

Art entrò lentamente in cucina e disse: "Caryn gli fa da redattore, anzi, redattrice. Lui manda le bozze appena finisce di scrivere un libro... sembra che gli scappino un sacco di errori di battitura. Comunque, lei legge il libro e gli dice dove funziona e dove no. In *Diver Down*, l'ultimo bestseller, sai, quello che diventerà un film? Caryn mi ha detto che nella prima stesura l'eroe scopriva l'identità del criminale subito, all'inizio del libro, ma lei gli ha suggerito di cambiare e Thomas ha praticamente stravolto tutta la trama in modo che non si capisse chi era il cattivo se non poco prima dell'enorme scontro a fuoco, nel finale."

Drew non aveva ancora letto il libro in questione, ma era nell'elenco degli acquisti. "Ah sì?" gli chiese. "Come hai fatto a entrare in questo campo?"

Caryn fece spallucce e gli raccontò l'episodio di un incendio in una libreria in cui lo scrittore firmava copie dei propri libri; lui poi le aveva chiesto di poterla contattare perché stava scrivendo un libro in cui uno dei personaggi era un vigile del fuoco. "È partito tutto da quella circostanza. A me piace leggere e lui scrive molto bene. Anche se non scrive romanzi rosa."

Al che Drew fece un sorrisetto e le chiese. "È un lavoro pagato?" Probabilmente era una domanda sgarbata, ma lui non si aspettava che Caryn se la prendesse.

"Sì. Pensa che mi manda quasi cinquemila dollari per ogni libro che leggo in anteprima. Secondo me è troppo, ma lui si rifiuta di ascoltarmi, quando gli dico di smetterla, di non mandarmi così tanto," gli spiegò Caryn.

"Le ha chiesto anche se vuole lavorare con altri scrittori, perché gli amici di Robertson sono gelosi del fatto che lui si tenga la mia Caryn tutta per sé, ma lei continua a rispondere che non ha tempo."

Drew alzò le sopracciglia. "Mi stai dicendo che guadagni cinquemila dollari per leggere un libro e per fare degli appunti... e che potresti ricavare lo stesso da altri scrittori, ma hai rifiutato le loro offerte?"

"C'è ben altro, non si tratta solo di qualche appunto," protestò Caryn. "Oggi cosa facciamo per allenarci?"

Ovviamente cercava di cambiare argomento, ma più Drew ci pensava e più si chiedeva perché Caryn non cogliesse al volo l'occasione di guadagnare molto facendo ciò che amava: leggere. Ovviamente le piaceva anche lavorare nei pompieri, ma fare la *beta reader* non sembrava certo un ripiego. "Ti va di andare in montagna, stamattina? Pensavo al sentiero di Barker Mill."

Lei sospirò sollevata. "Sì."

Il sentiero di Barker Mill non era troppo affaticante. Drew aveva immaginato che le avrebbe fatto bene uscire all'aria aperta e fare movimento, ma il percorso a ostacoli probabilmente avrebbe comportato uno sforzo eccessivo, per una coi postumi della sbornia. Anche una corsetta leggera le avrebbe fatto venire il mal di testa. Drew non voleva assolutamente causarle dei dolori.

Caryn prese la tazza di caffè e ne bevve un lungo sorso, poi balzò in piedi e disse: "Sono pronta, andiamo."

Nel giro di una ventina di minuti, arrivarono al sentiero e Drew cominciò a spiegarle alcune delle reazioni più comuni di chi si perdeva nel bosco. "Penso che venga insegnato a tanti di rimanere fermi, quando si perdono, ma capita spesso che la prima reazione sia mettersi a correre. L'adrenalina sale a picco e ti convince di poter ritrovare la strada di casa o il sentiero. Invece, prima ancora di accorgersene, ci si allontana ancora di più dall'ultima località nota, aggravando ulteriormente la situazione."

"Oggi la gente si affida anche troppo alla tecnologia.

Pensano tutti che basti una telefonata per essere ritrovati. Ci sono moltissime zone, lungo i sentieri dei Monti Appalachi, in cui non c'è alcun segnale di telefonia. Anche un GPS perde di efficacia. Vorrei tanto che tutti quelli che si incamminano in montagna imparassero a usare una semplice bussola. Basterebbe orientarsi all'inizio del sentiero, per riuscire a tornare indietro. Tu sai come si usa una bussola?" le chiese Drew.

"Sì."

Allora Drew tirò fuori la sua bussola e gliela passò. Poi girò a sinistra e uscì dal sentiero. Caryn lo seguì.

Dopo venti minuti, e dopo aver camminato in cerchio e aver cercato di confonderla come meglio poteva, Drew le disse: "Va bene, adesso riportaci al sentiero. O al parcheggio. Ritrova la strada."

Fu colpito nel vederla semplicemente annuire e abbassare lo sguardo sulla bussola che teneva in mano. Raggiunsero il sentiero in dieci minuti.

Drew la guardò con un gran sorriso.

"Non pensavi che ce la facessi, vero?"

"Non ero sicuro," le rispose alzando le spalle.

"Quando ero piccola, il nonno mi ha insegnato tutto quel che sa sui boschi. Le sue lezioni mi sono rimaste impresse."

"Del tipo? Cos'altro ti ha insegnato?"

"Se mi perdo, devo rimanere ferma, come dicevi tu. So come accendere un fuoco usando la polvere da sparo di un proiettile, una batteria o una lente d'ingrandimento, con la resina d'abete come combustibile. Ha detto che se rimanere ferma non basta, perché non arriva nessuno, devo trovare dell'acqua e seguirla a valle. Un rivolo diventa un ruscello, che sfocia in un lago o in un fiume. Prima o poi arrivi a una strada, a un campeggio, e trovi qualcuno."

"La sai già più lunga di molti altri appartenenti alle squadre come la nostra," le disse Drew. "Ho parlato con Ethan e la prossima volta che usciamo in missione ci farebbe piacere che venissi anche tu... sempre che ti interessi davvero entrare nella squadra."

Caryn si fermò sul posto, in mezzo al sentiero, spalancando la bocca. "Sul serio?"

"Sì."

Il sorriso che le si formò in volto gli piacque moltissimo. "Ma è fantastico!"

"Infatti! Per un po' di tempo dovrai rimanere insieme a uno di noi, per sicurezza, anche per finire l'addestramento."

"Nessun problema. Ti ringrazio tantissimo."

"No, grazie *a te*. Ci fa comodo tutto l'aiuto specializzato disponibile."

Continuarono a camminare e dopo un momento Drew le disse: "È un po' che ci pensavo... e guarda che non sei tenuta a dirmelo, se non vuoi, ma... puoi dirmi come mai passavi l'estate qui con Art?"

Per un po', Drew non fu sicuro che lei gli rispondesse. Proprio quando stava per scusarsi per l'insistenza, lei parlò.

"Ti ho detto che mia mamma non era certo una brava persona. Non stavo esagerando. Si innamorava come una pera cotta di tutti gli uomini che conosceva. Non ricordo nemmeno i nomi di tutti i tipi con cui è stata quando ero bambina e adolescente. Penso che si sia sposata una decina di volte... sinceramente ho perso il conto. A volte è rimasta sposata solo per qualche mese, e ogni volta ricominciava con la stessa routine. Passava tutto il tempo insieme al compagno, fino allo sfinimento, finché poi si incazzava e si scatenava lagnandosi di quanto fosse terribile l'uomo di turno. Il che non era sempre vero. Alcuni di quegli uomini in realtà erano molto gentili, ma quando lei chiudeva un rapporto, finiva tutto lì e non rivedevo più nessuno. Invece quando stava insieme a qualcuno, mi ignorava completamente."

"Mi mandava da suo padre a passare l'estate perché odiava avermi *tra i piedi,* come diceva lei. Voleva stare da sola con il compagno e non voleva preoccuparsi delle responsabilità legate alla crescita di una figlia. Quando stavo con lei, facevo del mio meglio per non esserle di peso. L'ultima cosa che volevo era attirarne l'attenzione, a dire il vero; anche se a volte era dolce come il miele, specialmente quando c'era un uomo presente, poteva diventare molto aggressiva. Non fisicamente, ma verbalmente, a livello emotivo. L'estate era la mia occasione di sfuggirle. Qui potevo essere me stessa. Libera."

"Non intendo libera da ogni regola: Art sapeva essere un capitano severo. Non potevo andare a zonzo a ogni ora del giorno. Dovevo sbrigare le faccende, comportarmi sempre in modo educato e non creare problemi. Obbedivo sempre ad Art perché in realtà *amavo* le regole. Mi facevano sentire amata, era il suo modo di prendersi cura di me... e di sicuro non mi sentivo amata quando stavo con mamma. Avrei voluto vivere sempre a Fallport, ma la mamma non avrebbe mai accettato di rinunciare del tutto a controllarmi. Non le piacevo, ma le piaceva usarmi per attirare meglio l'attenzione e risultare più simpatica."

"Che situazione, totalmente assurda," commentò Drew quando lei fece una pausa.

Caryn rise, ma non in modo divertito. "Davvero," concordò, "ma Art mi ha salvata, mi ha convinta che potevo essere amata, perché mia mamma era malata, compromessa, esaurita... chiamala come vuoi... Art era totalmente sbalordito per come sua figlia si comportava con me, che ero la sua unica figlia."

"Come sei uscita da quella situazione?" le chiese Drew.

"Ho finito le superiori," disse Caryn senza alcun entusiasmo.

"Allora *non* ne sei uscita," aggiunse Drew con tono teso.

"Non provare compassione per me," gli disse Caryn. "Non sono certo l'unica bambina con un'infanzia difficile. Quel che importa è come vivi la tua vita dopo le difficoltà, non le difficoltà stesse."

"Verissimo. Sei incredibile, Caryn."

Lei fece un respiro profondo. "Ci sono tantissimi momenti in cui mi sembra di riuscire a malapena a galleggiare," ammise Caryn sottovoce.

Drew le mise un dito sotto al mento e le fece alzare la testa per guardarla negli occhi. "Capisco come ti senti, ma non è vero. Hai fatto un percorso incredibile nella vita. Avresti potuto imboccare strade molto diverse, inacidirti, cominciare a usare droghe, tentare la via del crimine, o replicare lo stesso comportamento di tua madre... passare da un uomo all'altro alla ricerca disperata dell'amore... invece no."

Lei alzò una mano e gli afferrò il polso, stringendolo. Poi lo sorprese mettendogli l'altro braccio intorno al corpo e facendo un passo verso di lui. Lo abbracciò con forza e lui la sostenne; rimasero dov'erano, in mezzo al sentiero nel bosco. Comunicarono senza dire una parola. Fu uno dei momenti più intimi che Drew avesse mai condiviso con una donna.

Gli era capitato di incontrare persone che avevano vissuto nelle circostanze peggiori: incidenti stradali, violenze domestiche, conflitti a fuoco o accoltellamenti, abuso di droghe; aveva conosciuto gente completamente fatta, con la mente spappolata. Gli era capitato di consolare dei bambini i cui genitori sbraitavano a pieni polmoni attaccandosi a vicenda, oppure di tenere per mano altri bambini impauriti a morte per le condizioni in cui erano stati messi dagli adulti.

Nulla però l'aveva mai commosso quanto la donna che teneva tra le braccia, che si era appoggiata a lui per farsi confortare. Conoscere in parte l'inferno che Caryn aveva dovuto sopportare da bambina gliela fece rispettare e ammirare ancor di più.

Quando Caryn riprese il controllo di sé, si staccò da lui, ma senza uscire da quell'abbraccio. "Farei di tutto per Art. È la figura paterna che mi è sempre mancata da piccola. Senza di lui, probabilmente mi ritroverei esattamente in una delle situazioni che hai descritto. Lui mi ha fatto rigare dritto, mi ha fatto credere di essere una persona degna di essere amata."

"Adesso tua mamma dov'è?" le chiese Drew a bassa voce.

Caryn inclinò la testa fissandolo negli occhi. "Perché? Hai intenzione di andare a pestarla?"

Drew non trattenne lo sbuffo che gli sfuggì. "Cosa? Ma no!" Non intendeva andare a picchiarla, ma magari avrebbe potuto farle capire bene che non era il caso di contattare Caryn, mai più, perché la figlia non faceva più parte del suo mondo... e che *se* avesse mai ceduto all'istinto di contattare Caryn, se ne sarebbe pentita.

Caryn lo fissò per un lungo momento, poi sospirò. "Comunque mettiti il cuore in pace e risparmiati il tempo di rintracciarla: è morta. Sembra che uno degli uomini che si faceva si sia stancato delle sue stupidaggini, sia andato fuori di testa e le abbia sparato."

A Drew non andava giù quella donna, anche se non l'aveva mai incontrata, però sentì subito una fitta di dolore per Caryn. "Mi dispiace."

"A me no. Com'è che si dice? Chi semina vento raccoglie tempesta?"

"Mi dispiace che *lei* si sia persa una figlia meravigliosa," aggiunse Drew a bassa voce.

Lei sorrise a quelle parole. "Grazie."

"Non sto cercando di raccontarti delle frottole, Caryn. Dico sul serio."

"Lo so che dici sul serio. Invece *tu* come sei diventato così meraviglioso?" gli chiese.

"Non sono niente di speciale," le rispose scuotendo la testa.

Lei alzò gli occhi al cielo. "Sì, certo... possiamo parlare di stanotte?"

"A che proposito?"

"Praticamente ti ho detto che ti volevo... e tu non hai mosso un dito."

"Te l'ho detto, tesoro," le rispose, "quando faremo l'amore, non voglio preoccuparmi che ci senta Art. Quando urli il mio nome, voglio godermi l'attimo."

Lei fece un gran sorriso. "Hai tanta fiducia nelle tue prodezze?"

"Sì." Era veramente convinto. Anche se era passato del tempo dall'ultima volta, nessuna donna si era mai lamentata. La massima aspirazione per lui era far perdere a una donna ogni inibizione. Nulla gli piaceva di più che far sentire la partner sensuale e sicura, per poi guardarla vivere l'orgasmo, sapendo di essere stato *lui* a provocarlo.

Il sorriso di Caryn si affievolì man mano che osservava Drew. "Potresti spezzarmi il cuore, lo sai?" gli chiese dopo un momento.

"Mai," le promise.

Lei deglutì a fatica. "Ho paura."

"Di me?" le chiese perplesso.

"No, di trovare finalmente ciò che ho desiderato da sempre, per poi capire che era solo un miraggio, scoprire che un partner vero... un uomo con cui condividere tutto e che condivida tutto con me... non è veramente possibile."

Drew fece scivolare la mano che le teneva intorno alla vita fino a posargliela dietro la nuca, dove la strinse mentre le diceva: "Durante il servizio in polizia, ho cambiato ventidue partner di pattuglia."

Lei sbatté le palpebre. "Ventidue?"

"Sì."

"Come mai?"

Lui sospirò e lasciò cadere la mano. "Forse perché come collega facevo schifo."

"Sì, certo... *no*, come mai?"

Gli piacque la prontezza con cui Caryn l'aveva difeso.

"Le verità? Non ne sono sicuro. Probabilmente per vari motivi. Lo stress del lavoro, perché non ero accomodante quando qualcosa andava storto, ero estremamente diretto nell'esprimere le mie opinioni sulle azioni degli altri; non avevo paura di difendere le mie posizioni e i diritti dei cittadini per cui lavoravo. Mi davo troppo da fare, non passavo venti minuti a bighellonare a cena quando c'erano chiamate a cui rispondere; non parlavo molto durante il sevizio, preferivo stare tranquillo a osservare cosa mi succedeva attorno; non ero un collega facile, ne sono certo, e non mi è mai capitato che scattasse qualcosa per una collega. Quindi... anch'io ho i tuoi stessi timori sul rapporto di coppia."

Lei lo fissò per un secondo, poi sorrise. "Allora siamo una coppia, vero?"

Lui ricambiò il sorriso. "Magari è per questo che ci troviamo tanto bene insieme; per la cronaca... andarmene senza cercare di andare oltre, stanotte, è stata la prova più difficile di tutta la mia vita. Però sapevo che, se avessi cominciato a toccarti, non mi sarei più fermato. Ti avrei messa sotto di me, nuda, affondando l'uccello nella tua passera prima ancora che ci rendessimo conto di cosa stavamo facendo. Però non ti mancherei mai di rispetto cercando un rapporto quando non sei pienamente lucida e consenziente. Soprattutto con il nonno che può sentirci."

Lei sentì un brivido. "Adesso il nonno non c'è," gli disse.

Drew la fissò con grande intensità.

Lei ricambiò con un sorrisetto malizioso. "Non sto dicendo che voglio spogliarmi qui, su due piedi, perché... tra terriccio e insetti... ma un bacio non farebbe male."

Senza dire altro, lui si abbassò di getto e le prese la bocca con la propria. Non le lasciò il tempo di cambiare idea, non pensò nemmeno a cosa stava facendo. Sapeva solo di dover assaggiare quella donna in quel preciso istante, altrimenti sarebbe esploso in un milione di pezzi.

Rimasero a baciarsi in mezzo al sentiero per un tempo interminabile. Poi lui dovette farsi forza per staccarsi, si leccò le labbra e sentì il sapore del lucidalabbra preferito di Caryn.

"Ti prego, dimmi che ti vedrò presto tutto nudo," gli disse.

Drew avrebbe dovuto aspettarsi quella richiesta schietta.

"Promesso," le rispose in breve e andando dritto al punto.

"Ottimo. Adesso... dato che i baci mi eccitano e che essere nel bosco eccitata senza poter far nulla è una bella iattura, che ne dici di insegnarmi altri trucchetti su come si trovano le persone disperse, così poi torniamo da Art per un pasto abbondante? Ho una fame da lupi."

"Ti sono passati i postumi della sbronza?" le chiese Drew.

"Sì sì. Nemmeno un briciolo di mal di testa. I tuoi baci sono una cura miracolosa."

Lui ridacchiò. "Penso che non sia merito mio, ma dell'aria fresca, del movimento e del metabolismo."

"Vabbè," replicò lei facendo spallucce. "Allora, i dispersi si trovano spesso vicino al luogo dell'ultimo avvistamento, o a chilometri di distanza?"

Felice di parlare delle proprie esperienze e degli indizi da individuare durante una ricerca, Drew si voltò verso l'imbocco del sentiero, oltre il quale c'era il parcheggio. Sentì il cuore perdere il ritmo quando lei gli prese la mano. Intrecciarono le dita e continuarono a parlare.

Quel contatto gli piaceva.

Stare *insieme* a Caryn gli piaceva.

Avrebbe fatto di tutto, pur di nutrire e proteggere la fiamma che era scoccata tra loro.

CAPITOLO TREDICI

Era arrivato il venerdì sera e Caryn era nervosa. Non aveva confidato né a Drew né alle nuove amiche i piani che aveva per quella serata. Sapeva che, probabilmente, quella cautela era un segnale in più che le indicava di non andare, ma non riusciva a rinunciare all'idea di uscire con il gruppo dei vigili del fuoco. Se trovarsi con Paul e con gli altri alla Tana significava avere maggiori chance di ottenere il posto nel dipartimento, non avrebbe rinunciato.

Non intendeva fermarsi a lungo. Voleva andare, salutare Paul e tutti gli altri presenti, poi andarsene.

Il rapporto con Drew stava andando talmente bene da farle quasi paura. Drew le piaceva... moltissimo, tanto che si era sentita di confidargli della madre, di cui non parlava mai con nessuno. Non le veniva in mente nessun uomo con cui si fosse aperta abbastanza per raccontare della propria infanzia, della propria madre. Nemmeno con l'ex marito. Drew però non l'aveva giudicata e lei non poteva che apprezzare il modo in cui si era agitato per lei. Se la madre non fosse stata già morta, Caryn era alquanto certa che Drew avrebbe sfruttato le proprie conoscenze per rintracciarla. Poi chissà cos'avrebbe fatto, una volta che l'avesse trovata, ma di sicuro nulla di cui la madre potesse essere felice.

Erano ormai le dieci di sera e Caryn aveva già sentito Drew. Erano d'accordo di saltare l'allenamento l'indomani: si sarebbero trovati a colazione all'Occhio di Bue. Poi lui doveva incontrare Bristol per via degli investimenti che voleva proporle. Caryn aveva accettato di accompagnarlo a casa di Rocky e Bristol per tenerle compagnia dopo l'incontro, mentre gli uomini si sarebbero messi a lavorare al fienile. Volevano preparare tutto per bene e con largo anticipo rispetto al giorno delle nozze, che Ethan e Lilly avevano fissato per Halloween: mancavano meno di due mesi.

Caryn si era vestita comoda: un paio di jeans, le scarpe da ginnastica preferite e al posto della maglia aveva indossato una camicetta nera con lo scollo a V e coi fianchi attillati, con una leggera decorazione di pizzo sulla scollatura e sulle maniche corte. Anche se si era sempre sentita a suo agio con una maglia, immaginava di aver bisogno di un tocco particolare per trovare più autostima e superare quella serata.

Il nonno era andato a dormire già da una mezz'oretta, quindi Caryn attraversò la casa di soppiatto, senza fare rumore, per evitare che la sentisse mentre stava uscendo. Non che non volesse informarlo che stava uscendo, ma sapeva che lui non avrebbe approvato. Le aveva detto chiaramente ciò che pensava sulla cricca degli amici di Paul Downs... cioè nulla di positivo.

Uscì e chiuse la porta in silenzio, poi andò alla macchina. Anche se la piazza non era lontana dalla casa di Art, ormai lei era abituata ai pericoli della vita in una metropoli come New York City per sentirsi a suo agio andando in giro a piedi in piena notte. Glielo diceva sempre il capitano: "Non succede mai nulla di buono, dopo le due di notte." Sacrosanta verità. Le ore piccole erano i periodi in cui arrivavano le chiamate più terribili. Persone in overdose, incidenti stradali provocati da ubriachi, stupri...

In breve tempo, Caryn trovò parcheggio dietro il locale del biliardo, vicino alla piazza. Impiegò qualche tempo a farsi da sola un discorsetto, prima di uscire dalla macchina e avviarsi verso l'edificio in penombra. Vide subito Paul, Dennis, Lou, George e Oscar.

Si stampò un sorriso in volto e si avviò verso il tavolo da biliardo intorno a cui erano gli altri, salutando il gruppo... e augurandosi il meglio.

Dopo meno di un'ora, Caryn era già di pessimo umore.

Aveva accettato di fare una partita a biliardo e aveva fatto del suo meglio per ignorare tutti i commenti sconci sia degli uomini che doveva conoscere meglio, che degli altri clienti del locale. Nessuno aveva preso le sue difese, dicendo agli altri di andare a quel paese e di lasciarla in pace. Ogni volta che si era preparata a un tiro di stecca, un ubriaco o l'altro aveva fatto dei commenti sul suo sedere e tutti gli altri si erano messi a ridere. Lei avrebbe anche potuto difendersi da sola, ma l'istinto le diceva che l'avrebbero presa in giro perché non era in grado di accettare gli "scherzi".

Era riuscita anche a farsi coinvolgere suo malgrado in una gara di bevute.

Lou aveva portato al tavolo un vassoio pieno di bicchierini e quando Caryn aveva preferito non bere, Paul aveva preso a incitarla. Aveva affermato che, se lei non era in grado di reggere qualche shot insieme al gruppo, non si sarebbe mai fidato di lei e della sua capacità di proteggere gli altri in servizio. Due fatti completamente slegati tra loro... ma lei si era decisa a farsi forza, dicendosi che poteva bere uno shot o due e poi andar via.

Invece non era andata così. Si era ritrovata a berne uno, poi due, poi quattro... l'alcol l'aveva resa incerta a reggersi in piedi. Ogni volta che aveva cercato di rifiutare un altro bicchierino, uno del gruppo aveva cominciato a tormentarla...

Non era in grado di spassarsela con i "grandoni".

Non era tosta come pensavano.

Si lagnava come una ragazzina.

Avrebbe dovuto dire a tutti di andare a farsi fottere. Avrebbe dovuto sbuffare e dire che la tolleranza all'alcol non aveva nulla a che vedere con l'essere un ottimo vigile del fuoco.

Invece non aveva reagito. Si era comportata come sempre... accomodante e servile, nel tentativo patetico di inserirsi. Aveva ignorato il buon senso e si era lasciata ridicolizzare fino a capitolare. Odiava quell'aspetto di sé. Odiava il bisogno di compiacere, il bisogno disperato di appartenere a un gruppo.

Solo dopo essersi scolata il quinto shot, aveva capito che era stato tutto premeditato, come una specie di iniziazione.

Dennis le aveva messo un braccio intorno alle spalle dicendole: "Sei durata più di quanto ci aspettassimo da una tipa. In fin dei conti, potresti anche essere all'altezza."

Quella minima lode pelosa era bastata per stimolare la sua cocciutaggine: con la mente sempre più annebbiata, *ce la stava facendo*. Li stava impressionando.

Così aveva bevuto un altro shot, poi un altro.

Arrivata al settimo, riusciva a malapena a reggersi in piedi; ma tutti ridevano e scherzavano, così lei fece del suo meglio per continuare a giocare a biliardo e finire la partita. Peccato che non riusciva più a colpire la palla. Dopo aver mancato il colpo tre volte, si sentì strappare di mano la stecca da Oscar, che la guardò male.

Quando Oscar se ne andò per agganciare la stecca al supporto a muro, Paul si avvicinò a lei. "Lascialo perdere. È solo incazzato perché stai andando alla grande con tutti noi," le disse.

Caryn si rattristò. Pensava che Oscar fosse un tipo a posto. Non aveva idea del perché sembrasse all'improvviso tanto arrabbiato.

Paul le mise un braccio intorno alle spalle. "Non sei poi tanto male, Buckner."

Quel complimento le fece piacere... ma la mise anche a disagio, anche se non sapeva bene il perché. Anzi, non sapeva bene nemmeno cosa stesse facendo in quel momento, in generale.

Dennis le mise in mano un altro bicchierino. "Un altro," le disse con insistenza.

Lei scosse la testa. Aveva già bevuto più del dovuto. Ma Dennis non mollò l'osso e quando Paul, Lou, Dennis e George si scolarono tutto d'un fiato i rispettivi shot, lei fece lo stesso in automatico.

Non vide Oscar che guardava male i colleghi pompieri, per poi allontanarsi dal tavolo da biliardo e andare verso il bar.

Dopo un po', anche se non si era resa conto di che ora fosse, uno del gruppo l'aveva trascinata su una sedia e lei si era messa a guardare gli altri che giocavano a biliardo, tenendo la testa appoggiata al muro. Come mai la ignorassero tutti, mentre prima si erano comportati da amiconi, Caryn proprio non lo capiva, ma dato che la testa le girava come una centrifuga, ormai non faceva più caso a nulla.

Alla fine, quando ormai era mezza addormentata, Paul le arrivò addosso all'improvviso, alzò gli occhi al cielo e la prese in giro: "Figuriamoci se una donna può reggere un po' d'alcol."

Caryn avrebbe voluto ribellarsi, dirgli che *nessuno* avrebbe mai retto tutti gli shot che si era scolata... ma chiaramente gli altri c'erano riusciti e sembravano a posto.

"Dai, che ti portiamo a casa," le disse. "Così non dovresti metterti al volante."

Sollevata per la fine della serata, Caryn annuì appena, si alzò, ma barcollò subito. Nessuno si prese la briga di aiutarla e cadde col sedere per terra. Al che, Lou, Dennis, George e Paul risero tutti chiassosamente, mentre lei li fissava con la mente annebbiata, dal punto in cui era caduta sul pavimento.

"Non so come farai a lavorare, se non ti reggi in piedi," scherzò George.

"Mia nonna si regge in piedi meglio di te," aggiunse Dennis.

"Come diavolo pensi di poter trasportare bombola e respiratore con tutta l'attrezzatura, se non sei nemmeno capace di stare in piedi dopo uno shot o due?" chiese Lou.

Paul la guardò dall'alto al basso, con gli occhi chiaramente soddisfatti per come si era ridotta.

Si stava prendendo gioco di lei. L'avevano presa tutti in giro.

Caryn fu travolta dall'umiliazione. Non si capacitava di cosa stesse succedendo. Come diavolo facevano tutti gli altri a non essere ubriachi quanto lei? Sapeva di non avere una corporatura massiccia, ma forse era vero che *non poteva* reggere con quei tipi. Fu colta dalla desolazione.

Paul la fissò per un altro secondo, poi si abbassò e le afferrò il bicipite, tirandola in piedi di forza. "Devo portarti in spalla?" le chiese.

Caryn scosse la testa rapidamente. L'ultima cosa che voleva era l'imbarazzo di farsi portare fuori di peso dalla Tana. Specialmente da uno degli uomini su cui aveva cercato di fare una buona impressione, senza però riuscirci.

"Posso camminare," gli rispose, aggiungendo mentalmente un *forse* alla frase.

Riuscì davvero a camminare, ma solo perché Paul la sostenne per il braccio. Trovò a fatica la via dell'uscita, ignara degli sguardi preoccupati o sprezzanti degli altri clienti del locale, che la guardavano uscire.

Dennis passò di corsa davanti a lei per raggiungere la propria macchina.

"Forse anche lui non dovrebbe guidare," disse Caryn biascicando le parole.

"Lui è un uomo, sa reggere l'alcol," le rispose Paul.

Un'altra frecciata andata a segno. La velocità con cui un corpo metabolizzava l'alcol non aveva nulla a che vedere con le qualità di un vigile del fuoco, ma Caryn si sentì comunque in profondo imbarazzo.

Rimase in silenzio mentre gli altri intorno a lei ridevano e scherzavano a sue spese. Ormai non le interessava più. Voleva solo tornare a casa e buttarsi a letto.

Dennis accostò al marciapiede davanti alla Tana e Paul la spinse malamente in macchina e salì dietro di lei. Lou era sull'altro lato, mentre Gorge era sul sedile anteriore.

Quando l'auto partì, Caryn chiuse gli occhi. Il mondo le vorticava intorno, non si sentiva affatto bene.

Probabilmente si addormentò, o perse i sensi, perché non si rese minimamente conto del viaggio e si risvegliò bruscamente quando la spintonarono.

"Siamo arrivati. Esci," le disse Paul con tono burbero.

Allietata dall'idea che presto avrebbe potuto sdraiarsi, Caryn si trascinò sul sedile e uscì dalla macchina con le ginocchia che la ressero appena; ma quando alzò lo sguardo, si accorse di non essere davanti alla casa di Art.

Era in un parcheggio ghiaioso circondato da alberi.

Si irrigidì, riacquistando finalmente sprazzi di coscienza. Era da sola, con quattro uomini, ubriaca fradicia, completamente ignara di dove fosse... e senza la minima capacità di difendersi.

Lou e George la presero ciascuno per un braccio e la costrinsero a incamminarsi verso il buio degli alberi vicini.

"Si dice che passi il tempo con quelle checche della squadra Eagle Point. Vuoi fare volontariato? A noi non frega un tubo! Ma nessuno del dipartimento si immischia con quegli sfigati. Ricerca e soccorso non sono nulla, rispetto a quel che facciamo noi. Se vuoi essere loro amica, col cavolo che sarai mai una di noi," la informò Paul.

Caryn sbatté le palpebre confusa. Come poteva Paul pensare che cercare e soccorrere non fossero attività importanti per un pompiere? Non c'era alcuna competizione tra missioni dell'uno o dell'altro tipo. La preparazione necessaria per trovare qualcuno in un bosco era completamente diversa dall'addestramento per entrare in un edificio in fiamme o per usare le cesoie salvavita per tagliare la carrozzeria di un'auto dopo un incidente ed estrarre i passeggeri.

"Non ti capisce," commentò Dennis con una risata.

"Ecco, allora adesso ti spiego meglio," disse Paul. "Nessuna stronza entrerà *mai* nei pompieri di Fallport finché ci sarò io. Non sai fare nemmeno metà di quel che facciamo noi. Non ti affiderei mai la mia vita. Col cazzo!"

"Ma io pensavo..." esordì Caryn a fatica, cercando di ragionare.

"Pensavi male," la interruppe Paul con tono crudo.

Poi Lou e George la spinsero facendola inciampare e cadere con le ginocchia e le mani sul terriccio.

"Vuoi divertirti nel bosco? Ecco qua!"

Caryn si voltò per fissare i quattro uomini, ancora confusa dall'alcol.

"Sei al sentiero Eagle Rock. Vuoi passare il tempo nel bosco e fare la stronza con Bigfoot? Coraggio!"

Guardandosi alle spalle, non vide altro che oscurità. Poteva appena intravedere l'apertura del sentiero che si sviluppava tra gli alberi, grazie alla luce della luna, che per fortuna splendeva quasi piena nel cielo.

Paul le si avvicinò e le diede un calcio a un piede. "Vai!" le ordinò.

Caryn ancora non si mosse. Davvero volevano lasciarla in quel bosco? L'imbocco del sentiero Eagle Rock era a chilometri di distanza da Fallport, e sapevano tutti che era fradicia... l'avevano fatta ubriacare apposta!

"Forza, scema!" esclamò Lou raccogliendo un sasso da terra e gettandolo verso di lei.

La mancò, ma lei non rimase ferma ad aspettare di scoprire che altro le avrebbero gettato addosso quegli uomini.

Si alzò e arrancò lungo il sentiero buio, appoggiandosi agli alberi per rimanere in piedi, mentre sentiva gli uomini dietro di lei che ridevano. Per un attimo, temette che la seguissero per andare oltre i sassi e gli insulti. Però sentì presto le loro voci affievolirsi e il suono dell'auto di Dennis che sgommava sulla ghiaia del parcheggio: se n'erano andati.

Col respiro affannato, Caryn sbatté le palpebre cercando di adattare gli occhi all'oscurità. Quella serata era stata un disastro, e ormai era ovvio che Paul, dicendole di fare domanda per il posto libero nel dipartimento, aveva solo inscenato una farsa. Le risate e le parole sprezzanti che lui le aveva rivolto le echeggiavano nella testa.

Camminando con cautela, sempre appoggiandosi agli alberi che lambivano il sentiero, Caryn tornò ai margini del parcheggio.

Sperava e temeva che Dennis tornasse indietro. Magari si *era* trattato solo di uno scherzo: le avevano solo fatto credere che l'avrebbero lasciata da sola nel bosco. Invece, dopo un minuto o due senza alcun rumore che indicasse il loro ritorno, Caryn capì che era tutto *vero*: l'avevano portata a chilometri di distanza, dopo averla fatta ubriacare, per abbandonarla.

Bastardi. Si erano comportanti come una gang di adolescenti imbecilli, non come uomini adulti.

Raggiunse un gran ceppo non troppo lontano dall'imbocco del sentiero e vi si accasciò sopra, quasi cadendo all'indietro. Quando trovò l'equilibrio, tirò fuori il telefono. Strizzò gli occhi per mettere a fuoco, poi esitò, chiedendosi chi avvertire.

Il nonno? No, era troppo tardi per disturbarlo.

Drew? Diavolo, no... non voleva ammettere di essere stata tanto stupida.

Lilly? Forse. Però poi lei l'avrebbe detto al fidanzato, che a sua volta avrebbe avvertito Drew.

Finley?

Sì, lei probabilmente si sarebbe alzata di lì a poco per andare allo Sweet Tooth e iniziare a infornare.

Riuscì a fatica a cliccare sul nome di Finley e si portò il telefono all'orecchio... ma non successe nulla. Guardò lo schermo preoccupata e vide che non c'era segnale.

Dopo un sospiro pesante, si abbassò e appoggiò la fronte sulle ginocchia.

Era fottuta.

Se lo meritava: per essersi fidata di quegli stronzi, per essere crollata sotto la pressione degli altri come una ragazzina stolta, per non essere tornata a New York. Perché mai aveva deciso di rimanere in quel paesino del cavolo? Avrebbe dovuto sapere che l'atteggiamento dei vigili del fuoco nei confronti delle donne sarebbe stato ancor più all'antica, più discriminatorio rispetto agli ambienti di città, che già non erano il massimo.

Profondamente depressa, capì che non c'era nulla da fare, se non farsi forza fino all'indomani e sperare che qualcuno arrivasse a quel parcheggio per una camminata di primo mattino; oppure, una volta smaltita la sbornia, si sarebbe incamminata lungo la strada per Fallport fino a ricevere il segnale e telefonare. Caryn chiuse gli occhi.

La testa le girava ancora, si sentiva sul punto di vomitare. Nessuno le aveva nemmeno offerto un bicchier d'acqua, mentre continuavano a procurarle tutti quegli shot. Però era tutta colpa sua: avrebbe potuto dire di no. Avrebbe *dovuto* dire di no. Avrebbe dovuto limitarsi, o non bere affatto, o alternare ogni alcolico con dell'acqua.

Il desiderio di inserirsi, di essere accettata l'aveva fregata di nuovo. Aveva passato i quarant'anni... e una vita di soprusi non le aveva insegnato nulla.

Quando avrebbe imparato la lezione?

Decise che era ora di accettare con sincerità e onestà quell'errore colossale, mentre dagli occhi chiusi le sfuggiva una lacrima. Poi un'altra. Finalmente pianse, seduta da sola, ubriaca, al buio: aveva toccato il fondo di tutta una vita.

Oscar aveva guardato con preoccupazione i colleghi vigili del fuoco che trascinavano quasi di peso Caryn Buckner fuori dalla Tana. Aveva pensato che l'idea di Paul fosse solo un modo innocuo di divertirsi, ma poi gli altri erano andati oltre i due bicchierini e avevano continuato a insistere, facendo bere a quella donna una quantità esagerata di liquore, così lui ne aveva avuto abbastanza.

Doveva trattarsi di uno scherzo, un rito di iniziazione. Le avrebbero dato da bere shot di vodka pura, mentre tutti gli altri avrebbero avuto solo acqua nei bicchierini. L'avrebbero fatta ubriacare, magari si sarebbe sciolta un po' troppo, poi ne avrebbero riso tutti insieme. Invece Paul sembrava aver goduto man mano che Caryn beveva... e poi era diventato crudele. L'aveva insultata, l'aveva umiliata. Le aveva detto che l'incapacità di reggere l'alcol che l'avevano praticamente costretta a bere dimostrava la sua incapacità di lavorare nei vigili del fuoco.

Erano tutte cazzate e Oscar si vergognava del proprio capitano e degli altri colleghi... ma si vergognava di se stesso ancor di più.

Aveva sentito Dennis e Lou parlare dell'idea di Paul di portarla al sentiero di Eagle Rock e di abbandonarla là. Avrebbe dovuto opporsi. Avrebbe dovuto dire che quel tormento era ridicolo e che erano andati troppo oltre. Ormai non erano più ragazzini in età di stupidate.

La Tana non era certo il locale più famoso a Fallport per la sicurezza. I tipici clienti di quel posto erano soprattutto uomini scontrosi e burberi, uomini che facevano ciò che volevano, quando volevano, senza preoccuparsi delle conseguenze. Però di solito non si spingevano a molestare le donne. Era l'unico motivo per cui Oscar si era unito al gruppo. Lui aveva una sorella, una madre, anche una nipote. Il pensiero che qualcuno le ferisse come Paul e gli altri stavano ferendo

Caryn lo faceva star male fisicamente. Era stato un trattamento brutale.

Lui non li aveva fermati quando avrebbe dovuto... ma poteva sempre fare qualcosa.

Incurvò le spalle mentre pensava alle varie opzioni. Poteva andare lui stesso al sentiero e aiutare Caryn, ma così si sarebbe esposto alla ritorsione di Paul e della cricca di stronzi suoi amici. Si odiava, per non avere la forza di rischiare solo perché in quel modo si sarebbe complicato la vita, ma aveva bisogno di quel posto di lavoro. Era l'unico in famiglia a portare a casa uno stipendio.

Poteva telefonare ad Art, ma il nonno di Caryn era anziano e si stava ancora riprendendo da un'aggressione a mano armata e Oscar non sapeva nemmeno se fosse in grado di mettersi al volante.

Poi gli venne in mente qualcun altro... qualcuno che non avrebbe esitato ad aiutare Caryn.

Tirò fuori il telefono. Gli servirono alcune telefonate per scoprire il numero dell'uomo che voleva raggiungere, ma Oscar conosceva abbastanza persone a Fallport, quindi non fu difficile.

"Chi è?" rispose una voce assonnata dall'altra parte della linea.

Oscar guardò l'orologio: era l'una e mezza di notte. Sussultò, ma si costrinse a fare ciò che doveva. "Drew Koopman? Mi chiamo Oscar e sono un vigile del dipartimento di Fallport."

"So chi sei," rispose Drew, ora più sveglio. "Che succede? Serve aiuto con la squadra Eagle Point per una ricerca?"

Oscar s'era immaginato che quello sarebbe stato il primo pensiero di Drew, ricevendo una telefonata a quell'ora tarda... anzi, in piena notte. "No. Telefono perché Caryn ha bisogno di te."

"Cosa? Come mai? Cos'è successo?"

Ormai era sveglio al cento per cento.

Oscar gli raccontò in breve ciò che era successo quella sera, aggiungendo che lui si aspettava uno scherzo innocuo nei confronti di Caryn, una specie di iniziazione, ma che non aveva idea del fine ultimo che Paul aveva in mente.

"Che stronzo!" sbraitò Drew. "Dove la sta portando?"

"Per quel che ne so, al sentiero di Eagle Rock."

"Gesù santo, è completamente fuori zona," disse Drew. "Non sarà mai in grado di tornare da sola, soprattutto se è ubriaca come dici. Là non prende nemmeno il cellulare."

"Lo so. Per questo ti sto chiamando."

"Se le si è spezzata anche solo un'unghia, lo uccido quel bastardo... e faccio il culo anche *a te* per avergli retto il gioco," aggiunse Drew in tono minaccioso. "Eri presente anche tu, perché non li hai fermati?"

"Erano quattro contro uno," ribatté Oscar con poca convinzione, sentendosi ancor più responsabile. Avrebbe dovuto dire qualcosa. Avrebbe dovuto difendere Caryn, che non aveva fatto nulla di male. Lei voleva solo fare conoscenza, entrare a far parte del gruppo. Un gruppo di cui ormai Oscar si vergognava profondamente.

"È una cazzata e tu lo sai!" esclamò Drew furioso. "Sai quante volte ho sentito la stessa frase in polizia? È solo una stupida scusa! Lo giuro su Dio, se le hanno fatto del male, cazzo, te ne pentirai."

"Sono già pentito," rispose Oscar a voce bassa. Aprì la bocca per dire qualcos'altro, ma Drew aveva già riattaccato.

Con un sospiro, Oscar si girò per andarsene. Aveva molto su cui riflettere. Sarebbe dovuto intervenire, Drew aveva ragione. Avrebbe dovuto fare tutto il necessario per fermarli.

"Ehi, amico," gli disse il barista prima che Oscar si allontanasse dallo sgabello su cui era seduto.

Lui si voltò e guardò il barista perplesso.

"Spero che fosse il suo uomo, al telefono."

"Sì, è così."

"Bene, perché stavo per chiamare la polizia, quando vi ho sentiti parlare."

Oscar gli fece un cenno col capo e se ne andò. La Tana aveva una reputazione pessima, in gran parte meritata... ma almeno il barista aveva dimostrato che lì dentro non erano *tutti* marci.

CAPITOLO QUATTORDICI

Il cuore di Drew batteva a mille all'ora. Stava superando ogni limite di velocità, eppure gli sembrava di non arrivare mai. Doveva raggiungere Caryn, assicurarsi che Paul e i suoi amici imbecilli, oltre ad averla abbandonata nel bosco, non le avessero fatto del male. Caryn era una bella donna e chiunque le avesse messo le mani addosso l'avrebbe pagata cara, maledizione!

Entrò nel parcheggio antistante l'imbocco del sentiero e per un momento andò nel panico, non vedendo nessuno. Poi però i fari illuminarono qualcosa di strano ai bordi del parcheggio, vicino agli alberi.

Caryn.

Tirò bruscamente il freno a mano, lasciò la chiave nel blocco di accensione e scattò fuori dalla Jeep. Fu davanti a lei in pochi secondi. Si mise in ginocchio, allarmandosi quando lei non alzò lo sguardo sentendolo avvicinare.

"Caryn? Va tutto bene?"

Quando lei finalmente lo guardò, il cuore di Drew quasi si spezzò. La donna tosta che gli dava filo da torcere quando si allenavano, la donna che lo provocava senza pensarci due volte... era distrutta.

Mentre guidava per raggiungerla, Drew era in preda all'ira. Infuriato con Paul e con gli altri di quel gruppo, ma anche con la stessa Caryn. Cosa cazzo si era messa in testa? Già andare alla Tana era una pessima idea, e di sicuro lei non aveva detto a nessuno dove stava andando. Poi si era ubriacata ed era andata via con quattro uomini.

Talmente tante brutte cose potevano succedere... che dire infuriato era poco.

Però in quel momento, vedendola, tutta la rabbia evaporò talmente alla svelta da lasciarlo tremare nell'incertezza. Non era altro che preoccupato.

"Ho vomitato," gli disse Caryn con un filo di voce.

"Va bene. Probabilmente era il modo migliore per riprenderti," le disse a bassa voce mettendole le mani sulle ginocchia.

"Mi dispiace," gli disse con tristezza, mentre le labbra le si incurvavano in un'espressione affranta.

"Però stai bene, tesoro?" le chiese di nuovo.

"Ubriaca..." gli rispose.

"Sì, lo vedo."

"Pensavo volessero fare amicizia con me, che stupida che sono!" esclamò scuotendo la testa, mentre le lacrime le rigavano le guance.

Non era certo il momento di rinfacciarle ciò che aveva fatto, o di chiederle il perché avesse agito in quel modo. Drew doveva solo portarla a casa. Le mise una mano sulla guancia, teneramente. "Ce la fai ad alzarti in piedi?" le chiese.

Lei alzò le spalle.

"Ci proviamo, va bene?" Cercò di convincerla ad alzarsi, si mise davanti a lei in piedi e si abbassò, la prese per i bicipiti e strinse leggermente per sollevarla.

Lei si sottrasse di scatto a quel contatto con un sibilo, quasi cadendo dal ceppo su cui era seduta. "Ahi!" esclamò massaggiandosi un braccio.

Lui si rabbuiò e le chiese: "Ti fa male?"

"Sì, ho le braccia gonfie, dove mi hanno tenuta stretta."

La rabbia cominciò a montargli dentro. Quasi perse il controllo, sopraffatto dai fumi dell'ira. Gli venne voglia di ammazzare Paul Downs e tutti quegli altri bastardi.

Dato che lei non si mosse per alzarsi, lui si abbassò ulteriormente e con cautela le mise le braccia intorno alla vita, sollevandola di peso lentamente. Lei si alzò, ma subito dopo essersi messa in equilibrio sui piedi, gli crollò contro il petto, aggrappandosi al tessuto della maglia quasi con disperazione e affondandogli il viso nell'incavo del collo.

"Sono stanchissima," gli sussurrò sulla pelle.

Drew poteva sentire l'odore dell'alcol nel fiato di Caryn, mentre lei tremava dappertutto per l'aria fredda della notte.

"Lo so che sei stanca, adesso ti porto a casa, così potrai dormire."

"Sono stanca di cercare di piacere agli altri. Perché non mi apprezzano, Drew? Cos'ho fatto di male?"

Drew sentì il proprio cuore spezzarsi quando lei ricominciò a piangere. Le mise un braccio intorno alla vita, ancorandola a sé, per poi girarsi con lei verso la Jeep. Era molto meglio andarsene da quel posto sperduto, dove chiunque poteva arrivare dal nulla. Paul e il resto di quella cricca di imbecilli potevano sempre essersi appostati nei dintorni.

"Ci sono tante persone che ti apprezzano, tesoro. Io, tutti gli uomini della squadra, Lilly, Bristol, Elsie, Finley... Otto, Silas, Sandra. Accidenti, l'altro giorno ho persino sentito Dorothea e le sue comari che parlavano di te, dicevano solo cose belle."

Caryn rimase in silenzio mentre si trascinava sulla ghiaia del parcheggio. Drew le aprì la portiera sul lato passeggero della Jeep e la girò per metterla di fronte a sé. "Devi rimettere ancora?"

Lei scosse la testa, ma poi corrugò la fronte e alzò le spalle.

"Terrò il finestrino abbassato, non si sa mai. Va bene?"

"Va bene," gli rispose sussurrando.

L'aiutò a salire e a sedersi, poi lei si girò sul sedile per mettere le gambe davanti a sé. Drew le allacciò la cintura di sicurezza, poi aggirò il veicolo di corsa per mettersi alla guida.

Il viaggio di ritorno fu tranquillo, anche se Drew continuava a guardarla ogni due secondi. Non sapeva quanto avesse bevuto quella sera, ma era molto più ubriaca di quando aveva passato la serata con le amiche. Per un attimo, si chiese se fosse il caso di avvertire il medico, Doc Snow, ma poi decise che non era necessario. L'avrebbe tenuta d'occhio e avrebbe telefonato al dottore solo nel caso fosse stata male.

La mente di Drew turbinava di piani sul da farsi... dire ad Art che la nipote era al sicuro, parlare con Simon della stronzata che Paul Downs e i suoi amichetti avevano messo in atto. Telefonare a Bristol per annullare l'incontro di quel giorno, poi a Ethan, per dirgli che non l'aspettasse al fienile.

Infine doveva ringraziare Oscar per averlo avvertito.

Quell'ultima telefonata gli rodeva molto, perché Oscar era andato alla Tana ben sapendo cos'avesse in programma Paul, ma *poi* gli aveva telefonato, quando finalmente la coscienza gli si era risvegliata. Non per questo non era da considerare anche lui uno stronzo totale, ma almeno aveva avuto le palle di fargli sapere dove l'avevano portata gli altri.

Accostò davanti alla casetta in cui viveva in affitto e spense il motore. Caryn aveva gli occhi chiusi e sembrava svenuta o addormentata. Drew si affrettò dall'altro lato della Jeep, aprì e le slacciò la cintura di sicurezza.

"Caryn?" la chiamò mettendole una mano sulla guancia.

"Mmmmmh?"

"Devi rimanere sveglia ancora per un po'."

"Sto da schifo," mormorò lei.

"Lo so. Dai che ti aiuto a camminare."

Lei non si resse perfettamente in piedi, ma per fortuna riuscì a mettere un piede davanti all'altro, sia pur incespicando. Drew non aveva avuto il tempo di chiudere la porta a chiave, quando era uscito di fretta, poco prima, quindi non dovette far altro che girare il pomello della maniglia per entrare. Accompagnò Caryn lungo il corridoio fino alla camera da letto, facendola accomodare sul bordo del letto. Lei ondeggiò un poco, ma non cadde.

Drew non ci pensò due volte: voleva solo metterla comoda il più possibile. Le aprì alcuni bottoni della camicetta, poi le disse: "Su le braccia." Afferrò l'orlo della bella camicetta nera che lei indossava.

Lei fece come le aveva chiesto, senza lamentarsi o commentare, alzando le braccia sulla testa. Drew le sfilò la camicetta e la lasciò cadere sul pavimento. Anche lui si tolse la maglia che aveva indossato di fretta quando Oscar gli aveva telefonato, poi la infilò a Caryn dalla testa. I capelli le si scompigliarono tutti; se non fosse stato tanto preoccupato per lei, Drew l'avrebbe trovata sexy.

Le infilò le mani sotto la maglia e le slacciò il reggiseno dietro la schiena. Dovette armeggiare un poco, ma alla fine trovò il modo di sfilarglielo senza alzarle la maglia. Lei rimase seduta in silenzio, quasi addormentandosi sul posto, mentre lui le apriva il bottone dei jeans.

"Adesso sdraiati, tesoro," le disse.

Lei si sdraiò lasciandosi cadere sul letto. Drew l'avrebbe trovata una scena divertente, ma in quel momento non riusciva nemmeno a sorridere. Le tolse le scarpe da ginnastica e le calze, poi i jeans. La tirò su, mettendola di nuovo seduta. "Adesso vado un attimo in cucina a prenderti un bicchier d'acqua. Hai bevuto acqua, stasera?"

Lei aggrottò la fronte e scosse la testa. "No."

Drew sentì di nuovo l'ira che minacciava di avere il sopravvento su di lui, ma la soppresse. In quel momento, Caryn aveva bisogno di aiuto, non di rabbia. "Va bene, torno subito. Cerca di rimanere seduta, così quando torno puoi bere l'acqua."

"...bene."

Drew tornò di fianco a lei in meno di un minuto. Era ancora seduta nella stessa posizione in cui l'aveva lasciata. La maglia che le aveva fatto indossare le donava molto. Le passò il bicchier d'acqua dicendole: "Bevine più che puoi, tesoro."

Lei lo ascoltò, poi tracannò quasi tutta l'acqua.

"Piano," le disse... ma era troppo tardi. Caryn impallidì e cominciò a tossire. Per fortuna Drew aveva preso un'insalatiera dalla cucina, mentre riempiva il bicchier d'acqua... per precauzione. Gliela mise sotto la testa proprio mentre lei vomitava l'acqua che aveva appena bevuto, forse con una parte dell'alcol che aveva ancora nello stomaco.

Caryn gemette e Drew le accarezzò la schiena con una mano, mentre con l'altra reggeva l'insalatiera.

"Mi dispiace! Oddio, scusami," gli disse con una vocina leggera.

"Lo so, non preoccuparti, va tutto bene," le rispose. "Adesso hai finito?"

Lei annuì.

"Va bene, adesso vado a svuotare questa e poi ti porto altra acqua."

"Basta acqua," brontolò lei.

"Ne hai bisogno, tesoro," le disse con decisione, "però magari stavolta dovresti sorseggiare, invece di scolartela tutta d'un fiato."

"Va bene," gli rispose docilmente.

Drew si sbrigò a svuotare l'insalatiera nel water, la sciacquò, poi riempì di nuovo il bicchiere d'acqua.

Quando tornò in camera, trovò Caryn sdraiata su un fianco, con un cuscino stretto al petto. Sembrava tanto... piccola. Quella donna non sembrava mai piccola: sembrava riempire lo spazio in ogni ambiente, ovunque andasse. Aveva una risata sonora, un sorriso coinvolgente. Vederla rannicchiata con le ginocchia al petto e la testa immersa nel cuscino era... la negazione della donna che era.

Drew si sedette sul bordo del letto, vicino a lei. "Ce la fai a tirarti su per bere un po' d'acqua?" le chiese con dolcezza.

Lei sospirò, ma si tirò su. Drew l'aiutò a mettersi seduta quanto bastava per bere. A quel punto, lei ci andò piano, bevendo a piccoli sorsi e non tracannando l'acqua come aveva fatto prima.

"Va meglio?" le chiese Drew.

Lei annuì e tornò ad abbassarsi sul letto.

Drew decise di aver insistito abbastanza, almeno per il momento, così appoggiò il bicchiere sul comodino. L'indomani mattina... beh, anzi, quella *stessa* mattina Caryn avrebbe avuto i postumi di quella sbornia... di sicuro! Si alzò in piedi, si slacciò e si tolse i pantaloni modello cargo, poi girò intorno al letto per andare a sdraiarsi dall'altra parte. Non pensò nemmeno se fosse il caso di lasciarla dormire da sola. Mai e poi mai l'avrebbe lasciata da sola in quello stato.

Si infilò sotto le lenzuola e le si avvicinò finché non le fu a pochi centimetri dalla schiena. Lei si era rannicchiata di nuovo e Drew non esitò ad abbracciarla da dietro. Spinse un braccio sotto al cuscino che lei stava usando, mettendole l'altro intorno alla vita.

Per fortuna, lei sospirò e gli si appoggiò addosso. Gli appoggiò il sedere vicino all'uccello, ma lui era ben lontano dall'eccitarsi. Quella serata era andata troppo oltre, i rischi erano stati innumerevoli... e poteva andare molto peggio. Caryn era stata anche fortunata, perché Paul e gli altri erano solo dei bastardi, ma non dei violenti.

La baciò dietro la testa. I capelli di Caryn erano pregni del puzzo di sigaretta presente nel locale, ma si sentiva anche il profumo distante di un qualche fiore. Probabilmente era il profumo dello shampoo.

"Vedrai che passerà, tesoro," le disse.

Caryn non gli rispose a parole, ma gli afferrò l'avambraccio nel punto in cui lui glielo teneva appoggiato sulla pancia. Strinse per un attimo, allentò la presa.

Drew sapeva che lui non avrebbe chiuso occhio, quella notte. Era troppo concentrato a seguire i movimenti del torace di Caryn, avanti e indietro con il respiro. Concentrato ad ascoltare il suono dell'aria che entrava e usciva da quel corpo. Se si fosse svegliata per rimettere di nuovo, lui sarebbe stato pronto con l'insalatiera e le avrebbe impedito di soffocare nel proprio vomito. Se avesse smesso di respirare, sarebbe stato pronto a ridarle la vita respirando in lei. Quando si sarebbe svegliata, lui sarebbe stato presente per aiutarla a superare i postumi di quella sbornia tremenda, che di sicuro l'avrebbero attanagliata.

Se per caso, prima di quel momento, gli fosse rimasto qualche dubbio, ormai non ne aveva più: quella era la sua donna.

Non riusciva a scrollarsi di dosso l'impressione di averla in qualche modo delusa, quella sera. Era una follia, dato che non aveva idea dei programmi di Caryn... eppure era più forte di lui: se avesse fatto qualcosa di diverso, forse lei si sarebbe fidata a sufficienza per confidargli dove stava andando. A lui non avrebbe fatto piacere sapere che Caryn voleva andare con Paul e con gli altri alla Tana, ma avrebbe potuto accompagnarla, sedersi al bar mentre lei stava in compagnia del gruppo di vigili del fuoco. Avrebbe potuto proteggerla.

Perché era quello che ci si aspettava tra compagni... proteggersi a vicenda in qualunque situazione.

Drew era deluso di se stesso, di lei, di tutto quanto era successo quella sera... ma era ancor più determinato a dimostrare a quella donna che non era più da sola, che poteva fidarsi di lui, che poteva condividere con lui le paure più profonde, i desideri più intimi... proprio come lui intendeva fare con lei.

Erano arrivati a un punto di svolta e lui l'aveva capito. L'indomani, il loro rapporto si sarebbe consolidato o si sarebbe spezzato. Drew aveva una paura folle che Caryn prendesse spunto da quell'episodio per allontanarsi da lui, che decidesse che in fondo non voleva veramente trasferirsi a Fallport. Lui ci sarebbe rimasto malissimo, ma in definitiva doveva decidere lei. Drew non poteva fare altro che darle un buon motivo per rimanere.

Strinse le braccia intorno a lei e fece un respiro profondo. Non si sentiva minimamente stanco, così rimase disteso in silenzio... e pregò che Caryn non si svegliasse il mattino dopo solo per allontanarlo.

———

Caryn stava per morire.

Poteva essere solo quello il motivo per cui si sentiva talmente distrutta, in quel momento.

Tenne gli occhi chiusi e cercò di fare mente locale. La testa le pulsava di dolore. Nella bocca aveva un sapore talmente schifoso che credeva ci fosse un animale in putrefazione. Aveva la gola secca. Arida come il deserto. Sentiva ogni singolo muscolo del corpo indolenzito. Cercò di ricordare cos'avesse fatto nell'ultimo allenamento, per sentirsi tanto indolenzita, ma non riusciva a ricordare nulla.

Sentì un rumore dall'altra stanza e i pensieri andarono subito ad Art. Che ore erano? Il nonno si era già alzato? Doveva prepagargli qualcosa da mangiare?

Il solo pensiero del cibo le fece tornare subito la nausea e Caryn non riuscì a pensare ad altro che a reprimere lo stimolo a vomitare. Quando le passarono i conati, dischiuse appena gli occhi. La prima cosa che vide fu un bicchier d'acqua appoggiato sul comodino.

Allungò un braccio da sotto le coperte per prendere il bicchiere. L'istinto di bere tutta quell'acqua in un sorso solo fu molto forte, ma un pensiero appannato nella mente le suggerì che non fosse un'ottima idea. Quindi si sforzò di bere con calma. Quando arrivò a bere tre quarti dell'acqua nel bicchiere, cominciò a sentirsi un po' meglio. la testa le faceva ancora molto male, ma poteva pensare con un po' più di lucidità.

Si sollevò appena dal letto e si bloccò.

Non era nel solito letto, a casa di Art, ormai era chiaro. Però non aveva idea di dove fosse o di come ci fosse arrivata.

Lentamente, i ricordi della sera prima cominciarono a riaffiorarle nella coscienza.

La Tana. Paul che la spronava a bere quanto lui e gli altri, shot dopo shot. L'uscita faticosa dal locale per andare nell'auto di Dennis. L'avevano costretta a uscire dalla macchina e l'avevano spinta per terra. Poi le avevano accennato a Bigfoot. A quel punto i ricordi si facevano confusi.

Caryn si agitò, si girò in posizione supina... e fu enormemente sollevata di non sentire alcun dolore tra le gambe. Fissò il soffitto con espressione preoccupata. La camera era appena illuminata, le tende chiuse. Però si sentivano gli uccellini cantare fuori dalla finestra e il sole trapelava da una fessura tra le tende. Guardare anche solo quell'esile raggio di luce le faceva male alla testa, così distolse lo sguardo per esaminare meglio quella stanza.

Poteva anche non ricordare come c'era arrivata, tuttavia, man mano che riprendeva conoscenza, le sembrava di sapere esattamente dov'era. Il profumo che le entrava nelle narici era un indizio importante.

Drew.

Era circondata dal suo tipico profumo silvestre. L'avrebbe riconosciuto ovunque.

Come se quei pensieri l'avessero evocato, la porta scricchiolò leggermente aprendosi, Caryn si voltò e trovò Drew che faceva capolino.

"Sei sveglia," le disse sottovoce, con gran sollievo di Caryn.

"Sì," gli rispose con voce gracchiante, poi si schiarì la gola.

Lui portò gli occhi sul bicchier d'acqua di fianco al letto, poi di nuovo su di lei, con un'espressione soddisfatta. "Vuoi che ti porti altra acqua?"

"No, per adesso sto a posto così," gli rispose.

"Quanto sono pesanti i postumi?" le chiese.

"Su una scala da uno a dieci... circa duecentoventiquattro."

Lui accennò un sorriso. "Non mi sorprende. Vuoi alzarti? Oppure preferisci stare qui per un po'?"

"Che ore sono?" gli chiese.

"Le dodici e qualche minuto."

Caryn corrugò la fronte mentre il suo cervello cercava di assorbire ciò che le aveva appena detto. "Mezzanotte?" gli chiese, nonostante fosse consapevole della luce che la circondava.

Al che lui ridacchiò. "No, tesoro, mezzogiorno."

Lei lo fissò confusa, poi gli chiese: "Di che giorno?"

"Di sabato. Cosa ricordi di ieri sera?" le chiese.

Lei chiuse gli occhi e si girò di nuovo su un fianco. Era troppo imbarazzata per guardarlo negli occhi. Non sapeva com'era successo, ma ovviamente Drew l'aveva trovata e l'aveva portata a casa da lui. Caryn era profondamente mortificata. "Sono uscita con Paul e gli altri. Mi sono ubriacata. Sono andata via. Tutto qua."

"Sei uscita con loro per conoscerli meglio, per cercare di legare con persone con cui ti potresti ritrovare in situazioni estreme. Loro hanno abusato della tua fiducia, bevevano bicchierini d'acqua mentre a te facevano scolare vodka. Poi ti hanno messa in macchina e ti hanno portata al sentiero di Eagle Rock e ti ci hanno abbandonata là. Ubriaca persa. Da sola. Al buio. Ben sapendo che il cellulare non avrebbe funzionato."

Ecco. Caryn era anche più che imbarazzata: era disgustata da se stessa. Sapeva che il desiderio di farsi accettare era il suo più grande difetto. Aveva tentato per una vita intera di inserirsi in varie caserme dei vigili del fuoco e in vari gruppi di persone, sempre fallendo. Evidentemente la vita a Fallport non era poi tanto diversa.

"Oscar mi ha telefonato," le disse Drew.

Non si era avvicinato. Era ancora in piedi sull'uscio, appoggiato allo stipite della porta, come se non potesse sopportare di starle vicino... e Caryn pensò che non poteva biasimarlo. Anche lei sentiva l'odore dell'alcol nel proprio fiato.

"Mi ha detto cos'è successo. Ci stava male. Non che il rimorso lo assolva del tutto, ma almeno alla fine ha fatto la cosa giusta e mi ha detto dove ti stavano portando gli altri."

Caryn annuì.

"Sono fortunati che non c'erano più, quando sono arrivato," disse Drew a voce bassa.

Al che lei alzò lo sguardo verso di lui e sbatté le palpebre, notando la rabbia che gli scintillava negli occhi.

"Li avrei pestati malamente," le disse. "Cazzo, vorrei tanto ammazzarli, ma l'unico motivo per cui non mi sono lasciato andare alla furia è perché sei tutta intera."

"Sei arrabbiato," gli disse inutilmente. Era un'osservazione stupida, perché ormai Drew stava manifestando la propria rabbia a ogni respiro; ogni muscolo del suo corpo era contratto. Lei si chiese cosa lo stesse trattenendo: gli ricordava un pentolone pieno d'acqua caldissima e fumante, sul punto di bollire.

Prima di riuscire a controllarsi, Caryn si lasciò sfuggire una lacrima che le rigò la guancia. "Allora tolgo il disturbo," gli disse slanciando le gambe fuori dal letto e mettendosi seduta. Quel movimento le fece tornare i conati di vomito e la costrinse a respirare lentamente per qualche secondo per controllare la nausea. Maledizione, non avrebbe certo vomitato sul pavimento di Drew.

Prima che lei si alzasse in piedi, Drew la raggiunse e la spinse con dolcezza per farla sdraiare di nuovo sul letto. Si sedette al suo fianco e si girò verso di lei, mettendole le mani ai lati del petto e chiudendola sotto di sé. Invece di sentirsi nervosa, Caryn avrebbe voluto gettarsi tra le sue braccia.

"Sono *furioso*," le disse.

Caryn sussultò. Aveva rovinato tutto con la sua stupidità. Un'altra lacrima seguì la prima, ma scese per la tempia invece che sulla guancia, dato che era sdraiata sulla schiena.

Drew alzò una mano e le asciugò la lacrima, ma ne seguì un'altra.

"Ma soprattutto sono sollevato che tu non sia ferita. Tutto il resto non conta."

Caryn non si capacitava: Drew non la stava insultando, non le stava dando dell'idiota. "Come mai non mi sbraiti contro?" sbottò.

"Cambierebbe qualcosa? Farebbe stare meglio me o te? La risposta a entrambe le domande è *no*. La morale di tutta questa storia è che quegli stronzi si sono approfittati del tuo desiderio di entrare nel loro gruppo."

"Nessuno mi ha costretto a bere," gli disse, mossa dalla propria coscienza.

"Questo lo capisco, ma non significa che avessero il diritto di ingannarti in quel modo. C'è un motivo, se gli atti di nonnismo sono illegali."

"Adesso che si fa?" gli sussurrò Caryn.

"Adesso rimani qui sdraiata finché non starai meglio. Ti porterò del pane tostato e vedremo se riesci a mangiarlo senza rigettarlo. Ho anche degli integratori, per farti reidratare. Quando sarai in grado, potrai farti una bella doccia. Ti ho messo in bagno uno spazzolino da denti e ti ho già lavato i vestiti che indossavi ieri sera. Quando sarà il momento, magari possiamo fare una breve camminata. L'aria fresca dovrebbe aiutarti a star meglio più di qualunque altro rimedio."

Caryn sbatté le palpebre sorpresa. Drew era troppo... gentile, tanto da confonderla.

"Ho chiamato il nonno. Art sa che sei qui, ma non esattamente il perché. Gli ho detto solo che ieri sera hai bevuto un po' troppo e che ti ho portata qui. Quando te la senti, penso che gli farebbe piacere una telefonata."

"Aspetta... oggi dovevamo andare da Bristol e Rocky."

"Sì, ma non ci andiamo."

"Ma avevi un appuntamento."

"L'abbiamo rinviato," le spiegò Drew senza mostrare alcun segno di irritazione per quegli stravolgimenti. "Adesso dovrei chiederti *io* che si fa," le disse dopo un momento. Non si era allontanato da lei, era rimasto dov'era. "Che programmi hai adesso?"

"Programmi?" gli chiese. La testa le faceva ancora un male cane, il dolore pulsante le impediva di pensare.

"Sì, sul trasferimento qui a Fallport."

"Oh *quei* programmi." Caryn non aveva nemmeno cominciato a pensare a quegli sviluppi.

Drew era fermo come una statua sopra di lei, con lo sguardo fisso.

Caryn fece un respiro profondo dal naso. "Allora, non è che abbia più tanta voglia di entrare nel dipartimento dei vigili del fuoco."

Lui accennò un sorriso. "Mi sembra comprensibile."

"Quindi torno a essere senza prospettive lavorative," ragionò.

"Che mi dici del lavoro di cui mi parlavi, quello con Thomas Robertson? Non ti ha proposto di passare il tuo nome anche ad altri scrittori?"

Per la prima volta, Caryn pensò seriamente a quell'ipotesi. Ogni volta che Thomas le parlava degli altri scrittori che lo pregavano di metterli in contatto con lei, Caryn l'aveva ignorato presumendo che stesse esagerando, o che glielo dicesse solo per educazione. Lei era una vigile del fuoco, non una redattrice, o quale che fosse il lavoro che svolgeva per Thomas.

Dopo quella serata, non aveva più alcuna voglia di lavorare

con Paul e con gli altri di quella cricca, ma voleva rimanere comunque a Fallport. Si chiese se fosse possibile vivere lavorando come *beta reader*.

"Non saprei," rispose a Drew in tutta sincerità.

"Ecco. Allora... adesso ti dico come la penso, poi ti lascio tutto il tempo per rifletterci," le disse.

Caryn si preparò al peggio.

"Stanotte mi sono spaventato a morte. Quando mi è arrivata la telefonata, non riuscivo a pensare ad altro che al rischio di trovarti pestata e distrutta. Ero davvero pronto ad ammazzare di botte Paul e gli altri, se avessi sospettato che avevano anche solo alzato un dito su di te. Ero furioso. Con loro. Con te. Ma adesso ho avuto il tempo di pensare e capisco che la rabbia nasceva tutta dalla *preoccupazione* nei tuoi confronti. Mi dà fastidio sapere che non te la sei sentita di confidarti con me, di dirmi cosa volevi fare ieri sera. Magari non sarei stato d'accordo, ma non ti avrei mai ostacolata."

"Tesoro, ti sforzi tanto di inserirti, ma non capisci che in realtà sei già inserita. Questa è la tua città, sei cresciuta qui, anche se ci passavi solo l'estate. Ci sono tante persone che hanno un'enorme stima di te. Eppure, per qualche motivo, tu non te ne accorgi. Se il dipartimento dei vigili del fuoco è troppo ottuso per riconoscere le tue qualità e l'enorme contributo che daresti, allora ci rimettono *loro*, non tu. Non potrai mai piacere a tutti... e allora?"

"Negli anni di carriera in polizia ho imparato che il massimo che posso fare è dare il meglio di me e fare sempre il possibile per aiutare gli altri, anche quelli che non vogliono il mio aiuto. Non posso fare amicizia con tutti quelli che conosco, o con tutti i colleghi. In realtà non mi interessa. Sono felice degli amici più stretti. Ethan, Zeke, Rocky, Brock, Tal e Raid. La mia cerchia di amici si è allargata lentamente con l'arrivo di Lilly, Elsie e Bristol. E adesso ci sei tu. A me interessa quel che pensano loro, nessun altro... nessun altro a parte *te*."

"Io voglio che tu rimanga. Voglio vedere dove ci porta il nostro legame, ma se tu non riesci a vedere ciò che ti sta davanti... dei veri amici che farebbero i salti mortali pur di aiutarti, pronti a ridere con te quando sei felice, a piangere con te quando sei triste... allora non so se potremo funzionare." Fece una pausa, poi un respiro profondo, per poi continuare.

"*Fanculo* Paul! Fanculo tutti quelli che non si accorgono di quanto vali! Non sono degni del tuo tempo o delle tue energie, Caryn. Io non ho dubbi sul fatto che troverai qualcosa da fare qui a Fallport, qualcosa in cui ti affermerai, ma devi riuscire a toglierti di dosso questa smania di farti accettare da ogni singola persona che conosci. Altrimenti ti roderà al punto da svuotarti dentro, col rischio di diventare solo l'ombra della donna incredibile che conosco."

Poi Drew si abbassò, la baciò dolcemente sulla fronte e si alzò. Prese il bicchiere d'acqua quasi vuoto, le fece un sorriso dolce e uscì, chiudendo la porta senza fare rumore.

Caryn doveva fare pipì e aveva un bisogno tremendo di lavarsi i denti, o almeno di sciacquarsi la bocca col collutorio, ma in quel momento non riusciva a fare altro che rimanere sdraiata e fissare il soffitto.

Drew aveva ragione e lei lo sapeva. Pianse di nuovo, perché quell'uomo meraviglioso poteva vederla in tutto il suo valore, quando lei stessa non ci riusciva.

Per tutta la vita, Caryn era stata una solitaria con riluttanza. A scuola, a Fallport durante l'estate, al college, persino nell'accademia dei pompieri. Aveva sempre sognato di creare legami solidi con gli altri, di ridere e scherzare con i colleghi, di essere invitata a trascorrere le giornate con gli amici, in cortile a fare grigliate, o in un locale per un aperitivo.

Non era mai successo. Così, invece di vivere la propria vita, di trovarsi una cerchia di persone con cui passare il tempo, persone che l'accettassero per quella che era, aveva sempre cercato disperatamente di inserirsi... senza riuscirci.

La sera prima, aveva sperato che *quella* fosse la volta buona, una situazione diversa. Invece si era ritrovata bersaglio degli scherzi di una cricca di stronzi. Respinta peggio che mai.

Sì. Drew aveva ragione su tutto. Era davvero ora di smetterla di comportarsi da dodicenne che sperava di diventare popolare a scuola. Lei non sarebbe mai stata quel tipo di persona ed era davvero giunto il momento che se ne rendesse conto. Aveva moltissimo da offrire e c'erano delle persone nuove, appena entrate nella sua vita, che sembravano apprezzarla così com'era.

La nottata sarebbe potuta concludersi in modo molto diverso. Lei lo sapeva bene. Lo sapeva anche Drew. Accidenti, persino Paul e gli altri lo sapevano. Si era trovata completamente alla loro mercé e, benché fossero tutt'altro che gentiluomini, almeno non avevano approfittato di lei nel peggiore dei modi.

All'improvviso, invece di star male, di sentirsi inguaiata perché non poteva più sperare di lavorare per il dipartimento dei pompieri di Fallport, Caryn si sentì... libera.

Era stata una vigile del fuoco per moltissimo tempo, non era sicura di poter essere qualcos'altro, ma poteva sempre usare le proprie capacità in un altro campo. Con Drew e gli altri della squadra di ricerca e soccorso. Anche la preparazione come soccorritrice poteva diventare utile.

Sorrise per la prima volta, quel mattino, pensando alla reazione di Thomas, quando gli avrebbe detto che era pronta a espandere l'attività e cominciare a leggere anche i libri degli altri scrittori. Si sarebbe entusiasmato per lei.

Non sarebbe stato facile cambiare atteggiamento mentale, smetterla di cercare l'apprezzamento degli altri, ma ce l'avrebbe fatta.

Molti anni prima, uno degli istruttori dell'accademia le aveva detto che non ce l'avrebbe mai fatta perché era troppo debole, troppo emotiva, perché le donne non erano in grado di fare il lavoro degli uomini sotto enorme pressione. Quell'uomo si sbagliava e lei l'aveva dimostrato. Ora non le rimaneva che dimostrare a se stessa e a Drew che poteva voltare pagina e trovare un nuovo modo di vedere se stessa.

Si mise seduta, aspettò che la testa smettesse di girare, poi si alzò in piedi. Stava ancora malissimo, ma era pronta a reagire, a smettere di piangersi addosso. La sua vita era meravigliosa: poteva trascorrere più tempo col nonno, aveva nuove amiche e un compagno più che comprensivo e collaborava con uno scrittore di fama mondiale.

Che andassero a quel paese Paul e tutti gli altri amici suoi... e chiunque, per qualsiasi motivo, non l'apprezzasse.

CAPITOLO QUINDICI

Drew era in piedi in cucina con le mani appoggiate sul piano di lavoro e la testa abbassata, pregava di non aver rovinato il rapporto con Caryn: una donna meravigliosa che non riusciva a rendersi conto del proprio valore. Lui ci soffriva, odiava quel bisogno che lei aveva di farsi accettare da persone che non meritavano nemmeno di starle vicino.

Perse la percezione del tempo passato là in piedi, quando sentì un rumore alle proprie spalle. Si girò e vide Caryn in piedi sull'uscio del salottino. Chiaramente si era fatta una doccia e indossava i jeans e la camicetta della sera prima. Glieli aveva messi lui in camera, dopo averli lavati. Poi aveva telefonato ad Art e a Rocky per aggiornarli su Caryn. Solo alcuni dettagli, senza scendere troppo nei particolari.

Drew era sfinito: era rimasto sveglio tutta notte a osservarla, per controllare che stesse bene. Però era ancora nervoso. Trattenne il fiato, pregando che Caryn non gli dicesse che era finita, che intendeva tornare a New York.

Lei non parlò: attraversò un passo dopo l'altro la stanza fino ad arrivare davanti a lui. Proprio come aveva fatto la notte scorsa all'imbocco del sentiero, avvolse le braccia intorno a lui e lo strinse.

"Hai ragione, su tutto... grazie davvero per avermi detto ciò che avevo bisogno di sentirmi dire. Rimango qui, Drew. La prossima settimana telefono a Thomas e gli dico che mi interessa lavorare anche con altri scrittori. E chissà... magari potremmo organizzare una specie di gruppo di volontari per le ricerche? Avrò tanto tempo a disposizione, penso che sia una follia che la squadra di ricerca e soccorso Eagle Point vada in missione senza alcun aiuto. Non sarebbe meglio avere più forza lavoro, per così dire?"

Drew si sentì estremamente sollevato e gli servì un minuto d'orologio per superare l'emozione e parlare. "*Sarebbe* meglio, ma l'ultima cosa che vogliamo è che qualcuno vada in giro nel bosco senza preparazione, finirebbe per perdersi."

"Ecco, allora bisogna fare addestramento."

Drew e gli altri avevano già pensato all'idea di Caryn di addestrare un gruppo di volontari, ma per un motivo o per l'altro non erano mai passati ai fatti. Soprattutto perché erano tutti impegnati a lavorare a tempo pieno. Dare a Caryn l'incarico di organizzare e addestrare un gruppo di volontari sarebbe stata una soluzione perfetta; con le sue capacità interpersonali, se la sarebbe cavata molto meglio di tutti gli altri uomini della squadra, Drew ne era certo.

Si allontanò per poterla guardare negli occhi. "Davvero rimani?"

Lei annuì.

"Accidenti, meno male," grugnì, per poi abbassare la testa.

La baciò con forza. Fu un bacio appassionato e intenso e Drew fece del suo meglio per dimostrarle senza parole tutto il sollievo di sapere che si era ripresa, che sarebbe rimasta, che non era arrabbiata con lui per ciò che le aveva detto. Per tutto.

Lei ricambiò il bacio con altrettanta passione.

Quando entrambi ebbero bisogno di prendere fiato, interruppero il bacio per guardarsi negli occhi.

"Grazie per essere venuto a prendermi, stanotte," gli disse Caryn.

"Ci sarò sempre, per te," le disse Drew senza esitare.

"Ehm... non che mi dispiaccia quel che stiamo facendo," gli disse con un cenno timido, "ma ho ancora un po' di nausea. Magari, pensavo di assaggiare il pane tostato che mi avevi offerto, poi, se non è troppo tardi, potremmo andare comunque da Bristol? Non sarò certo di grande aiuto per il fienile, ma uscire all'aperto è un'ottima idea. Mi basta indossare gli occhiali da sole... penso che starò bene."

"Sei sicura?" le chiese Drew.

Caryn annuì.

"Va bene... ma dirò loro che non ci fermiamo a lungo. Tu sei ancora disidratata e io, a dire il vero, sono sfinito."

Lei aggrottò le sopracciglia preoccupata. "Sei riuscito a dormire stanotte?"

"No."

"No? Cioè, proprio per nulla? O non molto?"

"Non me la sono sentita di dormire, eri troppo ubriaca, tesoro. Sono rimasto sveglio per assicurarmi che non succedesse nulla."

"Accidenti, cavolo! Adesso mi sento in colpa," mormorò Caryn abbassando gli occhi.

Drew le mise un dito sotto al mento e le fece alzare la testa per guardarla di nuovo negli occhi. "Anche se ero preoccupato per te e incazzato per quel che hanno fatto quegli sciacalli, la notte scorsa è stata una delle più memorabili della mia vita. Ti ho tenuta tra le braccia a letto per la prima volta... ti ho sentita accoccolarti contro di me, gemere quando mi sono alzato dal letto... la sensazione più bella in assoluto."

Caryn arrossì. "Sono sicura che, se fossi stata sveglia e non ubriaca o in preda ai postumi, né intenta a vomitare in un'insalatiera... a proposito, adesso che mi ricordo, sono mortificata e non dovremo parlarne mai più per tutta la vita...

insomma, se fossi stata lucida, sarebbe stata la sensazione più bella in assoluto anche per me."

Drew rise. "Vedrai che andrà tutto bene," le promise.

"Lo spero."

"Davvero," insisté lui. "Adesso siediti che ti preparo un toast. Magari ti verso anche una Sprite? Pensi di poterla reggere?"

"Sì... ah, Drew?"

"Sì?"

"Stavolta dico sul serio: non berrò mai più in quel modo. Mai più eccessi. Potrei gustarmi un bicchiere di vino o una birra, ma niente di più. Se qualcuno mi rompe le scatole perché non bevo, non m'importa: ho imparato la lezione."

Drew fu estremamente orgoglioso di lei; non gli importava che Caryn si ubriacasse ogni tanto oppure no, ma sperava che non capitasse mai più un incidente come quello della sera prima, in cui lei arrivasse a dimenticare tutto ciò che le era successo. Si era esposta troppo, ma era stata fortunata. Erano stati *entrambi* fortunati.

"Va bene, tesoro. Adesso siediti. Arrivo subito con qualcosa da mangiare."

———

Più tardi, quel pomeriggio, Drew continuava a rivolgere lo sguardo verso Caryn, che era seduta sul portico anteriore della casa insieme a Bristol, Lilly ed Elsie. Era ancora un po' pallida e non si era mai tolta gli occhiali da sole che si era messa prima di uscire di casa, ma sembrava di buon umore; rideva e scherzava con le altre.

"Va tutto bene?" gli chiese Zeke attirando l'attenzione di Drew.

Quando era arrivato, gli altri avevano già misurato e tagliato delle lunghe travi di legno, finendo la costruzione della parte sospesa. Rocky poi si era messo a controllare i progetti per la parte laterale, che sarebbe diventata il laboratorio di Bristol per le opere d'arte in vetro; ne aveva discusso con Ethan, che avrebbe allestito tutti gli impianti elettrici. Gli altri (Brock, Tal e Raiden) si erano presi una pausa e scherzavano insieme a Tony, mostrandogli quanto potesse essere divertente un'altalena di corda. L'avevano da poco legata a un albero enorme appena fuori dal fienile, e il suono delle risate del ragazzo risuonavano nella struttura ancora vuota, facendo sorridere tutti.

"Sì, tutto bene," rispose Drew all'amico.

"Mi fa piacere. Stamattina Caryn sembra un po' sbattuta."

Drew annuì e gli fece un breve riassunto di quanto era successo la sera prima.

Zeke strinse i denti fino a farsi tremare più volte i muscoli della mascella. "Come mai sei qui con noi e non sei da quello stronzo di Paul, a spaccargli la faccia a pugni?"

"Volevo farlo," ammise Drew. "Voglio dargli una di quelle lezioni che non si dimenticano tanto facilmente... ma so che non è quello che vuole Caryn. Lei dà la colpa a *se stessa* per quanto è successo. Certo, di prima battuta si potrebbe anche discutere dicendo che li ha raggiunti di sua spontanea volontà e che avrebbe potuto dire di no ai drink, ma alla fine della fiera, quelli hanno approfittato del suo desiderio di farsi accettare. Paul era in una posizione di superiorità, perché è incaricato della commissione che assume i nuovi vigili del fuoco. Lo sapeva lei, lo sapeva anche lui, e se n'è approfittato."

"Allora? Cosa pensi di fare al riguardo?" gli chiese Zeke.

Drew sorrise. Gli faceva molto piacere sentire sempre il supporto degli amici. Era proprio ciò che aveva sempre cercato, in tutta la carriera in polizia. Ironia della sorte, aveva trovato gli amici veri solo dopo aver mollato quella carriera. Quel tipo di amicizia era esattamente ciò che voleva anche per Caryn. Voleva farle capire che lei ce l'aveva già, a prescindere da come si sarebbe sviluppato il rapporto con lui. "Nulla," rispose, anche se un po' in ritardo.

"Nulla?" gli chiese Zeke chiaramente irritato. "Ma starai scherzando!?"

"No no. Caryn alla fine ha deciso di non fare più domanda al dipartimento antincendio."

"Se ne va?" gli chiese Zeke.

"No. Rimane, e vuole organizzare e addestrare un gruppo di volontari che aiutino nelle ricerche, quando ne abbiamo bisogno."

Al che Zeke spalancò gli occhi. "Sul serio?"

"Sì. La morale è che quello stronzo di Paul potrebbe anche aver dato una mano a Caryn e io non voglio fare nulla che la metta in difficoltà..."

"...però?" domandò Zeke, conoscendo Drew fin troppo bene e sapendo che non avrebbe mai lasciato perdere l'accaduto senza una reazione di qualche tipo.

"Stamattina ho fatto una lunga chiacchierata con Art, quando gli ho telefonato per dirgli che Caryn stava bene. Gli ho raccontato alcuni dettagli, senza dirgli quanto stava male. Gli ho un po' suggerito che, se vuole raccontare a tutti quelli che vanno all'ufficio postale quel che è successo, quel che hanno fatto gli amichetti di Paul... magari con qualche fioritura... io non ho nulla in contrario."

Zeke fece un gran sorriso. "Che genio."

"Chi è il genio?" chiese Raid avvicinandosi a loro.

Dopo che Zeke gli ebbe spiegato, Raiden si mise a ridere. "La rete del gossip farà il suo corso e per un po' ne subiranno le conseguenze. La gente di Fallport ha la memoria lunga."

Dopo un'ora e dopo altro lavoro nel fienile, Rocky si avvicinò a Drew e gli diede una pacca sulla schiena. "Non ti reggi in piedi. Vai a casa," gli suggerì.

Drew non si prese nemmeno la briga di protestare. L'amico aveva ragione. Dopo lo stress di quella notte, passata sveglio a controllare Caryn, a cui si era aggiunta la fatica fisica di quel pomeriggio, Drew era più che disposto a chiudere quella giornata. "Grazie. Penso che ti prenderò in parola."

"Una cosa..." aggiunse Rocky.

Drew lo guardò con espressione perplessa.

"Non fare più una cavolata del genere," gli disse l'amico con tono severo.

"Quale cavolata?"

"Non avvertire nessuno di noi quando scoppia un casino."

Drew sospirò. Gli era venuto il dubbio che prima o poi saltasse fuori anche quel commento. "È successo tutto troppo in fretta. Mi è arrivata la telefonata all'una e mezza e all'una e trentacinque ero già in Jeep in direzione del sentiero."

"Non importa. Potevi sempre telefonare per strada. Oppure tornato a casa. Uno di noi poteva raggiungerti, aiutarti a prenderti cura di lei mentre tu dormivi un poco. Potevamo andare a parlare con Art, stamattina, portarti la colazione. *Qualcosa*. So che cerchi di costruire un rapporto con lei, ma non significa tagliarci fuori proprio quando hai più bisogno di noi."

Drew annuì. "Ricevuto forte e chiaro."

"Bene."

Al che, qualunque astio che Rocky potesse aver provato era sparito. "Caryn sta bene? Hai bisogno di qualcosa?"

"Sì, sta bene. Penso che trovarci qui oggi le abbia fatto bene. Pensavo di stare a casa con lei, solo noi due, ma dopo averla vista con le altre... è stata la scelta giusta."

"Vedi? Le amicizie fanno bene a tutti," commentò Rocky con una smorfia.

Drew alzò gli occhi al cielo. "Adesso non facciamo i sentimentali."

"Non so che farci. È tutto merito dell'amore di una brava donna," rispose Rocky senza un briciolo di imbarazzo. "Grazie per l'aiuto di oggi. Penso che finiremo appena in tempo per le nozze di Ethan e Lilly."

"Sono sicuro che ce la faremo. Ringrazia ancora Bristol per me, per aver accettato di posticipare l'incontro."

"Certamente... ma sai che non è affatto preoccupata. Sa bene che hai tutti i suoi investimenti sotto controllo."

Era vero, ma Drew apprezzava lo stesso che Bristol non ci fosse rimasta male. Dopo aver salutato tutti gli amici, si avviò verso il portico dove stavano tutte le donne. Caryn aveva in mano una bottiglietta d'acqua, mentre le altre tre avevano un bicchiere di vino ciascuna.

Mentre si avvicinava alle quattro amiche, Caryn si alzò in piedi. "Finito?" gli chiese.

"Sì, finito," le rispose. Poi si rivolse alle altre. "Tutto bene, ragazze?"

"Perché continuate tutti a fare la stessa domanda?" disse Lilly con un sorrisetto. "Ci avete tenute d'occhio tutto il pomeriggio. Non stiamo sanguinando, non abbiamo nemmeno subito un attacco di insetti: siamo sedute tranquille a chiacchierare. Perché mai pensate che *non* vada tutto bene?"

"Chiedevo solo," rispose Drew con un sorriso.

"A me fa piacere," gli disse Bristol.

"Anche a me," le fece eco Elsie.

"Grazie per l'acqua e per la chiacchierata," disse Caryn, "e grazie per non avermi dato dell'idiota per ieri sera."

Drew pensava che Caryn non avrebbe spiegato alle amiche quanto era successo, ma fu contento di sapere che gliel'aveva raccontato.

"Non sei stata tu l'idiota, sono stati *loro*," le disse Lilly con determinazione.

"Vero? Dei bastardi totali. Se pensano che doni un solo dollaro per finanziare le nuove attrezzature, sono pieni di allucinogeni," commentò Bristol irritata.

"E se quegli energumeni pensano di poter mettere piede all'On the Rocks a farsi servire da me, se lo sognano."

Caryn sorrise. "Grazie per il supporto, ragazze."

"Quando vuoi."

"Ci mancherebbe."

"Ci vediamo?"

L'ultima domanda fu di Lilly.

"Sì, domattina alle dieci allo Sweet Tooth, giusto?" le chiese Caryn.

"Sì sì," confermò Lilly, che poi si alzò per abbracciare Caryn. Le altre due la seguirono a ruota.

Dopo qualche altro minuto di chiacchiere, Drew prese Caryn per mano e fece un cenno alle altre. "Va bene, adesso andiamo. Grazie a tutte, ci vediamo."

Risero tutte mentre lui trascinava Caryn verso la Jeep.

"Siamo stati un po' maleducati," gli disse lei appena furono in macchina, in viaggio verso casa.

"Caryn, sareste rimaste là a salutarvi per altri dieci minuti, ho solo tagliato un po' corto."

Lei fece una risatina. "Sì, probabilmente hai ragione."

"Anche senza probabilmente," ribatté Drew, che poi le prese la mano; gli piacque sentire che lei intrecciò subito le dita con lui. "Ti senti bene? Come va la testa?"

"Va bene. Niente a che vedere col dolore di stamattina."

"Bene. Hai fame?"

Lei fece un gran sorriso. "Da morire."

Drew fu di nuovo sollevato. "Pensavo di tornare da Art e magari mangiare uno dei quattrocento stufati che tiene nel freezer. Sarà preoccupato per te, dopo ieri sera, senza dubbio gli farà piacere constatare di persona che stai bene."

"Ottima idea. Comunque stavo per chiederti se potevi portarmi a casa."

Drew annuì.

"Hai bisogno di dormire," aggiunse Caryn.

Lui annuì di nuovo. "Sì, ma sto bene."

"Magari potresti fare un pisolino mentre parlo col nonno e scaldo lo stufato. Servirà un po' di tempo, prima che sia pronto da mangiare," gli spiegò.

"Ottima idea, se non ti dispiace."

"Drew, stanotte ti sei fatto in quattro per me. Non so cosa sarebbe successo, se non fossi venuto a prendermi. Quindi... no, certo che non mi dispiace se dormi un pochino, dopo una notte insonne passata a prenderti cura di me."

"Lo rifarei anche tutte le notti, se necessario."

Caryn gli sorrise. "Spero tu sappia che farei altrettanto per te."

"Lo so. Siamo un'ottima squadra, tesoro." Drew stava cominciando a sperare che forse, chissà, anche lei finalmente se ne stesse rendendo conto.

"È vero," confermò lei, "ma finora mi sembra di avere approfittato del tuo aiuto, più che di averti aiutato."

"Non è una gara," le disse semplicemente alzando le spalle. "Sono sicuro che arriverà il momento in cui sarai tu a salvarmi il culo."

Il resto del viaggio verso casa di Art passò in un piacevole silenzio. Uscirono dalla Jeep e si incamminarono mano nella mano verso la porta di casa.

Appena Caryn entrò e Art la vide dalla poltrona del salotto, le disse brontolando: "Era ora che tornassi a casa, signorina. Adesso porta qui le chiappe che dobbiamo parlare."

"Merda," mormorò Caryn.

Drew si lasciò scappare una risata. Sapeva che Art aveva passato la mattina davanti all'ufficio postale insieme a Silas e Otto; probabilmente avevano già cominciato a spargere in lungo e in largo voci su Paul e sugli altri amichetti suoi. Però poi Art era tornato a casa, chiaramente preoccupato della nipote e ansioso di vedere coi propri occhi che era tutta intera.

"Tieni a freno i cavalli," gli rispose Caryn. "Devo tirar fuori uno stufato e metterlo in forno. Poi devo cambiarmi, perché non ne posso più di questa camicetta e voglio indossare dei pantaloni comodi. Ah, Drew si ferma a fare un pisolino mentre scaldo da mangiare, intanto che parliamo. Va bene?"

"Certo che va bene. Per quanto mi riguarda, dopo quel che ha fatto per te, il tuo bel giovine può anche vivere con noi, se vuole. Però sbrigati a fare le tue cose, così poi possiamo parlare."

Caryn si girò verso Drew. "Per caso Art ti ha appena detto che puoi trasferirti da noi?"

Drew ridacchiò. "Sembra proprio di sì. Per la cronaca, a me va benissimo vivere insieme, anche se pensavo fosse un pochino presto. Però non mi darebbe fastidio se qualche volta dormissimo insieme." Le fece l'occhiolino. "Ti prego, dimmi che posso fare un pisolino nel tuo letto."

Gli piacque molto vedere le guance di Caryn che si arrossavano. "Mi sembra giusto, considerato che io ho dormito nel tuo letto questa notte."

"La notte più bella di sempre," le ricordò. Poi si abbassò su di lei e la baciò in fronte, fece un cenno col capo verso Art e si avviò nel corridoio per raggiungere la camera di Caryn, come se ci andasse tutti i giorni.

CAPITOLO SEDICI

Dopo aver guardato Drew che se ne andava in corridoio, Caryn fece un respiro profondo. La testa era ancora un po' dolorante, ma forse le sarebbe bastato mangiare qualcosina per sentirsi molto meglio. Prese una teglia di stufato dal freezer e accese il forno perché si scaldasse. Poi andò in salotto, dove l'aspettava il nonno.

Si era sentita addosso gli occhi di Art, mentre era indaffarata in cucina. Il nonno non sarebbe stato contento di sentire tutta la storia, ma lei non gli avrebbe nascosto nulla. Gli aveva sempre raccontato tutto, anche quando faceva qualcosa di imbarazzante, senza mai cercare di indorare la pillola.

"Siediti, fanciulla," le disse il nonno dolcemente, dando dei colpetti al divano, sul cuscino al proprio fianco.

Caryn respirò a fondo e si sedette.

"Allora... La Tana?" le chiese Art.

"Sono stata una stupida," gli disse.

"No," reagì lui con foga. "Mia nipote *non* è una stupida. Non voglio sentirti dire mai più una cosa del genere."

Caryn si lasciò sfuggire un sorriso. Art l'aveva sempre difesa con accanimento. "Ricordi quell'estate, quando stavi per azzuffarti con quel tipo al parco?" gli chiese.

Art ridacchiò. "Mi avrebbe messo col culo per terra," le rispose.

"Se lo sapevi, perché mai gli hai risposto in quel modo?" gli chiese Caryn.

"Perché era la cosa giusta da fare. Vedi, suo figlio faceva il bulletto, non aveva il diritto di mandarti giù da quel vagone ferroviario al parco, per poi dirti che non potevi più salirci. Ti trattava male e suo padre non ci faceva un accidenti di nulla."

"Non era un gran dramma," commentò Caryn.

"Invece sì. Se fossi stata cattiva con lui, se fossi stata scontrosa o arrogante, avrei lasciato passare quella reazione, ma tu davvero non gli avevi fatto nulla. Quello aveva solo deciso che valeva più di te e che era il re della giungla. Se *tu* ti fossi comportata in quel modo, io ti avrei trascinata giù, ti avrei portata a casa di peso e ti avrei fatto una bella ramanzina su come comportarti, dicendoti che non sei meglio del prossimo. Quando quello ha fatto una smorfia e ha fatto il pollice alto al figlio, io non ci ho visto più."

"Pensi davvero che quell'uomo, o che suo figlio abbia imparato qualcosa dalla tua reazione di nonno iperprotettivo?" gli chiese Caryn.

"No. Però tu hai imparato qualcosa."

Caryn fissava immobile il nonno.

"Non è così?" le chiese alzando le sopracciglia.

Lentamente, Caryn annuì. "Sì. Quando siamo tornati a casa, abbiamo parlato e mi hai detto che quel bambino sbagliava e che il vagone è di tutti e che nessuno ha il diritto di impedire agli altri di fare quello che vogliono... basta che nessuno si faccia male."

"Esattamente," ribadì Art con un'espressione soddisfatta in volto. "Valeva la pena anche farmi prendere a calci."

Caryn voleva troppo bene al nonno. Non sapeva cos'avrebbe fatto senza di lui. Ovviamente gli augurava tanti altri anni di vita, ma sapeva bene come stavano le cose, e l'aggressione che lo aveva messo in fin di vita l'aveva spaventata. Art era l'unico parente che le rimaneva. Senza di lui, sarebbe rimasta da sola.

Scosse la testa leggermente e si rifiutò di pensarci; gli prese la mano e la strinse. "Sono andata alla Tana perché Paul e gli amichetti suoi mi hanno invitata. Pensavo che volessero conoscermi meglio. Pensavo che fosse un aiuto per farmi assumere nel dipartimento dei vigili del fuoco," spiegò al nonno.

"Ragionevole," commentò lui. "È così che si fa... ci si annusa a vicenda, per vedere se si lega. Immagino che sia ancora più importante, quando si fa un lavoro in cui si mette la vita in pericolo per aiutare gli altri."

"Sì. Comunque, all'inizio andava tutto bene. La Tana non è malaccio come la descrivono tutti, a parte qualche macho spaccone. Poi però hanno portato un vassoio di bicchierini e ne hanno preso tutti uno. Mi è sembrato come di non avere scelta. In tutti questi anni, sono sempre rimasta fuori da ogni incontro di gruppo coi colleghi, specialmente in quanto donna in un campo dominato dagli uomini. Se non avessi accettato quello shot, non avrei avuto una chance al mondo di ottenere quel posto, lo sappiamo tutti. Quindi ho accettato. Poi ne è arrivato un altro. Poi un altro ancora. Non avevo idea che loro stessero bevendo acqua mentre a me davano vodka."

"Allora la questione è... come mai hai continuato a bere?" le chiese Art.

Caryn sospirò e abbassò lo sguardo sulle proprie ginocchia. Art la teneva ancora per mano, e anche se parlare di ciò che era successo la faceva star male, lei sapeva che il nonno non le avrebbe dato il tormento. "Credo sia diventata una questione di finire ciò che avevo cominciato," gli rispose senza troppa convinzione.

Art fece un rumore di gola e lei tornò a guardarlo.

La delusione negli occhi del nonno quasi la spezzò. L'ultima persona al mondo che voleva deludere era proprio Art.

"Lo so, lo so... è stata una decisione sbagliata."

"A dir poco," commentò Art con un filo di voce. Poi alzò una mano e gliela mise sulla guancia. "Senti qua: hai fatto un casino, ma immagino che così ti sia risparmiata anche un sacco di tempo."

Caryn aggrottò la fronte. "Non capisco."

"Cosa sarebbe successo se fossi uscita con loro, se aveste riso e scherzato, giocato a biliardo, magari bevuto una birra o due, e poi tu fossi tornata a casa?"

Caryn si morse un labbro e Art le tolse la mano dalla guancia. "Immagino che avrei fatto richiesta per il lavoro."

"Ecco, e ipotizziamo che ti assumessero. Poi come sarebbe andata?"

"Non lo so," gli rispose perplessa.

Art alzò appena le sopracciglia. Lei lasciò andare un lungo sbuffo che le gonfiò le guance. "D'accordo. Io avrei accettato il posto, avrei cominciato a lavorare con loro e prima o poi avrei scoperto che erano un gruppo di stronzi. Ho visto la caserma, nonno, è un casino! Sono dei polentoni, scansafatiche, c'è spazzatura dappertutto, veicoli sporchi, personale in servizio che dorme durante il giorno... è stata una visita patetica."

"Ecco. Per come la vedo io, è stato meglio così: hai scoperto che sono degli imbecilli prima di perdere tempo e forze con loro."

Art aveva ragione. "È vero," gli disse.

"Allora... immagino che adesso lavorare per i pompieri sia fuori discussione. Quindi?" le chiese.

"Sì. Paul ha chiarito che non mi assumerebbe nemmeno *se* facessi richiesta," gli spiegò.

"Però hai ancora intenzione di rimanere, vero?" le chiese Art.

Lei sentì il tono trepidante nella voce del nonno. Gli strinse la mano, ancora nella propria. "Sì, rimango," gli rispose. "Magari dovrò accamparmi da te più a lungo di quanto credessi."

"Ragazza mia, puoi rimanere qui con me tutto il tempo che vuoi, lo sai. Magari dovrò andare io dalle mie signore, invece di invitarle a farmi visita qui a casa."

Caryn rise. Art sapeva spararle grosse. Era stato un marito fedele, legato alla moglie in tutto e per tutto. Art era rimasto vedovo quando Caryn era ancora piccola, e ci era rimasto malissimo. Da allora, non aveva più cercato altre donne.

"Ecco," gli disse con un sorriso. "Pensavo di mandare una mail a Thomas per dirgli che mi interessa contattare i suoi amici scrittori per fare più *beta reading*."

Art fece un sorriso raggiante. "Questa è la mia ragazza."

"Poi continuo l'addestramento con Drew per la squadra Eagle Point. C'è molto da imparare, non si tratta solo di andare a camminare nel bosco per cercare qualcuno."

"E *finalmente* arriviamo a lui," disse Art con gli occhi scintillanti. "È gentile."

Caryn ridacchiò. "Sì, davvero gentile."

"Ti piace."

Non poteva certo negarlo.

"E non gli ha fatto piacere ciò che è successo ieri sera."

Caryn si fece seria. "Già," rispose sottovoce. "Se l'è presa davvero."

"Con te?"

Lei ci pensò per un momento, poi scosse la testa. "No. Beh, anche... Ha detto che era preoccupato per me."

"Caryn, gli hanno telefonato in piena notte per dirgli che ti eri ubriacata e che eri appena andata via dalla Tana con quattro uomini... Lui non sapeva nemmeno che ci saresti andata. Ma *certo* che era preoccupato. Cos'è successo quando ti ha trovata?"

"Non mi ricordo," ammise lei, sentendosi di nuovo male. "Ma quando stamattina mi sono svegliata, indossavo una maglia di Drew ed ero nel suo letto, sotto le coperte. È rimasto sveglio tutta notte a osservarmi per controllare che non peggiorassi. Poi ti ha telefonato, ha annullato un incontro di lavoro che aveva in programma per oggi, ha detto agli amici che non poteva trovarsi con loro per aiutarli a fare dei lavori al fienile annesso alla casa di Rocky, mi ha lavato i vestiti e non mi ha attaccata dandomi della svitata, quando sappiamo entrambi che mi sono messa in una situazione di estremo pericolo."

Art aveva un sorriso enorme stampato in volto.

"Come mai sorridi?" gli chiese Caryn. "Ho appena ammesso di essermi ubriacata a tal punto da aver perso conoscenza."

"Ma mi hai anche detto tutto ciò che volevo sapere sull'uomo che sta dormendo nel tuo letto."

Dato che il nonno non aggiunse altro, Caryn gli chiese sottovoce: "Cioè cosa?"

"Cioè che gli piaci," le spiegò il nonno. "Che farà di tutto per tenerti al sicuro. Che è un brav'uomo. Non ti ho detto ultimamente che ti voglio bene e che sono assai fiero di tutti i traguardi che hai raggiunto?"

Caryn sentì un groppo in gola; scosse la testa.

"Beh, è così. Non hai scelto un percorso facile, nella vita. Ci sono stati momenti in cui avrei preferito che scegliessi un impiego più sicuro... magari proprio da commercialista, come il tuo uomo."

Caryn non commentò quel "tuo uomo". Anzi, le piaceva sentirselo dire. "In matematica faccio pena," ricordò al nonno. "Prima che io diventi una commercialista, tu potresti diventare una drag queen al circo."

Al che il nonno scoppiò a ridere. Quando riprese il controllo, proseguì. "Dico solo che sei esattamente dove dovresti essere nella vita. Tutto lo schifo che hai dovuto sopportare, tutte le vite che hai salvato, tutte le varie caserme in cui hai lavorato... il tuo percorso ti ha portata qui."

"Però faccio un po' fatica ad accettare di aver passato tutta la vita ad affinare la mia preparazione come vigile del fuoco e come soccorritrice, e adesso volto le spalle con tanta facilità a quella carriera," ammise Caryn.

"Non si sa mai cosa può succedere," commentò Art. "Io credo veramente che ci sia un motivo per tutto ciò che facciamo nella vita. Magari non rimetterai più piede in una caserma dei pompieri, ma la vita ci riserva tante sorprese."

"Mi accontenterei di qualche sorpresa in meno," mormorò Caryn. Poi gli chiese ad alta voce. "Sarà il caso che ti chieda che voci hai messo in circolazione oggi su Paul e sugli altri amici suoi?"

Art fece un sorriso sornione. "Non so di cosa tu stia parlando. Io non metto in circolazione delle voci."

"Nooooo," commentò Caryn.

"Io comunico con gli altri," spiegò Art. "Sul serio, sono stanco di parlare di me. Mi chiedono tutti come sto, vogliono sapere se schiatterò presto... quindi mi fa anche piacere parlare di qualcun altro."

"Tipo?" insisté Caryn.

"Tipo che ho sentito che il nostro stimatissimo capitano dei pompieri è tornato a casa dalla recente vacanza in Florida con qualcosa in più dei semplici buoni ricordi."

Caryn si fece seria. "Non capisco."

Art proseguì con voce stridula. "Qui lo dico e qui lo nego, ma si dice che i granchi che gli hanno servito al ristorante l'abbiano pizzicato nelle mutande."

Caryn fece del suo meglio per non scomporsi, ma non riuscì a trattenere la grassa risata che le sfuggì. "Ma non ci credo!" esclamò.

Art alzò le spalle. "Può darsi che mi sia sfuggito anche di dire che Lou sta ricevendo un sacco di lettere per il recupero crediti, che Dennis abbia forti debiti al negozio di Grogan e che la moglie di George l'abbia denunciato chiedendo a Simon un'ordinanza protettiva prima di andarsene via."

Caryn lo fissò con gli occhi spalancati. "Santo cielo, Art,

non puoi dire in giro cose del genere! Qualcuno ti farà causa per diffamazione o chissà che altro."

"Non se è tutto vero," le rispose con un'altra alzata di spalle spensierata.

"Santo cielo, ma tu come *fai* a sapere tutto questo?"

Art scosse la testa guardandola. "Ragazza mia, sei stata via per troppo tempo. Io so tutto quello che succede in questo paesino. Ho sempre saputo e saprò sempre tutto."

"Quasi mi fai paura. Che altro sai?"

Art fece un sorrisone. "So che probabilmente non dovrai fermarti tanto tempo a dormire a casa mia, dato che il tuo uomo ha una casa e un letto perfettamente in grado di ospitarti."

Caryn si sentì arrossire. "Io, ma noi... cioè lui... cacchio."

Il nonno ridacchiò e le diede un colpetto sul ginocchio con la mano. "Ho novantun anni, non pensi sia ora di farmi diventare bisnonno?"

Caryn stava deglutendo quando Art glielo chiese, e la saliva le andò di traverso. Non riuscì a fare altro che fissarlo.

"Che c'è?" le chiese lui cercando di sembrare ingenuo... senza riuscirci. "Vuoi che faccia finta che non sei una bella donna nel fior fiore degli anni? Immagino che tu non sia più vergine, considerando che sei stata sposata, e ormai è troppo tardi per darti dei consigli sulla vita sessuale. Drew Koopman è un buon partito. È un bell'uomo, moralmente integro, intelligente e sveglio come un fulmine e ovviamente tiene molto a te. Spero che ti sia già data da fare a farlo ballare senza veli, altrimenti sarà meglio che ti sbrighi. Gli anni passano per tutti e se aspetti troppo poi diventerà più difficile rimanere incinta."

"Nonno!" esclamò Caryn.

"Cosa?" le chiese lui.

"Non posso credere che tu abbia appena detto *ballare senza veli*," gli disse. "E poi io e Drew non ci conosciamo da tanto tempo."

"Io conoscevo tua nonna da due settimane, quando le ho chiesto di sposarmi. Mi ha tenuto sulle spine per un altro mese, prima di accettare, finalmente. Ma a quel punto le avevo già mostrato le mie prodezze a letto e non poteva più resistermi."

Caryn alzò le mani e se le mise sulle orecchie. "Basta! Non posso parlare di sesso con te!" esclamò rabbrividendo.

Art ribatté con voce stridula. "Dico solo che quando trovi la persona con cui sei destinata a vivere, lo capisci. Il tempo passa e io voglio vederti felice e sistemata, prima di andarmene. E non mi dispiacerebbe nemmeno fare conoscenza col mio bis-nipotino."

"Per favore, possiamo evitare di parlare di quando te ne andrai? Tu vivrai almeno fino a centoquarantasette anni. Punto." Lo sguardo tenero sul viso del nonno quasi la sciolse.

"Ti voglio bene, ragazza mia," le disse Art. "Non saprai mai quanto."

"Anch'io ti voglio bene."

"Sei a un punto di svolta nella tua vita. I pompieri saranno anche fuori discussione, ma vedo ancora grandi cose nel tuo futuro."

"Lo spero proprio."

"Ne sono sicuro," ribadì lui. "Adesso, perché non metti lo stufato nel forno e poi vai a coccolarti un po' il tuo uomo? Assicurati che sappia quanto apprezzi ciò che ha fatto per te ultimamente. Tiro fuori io la teglia dal forno, quando è pronta."

"Non so che pensare di un nonno che mi istiga a fare sesso col mio ragazzo," mormorò Caryn.

"Sarò anche vecchio, ma mi ricordo quanto è bello fare sesso," le disse Art con un sorriso malizioso.

"Ecco, allora vado. Non ne posso più di sentirti parlare di sesso," gli disse. Poi Caryn si alzò, ma Art la prese per un braccio prima che potesse andarsene.

"Sono contento che tu ti sia ripresa," le disse sottovoce. "Senza te, non avrei nessuno."

Caryn cercò solo di non scoppiare a piangere, perché anche lei si sentiva allo stesso modo. La verità era che Art l'avrebbe lasciata molto prima di quando lei fosse stata pronta. "Ti voglio bene. Grazie per aver messo in circolazione quelle voci... ah no, scusa, per aver *comunicato* quelle informazioni sugli stronzi di ieri sera."

"Non c'è di che."

Si guardarono ancora con tenerezza, poi lei finalmente si girò e andò in cucina. Quando arrivò in camera sua, qualche minuto dopo, Caryn aprì la porta con circospezione e vide Drew immerso in un sonno profondo, sdraiato sopra le coperte. Aveva la bocca leggermente aperta, i capelli arruffati, un'espressione rilassata... e lei ebbe la netta impressione di non aver mai visto in vita sua un uomo tanto sexy. Guardarlo in quella condizione, completamente vulnerabile, le trasmetteva qualcosa... che la faceva sentire ancora più vicina a lui. Anche perché Drew Koopman non era mai vulnerabile. Era sempre attento, teneva sempre d'occhio tutto e tutti intorno a sé. Era sempre in servizio, per così dire.

Caryn si avvicinò in punta di piedi al letto e si sedette lentamente. Drew si svegliò subito, ovviamente.

"La cena è pronta?" borbottò con gli occhi ancora chiusi.

"Non ancora. Ti dispiace se mi unisco a te per un pochino?" gli chiese.

Invece di risponderle a parole, Drew la avvinse intorno alla vita e la tirò a sé, appoggiandosi a lei a cucchiaio.

Lei rise, niente affatto sorpresa che lui riuscisse a farla sistemare sul letto senza nemmeno aprire gli occhi, poi gli si accoccolò addosso.

"Grazie," gli sussurrò dopo un momento.

"Farei di tutto per te," le mormorò.

Lei non capì bene se Drew stesse ancora dormendo o meno, ma quelle parole le entrarono nel profondo. Per tutta la vita, Caryn aveva cercato di farsi accettare. Ma Drew le aveva detto qualcosa di giusto: non doveva affannarsi tanto strenuamente, era già stata accettata nel gruppo di amici e amiche della squadra Eagle Point, che l'avevano accolta a braccia aperte.

Per la prima volta, probabilmente in assoluto, Caryn sentì l'anima appagata. Non doveva piacere a tutte le persone che incontrava... era sufficiente avere delle amicizie solide per essere felice.

Non era molto stanca, aveva dormito molto più del solito, quella notte, anche per via dell'alcol che le scorreva nelle vene. Drew l'aveva osservata, ora toccava a lei. Gli strinse un braccio e sorrise sentendolo borbottare qualcosa con un filo di voce, mentre le infilava il naso tra i capelli.

Il futuro di Caryn era con quell'uomo. Come aveva detto il nonno: *quando lo sai, lo sai*. Era ancora molto preoccupata, perché il rischio che il rapporto non funzionasse era comunque alto, ma si era stufata di non rischiare. Si stava innamorando di quell'uomo e per motivi che a lei sfuggivano anche lui sembrava innamorato di lei.

Caryn avrebbe inseguito ciò che voleva... e ciò che voleva era Drew. Sotto di lei, sopra di lei, dentro di lei... Quella notte le era servita da lezione le aveva ribadito ciò che Caryn aveva imparato con l'aggressione subita dal nonno. *Mai dare per scontata la vita*. Doveva vivere il momento.

Il che significava mandare subito una mail a Thomas comunicandogli il desiderio di fare da *beta reader* ad altri autori, passare più tempo con le nuove amiche, mangiare più rotolini alla cannella, rilassarsi un poco, continuare a imparare tutto ciò che poteva sulle missioni di ricerca e soccorso... e fare l'amore con Drew.

L'ultimo pensiero la fece sorridere; intrecciò le dita con lui sulla propria pancia. Lui le strinse la mano brevemente, poi tornò a rilassarsi.

Caryn non aveva idea di cosa le riservasse il futuro a Fallport, ma sapeva senz'ombra di dubbio che il tempo passato con Drew le avrebbe cambiato la vita. Non avrebbe mai provato alcun rimorso, se quel rapporto non avesse funzionato. Per una volta nella vita, avrebbe fatto ciò che voleva *lei*, senza preoccuparsi dell'opinione degli altri. Che sensazione fantastica!

———

Paul era seduto in camera sua, al buio, furioso. Moltissime persone, più di quante potesse sopportarne, gli avevano mandato messaggi o mail, alcuni gli avevano persino telefonato; tutti volevano sapere di più riguardo a quello che si diceva in giro, cioè che in Florida avesse contratto una malattia venerea.

E allora? Gli si erano arrossate le palle, ma ne era valsa la pena. La puttana che aveva rimorchiato era stata focosa all'inverosimile: una scopata come mai ne aveva fatte in vita sua. Era stata talmente brava che lui l'aveva pagata perché rimanesse tutta la notte, maledizione... e non ricordava nemmeno quante volte era venuto. Si era guadagnata fino all'ultimo dollaro. Le puttane di Fallport non erano nulla, rispetto alle passere che si trovavano a Miami. Nemmeno lontanamente.

Paul non aveva dubbi: era stato quel vecchio bastardo a spargere la voce. Chissà come aveva fatto Art a scoprire di quell'irritazione intima, ma se l'avevano scoperto tutti quanti, la colpa era di *Caryn*.

Ma la rabbia non gli nasceva solo per l'esito del viaggio in Florida. Quello della notte precedente era stato solo un maledetto *scherzo*. Qualcosa che si faceva tra amici... e nessuno se l'era mai presa per quelle bravate reciproche. Invece no: quella stronza *doveva* aprire la bocca e spifferare a tutti quanto era accaduto. Almeno l'aveva detto al nonno, maledetto... che stronzo chiacchierone!

Così, alla fine, era Paul a pagarne le conseguenze.

Il capo della polizia si era già presentato alla caserma dei pompieri per interrogarlo, e anche gli altri clienti della Tana erano stati contattati. L'ultima cosa che Paul voleva era un'indagine. Non digeriva il fatto che *qualcuno* potesse prendere per buona la parola di Caryn contro quella dello stesso Paul e degli altri vigili del fuoco, persone che avevano salvato più vite in quel maledetto paesino di quante ne avesse mai salvate lei.

Paul non poteva perdere il posto di lavoro. Si era dato da fare troppo per arrivare dov'era. Era il capitano del dipartimento dei vigili del fuoco di Fallport, non si sarebbe arreso senza lottare.

Quella stronza era sempre stata un flagello, per lui. Gli aveva rovinato l'esistenza. La *odiava*. Quella notte bisognava dare una lezione a Caryn Buckner, farle capire che non sarebbe mai stata una di loro. L'unico motivo per cui Paul avrebbe eventualmente assunto una donna sarebbe stato per mettere a tacere quegli stronzi del consiglio comunale, tanto preoccupati delle pari opportunità. Non uno solo dei vigili del fuoco in servizio voleva stare in squadra con una tipa. Impossibile.

Avrebbe persino potuto fottersela alla grande, se avesse voluto davvero. Dennis aveva suggerito di farsela, ma Paul aveva rifiutato. Ecco, Caryn avrebbe dovuto *ringraziarlo*, non cercare di rovinargli la carriera, maledizione!

Non le avevano fatto nulla, se non lasciarla all'imbocco di un sentiero. Avrebbero potuto fare molto peggio. Non era colpa loro se lei non reggeva l'alcol. Nessuno le aveva messo una pistola alla tempia per costringerla a bere. Aveva bevuto per sua libera scelta. Il fatto che gli abitanti di Fallport, persone che lui e gli altri avevano aiutato in innumerevoli occasioni, si stessero mettendo contro di loro per stare dalla parte di quella stronza lo faceva infuriare!

Paul sperava proprio che Caryn *facesse* domanda per entrare nel dipartimento antincendio. Si sarebbe divertito un mondo a respingerla. L'avrebbe convocata per un colloquio, tanto per far tacere il comune, ma poi avrebbe scelto qualcun altro.

Pensare al tiro mancino che ferisse di più Caryn, pensare alla forte delusione che avrebbe provato, sentendosi respinta da quell'incarico, gli fece tornare il sorriso.

Paul odiava quel maledetto paesino. Ci era rimasto solo perché lo stipendio da capitano era decente e l'incarico era di una facilità ridicola. Gli incendi nella zona erano estremamente rari e anche gli incidenti stradali non erano molti. Gli capitava di passare gran parte dell'orario di servizio dormendo: era uno stipendio che non faceva sudare. Nel tempo libero, guardava dei porno a casa o passava il tempo alla Tana. Era felicissimo di vivere nella casa dei genitori, senza un mutuo da pagare, senza rotture di scatole per le bollette, per internet o per la TV... era libero di spendere i suoi soldi viaggiando a Miami o pagando le camgirl che gli piacevano di più. Faceva una bella vita.

Non *poteva* perdere il lavoro. Se ci fosse stata un'indagine, quello sarebbe diventato un rischio concreto. Paul non sarebbe mai stato disposto a fare domanda altrove, per ricominciare tutto daccapo. Da quel che aveva sentito sui dipartimenti metropolitani, erano pieni zeppi di regole e regolamenti che i vigili del fuoco dovevano seguire.

Doveva inventarsi un modo per far cessare i pettegolezzi su di sé e sugli altri pompieri... e ridimensionare Caryn una volta per tutte. Non sarebbe mai diventata una vera Fallportese, a prescindere da quanto lo desiderasse.

Paul fece un sorriso compiaciuto. Si era appena inventato quella parola, ma gli piaceva. Paul era nato e cresciuto in quel paese, era vissuto a Fallport tutta la vita. Lei invece era solo un'intrusa. Non una Fallportese. Doveva pur esserci un modo per cacciarla via... non gli restava che trovarlo.

CAPITOLO DICIASSETTE

Caryn era cambiata, aveva qualcosa di diverso, ma Drew non riusciva a capire cosa fosse. Gli sembrava più... rilassata. Forse non era quella la parola giusta, ma ci andava vicino. Era passato qualche giorno, da quando si era appisolato nel letto di Caryn, a casa di Art. Non era più irrequieta, non si agitava per la troppa energia come al solito.

Quella sera, Drew era poi tornato a casa e aveva dormito per otto ore filate. Quando si era svegliato, aveva trovato un messaggio di Caryn che gli diceva di aver mandato una mail a Thomas e di aver già appuntamento al telefono con due scrittori per vedere di definire i dettagli di un'eventuale collaborazione come redattrice.

Da allora, si erano allenati ogni mattina, poi Caryn era andata da Bristol a passare il tempo, era andata a vedere le partite di calcio di Tony, seduta sugli spalti insieme a Elsie e Zeke, e si era persino accodata a Lilly per un servizio fotografico. Aveva passato una mattina in pasticceria con Finley, era persino andata in biblioteca per conoscere Khloe.

Era come se quanto era accaduto alla Tana avesse cambiato Caryn sotto certi aspetti. Drew era un po' preoccupato, ma anche entusiasta per lei. Caryn aveva superato un episodio difficile e ne aveva tratto una lezione utile e importante: sforzarsi di legare profondamente con le persone con cui le piaceva di più passare il tempo.

Sembrava anche più sicura di sé e Drew la trovava ancor più eccitante. A casa di Drew, non solo si erano tenuti impegnati nelle faccende quotidiane di tutte le coppie, come cucinare, guardare la TV e chiacchierare; ma avevano anche approfondito il loro rapporto fisico. Ogni sera, finivano per sdraiarsi sul divano a pomiciare. Lei era sexy, provocante, e Drew riusciva a malapena a trattenersi dallo spogliarla completamente per scoparla fino a farla urlare.

Era senz'altro cambiato qualcosa in lei. In *loro*. In meglio.

Drew la voleva di più. Voleva svegliarsi con lei ogni mattina, essere l'ultima persona che lei vedeva prima di addormentarsi. Voleva ridere a colazione, bevendo il caffè; voleva il diritto di tornare a casa con lei dopo l'allenamento, per tirarla con sé sotto la doccia. Caryn gli era entrata dentro in modo smisurato e lui non se ne sarebbe mai allontanato.

Il che, per Drew, non era normale. Di solito, dopo essersi messo insieme a una donna, lui cominciava a diventare pignolo, trovando difetti nel carattere, nelle abitudini, per poi chiudere il rapporto. Invece, più tempo passava con Caryn, più voleva starle vicino.

Quella sera, come succedeva già da qualche tempo, avevano cenato insieme ad Art, scaldando nel forno un'altra casseruola di stufato; poi Art li aveva gentilmente cacciati di casa dicendo di avere un impegno: doveva giocare a poker insieme a Otto, Silas, e... sorpresa! Insieme anche a Dorothea e Cora.

Troppi chiacchieroni sotto lo stesso tetto potevano diventare troppo impegnativi... così Drew e Caryn erano stati più che contenti di uscire, ed erano finiti da lui, sul divano.

"Cosa pensi che si stiano raccontando?" gli chiese Caryn.

Drew finse di rabbrividire. "Preferisco non saperlo," le rispose ripensando al nonno di Caryn e all'allegra compagnia.

"Vero? Dopo le voci... anzi, scusa... le *informazioni* che ha messo in giro il nonno su Paul e sugli altri, sto pensando che la situazione rischi di farsi un po' pericolosa."

"Sinceramente, tuo nonno mi ricorda un tipo che conosco, si chiama Tex e vive in Pennsylvania. È un ex SEAL della Marina, in pratica gli occhi e le orecchie di tantissimi militari, ex militari e forze dell'ordine... forse anche della mafia, per quanto ne so. Sa tutto di tutti."

"Mi sembra uno che è meglio tenersi amico," commentò Caryn con un sorriso.

"Sono d'accordo. Lo stesso vale per Art."

Caryn si fece seria. "È solo che non voglio che le mie azioni si ritorcano contro di lui. Temo che Paul si vendichi in qualche modo."

"Tuo nonno è un membro stimato di questa comunità. Sarebbe un suicidio per la sua carriera, se Paul facesse qualcosa contro di lui, o contro gli amici del nonno. O contro di te. Poi, a quanto ho sentito, è già nel mirino per quel che ti ha fatto."

"Non mi interessa di me stessa, mi preoccupa solo che qualcuno faccia di nuovo del male al nonno."

Drew la fissò per un lungo momento.

"Che c'è?"

"Non ti interessa che possa dire qualcosa di male su di te? Anche lui potrebbe spargere dei pettegolezzi su di *te*."

Caryn annuì. "Lo so... ma ho passato molto tempo a ripensare a quanto mi hai detto l'altra sera, a tutta la mia carriera. Ho sempre fatto la cosa giusta, o almeno quel che mi sembrava giusto. Sono un'ottima vigile del fuoco e non ho mai dato a nessuno dei colleghi *o* dei supervisori un solo motivo per non fidarsi di me, eppure non si fidavano. Quindi adesso mi impegno al massimo per fregarmene."

"Preoccuparmi di ciò che gli altri pensano di me è uno sfinimento incredibile. Non mi ero nemmeno resa conto di quanto fosse faticoso, finché non mi hai fatto notare che

avevo già un gruppo di persone che mi apprezzavano sinceramente e che ciononostante mi preoccupavo di più di ciò che
pensavano Paul e i suoi amichetti. Ho deciso che possono
odiarmi finché vogliono: non cambierà nulla della persona che
sono o del rapporto che ho con gli altri."

"Sono davvero contento per te," le rispose Drew con un
orgoglio smodato.

"Grazie per avermi fatto notare tutto questo, invece che
scaricarmi, o darmi una pacca sulla spalla e indorarmi la
pillola."

"Io sono fatto così."

"Lo so. Ho la netta sensazione di poter contare su di te
anche se ti chiederò di dirmi sinceramente se i pantaloni mi
fanno il culo grosso."

"Il tuo culo non è grosso. E anche se fosse, vorrebbe dire
che c'è più roba da amare."

Caryn gli sorrise, poi si spostò per mettersi a cavalcioni su
di lui. Si mosse in avanti fino a sentire il contatto con l'uccello, poi si agitò un pochino, e Drew sentì che gli stava
diventando duro. "Sei diversissimo dagli altri uomini, Drew."

"Lo so," le confermò.

"Sei più diffidente, più cinico."

Lui sentì una stretta allo stomaco, non sapendo bene dove
volesse andare a parare Caryn con quella premessa. Gli stava
inviando dei segnali contrastanti, strofinandosi su di lui e
facendogli notare i suoi difetti.

"Sarò onesta: diffidenza e cinismo mi hanno sempre irritata in tutti i poliziotti che ho incontrato a New York. Mi
facevano sentire spesso stupida o ingenua, perché ero sempre
ottimista rispetto agli altri. Non mi irritavo, né mi arrabbiavo
per le continue chiamate negli stessi quartieri, per un'overdose dopo l'altra. A me interessava solo salvare delle vite."

"Secondo me non è stupidità: si chiama altruismo. Però, in
tutta onestà, il tuo lavoro era molto diverso da quello della
polizia. Loro probabilmente continuavano ad arrestare gli

spacciatori, per poi vedere che tornavano in circolazione il giorno dopo e riprendevano coi loro traffici... causando altre overdose. Può diventare uno sfinimento."

"Lo capisco, ma tu non sei così. Hai sempre un tratto cinico, ma non ti comporti come se tutti gli altri fossero dei disastri. Poi, sarai anche super guardingo, ma nel tuo caso... non so perché, ma è rassicurante. Almeno per me."

"Perché sai che sto dalla tua parte," le disse Drew alzando le spalle.

"Sì. È una sensazione che non ho mai avuto in passato. Non è strano, che ci siamo avvicinati così alla svelta?"

"No," le rispose Drew senza alcuna esitazione.

"Me l'ha detto anche il nonno. Comunque, ha chiamato il sesso *ballare senza veli*," gli disse.

Drew rise sbuffando.

"Mi ha anche detto di darmi da fare," proseguì Caryn... per poi ridacchiare. "E pensa che ho capito solo adesso il doppio senso di cosa intendeva."

Drew non aveva ancora capito dove volesse arrivare Caryn con quel discorso, ma non poté evitare di metterle le mani sui fianchi.

"Ti voglio," gli disse schiettamente. "Forse sarà troppo presto, magari qualcuno penserà che stiamo affrettando i tempi, ma non mi interessa. Voglio solo farti sapere quello che voglio, così quando pensi di essere pronto, anche tu potrai sentirti libero di fare una mossa, invece di fare troppo il galantuomo."

Senza commentare, Drew le mise una mano dietro la schiena e la tirò più vicina, portandole l'altra mano dietro la nuca. La tenne ferma e le si avvicinò. Caryn aveva la testa un po' più in alto rispetto a lui, perché gli sedeva in grembo, ma lui la fece scendere un poco per raggiungerla. Appena le loro labbra si incontrarono, lui avanzò con la lingua.

Lei aprì la bocca immediatamente, gemendo nel profondo della gola e affondandogli le unghie nel petto durante il bacio.

Si erano già baciati anche prima, proprio su quel divano, ma già sembrava tutto diverso. Avevano entrambi in mente lo stesso finale... che non prevedeva certo di fermarsi dopo essersi eccitati a tal punto da non riuscire più a ragionare.

Senza staccare le labbra da lei Drew avanzò sul divano, poi si alzò in piedi tenendola in braccio. Lei gli strinse le gambe intorno ai fianchi e le braccia intorno alle spalle. Si sentì leggera come una piuma mentre lui la portava lungo il corridoio, fino in camera da letto.

Da quando l'aveva portata nel proprio letto, la notte della sbronza alla Tana, Drew si era immaginato quel che finalmente stava per succedere.

Sempre baciandola, si abbassò con lei per appoggiarla sul letto, poi salì anche lui per sovrastarla. Alla fine Drew alzò la testa, senza alcun imbarazzo per il fiatone che gli era venuto. Si leccò le labbra per sentire il gusto del bacio. La limonata che avevano bevuto prima sembrava ancor più dolce sulle labbra di Caryn.

"Immagino tu non pensi che sia troppo presto?" gli chiese lei con un sorriso divertito.

"No," le rispose. "So che ti sembrerà sdolcinato da morire, ma non me ne frega niente: dal momento in cui ti ho vista per la prima volta, nell'ospedale di Roanoke, ho capito che mi avresti stravolto la vita... e mi sono spaventato. Penso sia questo il motivo per cui mi sono comportato da stronzo..."

"Non sei stato uno stronzo," lo interruppe Caryn, "ma di sicuro anche *io* non ho dato il meglio di me."

"...e quando sei intervenuta per fare a quell'uomo la manovra Heimlich all'Occhio di Bue... a quel punto ho capito che ero perso."

"Drew," gli sussurrò.

"Fai quello che vuoi, quando vuoi," le disse determinato. "Non importa cosa pensano gli altri. Che vadano a quel paese! Sei una donna fantastica, Caryn, e io ti voglio. Voglio affondare nel tuo corpo al punto da fonderci insieme. Voglio proteggerti, starti vicino quando sei felice, coprirti le spalle quando tiri cazzotti... non hai bisogno di me, nemmeno lontanamente... ma spero che mi *vorrai*."

"Certo. Oddio, Drew, ti voglio tantissimo. Mi fai desiderare di essere una donna migliore, anche solo per guadagnarmi il diritto di stare al *tuo* fianco."

Cazzo, quanto la desiderava. Subito. "Non devi guadagnarti questi diritto, perché ce l'hai già," riuscì a dirle. Poi aggiunse: "Quanto *subito* puoi spogliarti?"

Lei fece un sorriso enorme. "Più *subito* di te," gli rispose, tirando fuori lo spirito competitivo.

Senza dire una parola, Drew si mise in ginocchio e si sfilò la maglia dalla testa.

Poi ci fu un groviglio di braccia e gambe, mentre si impegnavano per togliersi i vestiti l'uno prima dell'altra. Drew fu il primo, ma solo perché non aveva molto da togliersi.

Quando anche lei si fermò, nuda come mamma l'aveva fatta e in preda a risate incontrollate, Drew la squadrò soddisfatto. Non riusciva a credere che fosse lì, con lui: un ex poliziotto esaurito, un commercialista secchione. Drew sapeva bene di non essere un brutto uomo, ma non si era mai interessato dell'aspetto esteriore. Guardò la donna che gli stava sotto e finalmente capì cosa fosse la *vera* bellezza, dentro e fuori. Dietro il guscio tosto che Caryn si era creata per proteggere se stessa, c'era una donna dolce, sensibile e profonda.

Per non parlare dell'aspetto esteriore... wow! Aveva seni pieni e accattivanti, incoronati da capezzoli che in quel momento erano turgidi e lo chiamavano. Aveva le gambe lunghe e toniche, con cosce muscolose e sode. Il pelo pubico finemente curato gli fece venire l'acquolina in bocca.

Caryn smise di ridere quando lui le mise le mani sul corpo. Drew passò dal petto alla pancia, poi alle cosce. Poi tornò su, godendo della sensazione di quella pelle liscia e sensibile sotto i propri palmi callosi.

Ma lei non rimase ferma docilmente. Mentre lui la divorava con gli occhi, sfiorandola con le mani, lei gli mise i palmi delle mani sul petto, accarezzandolo e affondando leggermente le unghie corte. Quando gli stuzzicò un capezzolo, fu come se una saetta di piacere lo attraversasse dal ventre fino alla punta dell'uccello.

Già pulsava, con il liquido preseminale che raggiungeva la punta del membro gonfio e pronto ad affondare dentro di lei. Anche se Drew poteva sentire il profumo dell'eccitazione di Caryn, non voleva affrettare ciò che entrambi volevano. Preferiva prendersi tutto il tempo, conoscere ogni centimetro del corpo di Caryn. Venerarla. Dimostrarle che era la donna più bella di tutto il mondo e che chiunque la pensasse diversamente poteva anche andare al diavolo.

Una volta finito con lei, Caryn avrebbe saputo senz'ombra di dubbio che lui la voleva esattamente com'era.

Si abbassò e la baciò un'altra volta, ma con maggiore lentezza. Con sensualità. Con erotismo. Le mostrò con la lingua ciò che avrebbe fatto anche alla passera. Allo stesso tempo, le afferrò un seno e cominciò a palparlo. Lei inarcò la schiena, spingendosi in quel contatto, e alzò la gamba, per poi lasciarla cadere di lato e consentire a Drew di abbassarsi completamente. Lui sentì subito sul proprio corpo il contatto con la passera.

Drew contrasse i muscoli dell'addome e sentì altro liquido uscirgli dalla punta dell'uccello. Era troppo vicino a esplodere, ma doveva trovarsi dentro di lei, prima di venire. Si rialzò di scatto e guardò giù, osservando i loro corpi. Caryn era già lucida tra le gambe, gli umori la rendevano sensualissima.

Si spostò su di lei e Caryn divaricò meglio le gambe con desiderio, per fargli più spazio. Drew rimase senza parole, vedendo quel bel rosa: voleva dirle quanto era importante per lui quel momento, quanto l'ammirava; giurarle che non l'avrebbe mai ferita. Ma non gli venivano le parole e non poté fare altro che affondare il viso tra le sue gambe carnose.

Inalò profondamente, poi cominciò a leccarle le pieghe già fradicie.

Non era mai stato con una donna già tanto pronta a riceverlo, tanto alla svelta; era l'eccitazione massima che avesse mai provato. "Mmmmmh," gemette nell'annusarle il clitoride.

"Di più," gli ordinò lei allungando le braccia per afferrargli la testa.

Con un sorriso, Drew eseguì quell'ordine senza alcun problema. Mise le mani sulle cosce di Caryn e le spinse per divaricarle meglio. Ormai erano completamente spalancate, con la passera liscia e umida che lo chiamava. Gli venne una voglia tremenda di infilarci l'uccello, ma prima voleva assicurarsi di farle raggiungere l'orgasmo.

Non aveva mai praticato molto sesso orale, in passato. Le amanti con cui era stato si erano accontentate di mani e uccello, e non gli avevano mai fatto venire il desiderio di leccarle. Con Caryn, invece, gli sembrava non averne mai abbastanza. Il sapore, l'odore, gli ansimi profondi, il modo in cui contraeva i muscoli ogni volta che lui le leccava il clitoride. Si era sempre astenuto da quel tipo di contatto intimo, ma con lei era diventato famelico. Sentiva di poter passare letteralmente delle ore tra le gambe di quella donna.

Drew concentrò la propria attenzione sul clitoride: lo leccò, lo succhiò tenendo un ritmo costante di stimolazione sul fascio sensibile di nervi. Quando lei cominciò a spingersi contro di lui, gli venne quasi male all'uccello e non poté fare altro che aggrapparsi alle sue gambe e tenere la bocca attaccata a lei. Quando le cosce di Caryn cominciarono a tremare, lui le lasciò andare una gamba per infilarle una mano tra le cosce e metterle un dito sulle pieghe calde.

"Oddio, sì!" gemette Caryn. "Di più! Ti voglio dentro di me. Subito!"

Anche lui ne aveva bisogno, più di quanto Caryn potesse immaginare. Ma prima di sfogare il proprio piacere, era determinato a farla venire.

Aggiunse un altro dito dentro di lei e godette sentendola bagnata, stretta e calda. Gli avrebbe strangolato l'uccello una volta dentro... e lui non vedeva l'ora, accidenti!

Spinse le dita dentro e fuori di lei, le incurvò leggermente e continuò a succhiarle il clitoride.

"Oh, merda... sì, ancora. Sto venendo!" gli gridò.

Non c'era bisogno di farglielo notare. Drew sentì intorno alle dita la passera di Caryn che stringeva, sulla bocca i muscoli di lei che fremevano. La vide spingersi in alto un'altra volta, poi fermarsi per bagnargli a fiotti le dita.

Fu l'esperienza più erotica che Drew avesse mai vissuto. Caryn era sensualissima e determinata nella propria carnalità, tanto da eccitarlo al punto da farlo quasi venire prima ancora di penetrarla. Drew alzò la testa e osservò i succhi che uscivano, mentre continuava a muovere con più delicatezza le dita dentro di lei.

Ormai Caryn stava tremando e quando lui le sfiorò di nuovo il clitoride con il pollice, la fece scattare.

"Sensibile," gli mormorò.

Drew avrebbe voluto abbassare la testa e farla venire di nuovo, ma aveva troppo bisogno di penetrarla. Sapeva che tanti uomini partivano cercando l'orgasmo sulle proprie donne, ma lui non era quel tipo di uomo: preferiva una soddisfazione reciproca. A quel punto, Drew capì: il potere che gli dava osservare Caryn esplodere era una dipendenza. Avrebbe voluto vederla godere più e più volte, farla godere con la bocca e con le dita. Avrebbe voluto farla impazzire di desiderio. Avrebbe voluto sfinirla a tal punto da renderle difficile mettere in fila due parole... se non per chiedergli di non fermarsi mai.

Ogni altro desiderio avrebbe dovuto aspettare un'altra occasione. In quel momento doveva entrare in quella donna, altrimenti non pensava di poter sopravvivere.

Drew si mosse su di lei e afferrò dal comodino un preservativo. Se lo infilò rapidamente sull'uccello pulsante e ne afferrò la base, cercando di non esplodere immediatamente.

Caryn era là, sotto di lui, con un velo di sudore sulla fronte. I capelli biondi appiccicati al viso, il petto arrossato. Gli sorrise e allungò il proprio corpo fantastico, con le braccia sulla testa e la schiena arcuata. Gli ricordava una gatta appagata.

Quando Drew si fermò un momento per godere la vista della sua donna sotto di sé, lei gli chiese: "Cosa aspetti? Ho bisogno di te, Drew, adesso."

Come poteva resistere a quell'invito? Non c'era verso.

Si fece avanti sulle ginocchia, facendole divaricare le gambe. Come se l'uccello sapesse esattamente dove andare, la cappella gonfia si infilò tra le pieghe bagnate.

Gemettero entrambi. Caryn gli afferrò i bicipiti, mentre lui si teneva in equilibrio su di lei.

"Sei pronta?" le chiese, volendo controllare che fossero entrambi della stessa idea, prima di penetrarla.

"Sì," gli rispose con decisione guardandolo negli occhi. "Scopami, Drew, ti prego."

Tremante di desiderio, Drew mosse i fianchi prima ancora di rendersene conto. Scivolò dentro di lei con una lunga spinta, senza fermarsi finché non fu tutto dentro.

———

Caryn inspirò di scatto appena Drew la penetrò. Ce l'aveva grosso, più di chiunque altro fosse stato a letto con lei in passato. Per un momento, un pizzico di dolore le fece contrarre i muscoli, ma quando Drew fu tutto dentro, si fermò, dandole il tempo di abituarsi.

"Cazzo," mormorò Drew abbassando la testa come se gli pesasse troppo per sostenerla.

Caryn sentiva i propri muscoli interni che ancora palpitavano per l'orgasmo appena passato. Era venuta con più forza rispetto agli orgasmi che si provocava da sola. Di solito rallentava prima di raggiungere il picco del piacere, in modo da prolungare l'attesa, ma chiaramente non era quello lo stile di Drew. Quando le gambe avevano cominciato a tremarle, lui le aveva succhiato con più forza il clitoride, facendola esplodere. Ormai era bagnata fradicia e sentiva il frutto della propria eccitazione sulle cosce e sotto al sedere. Però non riusciva a *pensare* ad altro che alla sensazione di avere Drew dentro di sé.

Drew rialzò la testa, ma invece di guardarla negli occhi, fissò il punto in cui i loro corpi di congiungevano. Si avvicinò coi fianchi, alzando e divaricando le ginocchia, facendole aprire meglio le gambe mentre le metteva una mano sotto al sedere per sollevarlo. Lei si meravigliò, sentendolo penetrare più a fondo.

"Drew!" gli sussurrò, non sapendo bene cosa dirgli. Di fermarsi? Di muoversi?

"Oddio, è la vista più bella che abbia mai avuto," le disse quasi con venerazione. "Il mio uccello affondato profondamente dentro di te, le tue gambe divaricate che mi prendono tutto."

Caryn alzò la testa e guardò giù tra i loro corpi. Vide i propri peli biondi che contrastavano nettamente con quelli scuri di Drew. Aveva ragione lui: era *davvero* bello. Si strinse intorno a lui, facendolo gemere.

"Cacchio, Caryn, non so... vorrei..."

Sentirlo a corto di parole fu la sensazione di potere più deliziosa che Caryn riuscisse a immaginare. Anche se stava sopra lui, le piaceva sapere di poter fargli perdere il controllo. Lo strinse ancora, e fu come se fosse scattato un interruttore: Drew cominciò a muoversi.

Si tirò fuori e si spinse dentro, con *forza*, poi si fermò sentendola gemere.

"Caryn?" la chiamò.

"Sì, dai! Ti prego... più *forte*!"

Sentendo quelle parole, Drew cominciò a scoparla come un treno. Era molto bagnata e l'uccello scivolava dentro e fuori con facilità. Drew si tenne in equilibrio sulle mani. Un'espressione simile al dolore gli attraversò il viso mentre muoveva i fianchi, provocando a entrambi un intenso piacere, un piacere ignoto a molti.

Caryn fece il possibile per aiutarlo, sollevando i fianchi a ogni spinta e stringendolo quando lui arrivava in fondo. Ormai Drew stava grugnendo e respirava con affanno, ma lei quasi non lo sentiva: anche lei gemeva troppo forte. Era un piacere incredibile. Lei si sentiva formicolare dappertutto e ogni volta che la carne di Drew la colpiva, le sfregava il clitoride col pube.

Un secondo orgasmo le si approssimò mentre lui la scopava con sempre più forza, a ritmo sempre più serrato, una spinta dopo l'altra, facendola uscire di senno dal piacere.

Quando le sembrò di non poter resistere un secondo di più al piacere, lui aumentò ancor più il ritmo, con spinte più brevi e nette. "Sto per venire," le disse ansimando.

Appena quelle parole gli uscirono di bocca, lui si spinse dentro e si bloccò. Caryn sentì l'uccello scattare appena lui cominciò a venire. Drew era bellissimo... ed era tutto suo.

In un lampo, Caryn si portò una mano tra le gambe. Lui stava ancora venendo, ma prese fiato e le lasciò abbastanza spazio per raggiungere il clitoride. Lei cominciò a masturbarsi con forza; voleva raggiungerlo nel piacere.

"Oddio, sì, fatti venire, tesoro. Dai, forza!"

Lei non capì se fosse quel comando, o se fosse l'eccitazione già montata... probabilmente un po' di entrambi... ma raggiunse subito il limite.

"Sì, cazzo!" esclamò Drew mentre lei gli stringeva l'uccello con forza, superando la soglia del piacere.

L'orgasmo con lui dentro le sembrò diverso. Si sentiva piena, e anche se lo stringeva come una morsa, lui oscillò i fianchi, spingendo l'uccello per muoverlo e prolungando il piacere di entrambi.

"Porco cane," disse Caryn con un filo di voce, mentre cominciava a superare l'orgasmo.

In passato, era stata con uomini che si tiravano fuori appena dopo essere venuti, oppure con altri che non perdevano tempo a sfilarsi il profilattico, lagnandosi, o altri ancora che le cadevano addosso dopo il sesso, facendola sentire soffocata. Uno o due l'avevano anche tenuta stretta in modo imbarazzante, come se avessero dovuto.

Drew non fece nulla del genere. Rotolò su se stesso, tirandola con sé e sorprendendola, tanto che Caryn fece partire un gridolino. Gli finì spiaccicata contro il petto sudato. Era ancora dentro di lei e la tenne ferma dov'era, mettendole una mano dietro la schiena e l'altra dietro la nuca. Le piaceva moltissimo quando la prendeva in quel modo.

Rimasero là sdraiati, cercando di riprendere fiato, poi l'uccello lentamente scivolò fuori. Caryn arricciò il naso a quella sensazione.

Drew probabilmente se ne accorse sentendola sulla pelle, perché ridacchiò. "Dispiace anche a me," le disse sottovoce.

Dato che lui non si muoveva per alzarsi e non la lasciava andare, Caryn gli disse timidamente: "Non dovresti occuparti di quello?"

"Certamente. Tra un attimo. Mi sto godendo troppo questo momento per muovermi."

"Così bagni il letto," si sentì in dovere di dirgli.

Lui ridacchiò di nuovo e quel suono le fece vibrare tutto il corpo. "Non me ne frega un tubo."

"Anche se ti tocca dormire dove c'è bagnato?" gli chiese con una delle sue solite risate.

"Non m'importa un fico secco," le rispose.

Caryn gli sorrise addosso.

Passò qualche minuto di silenzio, ma nessuno dei due si

sentì minimamente a disagio. Poi Drew spostò la mano che le teneva dietro la nuca e gliela posò sulla guancia.

Caryn alzò la testa per poterlo guardare negli occhi.

"È stato... bellissimo," le disse. "So di essere un maschio e che quindi non dovrei essere troppo sdolcinato e balle varie, ma... sul serio, non mi sono mai sentito in questo modo prima d'ora."

Quelle parole le entrarono nell'animo e le fecero venire l'istinto di piangere.

"Intendo fare tutto ciò che posso, per far funzionare il nostro rapporto," le disse sottovoce. "Non ho un *palmarès* eccezionale in termini di compagne, ma *voglio* che tra noi funzioni. Lo voglio più di qualunque altra cosa abbia mai voluto in vita mia. Se faccio una cazzata, ti prego di dirmelo. Non aver paura di dirmelo, se lavoro troppo. Se divento soffocante, dimmelo. Non posso prometterti che non farò mai cavolate, ma ti giuro che mi impegnerò per rimediare a qualunque cosa possa darti fastidio."

Le lacrime che Caryn aveva cercato di trattenere si fecero strada con forza. "Non mi aspetto che tu sia perfetto," gli disse mentre una lacrima le scendeva sulla guancia, andando a cadergli sul petto. "Ho solo bisogno di te."

"Sono qui," la rassicurò. "Pensa che non avevo mai capito Rocky, Ethan e Zeke, che sono diventati all'improvviso ossessionati dalle loro donne. Adesso li capisco."

"Va beh, ma adesso smettila di essere così carino," brontolò lei chiudendo gli occhi.

"Mai," le sussurrò.

Caryn sentì le labbra di Drew sulle guance: le asciugava le lacrime coi baci. "Adesso smetti di piangere, mettiamoci seduti."

Sorpresa da quell'invito, Caryn prese fiato a fondo e si tirò su.

Si mise a cavalcioni su di lui e si appoggiò al suo petto.

"Cazzo, che donna! Sei maledettamente bella," le disse

con stupore, mentre con gli occhi andava su e giù lungo il corpo di lei.

Per la prima volta da un'eternità, forse da sempre, Caryn si *sentì* bella.

Drew le mise una mano su un seno. Lei sentì il capezzolo indurirsi a quel contatto, e sentì anche l'uccello sotto di lei che scattava.

"Non è possibile che tu sia già pronto," gli disse sorpresa.

Lui alzò le spalle. "Non ho più vent'anni, ma di sicuro mi stimoli bene. Dai, alzati," le disse stringendo la presa sul fianco.

Caryn si mise in ginocchio. Drew si portò le mani tra le gambe e lei lo vide togliersi il preservativo usato, esponendo l'uccello lucido di sperma. Poi lo vide annodare il profilattico e avvolgerlo in un fazzolettino di carta, allungarsi oltre il comodino e prenderne un altro, per poi infilarselo sul membro già eretto. Le sorrise pigramente. "Adesso tocca *a te* prendermi," le disse.

Caryn fece un sorrisone. Non le era mai capitato di rifare sesso tanto presto, dopo una prima volta, ma era dispostissima a provarci, se lui voleva; e poi non poteva negarlo: stare sopra la attizzava parecchio.

Allungò una mano e glielo afferrò, apprezzando il gemito che gli sfuggì dalla gola a quel tocco. Poi Caryn si fece un poco indietro e se lo puntò tra le cosce. Era ancora bagnata per gli orgasmi precedenti e non ebbe alcuna difficoltà a prenderlo dentro in una sola mossa.

Quando Drew fu completamente dentro di lei, Caryn abbassò lo sguardo e capì il motivo per cui anche lui aveva guardato i loro corpi con tanto piacere. "Però *siamo* belli," gli disse sottovoce.

"Muoviti, Caryn," le suggerì.

"Pensavo che gli uomini dovessero riuscire a durare di più, la seconda volta," gli disse per stuzzicarlo.

Lui allungò una mano e cominciò a stimolare il clitoride

col pollice, facendole sfuggire un gridolino. Caryn era sensibile... *molto* sensibile.

"Scopami," le ordinò.

Caryn obbedì senza alcun problema. Lo cavalcò, prima lentamente, poi più rapidamente e con forza. Stare insieme a Drew era divertente. Facile. Sexy. Esilarante. Intimo... e lei non si sentiva affatto imbarazzata.

Quando arrivò il terzo orgasmo della serata, Caryn non si trattenne e lo chiamò per nome, e Drew ricambiò gridando *Caryn* quando anche lui raggiunse di nuovo l'apice del piacere.

A quel punto, quando furono entrambi in grado di riprendere fiato, Drew le infilò una mano tra i capelli e la baciò intensamente. Fu un bacio ancor più intimo, dopo aver fatto l'amore. Un bacio più ricco di significato, come una promessa solenne.

Infine Drew la fece sdraiare su un fianco, la baciò sulla fronte e scese dal letto. Andò in bagno e Caryn quasi non riuscì a tenere gli occhi aperti. Sussultò di sorpresa, quando sentì il letto affondare al ritorno di Drew.

"Calma, tesoro, sono io," le disse Drew sottovoce, poi spense tutte le luci e la tirò subito al proprio fianco. C'era odore di sesso sulle lenzuola, sulla pelle, nell'aria. Un odore allo stesso tempo eccitante e rilassante. Drew le accarezzò la schiena con una mano, su e giù, tenendosi vicino a lei col petto. Non avevano mai dormito così; di solito lui le stava dietro a cucchiaio. Ma le piaceva quella posizione... moltissimo.

"Dicevo sul serio," le ribadì dopo un momento. "Farò tutto ciò che posso per non incasinare il nostro rapporto. Ti voglio nella mia vita, Caryn. Accidenti, ho *bisogno* di te nella mia vita. So benissimo che tu non hai bisogno di me, ma farò di tutto per dimostrarti che puoi fidarti di me, che puoi affidarti a me e che per te ci sarò sempre."

Caryn apprezzò quel tentativo di placare ogni eventuale preoccupazione che le fosse sorta, ma stranamente non ne aveva alcuna. Drew era un brav'uomo. Non gli interessavano conflitti di autorità, non gli importava che lei fosse più preparata in situazioni di incendio o di emergenza medica, non era uno stronzo maschilista. "Anche tu puoi fidarti di me," gli disse. "E anche io voglio che il nostro rapporto funzioni."

"Allora funzionerà," le disse semplicemente. "Sogni d'oro."

"Devo avvertire Art che non torno a casa a dormire," gli mormorò, sentendo le braccia di Morfeo che la avvolgevano.

"Gli telefono io tra poco," le disse Drew.

Caryn si sentì un po' in colpa nel sapere che Drew avrebbe dovuto alzarsi e fare qualcosa che poteva fare benissimo da sola, ma si stava godendo il calduccio, sdraiata comoda, irresistibilmente soddisfatta. "Grazie."

Si sentì baciare alla tempia, poi si addormentò.

CAPITOLO DICIOTTO

La settimana che seguì fu una delle migliori della vita di Caryn. Il nonno recuperava le forze giorno dopo giorno ed era praticamente tornato il vecchio brontolone di sempre. Caryn si era praticamente trasferita a casa di Drew, dormiva da lui quasi ogni notte e aveva trovato la convivenza con lui molto facile.

Lui le lasciava lo spazio che le serviva e lei lo ricambiava allo stesso modo, ben sapendo che gli servivano alcune ore ogni pomeriggio per controllare gli investimenti dei clienti. Non si era imbattuta in Paul o negli altri vigili del fuoco, il che le andava benissimo. Non avrebbe avuto nulla in contrario a non rivederli mai più, anche per non ricordare quanto era stata scema.

Passava molto tempo con Bristol, Elsie e Lilly. A volte si incontravano alla pasticceria di Finley, oppure prendevano un caffè da Grinders, tanto per cambiare. Un pomeriggio, Caryn aveva aiutato Bristol e Rocky ad allestire il laboratorio artistico nel fienile. Vedere tutto ciò che comportava la lavorazione dei vetri istoriati le aveva aperto gli occhi.

La scuola era cominciata da una settimana e Caryn si era offerta di andare a prendere Tony ogni giorno di quella settimana per portarlo in biblioteca, chiedendogli anche se preferisse tenersi impegnato diversamente. Un giorno avevano giocato per ore al Caboose Park, un altro giorno lui l'aveva pregata di mostrargli alcune delle attività di un vigile del fuoco e lei l'aveva portato all'officina di Brock e gli aveva fatto provare il percorso a ostacoli... senza però farsi sollevare di peso alla fine. Invece aveva trovato un sacco abbastanza grande e l'aveva riempito di terriccio per farglielo portare in spalla.

Tutto sommato, Caryn non era mai stata tanto felice. Prima o poi sarebbe dovuta tornare a New York per liberare l'appartamento, ma non aveva alcuna fretta. Prima di partire, aveva pagato l'affitto per sei mesi, perché non sapeva quanto tempo sarebbe durata la convalescenza di Art.

Il comandante della caserma di New York non le era sembrato molto dispiaciuto, quando gli aveva telefonato per comunicare le proprie dimissioni. Per un momento, le aveva dato fastidio sapere di poter essere sostituita tanto facilmente, ma aveva scelto di scrollarsi di dosso quella sensazione. La vita andava avanti.

Gli allenamenti con Drew erano proseguiti ogni mattina. Capitava più spesso che andassero nel bosco e che lui le insegnasse altri dettagli sulle missioni di ricerca e soccorso: Caryn assimilava ogni minima informazione che lui le dava.

Le nottate erano la ciliegina sulla torta della sua nuova vita. Le piaceva moltissimo dormire tra le braccia di Drew, dopo aver fatto l'amore. Lui sapeva essere tenero o determinato, e non sapere che tipo di approccio avrebbe tenuto la eccitava ogni sera. Ovviamente anche a lui piaceva fare sesso, le manifestava il proprio affetto, le faceva sparire qualunque inibizione o fobia. Con Drew, Caryn sentiva di poter fare di tutto o dire di tutto a letto, senza doversi preoccupare di cosa lui avrebbe pensato.

Sotto sotto, Caryn si aspettava che arrivasse anche il rovescio della medaglia, che succedesse qualcosa che macchiasse quel piccolo mondo felice. Nulla poteva rimanere perfetto tanto a lungo. Però lei cercava di non lasciare ai pensieri negativi troppo spazio.

Quel pomeriggio doveva incontrare Lilly per un pranzo tardivo. L'amica doveva visitare una cliente a domicilio per scattare delle foto del cane di casa. Caryn aveva preso in giro Lilly per quell'incarico, ma l'amica si era messa a ridere dicendo che il lavoro è lavoro. Poi aveva aggiunto che i cani erano modelli migliori delle persone.

Caryn era andata prima a casa di Art per prepararglo il pranzo. Lui aveva cominciato a fare delle pause dalle sedute all'ufficio postale; si prendeva abbastanza tempo per tornare a casa, pranzare e fare un pisolino; poi nel pomeriggio tornava al solito posto con gli amici. Art aveva finito il panino ed era appena andato in camera sua per una pennichella di un'ora, quando il telefono di Caryn squillò.

Quando era uscita, aveva lasciato Drew a casa a lavorare; le fece piacere vedere che era lui a chiamarla.

"Ciao. Ti manco già?" gli chiese per stuzzicarlo.

"C'è un incendio," le disse Drew senza preamboli.

A quelle parole, Caryn si irrigidì. "Cosa? Dove?"

"A casa dei Conley."

Caryn si bloccò: Conley era il cognome della signora che aveva assunto Lilly per scattare delle foto del suo Yorkie quel mattino. "*Cosa?!*"

"Ci sto andando in questo momento. Mi ha telefonato Rocky, anche lui ci sta andando con Ethan. Siamo preoccupati per Lilly."

Caryn si mosse prima ancora che lui finisse di parlare. "Ci vediamo là."

"Mi raccomando." Poi Drew riattaccò.

Caryn non perse tempo. Non svegliò il nonno per dirgli cosa stava succedendo. Art se la sarebbe presa (un incendio era un pettegolezzo di prim'ordine), ma Caryn doveva raggiungere Lilly. Doveva constatare coi propri occhi che l'amica stesse bene.

Sapeva dove abitavano i Conley, perché Drew un giorno gliel'aveva indicato, mentre tornavano da una camminata in montagna. Era un terreno di quasi un ettaro, fuori città; ci si arrivava percorrendo un lungo vialetto ghiaioso. Caryn spinse la macchina a velocità eccessiva e molto prima di arrivare alla casa vide il fumo che spuntava dalle cime degli alberi.

Sentì una stretta allo stomaco per la preoccupazione, svoltò nel vialetto sterzando bruscamente e le gomme slittarono, facendo partire sassolini dietro al veicolo.

Appena accostò alla casa e vide fumo e fiamme che uscivano copiosamente da una finestra al primo piano, nell'angolo anteriore destro dell'edificio, la sua mente passò subito in modalità vigile del fuoco, per valutare la scena.

Tirò il freno a mano dopo aver controllato che la macchina non ostacolasse in alcun modo altri veicoli di soccorso che potevano arrivare diretti al prato antistante la casa. Preoccupata per il caos che la circondava, le servì un momento per comprendere cosa stesse accadendo.

Il dipartimento antincendio di Fallport era in confusione totale. Due pompieri urlavano a Ethan di farsi da parte, mentre Rocky, Tal e Drew si sforzavano di trattenerlo, perché non corresse nell'edificio in fiamme. Una donna era in piedi da una parte, con uno Yorkie tra le braccia; piangeva disperata. C'era anche un gruppetto di persone che guardavano e urlavano ai vigili del fuoco.

Paul era in piedi da una parte, guardava i suoi uomini come un principe. Ogni tanto si portava la ricetrasmittente alla bocca per dire qualcosa. Caryn poté solo presumere che stesse agendo da comandante, ma le sembrò che i soccorritori fossero appena arrivati, il che era strano, considerando che dovevano essere stati avvertiti prima di Drew.

Tre uomini faticavano a indossare le tute antincendio e nessuno aveva ancora collegato un tubo a un idrante. Ci avrebbero messo del tempo, perché il tubo andava prima sviluppato, per evitare che si bloccasse una volta riempito d'acqua ad alta pressione. Uno dei pompieri gridò a nessuno in particolare, chiedendo dove fosse l'idrante.

Era un pandemonio... e lo spirito da vigile del fuoco di Caryn tremò inorridito. Stavano facendo tutto nel modo sbagliato. Era un disastro totale, una vergogna. Quegli uomini si stavano comportando come se fosse la loro prima missione e non avessero idea di cosa fare e in che ordine. Nessuno sembrava gestire il comando, nessuno dava indicazioni. In tutti gli interventi a cui aveva partecipato, Caryn aveva sempre saputo esattamente quale fosse il suo ruolo e aveva agito senza esitare, senza fare domande.

Distolse l'attenzione dall'incompetenza dei vigili del fuoco quando sentì che le persone vicine urlare con più forza. Si voltò verso la casa e capì perché stavano urlando.

Lilly.

Era ancora in casa.

Ogni muscolo del corpo di Caryn si contrasse. No! Non Lilly!

Caryn guardò prima Ethan e gli altri amici, poi le autobotti, poi la casa. Mentre esaminava l'edificio, le tornarono in mente tutte le conoscenze acquisite sul fuoco e sulla scienza che ne studia il comportamento. Dalle grida e dallo sbracciare dei presenti, Cayn capì che Lilly si trovava al primo piano, nell'angolo posteriore sinistro, in posizione opposta al punto in cui le fiamme sbucavano dalla finestra. Non sarebbe stato un salvataggio semplice, ma c'era ancora tempo, sempre che i pompieri si sbrigassero.

Andò verso Oscar, che stava facendo del suo meglio per sviluppare da solo il pesante tubo, tirandolo dall'autopompa per prepararlo. Stava per gridargli di darsi una mossa, quando sentì Paul urlare a una delle persone che gli stavano addosso che era troppo tardi, che non era possibile entrare nell'edificio perché era una casa vecchia e sarebbe bruciata molto più alla svelta di un edificio costruito di recente.

Caryn sbatté le palpebre sbigottita. Poi, in un battibaleno, lo stupore si trasformò in rabbia.

Non era troppo tardi. Nemmeno lontanamente. Non se i pompieri avessero mosso i loro dannati culi!

Un ruggito scaturì dalla gola di Ethan, che chiaramente aveva sentito la decisione di Paul, così Raiden e Zeke dovettero aggiungere la loro forza per trattenerlo. Ormai tutti gli amici lo tenevano a terra, mentre lui gridava in un modo che avrebbe fatto venire gli incubi anche a Caryn. Il dolore e l'angoscia si sentivano chiaramente e la toccarono nel profondo.

Invece di proseguire verso Oscar, cambiò direzione e raggiunse l'autopompa più vicina. Nessuno la stava guardando, così prese un respiratore dal veicolo. Pregò solo che la bombola d'ossigeno fosse carica. Non poteva certo escludere che quegli inetti si portassero dietro delle bombole d'ossigeno vuote. Non esitò a mettersi a tracolla la bombola e a infilarsi la maschera. Era un'azione che aveva ripetuto migliaia di volte. Le veniva naturale come respirare.

Non si curò nemmeno di agire di nascosto, ben sapendo che avrebbe dato nell'occhio, con indosso l'attrezzatura dei pompieri sui jeans e sulla maglietta; ma non le importava: andò dritta al lato sinistro dell'edificio, verso l'angolo posteriore in cui era stata vista Lilly.

Era una mossa pericolosa, ma lei aveva una fiducia totale nelle proprie capacità di vigile del fuoco. Gli altri potevano anche non essere d'accordo, ma a lei non importava. Avrebbe fatto ciò che sapeva di poter fare, avrebbe pensato poi alle conseguenze.

Nessuno la fermò, così continuò a correre intorno all'edificio. Doveva esserci un'altra entrata. La calma la pervase mentre si avvicinava alla struttura in fiamme. Le sembrò di sentirsi chiamare per nome, ma tutta la sua attenzione era rivolta alla missione in atto.

Non avrebbe dovuto entrare da sola in quella casa. Era uno dei primi insegnamenti che le avevano inculcato all'accademia; ma non intendeva aspettare per discutere con un comandante dei vigili del fuoco che si era già arreso. Doveva raggiungere Lilly.

Caryn spinse la porta sul retro e la aprì, entrando in una cucina. Il fumo nero stava cominciando a riempire il piano terra; Caryn fremette al pensiero di come fosse l'aria al piano di sopra. Scacciò quel pensiero dalla mente e tornò in modalità vigile del fuoco. Andò verso quella che sperava fosse la zona principale della casa, in cerca delle scale. Non ebbe bisogno di gattonare, ma ben presto il fumo e il calore l'avrebbero costretta a buttarsi a terra.

Trovò le scale, ma le bastò un'occhiata per capire che non erano percorribili. Le fiamme lambivano la rampa delle scale. Poi qualcosa che aveva intravisto appena entrata in quella casa rispuntò nella memoria. Si voltò e andò al corridoietto che proseguiva oltre la cucina.

Sì! C'erano delle scale di servizio. Si trovavano in molte vecchie case, grazie al cielo. Si mosse con decisione, senza correre, contando i gradini man mano che saliva. la temperatura stava salendo notevolmente e Caryn sentì i peli sulle braccia che quasi bruciavano. Si abbassò subito, mettendosi carponi. Aveva sempre goduto di un ottimo senso dell'orientamento e si avviò impeccabilmente verso l'angolo posteriore sinistro dell'edificio, il punto in cui sperava di trovare Lilly.

Le porte nel corridoio erano tutte aperte tranne una.

Pregò più di quanto non avesse mai pregato in una qualunque situazione di emergenza e aprì quella porta. In quella stanza non c'era molto fumo; entrò subito e chiuse la porta sbattendola.

Puntò lo sguardo su una forma sotto la finestra, rivolta al muro. Caryn si mise in piedi e corse verso la finestra, scoprendo che quella forma era proprio Lilly. Aveva perso i sensi e aveva una sciarpa intorno al viso, con la mano ancora appoggiata al davanzale. Si era mossa esattamente come doveva: era rimasta in quella camera, vicino alla finestra in cui poteva essere soccorsa, aveva tenuto la finestra chiusa e si era coperta naso e bocca.

Caryn sentì la rabbia montare dentro al pensiero di Paul che diceva a tutti con calma di rassegnarsi, perché non c'era nulla da fare per salvarla. Ringraziando il cielo per la propria forza e per il fatto che gli ex colleghi le avessero sempre appioppato i sacchi più pesanti nei vari addestramenti, Caryn fece un respiro profondo e raggiunse Lilly.

L'istinto le disse che ritardare anche solo di qualche secondo per controllare eventuali ferite, o per cercare di svegliare Lilly, poteva portare alla morte di entrambe. Con l'adrenalina ormai a mille, Caryn sollevò con facilità l'amica e se la mise sulla spalla in posizione da trasporto in sicurezza. Si girò subito e si avviò verso la porta. Avrebbe potuto aprire la finestra e gridare chiedendo aiuto, ma non sapeva quanto tempo sarebbe passato, prima che arrivassero i soccorsi... sempre che Paul fosse disposto a intervenire. Invece Lilly aveva bisogno di ossigeno. Subito.

Aprì la porta e il calore la costrinse subito a mettersi di nuovo in ginocchio.

La temperatura era troppo alta. Era arrivata troppo tardi.

Rabbia e frustrazione la pervasero. No. Col cavolo! Caryn non sarebbe morta in quel posto, e nemmeno Lilly.

Con il suono angosciante delle grida di Ethan ancora nella mente, Caryn gattonò sulle ginocchia più veloce che poté verso le scale di servizio.

Si girò e scese i primi gradini col sedere. Dovette scenderne esattamente quattro, prima che la temperatura, quasi per miracolo, scendesse. Caryn si alzò in piedi e praticamente volò giù dalle scale con Lilly sulle spalle che non si muoveva, il che era preoccupante. Arrivare in cucina fu un grande sollievo; la temperatura tornò normale appena uscì all'aria aperta.

Fu quasi surreale: dietro l'edificio non c'era nessuno. Sentì altre grida provenire dalla facciata della casa, ma le ignorò. Le sovvenne che un'ambulanza era arrivata sul posto mentre lei indossava il respiratore: si sarebbe diretta verso i soccorritori.

Appena svoltò l'angolo della casa, Ethan la intravide.

"Lasciatemi andare! Caryn ha preso Lilly!"

Ogni singolo occhio presente si diresse verso di lei, ma Caryn non cambiò minimamente direzione.

Ethan la raggiunse di corsa e per un attimo Caryn temette che intendesse tirarle giù Lilly dalle spalle. Si tolse di scatto la maschera e disse: "Ambulanza!" Lo disse con voce tonante, anche se le gambe cominciarono a tremarle per una reazione ritardata al pericolo.

Ethan annuì con le labbra premute in una smorfia inorridita; si mise rapidamente dietro di lei, sostenendo la schiena della fidanzata.

"Ehi! Sta arrivando!" gridò Tal verso i soccorritori.

"Preparate l'ossigeno!" aggiunse Brock.

Poi si sentì un'altra voce da vicino...

"Ma che cazzo? *Ferma!* Dove pensi di andare? Non puoi rubare i nostri respiratori, maledizione!"

Paul. Si stava incazzando perché Caryn aveva fatto ciò che lui aveva *rifiutato* di fare.

Quasi come obbedendo a un ordine implicito, i sei uomini della squadra di ricerca e soccorso, incazzatissimi, circondarono Caryn, Lilly ed Ethan. Si chiusero in una formazione stretta e tennero lontano Paul e chiunque altro osasse avvicinarsi.

Caryn sentì il capitano dei pompieri che continuava a imprecare, ma rivolse tutta la propria attenzione all'entrata dell'ambulanza. "Mettila giù qui," le disse qualcuno, ma Caryn ignorò il suggerimento. Non avrebbe posato Lilly in alcun luogo, se non all'interno dell'ambulanza.

Sentì una mano sul gomito, poi due in vita, infine salì sul retro dell'ambulanza. Aiutata da Ethan, appoggiò Lilly sulla barella, poi afferrò il braccio di Ethan e lo trascinò lontano da Lilly, mentre i soccorritori cominciavano a intervenire.

"Se la caverà," gli disse cercando di rassicurare sia lui che se stessa.

"Cazzo!" esclamò Ethan con lo sguardo incollato alla donna tutta arruffata che giaceva sulla barella. Lilly rivelò segni scuri intorno alla bocca e al naso appena le tolsero la sciarpa dal viso.

"È normale," disse Caryn a Ethan. Sentì gridare alle proprie spalle e si voltò, vedendo Zeke, Rocky, Brock, Tal e Raid che formavano una barriera, oltre la quale c'era confusione. Non vide Drew, ma le sembrò di sentirne la voce. Tornò a guardare Lilly e prese la mano di Ethan.

Rimasero là in piedi per una trentina di secondi all'incirca, col fiato sospeso, ma a un certo punto, *finalmente* Lilly tossì.

Caryn sospirò di sollievo. L'amica si sarebbe ripresa. Ormai era chiaro.

Lilly continuò a tossire anche dopo che le misero la mascherina dell'ossigeno sul viso. Ethan non resisté più e si mise in ginocchio ai piedi di Lilly. Le mise una mano sulla gamba nuda e le disse che era vicino a lei, che se la sarebbe cavata, che doveva pensare a respirare bene, con calma. Continuò una litania costante di rassicurazioni a bassa voce e quando Lilly aprì gli occhi e lo vide sembrò rilassarsi.

"Per favore, dovrebbe scendere," disse uno dei soccorritori a Caryn, indicandole le porte aperte dietro l'ambulanza.

Lei annuì e si allontanò dalla barella. Nessuno osò chiedere a Ethan di scendere: una scelta intelligente da parte dei soccorritori. Lui non si sarebbe mai allontanato dal fianco di Lilly, non dopo averla quasi persa.

Caryn sapeva che Lilly aveva rischiato la vita. Se l'avesse raggiunta con un leggero ritardo, l'esito non sarebbe stato altrettanto positivo. Caryn era ancora infuriata con Paul, che aveva rifiutato persino di *tentare* il salvataggio, ma all'improvviso fu sopraffatta dallo sfinimento.

Sentì delle mani che l'aiutavano a scendere dall'ambulanza, poi si ritrovò in un abbraccio familiare. Afferrò la camicia di Drew come con l'intenzione di non lasciarla andare mai più. Qualcuno le prese la bombola d'ossigeno dalla schiena e lei dovette staccarsi da Drew il tempo necessario per farsela sfilare dalle spalle. Appena gliela tolsero di dosso, tornò ad aggrapparsi a lui.

"Arrestatela!" urlò Paul da lontano, dietro a Drew.

"Se non chiudi quella cazzo di bocca e non ti rimetti in riga, finirò per arrestare *te*!" Caryn riconobbe la voce del capo della polizia. "Perché non torni a fare il tuo maledetto lavoro, vai a spegnere l'incendio e lasciaci in pace, ci penso io qui!" sbraitò Simon.

"Ha rubato la nostra attrezzatura! Non ne aveva il diritto! Ha messo tutti in pericolo!"

A quel punto, Caryn non ne poté più, ma prima che riuscisse a dire una parola, Simon andò in faccia a Paul.

"Secondo me invece si è comportata da eroe. Ha salvato Lilly quando *tu* hai rifiutato persino di tentare."

"Era troppo pericoloso!" gridò Paul.

Era incredibile che il capo dei pompieri si trattenesse in una gara di grida in *quel* momento, quando dietro di lui c'era un edificio in fiamme.

"Hai due secondi per girarti e tentare di salvare quel che resta della casa dei Conley, altrimenti ti ammanetto e ti sbatto dentro!" gli urlò Simon con tono minaccioso.

"Non è finita qui!" gridò Paul puntando il dito verso Caryn.

Lei alzò gli occhi al cielo, ma non tentò nemmeno di raccogliere le forze per prestargli attenzione.

Il capitano dei pompieri si girò e tornò verso gli altri, che finalmente stavano aprendo gli idranti per caricare i tubi sotto pressione.

Caryn affondò il viso nel collo di Drew.

"È ferita?"

"Prendi dell'acqua."

"Ho un asciugamano."

"Portala via di qui."

Caryn fu quasi sopraffatta dalle voci preoccupate degli amici.

Drew non aveva ancora detto nulla, ma a quel punto la allontanò dall'incendio per portarla verso alcuni veicoli parcheggiato nel vialetto ghiaioso.

Caryn stava per dire che voleva rimanere e controllare le condizioni di Lilly, ma non si reggeva in piedi e si sentiva come uno spaghetto scotto. Aveva salvato tante altre persone da incendi o altri disastri, ma era la prima volta che conosceva personalmente la vittima. La prima volta che doveva salvare un'amica. Era stato un intervento sfiancante, e meno male che era riuscita a raggiungere Lilly rapidamente.

"Guido io," disse Brock da vicino.

Drew aiutò Caryn a salire sul retro della Jeep, poi montò di fianco a lei. Non la lasciò mai andare e Caryn gliene fu grata. Si appoggiò a lui mentre Brock saliva al posto di guida.

Quando furono arrivati a casa di Drew, dopo che lei aveva rassicurato Brock dicendogli che stava bene e ringraziandolo per aver guidato, finalmente Drew parlò. Non aveva detto una parola per tutto il viaggio di ritorno e aveva salutato l'amico con un cenno del capo, prima che se ne andasse.

"*Cazzo!*" esclamò riprendendo Caryn tra le braccia.

Lei non trattenne una risata. "Direi che è un ottimo riassunto di questo casino," gli disse tranquillamente.

"Quando ho visto che giravi intorno a quella casa col respiratore addosso, passo dopo passo, determinata, il mio cuore si è fermato." Drew si staccò da lei e le mise le mani intorno al capo, tenendoglielo fermo per guardarla negli occhi. "Non ho mai provato tanta paura o tanto orgoglio in tutta la vita."

Caryn chiuse gli occhi, vedendo l'emozione che gli riempiva lo sguardo. Era troppo... intensa. Esagerata.

"Sapevo che potevi farcela," le sussurrò. "Sapevo che avresti trovato Lilly e che l'avresti tirata fuori."

Quella fiducia nelle sue capacità la fece star bene. *Davvero* molto bene. Caryn aprì gli occhi e incontrò lo sguardo di Drew. Qualcuno aveva mai creduto così tanto in lei? No davvero. Persino i colleghi vigili del fuoco avevano sempre dubitato che lei potesse trasportare un corpo a peso morto sulle spalle in una situazione d'emergenza.

"Sei entrata in jeans e maglietta, accidenti," le disse scuotendo la testa incredulo.

"Non c'era tempo di indossare la tuta, e poi se era troppo larga diventava pericolosa, meglio senza," gli spiegò.

Drew annuì. "Non ho mai visto Ethan in quello stato. Quando ha sentito Paul che diceva che non c'era nulla da fare, te lo giuro, pensavo che morisse sul posto per lo strazio."

"Lo so. L'ho sentito. Anch'io non sarei mai entrata, se avessi pensato veramente che era troppo tardi," si sentì in dovere di dirgli. "Anche se Lilly è mia amica, non mi getterei mai in una missione suicida."

Drew annuì. "Cazzo, sono orgoglioso di te," le disse appoggiando la fronte contro quella di lei. "Ma mi sono anche spaventato a morte. Penso di aver trattenuto il fiato per tutto il tempo che hai trascorso in quella casa. Ogni secondo che passava è stato il più lungo della mia vita. Non ho mai provato un sollievo simile a quello di quando ti ho vista sbucare da quell'angolo con Lilly sulle spalle."

"Sto bene," gli disse Caryn per tranquillizzarlo. "Anche Lilly sta bene."

"Sì," confermò Drew, che poi prese fiato e le passò una mano tra i capelli. "Doccia," le disse.

"Che?" gli chiese Caryn, faticando a seguirne il ragionamento.

"Puzzi di fumo. Hai anche i peli delle braccia bruciacchiati. Hai bisogno di una doccia, anche per rinfrescarti, oltre che per pulirti."

Aveva *davvero* bisogno di una doccia, ma non voleva ancora staccarsi da lui.

Fu Drew a decidere per entrambi, anche se faticava altrettanto a staccarsi da lei. Caryn fu contenta che fosse lui a prendere l'iniziativa.

Drew le fece strada fino alla camera da letto, poi nel bagno, chiudendo la porta. Aprì l'acqua, spogliò entrambi e la prese tra le braccia appena furono sotto il getto della doccia. Rimasero nella doccia per un tempo lunghissimo, godendo del dono della vita. Poi lui si insaponò le mani e la lavò da capo a piedi. Le fece lo shampoo ai capelli due volte, poi uscì con lei e la asciugò.

Infine, andarono sul divano e Caryn si sedette in braccio a lui; entrambi contenti della compagnia reciproca.

"Dovremmo sentire come sta Lilly," disse Caryn dopo un po'.

Drew annuì, ma non si mosse per alzarsi.

"Probabilmente dovrei anche telefonare a Bristol e ad Elsie. Anche a Finley."

"Sì," concordò Drew.

"Di sicuro anche il nonno avrà sentito dell'incendio e si starà preoccupando per me."

"Uh-huh."

Più Drew la teneva in braccio, più Caryn tornava meravigliosamente in sé. "O magari possiamo anche solo stare qui per un po'."

"Sì."

Fu proprio ciò che fecero: rimasero seduti dov'erano per un bel po'.

Alla fine, si fecero forza e si alzarono. Proprio come le era successo dopo la brutta avventura alla Tana, Caryn capì che l'incendio di quel pomeriggio li aveva di nuovo cambiati. Si sentiva molto più vicina a Drew e alle altre persone che la consideravano amica. Era anche contenta di aver confermato che, in una situazione drammatica, la sua preparazione e le sue capacità non l'avevano abbandonata. Non le importava che il suo comportamento di quel giorno rischiava di metterla nei guai. Non se ne sarebbe mai pentita. Lilly era viva. Le bastava questo, per affrontare a testa alta qualunque ripercussione.

———

Quella sera, molto più tardi, Paul camminava avanti e indietro in preda all'agitazione.

Come *osava* quella stronza maledetta ridicolizzarlo in quel modo!? Lui aveva già deciso che era troppo pericoloso entrare in quella casa, eppure lei c'era andata lo stesso, facendolo sembrare uno stupido, un incompetente. Gli abitanti presenti lo avevano guardato con espressioni di sdegno sprezzante.

Nel momento stesso in cui era tornato in caserma, aveva ricevuto una telefonata dal sindaco che gli chiedeva una riunione urgente con il consiglio comunale.

Il dipartimento di Fallport era troppo piccolo per assumere un comandante di grado superiore, e Paul era il capitano. In pratica, era *lui* il capo dei vigili del fuoco e dopo la telefonata aveva capito subito che stava per perdere tutto ciò per cui aveva lavorato con tanta fatica.

Già prima era nei guai per via dell'indagine aperta da Simon per lo scherzo innocente alla Tana. Ma poi?

Ormai era spacciato.

Tutto perché quella puttana si era messa in mostra.

Ma non gliel'avrebbe fatta passare liscia! Col cazzo, che andasse al diavolo!

Sarebbe andato all'incontro con il sindaco e con il consiglio comunale. Avrebbe spiegato come funzionava un incendio, quanto fosse imprevedibile. Avrebbe fatto in modo che capissero tutti quanto fosse pericoloso entrare in un edificio in fiamme... e che quella stronza non aveva i titoli per fare ciò che faceva in Virginia. Aveva messo tutti in pericolo, violando la legge. Si era comportata da stupida.

A quel punto, Paul si perse di nuovo nella furia, tornando a camminare nel salotto di casa sua come un animale in gabbia.

Rischiava di perdere il lavoro, di perdere la reputazione. Rischiava di doversi trasferire con la coda tra le gambe. Tutto per via di una tonta rimbambita che non doveva nemmeno essere nei paraggi! *Lui* era nato e cresciuto a Fallport, era la sua città. Lei non c'entrava.

Caryn Buckner l'avrebbe pagata per averlo messo in ridicolo. Lei non valeva *nulla* a Fallport. Si sarebbe pentita di aver ficcato quel naso maledetto negli affari di Paul. Nessuna stronza se la sarebbe cavata dopo averlo messo in ombra.

Il cervello di Paul frullava di idee. Voleva umiliarla. Era determinato ad assicurarsi che quella maledetta si pentisse di ciò che aveva fatto quel giorno. Avrebbe rimpianto di essere tornata a Fallport. Sarebbe stato meglio per lei bruciare in quel dannato incendio.

A quel pensiero, si fermò e annuì... con un ghigno malefico che gli si allargava in volto.

Sì, cazzo! Doveva *bruciare*. Sarebbe stata la fine più adatta per quella pompiera mancata.

Paul avrebbe dovuto nascondere con la massima cura le proprie tracce, ma sapeva già dove portarla. Gli rimaneva solo da decidere quando.

Si sfregò le mani per la goduria. Caryn Buckner non sarebbe mai stata meglio di lui. Avrebbe bruciato all'inferno... e lui avrebbe riso a crepapelle mentre lei gridava straziata dal dolore.

CAPITOLO DICIANNOVE

Drew faceva fatica a lasciare che Caryn si allontanasse da lui. Quando l'aveva vista correre verso quella casa mezza consumata dall'incendio, il sangue gli si era gelato nelle vene. Lui aveva dovuto unirsi agli altri nell'impedire a Ethan di correre nell'edificio per cercare di salvare Lilly da solo, per cui non era riuscito a fare altro se non chiamarla per nome mentre lei correva.

Caryn non l'aveva sentito, o forse era troppo determinata a salvare Lilly e non aveva perso nemmeno un secondo per rispondergli. In ogni caso...

Lui l'amava.

Drew aveva assorbito fino al midollo questa consapevolezza. Quei pochi minuti che lei aveva trascorso in quella casa, quando lui si era chiesto se mai ne sarebbe uscita viva, erano stati strazianti. Drew aveva cambiato completamente punto di vista su ciò che Ethan provava in quel momento. Se Caryn fosse morta, senz'ombra di dubbio Drew non sarebbe mai stato più lo stesso. Avrebbe perso il dono più prezioso che la vita gli aveva regalato.

Da quel momento in poi, gli era sembrato impossibile non

seguirla quasi ovunque. Lei sembrava contenta, ma ben presto si sarebbe stancata di quella presenza costante, dell'esigenza di Drew di tenerla sempre d'occhio, di averla sempre vicino.

Già quel mattino, il giorno dopo l'incendio, sembrava essersi ormai stancata.

"Drew, lo *so* che oggi devi lavorare. Non devi per forza venire via con me."

"Vengo con te," le rispose, senza quasi lasciarle il tempo di finire la frase.

Erano seduti a tavola, a casa di Drew, facevano colazione. Lui le teneva una mano sulla coscia mentre mangiava, quel contatto lo confortava.

"Guardami," gli disse Caryn con dolcezza.

Lui fece un respiro profondo e si voltò verso di lei.

"Sto bene. Sapevo quel che stavo facendo. Altrimenti non sarei mai entrata in quella casa."

"Lo so."

Lei inclinò la testa e gli chiese: "Lo sai davvero?"

Lui non le rispose subito.

"Se tu fossi di fronte a una banca e dentro ci fosse qualcuno che fa una rapina... tu te ne staresti fuori a far nulla? Se una donna venisse aggredita nel parcheggio dietro all'On the Rocks, tu aspetteresti che arrivasse Simon o uno degli altri poliziotti? Se qualcuno venisse derubato in piazza, tu te ne staresti a guardare e ti limiteresti a telefonare alla polizia? Se..."

"Va bene, va bene, ho capito," le disse Drew interrompendola con un sospiro.

"Interverresti," gli disse Caryn senza il minimo dubbio nella voce. "Ti fionderesti in prima linea, faresti tutto ciò che puoi per limitare i danni, per salvare delle vite, perché sei addestrato proprio per situazioni come quelle. Sai quello che fai e avresti più possibilità di una persona qualunque di attenuare il rischio o di prendere a calci in culo il criminale di turno. Non te ne staresti in disparte a guardare mentre si compie un reato, nell'attesa che arrivi un poliziotto."

"Quando sono arrivata a quella casa, ho capito immediatamente che si trattava di un incendio gravissimo, ma che c'era ancora tempo per salvare qualcuno intrappolato all'interno. Quando poi ho sentito Paul dire che non c'era più tempo per intervenire, ho capito grazie alla mia esperienza e al mio addestramento che si sbagliava. Sapendo poi che in quella casa c'era *Lilly*? Sì, puoi immaginarti se me ne stavo fuori a guardarla morire, quando ero sicura al cento per cento di poterla salvare! Mi dispiace se ti sei spaventato," gli disse sottovoce prendendogli le mani tra le proprie. "Mi *addolora*... ma non c'era il tempo di rassicurarti, né di far sapere a qualcuno che avrei tirato fuori Lilly."

Drew deglutì e annuì. "Ti ho appena trovata, Caryn, non posso perderti."

"Non mi hai persa, né mi perderai."

Girandosi sulla sedia, Drew lasciò perdere la colazione. Tanto sentiva solo sapore di segatura. Senza avvertirlo, Caryn si alzò e gli si sedette sulle ginocchia. Quella notte non avevano fatto l'amore, ma Drew l'aveva tenuta stretta quasi con disperazione, mentre dormivano. "Ti amo," le disse sottovoce. "Non mi sono mai sentito così in passato, quindi dovrai sopportarmi un poco."

Lei gli mise una mano sulla guancia e lo guardò negli occhi. "Anch'io ti amo. Tanto che mi fa paura."

"Allora avremo paura insieme," le disse. "Comunque, per la cronaca... sono tanto orgoglioso di te che rischio di scoppiare. Hai salvato la vita di Lilly. È un'impresa, tesoro. Enorme."

Lei aprì la bocca, ma prima che potesse rispondergli, Drew le disse: "Se sostieni che stavi solo facendo il tuo lavoro, ti aizzo contro Ethan."

Caryn ridacchiò. "Sono sicura che a parti invertite, se ci

fosse in corso una rapina o qualcosa del genere, tu faresti e diresti la stessa cosa."

"Probabilmente hai ragione, ma il tuo intervento di ieri è stato diverso. È stato più personale, sia perché hai rischiato la *vita*, sia perché hai salvato *Lilly*," le disse Drew. "Anche se ho conosciuto Lilly da meno di un anno, lei è la donna di Ethan, che è uno dei miei amici più cari. Quel che la tocca, nel bene o nel male, tocca anche noi altri. Non saprai mai quanto sono stato orgoglioso, quando sei sbucata da dietro quella casa con Lilly sulle spalle."

In tutta risposta, Caryn si abbassò per appoggiargli la testa nell'incavo della spalla.

"Allora... posso venire con te, oggi?"

Caryn aveva appuntamento con Jonathan Coleman, il sindaco di Fallport, e con tutto il consiglio comunale. Drew era sicuro che erano stati tutti avvertiti per telefono di quanto era successo e che volevano sentire di persona come si erano svolti i fatti, nell'intervento per l'incendio. Fallport era un paesino, Paul dipendeva direttamente dal comune ed era responsabile del primo soccorso.

"Sì," gli disse con un cenno del capo. "Grazie."

"Non devi ringraziarmi, sto solo dalla tua parte, tesoro," le disse Drew baciandole la tempia. "Adesso finisci la colazione così possiamo darci una mossa. Immagino che Jonathan ci rimarrebbe male, se arrivassi in ritardo."

Caryn si alzò e tornò al proprio posto, ma Drew tornò a metterle una mano sulla coscia appena lei fu seduta a tavola.

"Sono sicura che non è poi tanto male come lo descrivi," gli disse dopo aver morso un boccone della patata lessa che Drew le aveva preparato per colazione.

Drew fece un sorriso malizioso e scosse la testa replicando: "Te ne accorgerai."

———

Erano passate appena due ore e Caryn era già d'accordo con Drew. Il sindaco era un mezzo stronzo. Del resto, doveva affrontare tante grane politiche che probabilmente gli rodevano di continuo. All'appuntamento erano presenti oltre al sindaco anche i cinque consiglieri comunali. La riunione durò oltre un'ora. Le avevano chiesto della sua storia professionale, delle credenziali... e del motivo per cui le era sembrato normale rubare il respiratore ed entrare in un edificio in fiamme, pur non facendo parte del dipartimento di Fallport.

Caryn aveva risposto con calma, informandoli delle proprie certificazioni sia locali che nazionali, dei quasi vent'anni di esperienza come vigile del fuoco in varie caserme di città, degli aggiornamenti professionali che aveva seguito ogni anno per rimanere sempre al top nelle tecniche di sicurezza; infine aveva spiegato esattamente come aveva trovato Lilly e come l'aveva tirata fuori da quella casa, al sicuro. Aveva aggiunto anche che Lilly si stava riprendendo, pur avendo respirato del fumo... ma che almeno non era finita all'obitorio.

Le avevano chiesto come mai era entrata in quell'edificio da sola, senza collaborare con gli altri vigili del fuoco.

Lei aveva spiegato che le case di recente costruzione bruciavano più rapidamente di quelle vecchie per via dei materiali più infiammabili. Le case vecchie erano spesso costruite con legno pesante o con blocchi di calcestruzzo, materiali che bruciavano molto più lentamente rispetto ai materiali moderni. Ecco come aveva capito di avere il tempo di trovare Lilly. Però *non* c'era stato il tempo di discuterne con Paul, specialmente perché lui aveva già dichiarato di non poter fare nulla, impedendo così ai suoi uomini di entrare in quella casa.

Così la conversazione si era prolungata, affrontando apertamente tutto ciò che Caryn aveva osservato sia sulla scena dell'incendio che nella visita alla caserma dei pompieri. Era stata di un'onestà brutale, dicendo che, dalle sue osservazioni, i vigili del fuoco erano addestrati malissimo, nella migliore delle ipotesi, oppure disgraziatamente negligenti, nella peggiore. Caryn aggiunse che la caserma era di una sporcizia scandalosa, che non c'era alcuna organizzazione nella gestione di veicoli e attrezzature, e che quindi i pompieri avevano agito in ritardo e caoticamente quando si era trattato di salvare la casa dei Conley.

Infine, aveva informato il sindaco e i consiglieri comunali che, se lei fosse stata parente di Lilly e se Lilly fosse deceduta tra le fiamme, lei avrebbe fatto una causa pazzesca chiedendo risarcimenti record al comune... e ottenendoli.

Quella conclusione li aveva messi in agitazione, come minimo, tanto che avevano cominciato a farle altre domande più specifiche su cosa sarebbe dovuto succedere e sul come esattamente fosse stato errato l'intervento dei vigili del fuoco.

Le avevano chiesto persino di descrivere in breve l'incidente di bullismo alla Tana, anche se per lei fu più difficile parlare di quell'episodio che dell'esperienza atroce dell'incendio. Però gliene aveva parlato lo stesso. Ormai era giunta alla conclusione che, pur avendo lei stessa una fetta di responsabilità in quanto era accaduto, Paul e gli altri si erano spinti troppo oltre.

Quando l'incontro terminò, Caryn ormai era esausta. Le dispiaceva dover parlar male di Paul e degli altri vigili del fuoco, che non erano molto meglio dei volontari delle squadre di soccorso in alcuni paesini di campagna che lei aveva visitato, dove c'erano caserme in cui quasi non esisteva alcun addestramento. Se la situazione fosse rimasta immutata, senza dubbio qualcuno ci avrebbe rimesso la pelle, macchiando di sangue le mani dei responsabili.

Quando Caryn uscì dalla riunione, Drew era esattamente dove l'aveva lasciato: seduto su una scomoda sedia pieghevole in metallo, appena fuori dalla porta. Drew faticava molto a sopportare i rischi che lei aveva corso, Caryn lo sapeva, ma era una preoccupazione dovuta all'amore e quindi lei l'accettava di buon grado.

Amore. Era quasi folle la velocità con cui il loro rapporto si era evoluto, ma lei non poteva certo dispiacersene. Drew era... semplicemente fantastico. Quando avevano cominciato a passare più tempo insieme, in un certo senso lei si aspettava di trovare dei difetti di cui lagnarsi; invece non ne aveva trovati. Drew era un buon convivente, un compagno meraviglioso, e il fatto che la amasse tanto quanto lei amava lui era praticamente un miracolo.

Per tutta la vita, Caryn aveva cercato un compagno vero e a Fallport l'aveva trovato senza nemmeno cercarlo. Ormai Caryn considerava Fallport un luogo magico. Le era sempre piaciuto quel paesino, quando andava a trovare il nonno, ma ormai se n'era innamorata.

"Com'è andata?" le chiese Drew mentre la accompagnava a casa di Art. Anche il nonno voleva sapere tutto su quell'incontro, tanto che quel mattino era persino rimasto a casa, invece di andare all'ufficio postale a incontrare Otto e Silas.

"È stata dura," gli rispose con sincerità. "Mi dispiace molto aver dovuto denunciare l'inadeguatezza dei colleghi, ma è stato davvero imbarazzante osservarli intervenire a quell'incendio. Non collaboravano in alcun modo. Nessuno sembrava sapere esattamente cosa fare. Paul non li aiutava, rimaneva là in piedi come un generale a osservare." Scosse la testa. "Però qualcuno doveva pur dire qualcosa. Qui a Fallport non ci saranno troppi incendi, ma sai che dispiacere se poi qualcuno la prossima volta ci muore perché i professionisti che dovrebbero intervenire non hanno idea di cosa fare... o hanno paura di entrare davvero in azione?"

"Pensi che abbiano avuto paura?"

"In parte. Ho visto l'espressione negli occhi di alcuni di loro. Non avevano mai visto un incendio come quello. Ma c'è stata incompetenza anche sulle piccole cose, come l'estrazione dei tubi. Devi srotolarlo dall'autopompa e controllare che non si annodi quando l'acqua sotto pressione lo riempie, altrimenti non funziona bene... ma per agire alla svelta e senza problemi, il tubo va arrotolato già nel modo giusto. Poi bisogna sapere in anticipo dov'è l'idrante. Accidenti, a New York ce n'era un elenco infinito e ci interrogavano spesso sulla collocazione del più vicino. Dovevamo elencare a memoria la posizione di tutti gli idranti nel raggio di due isolati da un indirizzo a caso. L'acqua salva la vita, in caso di incendio, invece quelli non avevano idea di dove fosse. È del tutto inaccettabile."

"Non ti sei messa nei guai, vero?" le chiese Drew, che poi continuò a parlare prima che lei riuscisse a rispondere. "Perché se pensano anche solo per un secondo di multarti, si troveranno una rivolta in paese. Tutti qui a Fallport scriveranno lettere o telefoneranno. Accidenti, magari la gente scenderà in piazza. Hai salvato la vita di Lilly, questo è fuori discussione."

"No, tranquillo," gli rispose accarezzandogli il braccio mentre lui guidava. "Mi hanno ringraziata per aver aiutato e poi mi hanno congedata."

Drew si fece serio. "Tutto qua?"

Caryn fece spallucce. "Non mi aspettavo certo di essere nominata 'Eroe dell'anno', niente del genere. Da quel che ho capito, Tony ha già vinto il titolo, per quest'anno," gli spiegò scherzando.

Drew non si concesse nemmeno un sorriso.

Caryn quasi sospirò. Odiava vederlo tanto agitato e ansioso.

"L'intera faccenda è un imbarazzo per l'amministrazione," gli disse a bassa voce. "Non era mia intenzione imbarazzare qualcuno, ma comunque è successo. Il dipartimento antincendio è stato lasciato totalmente senza alcuna supervisione. Oggi ci sarà una riunione con Paul e poi il consiglio deciderà sul da farsi."

Si morse un labbro e fece un secondo di pausa. "In un

certo *senso*, mi hanno chiesto se ero disposta a collaborare con l'amministrazione e con i vigili del fuoco come consulente."

Drew accostò nel vialetto di Art, spense il motore e si girò verso di lei. "Sul serio?"

Caryn annuì. "Sì. Mi hanno avvertita che per ora non c'è alcuna offerta ufficiale. Prima devono verificare le mie credenziali e telefonare ai miei comandanti passati, ma immagino di averli sorpresi, con tutti i miglioramenti che ho suggerito, e avranno capito che sono una brava persona e che potevo contribuire."

"Ma è fantastico... però... è qualcosa che ti interessa?" le chiese Drew.

Lei prese fiato di scatto. "Sinceramente? Non ne sono sicura. In parte sono anche entusiasta di voltare pagina, di lasciarmi alle spalle una carriera che mi ha dato tante frustrazioni. Ma d'altra parte, quando me l'hanno chiesto, dentro di me facevo i salti di gioia. Potrei mantenere un legame con l'attività dei pompieri, senza dovermi appesantire con gli aspetti più noiosi. Sapere di poter contribuire all'addestramento dei soccorritori mi farebbe molto piacere."

"È fantastico, tesoro," le disse Drew.

"Sì. La paga che mi hanno accennato è ridicolmente bassa, quindi dovrei tirare un po' sul prezzo, ma direi che sono moderatamente ottimista. Posso espandere la mia attività di *beta reader* e mantenere aggiornate le mie abilitazioni."

"Il meglio del meglio in entrambi i settori," commentò Drew sottovoce.

"In teoria." Caryn si fece seria. "Però a Paul non farà certo piacere. E nemmeno ai suoi amichetti."

"Che vadano a farsi fottere," commentò Drew immediatamente.

Caryn sorrise. "Ti amo," gli disse.

Lui ingentilì l'espressione. "Anch'io ti amo. Sono sicuro che saprai trovare la decisione migliore per te," le disse Drew.

"Per noi," lo corresse, anche se un po' timidamente.

"Quello che faccio influenza anche te e voglio scegliere ciò che è meglio per entrambi."

"Cacchio," mormorò Drew.

Caryn doveva ammettere che le piaceva confondere quell'uomo. Di solito era *impossibile* da confondere, quindi vederlo arrancare nel tenere sotto controllo le proprie emozioni e sapere di poterlo influenzare tanto era quasi esilarante.

"Però l'hai detto anche tu: Paul si incazzerà col sindaco... ma specialmente con te."

Caryn annuì. "Ho pensato che sarebbe meglio evitarlo a tutti i costi, almeno per un certo periodo."

Drew strinse i denti. "Parlerò anche con Simon."

"Va bene."

"Paul ti preoccupa?" le chiese Drew.

Caryn non poteva mentire. "Un pochino."

"Preoccupa anche me," le confermò. "Ecco. Allora per un certo periodo faremo un po' più di attenzione, va bene?"

Caryn lo guardò storto. "Cosa intendi con 'un po' più di attenzione' precisamente? Non è che insisterai per non farmi uscire di casa, o mi impedirai di vedere le amiche, vero?"

Lui ridacchiò. "Tu accetteresti, *se* ti dicessi di sì?"

"No," gli rispose con decisione.

"Infatti, è per questo che non te lo dico," le confermò con un sorriso. "Però sto pensando che non sarebbe una cattiva idea far sempre sapere a qualcuno dove sei e con chi ti incontri, almeno per un po'."

Caryn annuì. Era un'idea fattibile. "Non è un problema. Cerco sempre di farlo sapere a qualcuno."

Drew allungò una mano, gliela mise dietro la nuca e tirò Caryn a sé. Era una posizione scomoda, tra i sedili dell'auto, ma a Caryn non importava. Le loro fronti si unirono. "Ti amo, tesoro. Tantissimo."

"Anch'io ti amo."

Drew si fece indietro e la guardò negli occhi. "Che ne dici di entrare e di raccontare tutto il gossip al nonno, così avrà qualcosa di nuovo da dire a i suoi amici? Poi torniamo a casa e ti faccio vedere quanto sono fiero di te e quanto sono sollevato che tu stia bene e in salute?"

Le bastarono quelle parole per eccitarsi e si agitò sul sedile. "Possiamo anche andare a casa subito, magari *telefono* al nonno."

Quasi come sentendo che Drew e Caryn stavano considerando per un attimo di andarsene, Art si presentò all'uscio di casa. "Ehi, giovani, avete intenzione di sbaciucchiarvi tutto il giorno là fuori, o volete entrare in casa e raccontarmi com'è andato l'incontro?"

Drew e Caryn risero a crepapelle.

"Ecco, allora immagino che entreremo," commentò Caryn. "Però sì, poi anche il resto, appena finiamo."

"Non avrei mai pensato di sentirmi così," le disse Drew.

"Così come?"

"Così pronto a ridere dopo una crisi. Dopo tutto ciò che è successo, ero agitato parecchio. Normalmente avrei ripassato gli eventi più volte nella mente, analizzando cos'è andato storto, chiedendomi cos'avrei potuto fare per aiutare e così via. Invece eccomi qui, la paranoia è già mezza andata."

"E ti dispiace? Perché a me non dispiace avere a che fare con la tua mente analitica e un po' di paranoia non ha mai ammazzato nessuno. Mi piaci esattamente come sei, Drew. Le tue esperienze ti hanno reso l'uomo che sei oggi e ai miei occhi quell'uomo è davvero meraviglioso."

"Non mi dispiace," le rispose. "E... grazie."

"Tu mi hai accettata per come *sono*. Come potrei essere da meno?"

"Son sempre qua che aspetto!" gridò Art dalla porta di casa.

Drew fece un gran sorriso, la baciò con trasporto e poi si girò verso lo sportello.

Caryn fece altrettanto e appena lo raggiunse dall'altra parte della Jeep, lui la prese per mano.

"Con calma, nonnino," disse Caryn. "Santo cielo!"

"Potete spassarvela più tardi, adesso voglio sapere cosa si è detto in comune e se devo prendere qualcuno a bastonate!"

Caryn scoppiò di nuovo a ridere. Lasciò andare la mano di Drew per abbracciare il nonno, per poi entrare con lui in casa. "Non c'è bisogno di dare bastonate in giro," gli disse. "Dai, andiamo in casa. Hai già mangiato? Drew può prepararci da mangiare intanto che ti racconto." Si voltò per fare l'occhiolino a Drew, sollevata nel non vederlo dispiaciuto all'idea di essere relegato in cucina.

———

Paul era infuriatissimo, tanto da avere la vista annebbiata. Non aveva nemmeno idea di come avesse fatto a tornare a casa dei genitori senza fare un incidente stradale. Le ultime due ore erano state le più umilianti di tutta la sua vita. Tutto ciò che aveva fatto da vigile del fuoco era stato messo in discussione da quegli stronzi del comune, sindaco in testa.

Gli avevano chiesto di spiegare ogni singola decisione presa il giorno prima, in occasione dell'incendio... gli avevano persino fatto ascoltare una registrazione radio della comunicazione con il centralino di emergenza. Avevano isolato ogni singolo dettaglio. Come *osavano* mettere in discussione la decisione di non entrare in una casa in fiamme!? Avrebbe difeso quella decisione contro chiunque. Nulla di ciò che gli avevano detto gli aveva fatto cambiare idea.

Sentire che quella *stronza* aveva avuto l'ardire di sparlare di lui e del suo dipartimento? L'ardire di affermare che l'intervento del giorno prima era tutto sbagliato, che lui e i colleghi avevano messo tutti in pericolo, e che in caserma era tutto incasinato, compresi veicoli e attrezzature?!

Assolutamente inaccettabile!

La ciliegina sulla torta che l'avevano costretto a ingoiare era arrivata alla fine, quando l'avevano informato che durante le indagini gli avrebbero temporaneamente tolto i gradi e che avrebbero interrogato altre persone presenti...

E che intendevano assumere la *signora Buckner* come consulente d'addestramento per il dipartimento.

Paul si sarebbe fatto ammazzare, piuttosto che prendere ordini da una stronza! Una che pensava di saperla più lunga di tutti! Una che si riteneva migliore solo perché aveva lavorato nella maledetta metropoli di New York City.

L'unico motivo per cui quella era entrata nella casa in fiamme, il giorno prima, era per mettersi in mostra. Per dimostrare di essere migliore di Paul e degli altri uomini. In realtà, era una disperata che cercava attenzioni. Cercava qualcuno che le desse una pacca sulla spalla, dicendole che era una brava ragazza.

Beh, a quel paese! Paul non le avrebbe *mai* leccato il culo. Lui aveva gestito benissimo il dipartimento senza che nessuno interferisse. Ma era chiaro che il consiglio comunale aveva deciso di fare bella figura agli occhi degli abitanti. Il comune avrebbe assunto quella stronza e lui non avrebbe potuto dire nulla per dissuaderli.

A meno che lei fosse sparita e non potesse più essere assunta.

Paul doveva eliminarla. *Subito*. Prima che potesse imbottire la testa dei consiglieri comunali con altre bugie su di lui e sul dipartimento. Conclusione: Paul non avrebbe mai consegnato il *suo* dipartimento a una puttanella altezzosa che pensava di conoscere meglio di chiunque altro il mestiere di vigile del fuoco.

Doveva agire alla svelta, prima che quella spargesse altre voci maligne, dandogli dell'incompetente. Doveva solo riuscire a beccarla da sola.

Quella pensava di essere una pompiera di successo? Bene. Paul le avrebbe organizzato un incontro intimo con un bel fuoco potente.

Così, poi, lei non sarebbe più stata in condizione tale da dire a lui o a chiunque altro come fare quel lavoro.

La rabbia continuava a scorrergli nelle vene. Caryn avrebbe rimpianto il giorno in cui aveva deciso di rimanere a Fallport. Quella non era casa sua e lui avrebbe fatto tutto ciò che doveva per rispedirla da dov'era venuta.

Se poi non fosse sopravvissuta a uno sfortunato incidente... pazienza.

CAPITOLO VENTI

Era passata una settimana da quell'incendio e Caryn si innamorava di Drew ogni giorno di più. A lui erano serviti tre giorni per accettare il fatto di doverle lasciare un po' di spazio, ma a Caryn quell'attaccamento non disturbava... anzi, le faceva piacere.

Le era già capitato di trovarsi in situazioni molto rischiose, ma non c'era mai stato nessuno a interessarsene. Gli altri vigili del fuoco avevano sempre minimizzato, dicendo che era il prezzo di quel mestiere. Dopo ogni situazione critica a New York, aveva dormito malissimo per settimane; invece a Fallport, tra le braccia di Drew, aveva dormito come un angelo.

Aveva avuto due crolli emotivi. Nella prima occasione, Drew era presente e l'aveva abbracciata. Lei aveva ammesso quanto era stata spaventata; non per l'incendio in sé, quanto per il timore di non arrivare in tempo a trovare Lilly, o di trovarla già morta. Oppure di rimanere intrappolata con lei al piano di sopra. Tutte paure che qualunque essere umano avrebbe provato in una situazione simile.

Drew l'aveva ascoltata senza interromperla, aveva accettato quelle paure e poi le aveva ripetuto che era fiero di lei, che era una pompiera meravigliosa e che erano tutti fortunati ad averla come amica.

Nella seconda occasione, Caryn era andata a trovare Lilly e avevano pianto *entrambe*. Lilly non ricordava nulla del salvataggio, dato che aveva perso i sensi, ma ovviamente qualcuno dei presenti aveva fatto un video di Caryn che usciva da quella casa con Lilly sulle spalle. Praticamente tutta Fallport aveva visto quel video... inclusa Lilly.

La signora Conley era scesa al piano terra per portare il suo Yorkie a fare i bisogni e il fuoco si era sviluppato mentre lei era fuori. Lilly in quel momento era impegnata a controllare gli scatti sull'apparecchio e si era accorta di quanto stava accadendo solo quando era stato troppo tardi per cercare di raggiungere le scale: aveva aperto la porta della stanza ed era stata dissuasa dalla coltre di fumo. A quel punto aveva messo una coperta alla base della porta ed era rimasta vicino alla finestra in attesa di soccorsi. Soccorsi che non sarebbero mai arrivati, se Caryn non si fosse mossa.

Era saltato fuori che l'impianto elettrico della casa era vecchio e andava rifatto completamente. Un semplice cortocircuito e una scintilla avevano fatto partire l'incendio in una camera da letto. Ironia della sorte, dato che Ethan era un elettricista, dopo quel giorno era stato sommerso dalle richieste dei cittadini di Fallport che gli chiedevano di controllare tutti gli impianti elettrici e di ripararli o sostituirli.

Caryn, Bristol, Elsie, Finley e persino Khloe si erano trovate a casa di Lilly una sera per una nottata tra amiche, di cui sentivano un gran bisogno: erano rimaste sveglie fino a tardi a parlare, ridere, piangere e saldare l'amicizia. Il rischio era stato eccessivo e aveva colpito tutte. Il mattino dopo, si erano sentite un po' meglio.

Caryn era stata convocata in comune per quel pomeriggio

per discutere l'offerta di fare da consulente per l'addestramento. Le erano venute alcune idee piuttosto importanti, come avviare un programma di giovani vigili del fuoco, pescando nelle scuole superiori ragazzi e ragazze che imparassero le basi del mestiere, magari anche creare un'accademia aperta in cui i cittadini imparassero cosa facevano i vigili del fuoco e alcune tecniche cruciali in situazioni di rischio grave.

Le era venuta anche l'idea di usare alcune delle macchine che Brock teneva dietro l'officina per esercitarsi nell'uso delle cesoie speciali che servivano per estrarre le persone intrappolate nelle macchine incidentate.

Quel mattino si era svegliata tra le braccia di Drew e gli aveva mostrato il proprio amore svegliandolo con un lavoro di bocca... che lui aveva molto apprezzato. Si erano alzati dal letto una mezz'ora più tardi.

Caryn si era fermata allo Sweet Tooth per comprare dei rotolini alla cannella prima di andare a casa di Bristol. Il medico, Doc Snow, aveva approvato l'utilizzo di un gesso adatto a camminare e Bristol non vedeva l'ora di entrare nel fienile per cominciare a lavorare alla vetrata speciale che aveva in progetto per la tavola calda.

La seconda parte dell'episodio sul paranormale era stata trasmessa due giorni prima, ma non era stata organizzata alcuna festa in piazza. Lilly si era arresa e l'aveva guardata, se non altro per mettersi il cuore in pace sul modo in cui era stata presentata la morte del collega. Aveva ammesso che, nonostante il produttore fosse odioso sia come persona che per le decisioni che aveva preso riguardo al progetto, nei montaggi dell'episodio aveva fatto un ottimo lavoro... sempre che si potesse considerare "ottimo lavoro" lo sfruttare la morte di un membro della troupe e il dramma che ne era sorto per aumentare gli ascolti. Lilly aveva dichiarato che non avrebbe mai più guardato programmi come quello.

Caryn attraversò la strada e passò davanti all'On the

Rocks. Quando raggiunse il parcheggio sul retro, all'improvviso arrivò Paul Downs.

Lei si fermò subito e pensò se fosse il caso di girarsi per tornare alla pasticceria, ma decise di farsi forza e di non battere in ritirata. Intendeva rimanere a Fallport (ed era *sicura* di rimanerci), quindi doveva imparare come gestire in modo civile il rapporto con Paul, a prescindere da come si era comportato. Poteva affrontarlo e fare lei il primo passo, specialmente pensando che avrebbe potuto dire di no a quel primo shot alla Tana... invece era stata al gioco.

"Possiamo parlare?" le chiese Paul senza tanti preamboli.

La prima reazione di Caryn fu dirgli di no, ma l'uomo che le stava davanti in quel momento non era minaccioso, non stava sprizzando rabbia da tutti i pori.

"Devo scusarmi. Non ti ho mai dato una possibilità reale da quando sei tornata a Fallport."

Caryn annuì. "È vero."

Paul si guardò attorno e alzò le spalle. "Non qui. Vieni in macchina con me?"

Caryn sentì subito vibrazioni di pericolo e scosse la testa. "Ma stai scherzando? Dopo quel che è successo l'ultima volta che sono entrata nella stessa macchina con te? No, non vengo da nessuna parte, Paul. Possiamo parlare qui."

Quelle parole furono come lo scatto di un interruttore. L'odio che Caryn si aspettava di vedere trasformò il viso di Paul, che mosse le labbra in una smorfia. Ma a lei non interessava, ormai non ne poteva più di cercare il consenso di quell'uomo.

Si guardò attorno rapidamente e si accorse che quel parcheggio era deserto. Tutti i compaesani in giro quel mattino erano in piazza, ad affollare la pasticceria, o la tavola calda, o la biblioteca. Caryn e Paul erano gli unici due presenti nel parcheggio dell'On the Rocks.

Nel tentativo di andarsene il più alla svelta possibile,

Caryn girò al largo da Paul e si affrettò a raggiungere la sua Hyundai Sonata.

Senza alcun preavviso, fu sbattuta contro la macchina... con forza. Batté la testa contro l'acciaio e perse l'orientamento per un attimo.

Fu tutto il tempo che servì a Paul per prendere il sopravvento su di lei. Le afferrò un braccio e la tirò più vicina. Caryn era una donna forte, ma in quel momento non poteva competere, con la botta alla testa e la vista annebbiata. Paul le si avvicinò a tal punto che chiunque fosse passato avrebbe pensato si stessero abbracciando.

Caryn sentì subito qualcosa di appuntito che le forava la pelle. Non trattenne un mezzo grido che le sfuggì di bocca, ma poi si bloccò, vedendo il coltello in mano a Paul: non voleva che quella lama affondasse di più nella pelle.

"Speravo che tutto filasse liscio," le disse con un grugnito profondo, come se Caryn avesse la colpa di tutto ciò che stava succedendo. "Ma no, ovviamente dovevi rompere le palle anche adesso, proprio come mi hai *sempre* rotto le palle, da una vita. Andiamo, stronza, si va in macchina!"

Caryn cercò di prendere il cellulare senza che Paul se ne accorgesse.

"Non ci provare nemmeno," le disse minaccioso, spingendole la punta del coltello nel fianco.

Il dolore fu talmente intenso che Caryn riuscì a malapena a stare in piedi. Se l'avesse fatto incazzare troppo, senza dubbio l'avrebbe accoltellata senza pensarci due volte. In quel momento, la scelta migliore (l'*unica* scelta di Caryn) era assecondarlo... pregando per un'opportunità di fuga.

Paul la tirò via dalla Hyundai e la costrinse a camminare verso un'altra auto parcheggiata a pochi metri di distanza. La spinse sul sedile di guida. "Muoviti!" le ordinò sventolandole il coltello davanti alla faccia.

Caryn si accorse di avere ancora in mano la busta con i rotolini alla cannella. Avrebbe dovuto lasciarla cadere nel parcheggio. Qualcuno avrebbe potuto trovarla e si sarebbe chiesto cosa ci facesse... magari sarebbe andato a parlarne con Finley e l'allarme sarebbe partito.

Era una possibilità remota... e comunque era troppo tardi. Ormai era nella macchina di Paul, che aveva chiuso già lo sportello sbattendolo e stava uscendo dal parcheggio dietro la piazza.

"Paul, possiamo..."

"*Zitta*, stronza!" le gridò. "Non voglio sentire una cazzo di parola. Non ti lascerò rovinare la mia esistenza più di quanto hai già fatto!"

Lei decise che era meglio ascoltarlo... Paul era già estremamente agitato... così si morse un labbro e si mise una mano al fianco. Poi abbassò lo sguardo e vide che stava sanguinando. Non aveva idea dell'entità del taglio, ma in quel momento non poteva farci nulla e quindi tornò a pensare a come scappare.

Poteva gettarsi fuori dalla macchina, ma c'era il rischio che Paul cercasse di investirla. Se poi nel salto si fosse fatta male tanto da non riuscire a correre, o a difendersi, qualora lui fosse tornato a prenderla, la situazione sarebbe persino peggiorata.

Rimase seduta in silenzio, con i muscoli contratti, nell'attesa di scoprire dove la stesse portando e nella speranza di trovare un'occasione di fuga più favorevole.

Fu sorpresa, quando Paul svoltò verso il sentiero di Fallport Creek. Era un sentiero che distava solo un chilometro dal centro ed era sempre abbastanza battuto. Specialmente da quando i turisti a caccia di Bigfoot avevano cominciato ad affluire a Fallport. Era una scelta strana per nascondere una persona rapita, ma del resto Paul non stava pensando in modo lucido, era troppo furioso.

"Fuori!" le ordinò puntando il coltello verso di lei. "Da questa parte, verso di me. E non fare puttanate altrimenti ti giuro che ti squarto come un maiale al mattatoio!"

Caryn si mosse con attenzione, passando sul sedile di guida verso Paul, che la prese per un braccio appena lei fu abbastanza vicina e la tirò fuori strattonandola. Poi le puntò il coltello dietro un fianco, tagliandole ancora la carne; lei cercò solo di non scattare lontano per non peggiorare la situazione. Poi si concentrò per ignorare il dolore che la lama le stava causando.

Mentre Paul la trascinava nel bosco, lei ripensò al nonno. Art era stato accoltellato e, ironia della sorte, lei sembrava destinata a condividere la stessa tragica esperienza. Caryn non aveva più dubbi: prima o poi Paul le avrebbe affondato la lama nella carne. Ormai era ovvio che non solo voleva ferirla, ma voleva farle molto male.

Paul si avviò lungo il sentiero, ma dopo un percorso breve ne uscì e cominciò a camminare tra gli arbusti, lontano dal passaggio dei turisti. Caryn aveva sperato di riuscire in qualche modo a lasciare delle tracce, o di segnalare il pericolo ai passanti, ma Paul non le aveva lasciato quell'occasione.

Paul procedeva lentamente, cercando di superare i rovi e i rami bassi, ma riuscì comunque non solo a tenerla per il braccio, ma anche a tenerle il coltello conficcato nel fianco. Ogni tanto glielo spingeva nella carne, anche perché stavano camminando su un terreno accidentato; punte di sangue cominciarono a macchiarle la maglia all'altezza della vita. A ogni passo nel bosco, Caryn vedeva scemare le possibilità di fuga.

Non cercò più di parlare con Paul. Era ovvio che qualunque tentativo di dirgli qualcosa l'avrebbe fatto infuriare ancor di più. Man mano che camminava, Caryn capì che doveva agire in fretta. Non poteva aspettare che lui la portasse dove voleva. Qualunque fosse il piano di Paul, non prevedeva certo un bel finale.

Caryn rimpianse di non aver reagito con più prontezza quando era ancora a Fallport, o sul sentiero, poi, per quanto avventato fosse il tentativo, fece un respiro profondo e si preparò a lottare per la vita. Non era pronta a morire. Il rapporto con Drew era più profondo che mai, il nonno finalmente era tornato quello di sempre e una scrittrice amica di Thomas le aveva appena risposto. Stavano discutendo i dettagli dei pagamenti... e Caryn aveva scoperto con meraviglia che per leggere la prima bozza e darle dei suggerimenti avrebbe ricevuto paga *doppia* rispetto a quanto le dava Thomas.

Caryn aveva molti motivi per vivere... e si rifiutò di cedere senza lottare.

Stava prendendo fiato, preparandosi a scattare, quando tra gli alberi intravide un capanno in legno mezzo distrutto. Ovviamente Paul aveva perlustrato la zona in anticipo, perché altrimenti sarebbe stato impossibile imbattersi in quella catapecchia sperduta.

Vedere il capanno fece gelare il sangue nelle vene di Caryn. Se Paul pensava di costringerla a entrarci, si sbagliava di grosso. Lei non si sarebbe mai lasciata molestare sessualmente da nessuno. Avrebbe lottato con tutta se stessa.

Ma non era quello il piano.

Senza dire una parola, Paul si girò e le mollò un pugno in faccia.

Caryn fu sorpresa da quella mossa improvvisa e cadde sul terreno con un grugnito, sopraffatta dal dolore.

Poi lui tirò indietro la gamba e le diede un calcio. *Forte.*

Non si fermò. Lei si tirò sulle ginocchia, cercando di difendersi, ma per ogni colpo che riusciva a bloccare, Paul ne metteva a segno un altro. Un calcio al fianco, un pugno alla spalla. Una gomitata in faccia.

La stava pestando a sangue... tutto senza dire una parola.

Fu un momento macabro e orripilante. Terrificante. A parte qualche grugnito occasionale, Paul continuò a menare cazzotti uno dopo l'altro senza battere ciglio.

Caryn alla fine si gettò a terra rannicchiandosi il più possibile per proteggere la testa e i fianchi, pregando che prima o poi Paul si stancasse di colpirla.

L'unica, magra consolazione fu che la stava picchiando con pugni e calci, ma senza usare il coltello.

Caryn aprì brevemente gli occhi, cercando di individuare la lama, pensando magari di riuscire a prenderla per proteggersi, ma fu tutto inutile. Dovette concentrare tutte le energie nel tentativo di difendersi dai colpi che Paul continuava a farle piovere addosso.

Caryn sentì le proprie forze affievolirsi. Stava diventando sempre più difficile coprirsi la faccia con le braccia. Col dolore che si spargeva in tutto il corpo, chiuse gli occhi e mandò un ultimo pensiero alla delusione di non essere più forte, più furba, di non aver trovato un modo per uscirne.

———

Clyde Thomas era un solitario. Lo sapeva anche lui, ma non gli importava. Non aveva mai incontrato una donna con cui passare il tempo, una che comprendesse la sua passione per i liquori. Aveva trascorso tutta la sua esistenza nella periferia di Fallport. Tutto sommato, non la trovava una brutta cittadina. Ci vivevano brave persone, come anche persone meno meritevoli. A lui bastava che lo lasciassero in pace, per essere contento.

Però non gli faceva piacere che il suo rifugio venisse disturbato. Prima era toccato a quel tipo della TV, che si era accampato poco lontano da casa di Clyde. Quando la polizia si era presentata e aveva trovato nella spazzatura di Clyde la tenda di quel cretino e le altre cianfrusaglie che aveva usato per campeggiare, qualcuno aveva osato credere anche solo per un momento che fosse stato *lui* ad ammazzarlo.

Quel solo pensiero lo fece sbuffare. Se fosse stato lui a eliminare quel tipo, non sarebbe stato tanto imbecille da gettare ogni traccia nella propria spazzatura. No, se avesse voluto togliere di mezzo qualcuno, Clyde l'avrebbe fatto senza lasciare alcuna traccia.

Sapeva bene che qualcuno in paese lo riteneva ancora coinvolto in quanto era successo, nonostante il vero assassino fosse già stato catturato. Ma pazienza, a lui non importava. Bastava che lo lasciassero in pace, era l'unica cosa che gli importava.

Invece quel dannato programma aveva spinto tanti altri nel *suo* bosco. In troppi si avvicinavano ai capanni che lui si era costruito per preparare i distillati. Era stato costretto a spostare alcune postazioni più all'interno del bosco, una bella rottura di scatole.

Immaginò che in tanti si sarebbero sorpresi, sapendo quanto guadagnava con i liquori che produceva. Talmente tanto che forse non sarebbe mai riuscito a spendere tutti i soldi che aveva in banca... o le mazzette che aveva nascosto in vari punti nel bosco... in caso di necessità.

Aveva usato parte di quel denaro per installare delle telecamere nelle vicinanze dei suoi capanni. La qualità migliore sul mercato. Doveva essere certo che nessuno gli incasinasse l'attività. Sissignore! Ormai si era creato un bel sistema di vigilanza elettronica nel bosco, tanto che si sarebbe accorto persino se uno scoiattolo fosse andato a fare un bisognino troppo vicino a un capanno.

Così, quando un segnale di allarme sul nuovo smartwatch lo informò che una telecamera aveva ripreso del movimento vicino al capanno più vicino, Clyde si preoccupò. Sperava che ad attivare il segnale fosse stato solo un animale. Era un po' troppo presto perché ci fossero turisti che uscivano dal sentiero e si spingessero tanto all'interno del bosco dove aveva eretto quel capanno.

Prese il tablet e cliccò sull'app per visualizzare tutte le trasmissioni dal vivo delle telecamere. Gli servì un attimo per trovare quella che aveva inviato l'allarme.

Cominciò a guardare il video registrato, ma all'inizio

Clyde fece fatica a capire ciò che stava osservando.

Conosceva Caryn Buckner. L'aveva conosciuta già da ragazzina, e sapeva che, per qualche motivo, Caryn non era mai stata intimorita da lui, a differenza di tanti altri bambini. L'aveva trovata quando si era persa nel bosco, l'aveva aiutata a ritrovare il sentiero. Poi lei gli aveva sempre sorriso, ogni volta che l'aveva incontrato, e non si era mai fatta problemi ad avvicinarlo per chiedergli come stesse... e per fargli migliaia di altre domande. Da adulta, ogni volta che passava per Fallport, Caryn andava sempre a trovarlo, ci teneva, e lo salutava ogni volta che lo incontrava in giro.

Solo due settimane prima, Clyde era andato in paese a consegnare un carico di liquore alle mele, uno dei suoi grandi successi, e Caryn l'aveva abbracciato dicendogli che probabilmente si sarebbe trasferita lì definitivamente. Poi gli aveva comprato quattro vasetti di distillato, dicendogli che presto ne avrebbe presi altri.

A Clyde, Caryn piaceva.

Ma vederla in quel tratto boschivo, tirata per il braccio da quel maledetto Paul Downs, era strano. Clyde aveva sentito voci su ciò che quel Paul aveva fatto a Caryn e quelle voci non gli erano piaciute. Di sicuro, Caryn non si sarebbe mai addentrata volentieri nel bosco con quell'uomo. Erano passati vicino a una telecamera, in direzione del capanno, per cui era partita la notifica che gli era arrivata sullo smartwatch.

Clyde passò all'immagine dal vivo trasmessa da un'altra telecamera, nascosta sul tetto del capanno, e aggrottò la fronte avvicinandosi allo schermo del tablet.

Quel che vide gli fece gelare il sangue nelle vene.

Clyde era una vecchia pellaccia, uno che non si scomponeva facilmente, ma vedere Paul che agitava la gamba per prendere a calci Caryn, già a terra e con le braccia davanti al viso per proteggersi, fu una scena *ripugnante*.

Dopo un altro calcio, Paul rimase là in piedi a fissare Caryn, che ormai aveva perso i sensi per i colpi di quel malvagio. Persino sullo schermo, che mostrava immagini riprese da una telecamera distante, Clyde poteva vedere le chiazze scure sulla pelle di Caryn.

Sangue. Quel bastardo l'aveva picchiata a sangue.

Mentre Clyde guardava, Paul si abbassò e prese Caryn per le caviglie, trascinandola poi verso il capanno. Mentre lui la trascinava, la maglia di Caryn rimase impigliata nei rovi, alzandosi e scoprendole il reggiseno.

Gli occhi di Clyde furono offuscati dalla furia. Col cazzo che quel bastardo avrebbe stuprato una donna sul *suo* terreno! Sicuramente non avrebbe stuprato Caryn, che era sempre stata gentile con tutti. Clyde aveva persino sentito dal tam tam di paese che Caryn di recente aveva sfidato un incendio per salvare Lilly, la tipa che si era ritrovata in un mare di guai per via di quel dannato programma su Bigfoot.

All'improvviso, Clyde ebbe come un'illuminazione: Paul probabilmente era incazzato perché qualcuno gli aveva rubato la scena. Era proprio il tipo di uomo che amava stare al centro dell'attenzione, che amava farsi elogiare. Ma quel tipo di riconoscimento andava guadagnato e Paul di sicuro non aveva mai fatto nulla negli anni per meritare il rispetto di qualcuno.

Clyde prese il telefono. Il segnale di telefonia mobile in quella casa, e in tutta quella zona boschiva, faceva schifo, per cui lui si era comprato un paio d'anni prima un telefono satellitare all'avanguardia. Non l'aveva mai dovuto usare molto, ma in quel preciso momento ringraziò il cielo di averlo acquistato.

Non telefonò alla polizia di Fallport. No. C'era solo un uomo che doveva sapere subito cosa stava succedendo.

Quando sentì rispondere dall'altra parte, Clyde non ci girò attorno: "Paul Downs ha preso la tua donna. L'ha picchiata. Forte."

"Dove?"

Quell'unica parola era carica di paura e di furia allo stesso tempo.

Clyde gli spiegò dove poter trovare Caryn, poi aggiunse: "Ci vado subito, farò quel che posso." Poi riattaccò senza aggiungere altro.

Doveva arrivare al capanno. Avrebbe fatto il possibile, fino all'arrivo dei rinforzi.

CAPITOLO VENTUNO

Drew non si era preoccupato nel vedere sullo schermo del cellulare un numero privato. Ma quando sentì la voce di Clyde che gli diceva *Paul Downs ha preso la tua donna*, il sangue gli si gelò nelle vene.

Si mosse quando Clyde non aveva ancora finito di parlare. Caryn era uscita dal letto meno di due ore prima, soddisfatta e contenta. Era quasi impossibile capacitarsi di quanto la situazione fosse cambiata.

Avrebbe dovuto aspettarselo. Drew sapeva bene che a volte anche un semplice controllo stradale poteva avere conseguenze devastanti, anche uno schiamazzo domestico poteva trasformarsi in tragedia.

Era già sulla Jeep, quando Clyde gli spiegò esattamente dove Paul aveva portato Caryn. In realtà, Drew conosceva il capanno descritto da Clyde: l'aveva usato con gli altri della squadra di ricerca e soccorso come punto di riferimento in più occasioni, per cercare turisti che si erano smarriti dopo essere usciti dal sentiero di Fallport Creek.

"Ci vado subito, farò quel che posso," aggiunse Clyde, che poi chiuse la conversazione.

Drew cliccò subito sul primo nome nell'elenco dei contatti.

"Ehi, è un po' presto per sentirsi, specialmente con Caryn al tuo fianco," scherzò Brock nel rispondere.

"Ho bisogno di te," gli disse Drew in breve. "Paul ha rapito Caryn. L'ha portata al capanno di Clyde vicino al sentiero di Fallport Creek. Quello con la struttura più grande per i distillati."

"*Cazzo!*" esclamò Brock. "Arrivo subito. Tu vai pure."

Drew non aveva certo bisogno di sentirselo dire e Brock lo sapeva.

"Chiamo io gli altri."

"Sbrigatevi," gli disse Drew, che respirava a fatica, quasi come se avesse appena corso una maratona. L'adrenalina gli scorreva nelle vene, facendolo tremare. Non si era mai sentito in quel modo. Mai. Nemmeno quando aveva affrontato una folla di uomini e donne in preda all'alcol e all'euforia, perché la loro squadra del cuore aveva vinto una finale. Nemmeno quando qualcuno l'aveva colto di sorpresa estraendo un'arma e puntandogliela contro.

Si trattava di *Caryn*. Drew se la immaginò come l'aveva vista quel mattino. L'aveva svegliato mettendogli la bocca intorno all'uccello, sorridendogli pigramente tra le gambe, così sicura di sé. Lui non era mai stato con una donna tanto generosa e aperta e il pensiero che quello spirito venisse soffocato era insopportabile.

Mentre arrivava sfrecciando nel parcheggio all'imbocco del sentiero, si accorse che Brock doveva aver chiuso la chiamata, a un certo punto. Lui non si ricordò nemmeno del viaggio verso il sentiero, non ricordava nemmeno le parole di Brock. Poteva pensare solo al bel viso di Caryn.

La determinazione lo pervase. Caryn non era morta. Non era possibile che un'anima bella come la sua potesse morire. Invece Paul Downs sì che poteva morire, e sarebbe morto di sicuro, se Drew gli avesse messo le mani addosso.

Entrò nel bosco di corsa e si accorse di quanto era stato idiota: si era fatto sfuggire ogni segnale che Paul stesse per fare qualcosa. Avrebbe dovuto accorgersene. Con tutto l'addestramento sulle spalle, con tutta la capacità di osservazione di cui Drew si vantava... e con tutta la rabbia di Paul, dopo l'incendio a casa Conley, Drew si era lasciato comunque sfuggire che quel tipo fosse un pazzo scatenato.

Ne aveva parlato con Caryn, avevano discusso della reazione di Paul, dopo l'azione disciplinare mossa dal sindaco e dal consiglio comunale; era normale che si fosse arrabbiato per la sospensione del grado; peraltro, Paul odiava il fatto che Caryn sarebbe stata assunta per rimettere in riga il dipartimento di Fallport. Ne avevano parlato persino con Simon, che aveva consigliato di evitare Paul e di fargli sapere se fosse successo qualcosa di anche solo lontanamente sospetto o minaccioso. Nessuno si era mai nemmeno *immaginato* che Paul arrivasse a tanto.

Aveva rapito Caryn e l'aveva portata nel bosco per farle chissà cosa.

Un ramo lo schiaffeggiò e Drew tornò al presente. Doveva smetterla di pensare al passato e concentrarsi. Era più che disposto a fare di tutto per proteggere Caryn da Paul. Pregava solo che non fosse troppo tardi.

Ci mise fin troppo tempo per arrivare al capanno e nell'avvicinarsi fu preso da un nuovo orrore che non si sarebbe mai aspettato.

Sentì l'odore del fumo.

Fece uno scatto e arrivò di slancio nello spiazzo intorno al capanno... e vide con orrore le fiamme che ne lambivano il lato destro, mentre Clyde stava cercando di raggiungere la porta che sembrava bloccata da... delle tavole di legno?

"Dagli un calcio!" urlò Drew avvicinandosi.

"Ho cercato," rispose Clyde mentre si aggrappava a... sì, una delle tante tavole di legno inchiodate alla porta.

"Questo posto sembra sul punto di crollare da un

momento all'altro," disse Drew con frenesia, "deve pur crollare, se lo colpiamo insieme allo stesso tempo."

"Sembra che stia per crollare, ma è solo quello che *voglio* che la gente pensi. Ho rinforzato le pareti con molte tavole per cui non crolla facilmente," gli spiegò Clyde.

"Cazzo!" imprecò Drew. "Sei sicuro che Caryn sia qui dentro?"

"Sì," gli rispose Clyde in breve.

"Dov'è Paul?"

"L'ho visto correre nel bosco appena prima di notare il fumo. Quello stronzo ha usato le tavole e i chiodi che tenevo dentro per eventuali riparazioni."

Drew scrutò il capanno che aveva davanti cercando di ragionare con calma, senza farsi prendere dal panico. Caryn era dentro, probabilmente priva di sensi, altrimenti si sarebbe data da fare per cercare di uscire.

"C'è dell'altro," disse Clyde quando riuscì finalmente a staccare a mani nude una tavola dalla porta. Aveva le dita insanguinate, ma non se n'era nemmeno accorto. "Dentro c'è anche un barilotto di liquore appena fatto, l'ho finito l'altro ieri. Se quell'alcol prende fuoco..."

Clyde si interruppe e Drew intuì perfettamente il resto.

Dovevano tirare fuori Caryn *subito*.

Lavorarono insieme per togliere anche le altre tavole inchiodate alla porta. "Maledizione, non ho la chiave!" esclamò l'anziano burbero appena tolta l'ultima tavola. "Che maledetto stupido! Troppa fretta di arrivare qui."

Drew non poteva certo biasimarlo. In quel momento, nemmeno lui ricordava dove aveva lasciato le chiavi della Jeep. Potevano essere in tasca, o per terra, vicino al veicolo, o magari ancora nel blocco di accensione.

I due continuarono a darsi da fare nel tentativo di sfondare quella porta, dall'aspetto apparentemente fragile. Riuscirono a sfondare tue delle tavole di legno, ma la serratura non cedette.

"Io continuo a cercare di aprire questa maledetta, tu intanto entra e trascina Caryn da questa parte, così la tiriamo fuori," disse Clyde.

Drew annuì, poi infilò la testa e le spalle nel buco lasciato dalle tavole della porta sfondata. Mentre si spingeva all'interno, finalmente vide Caryn. Era sdraiata a terra, immobile. Aveva le mani dietro la schiena, era ammanettata, piena di lividi sulle braccia e sul viso.

L'odio bestiale nei confronti di Paul minacciò di impedire a Drew di muoversi, ma lui si sforzò di non lasciarsi prendere da quell'emozione. Doveva tirare fuori Caryn. Poteva sentire già il calore del fuoco che prendeva forza e intensità, consumando la parete vicina.

Spinse il resto del corpo nella porta e girò attorno agli alambicchi della distilleria. Il bruciatore a gas era appoggiato sotto un pentolone pieno di infuso... polvere di malto e acqua, da scaldare per far evaporare l'alcol. Non furono né il primo né il secondo barilotto a catturare l'attenzione di Drew: fu il barile di liquore collegato al condensatore. Se si fosse rovesciato, e se il fuoco l'avesse raggiunto, quel capanno si sarebbe incendiato completamente in un millisecondo.

A quel punto, Caryn gemette e allungò le gambe, mancando di poco il barile di distillato appena fatto.

"Non muoverti!" le gridò correndo verso di lei.

Lei sbatté le palpebre e lo guardò confusa.

Drew la prese da sotto le ascelle e cominciò a trascinarla lontano dal fuoco, verso la porta. Quando la sentì gridare per il dolore, si fermò.

"Cosa c'è, cos'hai?" le chiese.

Caryn lo sorprese fissandolo: sembrava perfettamente consapevole di cosa stesse succedendo tutt'intorno. "Chiave manette," gli disse con voce rotta.

Merda. Drew si era dimenticato completamente della conversazione di due giorni prima. Si stavano raccontando aneddoti divertenti di episodi avvenuti negli anni precedenti, e lei aveva preteso di fargli tirare fuori il portafogli per farle vedere la chiave delle manette che ci teneva, come lei *sapeva*. Lui aveva provato a convincerla di non averne una... che ovviamente aveva... ma lei era riuscita a prendergli il portafoglio dai pantaloni e aveva estratto trionfante la chiavetta di metallo nascosta tra le banconote.

"Lo sapevo!" gli aveva detto cantando vittoria. Drew c'era rimasto male per un attimo, ma poi anche lei aveva ammesso di portare sempre con sé una chiavetta simile, perché aveva imparato il trucco da un poliziotto che aveva conosciuto a New York. Gli aveva mostrato le taschine che si era cucita sul retro della vita dei pantaloni.

Alla fine avevano fatto sesso duro, alla svelta, sul pavimento del salotto, dimenticando la chiavetta sul pavimento, mentre lei si metteva gattoni, facendosi prendere da dietro.

Lui aveva lasciato il portafoglio a casa, chissà dove; non l'aveva cercato mentre usciva, era troppo disperato. In quel momento, dovette ammettere che le taschine cucite da Caryn, per quanto la facessero sembrare ancor più paranoica di lui, ne dimostravano anche l'intelligenza.

Caryn si mise seduta, tossendo per il fumo che si intensificava. Drew cominciò a cercarle dietro la schiena. Gli sembrò un tempo infinito, ma finalmente trovò la chiave. Dopo un paio di tentativi, riuscì a infilare la chiavetta nella toppa delle manette, un'operazione che aveva ripetuto migliaia di volte nella vita, anche se mai in quella condizioni... mai quando la vita della donna che amava dipendeva da lui.

Appena una delle manette si aprì, senza esitare, Caryn si girò mettendosi carponi e si avviò verso la luce che proveniva dall'apertura nella porta. Drew la tallonò, cercando di proteggerla dal calore e dalle fiamme che crepitavano dietro di lui. Non sapeva quanto gravi fossero le ferite sostenute da Caryn, ma la priorità assoluta era uscire da quella trappola mortale. Era impressionante: Clyde era riuscito a dare a quella struttura rinforzata e sicura un aspetto tanto fatiscente... ma in quel momento Drew avrebbe tanto preferito un capanno di fuscelli.

"Clyde!" gli urlò avvicinandosi alla porta. Una mano insanguinata si infilò nell'apertura e Caryn la afferrò senza esitare. Appena le sue gambe sparirono fuori dal capanno, anche Drew infilò testa e spalle nell'apertura. Clyde stava aiutando Caryn ad allontanarsi.

Drew li raggiunse direttamente... quasi gli venne da vomitare a quel che vide. Caryn aveva i capelli pieni di terra, con lividi su tutto il viso, specialmente intorno a un occhio, oltre che sangue su tutta la pelle. Aveva la maglia strappata, piena di macchie di sangue, e aveva perso una scarpa.

Era stata picchiata, ridotta quasi in fin di vita, eppure eccola là, viva. Drew sentì in tutto il corpo un'ondata di sollievo che si alternava alla furia omicida nei confronti di Paul. Quello stronzo l'avrebbe pagata per quanto aveva fatto, Drew era sempre più deciso.

"Il capanno..." sussurrò Caryn inorridita.

Drew si voltò e vide che il fuoco era cresciuto di dimensioni e di potenza.

"Dobbiamo spegnere l'incendio!" esclamò lei.

Drew stava per dirle di fregarsene di tutto, perché doveva portarla dal medico, ma lei si mosse prima che lui potesse aprire bocca. Si avvicinò barcollando al fuoco, quando chiunque altro si sarebbe messo a correre in direzione opposta.

"Hai un collegamento all'acqua, vero Clyde?" gli chiese Caryn.

"Sul tetto c'è un tubo flessibile nero collegato al ruscello. C'è una valvola di sicurezza a una decina di metri da qui."

"Se lo tiro, si stacca dal tetto?"

"È collegato al condensatore, ma dovrebbe staccarsi," rispose Clyde rapidamente.

"Vado a prenderlo, tu apri la valvola. Dobbiamo far arrivare l'acqua su questo coso prima che il fuoco raggiunga l'alcol. Non vogliamo certo che tutto il bosco sia distrutto dalle fiamme!"

Drew rimase sbalordito per un attimo. Caryn era ferita, ovviamente in preda al dolore, eppure era ancora determinata a fare ciò per cui era stata addestrata per anni... spegnere un incendio.

Gli venne l'istinto di protestare, di urlare, di dirle che non doveva salvare tutto il bosco, ma solo pensare a *se stessa*.

Invece si affidò alla sua donna e la seguì.

Quando lei sussultò per il dolore, nel tentativo di afferrare il tubo che sporgeva dal tetto del capanno, lui la invitò a spostarsi. "Ci penso io, tu dimmi cosa devo fare."

Lei si fece da parte senza lamentarsi, con gratitudine. Drew tirò il tubo e lo sentì scattare, liberandosi dall'aggancio al condensatore all'interno. Il tempo stava per esaurirsi. Se Clyde era preoccupato di cosa sarebbe successo se l'alcol nel capanno avesse preso fuoco, allora Drew era doppiamente preoccupato.

Un getto d'acqua dalla potenza sorprendente uscì di getto dal tubo mentre Drew e Caryn stavano correndo intorno al capanno, verso le fiamme. Appena fu vicino, Drew indirizzò d'istinto l'acqua verso il tetto del capanno.

"No, punta alla base delle fiamme," gli disse Caryn. "Ecco, così. Passa da parte a parte. Bravo."

Con Caryn alle spalle che gli dava istruzioni, Drew cercò di spegnere l'incendio. Il calore era quasi soffocante; le mani persero rapidamente sensibilità per l'acqua gelata che usciva dal tubo, mentre i polmoni gli bruciavano per aver respirato il fumo che usciva dal capanno in fiamme. Drew tremava per l'adrenalina e lo stress, ma Caryn rimase sempre al suo fianco, dandogli dei consigli e aiutandolo a spegnere meglio il fuoco.

Era talmente concentrato su ciò che stava facendo, che non vide né sentì Paul arrivare se non quando gli fu praticamente addosso; arrivò di corsa con un grosso ramo tra le mani e lo abbassò per colpire Drew con tutte le forze che aveva.

Pur barcollando verso destra per la potenza con cui Caryn l'aveva spinto, Drew ebbe il pensiero assurdo che Paul fosse un *folle totale* a rimanere nei paraggi solo per assistere allo spettacolo dell'incendio che uccideva Caryn. Oltretutto, Drew si chiese come mai Paul non avesse cercato di impedire a lui o a Clyde di intervenire. Forse non se la sentiva di affrontare due uomini, o magari era convinto che non ce l'avrebbero fatta a entrare, poi aveva deciso di agire dopo che Caryn era uscita dal capanno in fiamme.

Tutti quei pensieri svanirono dalla mente di Drew nell'attimo stesso in cui cadde a terra; fiotti d'acqua dappertutto, il gomito ficcato nel suolo. Caryn l'aveva spinto via per evitargli il colpo di Paul... e adesso stava lottando con lui, contendendogli il ramo.

In un lampo, Drew scattò in piedi. Dato che Paul aveva le mani impegnate, non fu difficile colpirlo in faccia con un pugno, costringendolo a mollare il ramo con un grugnito.

Drew lo colpì di nuovo. Poi ancora, più volte, senza mai fermarsi.

Non smise nemmeno quando Paul cadde a terra; gli salì sopra e continuò a picchiarlo a mani nude, con l'unico pensiero di mettere fuori gioco quel bastardo perché non facesse mai più del male a Caryn.

"È andato!" gli gridò Caryn.

Drew la sentì appena. Doveva fargliela pagare per quel che aveva fatto.

"Lo tengo io," sentì vagamente.

Poi Clyde cominciò a tirare Drew con una presa salda sul braccio. Sentendosi strattonato, Drew tornò presente e vide Caryn che lo guardava con un'espressione allarmata.

Si allontanò da Paul, che era disteso a terra in preda ai gemiti di dolore. Gli sputò vicino gridandogli: "Come ci si sente a prenderle, stronzo?"

"Drew, l'incendio," lo richiamò Caryn. "Sta prendendo fuoco anche l'erba!"

Clyde trascinò Paul lontano dal capanno, poi ci fu una gran confusione.

Arrivò Brock, che purtroppo non ce l'aveva fatta in tempo per impedire l'attacco di Paul, ma Drew fu comunque grato di vederlo. Dopo meno di un minuto, arrivò sul posto anche il resto della squadra di ricerca e soccorso Eagle Point. Gli uomini si misero agli ordini di Caryn per spegnere il fuoco. Lei e Raiden gettarono terriccio sull'erba intorno al capanno. Zeke tenne d'occhio Paul, ancora a terra gemente. Rocky, Tal, Ethan e Clyde sfondarono la porta... rischiando come folli per entrare e tirare fuori non solo il barile di liquore, ma anche la bombola di propano che stava appoggiata alla parete opposta all'incendio: Drew non l'aveva nemmeno notata. Tirarono fuori anche il pentolone con i resti del miscuglio che Clyde aveva usato per l'ultimo distillato, poi l'alambicco e il condensatore.

Fu un passaggio delicato, ma Clyde fu quasi sul punto di piangere per la gioia di quell'aiuto, quando anche l'ultimo alambicco fu tratto in salvo. Si trattava di un impianto costoso e chiaramente per lui era molto importante, per questo apprezzava molto che la squadra avesse salvato tutto il salvabile.

Raiden prese il tubo dalle mani di Drew, lasciandolo final-mente libero di raggiungere Caryn.

Lei si era messa da parte con gli occhi incollati sul fuoco, che ormai era quasi estinto. Dondolava sui piedi e Drew non esitò a prenderla tra le braccia. Lei si lasciò sostenere volen-tieri e Drew la prese subito in braccio.

"Cosa stai facendo?" gli chiese.

Lui ignorò la domanda e la portò verso un ceppo molto lontano dal capanno, sedendosi e mettendosela in grembo. Poi le appoggiò il naso nell'incavo del collo e la tenne con tutta la forza che poté, mentre il corpo gli tremava per l'adre-nalina. La sentì muovere un braccio e metterglielo dietro la schiena, mentre con l'altra mano gli stringeva forte il bicipite.

"Sto bene," gli disse per rassicurarlo.

"Non è vero," ribatté lui alzando una mano. "Hai dei lividi sul tuo bel visino e stai sanguinando. Quel bastardo ti ha *ammanettata*!"

"A dire il vero, non mi ricordo quel momento," ammise lei.

"Allora dovrei prenderla meglio?" le chiese. "Non so che cazzo avesse in mente, ma... cioè, se voleva farlo sembrare un incidente, ammanettarti è stata la cosa più stupida che potesse fare." Drew scosse la testa. "E poi è rimasto nei paraggi, magari solo perché voleva vedere che non scappassi... poi quando il fuoco si fosse estinto, sarebbe tornato indietro per toglierti le manette." La totale spietatezza di quell'ipotesi gli fece venire la nausea. "Ma pensava veramente che nessuno denunciasse un maledetto incendio, o che il fuoco non si espandesse?" Drew sapeva che non avrebbe mai ottenuto risposte a quelle domande, ma non riusciva a smettere di parlare.

"Non lo so nemmeno io cosa avesse in mente," gli disse Caryn a bassa voce.

Drew fece un respiro profondo e cercò di non pensare più a quel bastardo. "Mi hai protetto."

Lei aggrottò le sopracciglia. "Come dici?"

"Non l'ho nemmeno visto arrivare. Non hai esitato a proteggermi, spingendomi via."

"Certo che ti ho protetto. Pensavi che gli lasciassi sferrare un colpo contro di te?" gli chiese Caryn.

"Ti ricordi quando abbiamo parlato dei veri partner?"

Lei annuì.

"Tu sei mia, Caryn, la mia vera partner, in ogni senso possibile. Quando Clyde mi ha telefonato dicendomi che Paul ti aveva rapita, non ci ho visto più. Nonostante tutto l'addestramento. Mi è sembrato di nuotare in un oceano di melassa, mentre cercavo di raggiungerti. Sapevo solo che non avrei permesso che ti succedesse qualcosa, mai e poi mai."

Caryn prese fiato lentamente. "Anch'io non ho mai avuto un vero partner, prima di te," gli disse.

"Ragazzi, se volete chiudere il tutto con una bella stretta di mano... ma io penso che dovremmo portare Caryn fuori da qui, magari dritta dal dottor Snow. Non mi piacciono quelle macchie di sangue sulla maglia."

La voce di Brock prese di sorpresa Drew, che abbassò subito lo sguardo sull'indumento di Caryn, macchiato di sangue. L'aveva notato in precedenza, ma con tutto quanto era successo, non ci aveva più riflettuto. "Ma che cazzo?" commentò Drew afferrando l'orlo della maglia.

"Sto bene," gli disse lei per rassicurarlo; ma lui non si fermò e fece per guardarle le ferite.

Vedendo i tagli, ovviamente provocati da un coltello, la mente di Drew andò nel pallone per una frazione di secondo... poi lui si alzò lentamente. Fece mettere a Caryn i piedi a terra, controllò che si mantenesse in equilibrio, poi si girò verso il punto in cui Paul giaceva ancora a terra.

Non riuscì a fare due passi, prima che Caryn lo fermasse mettendogli una mano sul braccio. "Non puoi essere il mio partner se ti sbattono dentro," gli disse sottovoce.

Drew si fermò, ma non tolse gli occhi da Paul.

Caryn gli si mise davanti e gli appoggiò una mano sulla guancia. "Sto bene. Non ce l'ha fatta."

Drew dovette raccogliere tutto se stesso per domare il desiderio di uccidere Paul Downs. Quell'uomo aveva ferito la persona più importante nella vita di Drew. Senza Caryn, lui sarebbe tornato il paranoico eremita di prima. Caryn aveva portato amore e gioia nella sua vita e lui avrebbe impedito in qualunque modo a chiunque di portargliela via... l'avrebbe impedito anche a se stesso.

Si concentrò su di lei invece che sull'uomo che giaceva a terra. "Puoi dirlo forte, non ce l'ha fatta," le rispose.

Caryn sospirò sollevata quando capì che Drew non

sarebbe andato addosso a Paul. "Come facevi a sapere dov'ero?" gli chiese.

"Come ti dicevo, Clyde mi ha telefonato. Non so proprio come facesse *lui* a saperlo," aggiunse Drew.

"Telecamere con sensori di movimento," disse Clyde da lontano, tenendo Paul a terra e assicurandosi che non andasse da nessuna parte. "Modelli costosi."

"Dimmi che hai registrato tutto," commentò Rocky.

"Puoi giurarci che ho registrato," gli rispose Clyde.

"Pensi di poter passare le schede di memoria a Simon?" gli chiese Tal.

"Posso mandargli i video via mail?" chiese Clyde.

"Usi la mail?" gli chiese Zeke, chiaramente sorpreso da quell'idea.

Clyde lo guardò come se avesse davanti un idiota. "Certo che uso la mail. Ho anche un telefono satellitare. Se no come pensi che abbia chiamato Drew? Ho anche un sito in cui vendo il liquore... e una laurea in informatica conseguita online."

"Porco cane!" Ethan si mise a ridere sotto i baffi.

"Lo so che pensate tutti che sia uno svitato retrogrado, ma non mi importa un fico secco. Ho dovuto imparare a guadagnarmi da vivere e me la sono cavata piuttosto bene."

"Direi di sì," commentò Tal.

"Probabilmente non ne avrai bisogno, e a questo punto non mi sorprenderebbe, ma se mai ti servisse un commercialista o un gestore finanziario, potrai sempre contare su di me, senza pagare. Per sempre," disse Drew a Clyde con un tono ricco di rispetto e gratitudine.

Clyde annuì.

"Ecco, allora... Drew, devi portare Caryn dal dottor Snow. Intanto noi gli telefoniamo per avvertirlo che state arrivando," gli disse Ethan.

"Vengo con te," intervenne Brock. "Posso guidare io, mentre tu stai con Caryn."

"Che si fa con l'incendio?" chiese Caryn guardando il capanno, ancora non del tutto spento. "Non possiamo lasciarlo così, è probabile che il fuoco si ravvivi."

"Stiamo qui noi, lo teniamo d'occhio," la rassicurò Zeke.

"Tanto dobbiamo aspettare che arrivi Simon o un agente di polizia. Qualcuno dovrà pur portare questo rifiuto fuori dal bosco," disse Tal accennando col capo a Paul.

"Quando il fuoco sarà spento, dobbiamo aiutare Clyde a rimettere in piedi la distilleria," aggiunse Raid.

Drew non era mai stato tanto grato come in quel momento per gli amici che lo circondavano. Poteva finalmente concentrarsi su Caryn senza preoccuparsi d'altro.

Caryn si avvicinò a Clyde. Drew stava per trattenerla, per evitare che si avvicinasse a Paul, nel caso quello trovasse la forza di rialzarsi; ma non avrebbe dovuto preoccuparsene: Zeke ed Ethan fecero entrambi un passo e si misero tra lei e Paul, mentre Clyde le andava incontro.

"Grazie," gli disse abbracciandolo; Clyde era molto più grosso di lei, indossava una salopette di jeans e una maglia bianca. Il pancione dell'uomo quasi le impedì di avvolgerlo con le braccia, ma lei ci riuscì. La barba non curata, nera con qualche pelo bianco sparso, contrastava nettamente con i capelli biondi di Caryn che l'abbracciava.

Ma era evidente che tra loro due si fosse creato un legame indissolubile. Caryn aveva già una certa considerazione per quell'uomo che viveva da eremita e Drew ebbe la netta sensazione che, grazie a Caryn e al nonno Art, l'intera cittadinanza di Fallport avrebbe visto Clyde sotto una nuova luce. Lui forse non avrebbe accolto con entusiasmo gli sguardi di tanti che lo consideravano un eroe, ma avrebbe dovuto imparare a conviverci.

Drew raggiunse Caryn e le mise una mano dietro la schiena. Odiava vedere le macchie di sangue sulla maglia, lo rendevano più ansioso di portarla via.

"Anch'io ti ringrazio," disse Drew porgendogli la mano. "Apprezzo molto il fatto che tu mi abbia telefonato."

Clyde gli strinse la mano e annuì, prima di fare un passo indietro. "È la tua donna, sapevo che saresti arrivato prima dei poliziotti."

Evidentemente, nonostante conducesse vita appartata, Clyde era comunque aggiornato sugli eventi che accadevano a Fallport. Drew non avrebbe dovuto meravigliarsi, dopo tutte le altre sorprese di quell'uomo, invece quel gesto l'aveva colpito.

"Se hai bisogno di un aggiornamento del sistema informatico... sai, per tenere in sicurezza le transazioni economiche dei clienti... fammi sapere," disse Clyde.

Drew ridacchiò. "Potrei anche accettare l'offerta," gli rispose, poi guardò Caryn. "Sei pronta a levare le tende?"

"Più che pronta," gli rispose.

"Posso portarti, se ti fa troppo male camminare," le disse Drew con le sopracciglia aggrottate per la preoccupazione, vedendola soffrire anche solo nel girarsi.

"Non pensarci nemmeno," gli rispose strabuzzando gli occhi.

Drew sentì alle spalle gli altri che ridacchiavano, ma li ignorò. "A me interessa solo che le ferite non peggiorino."

"Sono una tosta," lo informò Caryn.

"Puoi dirlo forte!" esclamò Drew immediatamente.

Tal si avvicinò con l'altra scarpa di Caryn. "Se vuole andarsene camminando, le servirà questa."

Drew si inginocchiò subito ai piedi di Caryn e l'aiutò a calzare la scarpa, annodando i lacci in modo che lei non dovesse abbassarsi e soffrire ulteriormente per le ferite ai fianchi.

Cominciarono a camminare nel bosco verso il sentiero; Drew e Brock le fecero alcune domande sul rapimento. Ciò che lei spiegò ravvivò di nuovo la furia di Drew nei confronti di Paul.

Poi, dopo un breve silenzio, Caryn sospirò. "Non so che fine abbiano fatto i miei rotolini alla cannella," disse con un tono vagamente triste per aver smarrito quei dolcetti.

Per un attimo, Drew credette di aver sentito male. Caryn aveva raccontato a lui e a Brock tutto ciò che era avvenuto fino all'arrivo nel bosco, senza mai cedere all'emozione. Sembrava gestire l'intera situazione con una leggerezza meravigliosa. Forse troppo, tanto che Drew temette che fosse ancora sotto choc.

Sentirla lamentarsi per i rotolini alla cannella, dopo tutto quel che era successo, gli fece capire che Caryn stava *davvero* bene.

"Te ne prenderemo degli altri," le disse per rassicurarla.

"Dovevo portarne uno anche a Bristol," aggiunse lei.

"Passo io da Finley per spiegarle cos'è successo, ne prendo di freschi per te e per Bristol," suggerì Brock.

Mentre camminavano, Drew osservò Caryn... e vide un sorrisetto aprirsi sulle sue labbra. Gli venne l'istinto di alzare gli occhi al cielo: sapeva che Caryn sospettava un'interesse di Brock nei confronti di Finley, complicato dal fatto che la pasticcera era troppo timida per fare una qualunque mossa. Non si sarebbe stupito di scoprire che Caryn e le amiche avessero in cantiere un piano per mettere insieme quei due. Ovviamente l'offerta di Brock cadeva a fagiolo.

"Fantastico, grazie," gli disse. "Per favore, fa' in modo che Finley non dia di matto quando sente cos'è successo. È molto sensibile e non voglio che si preoccupi."

"Glielo dirò con tatto," promise Brock.

Drew quasi sbuffò. Brock era andato, solo che non se n'era ancora reso conto.

EPILOGO

Erano passate due settimane dall'aggressione nel bosco e Caryn si sentiva bene. I primi giorni erano stati duri. Ogni muscolo del corpo le faceva male e aveva lividi dappertutto... in faccia, su braccia e gambe, su schiena e torace... Ogni volta che Drew li vedeva, stringeva i denti a tal punto da far tremare i muscoli della mandibola.

Era ancora arrabbiato. Assolutamente furioso. Ma non aveva modo di sfogare la propria rabbia se non su se stesso, il che non era accettabile per Caryn. Per questo avevano anche affrontato il loro primo litigio.

Era successo una sera, dopo un bagno caldo che Caryn aveva fatto per rilassare i muscoli. Quando lei l'aveva chiamato perché l'aiutasse a uscire dalla vasca, Drew si era presentato con un brutto broncio e Caryn gli aveva chiesto come mai. Al che lui era crollato. Si era scusato per averla delusa, per non aver impedito che Paul le mettesse le mani addosso, per non aver capito i segnali.

Caryn però non era disposta a lasciargli credere di avere la colpa di quanto era successo. Avevano urlato entrambi... parecchio. Ma alla fine Drew aveva dovuto accettare l'idea che Caryn era una donna adulta e vaccinata e che nessuno dei due avrebbe potuto prevedere il livello di follia che avrebbe raggiunto Paul.

Caryn non era sicura al cento per cento che Drew si fosse completamente liberato del senso di colpa, ma lui le sembrava più rilassato (o rassegnato, forse?) rispetto a quell'episodio. Per fortuna, i lividi erano quasi spariti dal volto, ormai c'erano solo vaghe tracce giallognole e Caryn era pronta a voltare pagina.

Paul era stato licenziato dal dipartimento antincendio di Fallport insieme a Dennis, George e Lou. Era saltato fuori che Paul aveva confidato loro una parte del piano: rapire Caryn, picchiarla e abbandonarla nella foresta. Loro avevano sostenuto di non sapere nulla dell'incendio, ma dato che nessuno dei tre aveva tentato di fermare Paul né informato la polizia dei piani criminali dell'amico, erano stati ritenuti complici e altrettanto colpevoli.

Paul si trovava nella prigione locale, era stato arrestato con diverse accuse, tra cui rapimento, incendio doloso e tentato omicidio. Gli era stata negata la cauzione, con gran sollievo di Caryn, che così non si sarebbe dovuta preoccupare che lui la perseguitasse per finire ciò che aveva cominciato.

Con sua grande sorpresa, Oscar era stato promosso nuovo capitano del dipartimento. Drew e gli altri della squadra l'avevano presa malissimo, invece Caryn pensava fosse una scelta giusta. Certo, anche Oscar era stato presente alla Tana quella fatidica notte, ma alla fine aveva fatto la cosa giusta telefonando a Drew. Inoltre, ci teneva molto alla caserma.

Caryn era stata assunta ufficialmente dal comune come supervisore dell'addestramento del personale e aveva già incontrato Oscar per studiare i prossimi passi. C'erano già dei piani abbozzati e Caryn era rimasta soddisfatta della voglia di migliorare e della palese collaborazione di tutti gli altri vigili del fuoco. Si erano liberati cinque posti di lavoro e Caryn aveva suggerito caldamente al sindaco di promuovere meglio e con più convinzione le assunzioni, per trovare candidati più adatti e anche di diversa provenienza.

Tutto sommato, la vita di Caryn si stava delineando in modo molto positivo. Aveva persino ricevuto il primo manoscritto di una scrittrice amica di Thomas: era la sua seconda chance di fare da *beta reader* per un autore famoso. A volte, Caryn doveva pizzicarsi per rendersi conto che era tutto vero: era responsabile della prima lettura dei libri di alcuni degli scrittori più famosi al mondo. Aveva avvertito la scrittrice che avrebbe fatto una critica al manoscritto senza peli sulla lingua, ma quella le aveva risposto che era esattamente ciò che voleva.

Caryn sperava fosse stata sincera.

Ethan e Lilly stavano ultimando i dettagli delle nozze fissate per Halloween nel fienile di Rocky e Bristol. Avevano scelto di organizzare un evento rilassato e Lilly aveva avvertito di non presentarsi in giacca e cravatta, o in abiti sgargianti, per non rischiare di farsi cacciare. L'idea era di arrivare tutti vestiti casual, in jeans e maglietta, o magari, per chi volesse, con un travestimento. Caryn non vedeva l'ora di partecipare.

Il sole stava facendo capolino all'orizzonte e Caryn si sentiva estremamente pigra. Aveva dormito più a lungo, nelle ultime due settimane, anche incoraggiata da Drew. Però aveva insistito per allenarsi, ignorando le proteste di Drew; così avevano semplicemente posticipato alla tarda mattinata, prima di avventurarsi all'aperto, limitandosi quasi solo alle camminate in montagna. Le prime ore del mattino erano state dedicate al relax, a riflettere su tutto ciò che era accaduto e a ringraziare il cielo per come era andata a finire.

"Buondì," le disse Drew sottovoce rigirandosi nel letto e bloccandola con un braccio intorno alla pancia e con una gamba sulle cosce.

"Buondì," gli rispose.

"Dormito bene?" le chiese.

"Come un ghiro."

La stranezza era che, nonostante fosse stata lei a essere picchiata e chiusa in un capanno in fiamme, gli incubi erano venuti a *Drew*, non a lei. Caryn immaginava fosse perché lei aveva perso i sensi e non si era resa conto fino in fondo del piano di Paul. Certo, farsi picchiare non era stato divertente, ma lei in quel momento si aspettava che, finito lo sfogo, Paul la lasciasse dov'era e tornasse a casa come aveva già fatto la prima volta. L'omicidio non le era passato per la mente... anche se forse avrebbe dovuto pensarci.

"E tu invece?" gli chiese. "Altri incubi?"

"No."

"Bene. Cos'abbiamo in agenda per oggi?" Caryn sapeva esattamente quali erano i programmi del giorno, ma glielo chiese per distrarlo dal pensiero di ciò che le era successo.

Drew si tirò su, sostenendosi con un gomito, e le passò le dita dell'altra mano su un livido particolarmente brutto in un fianco. Era il punto che stava guarendo con più lentezza. "Tu cosa ne pensi del matrimonio?"

Caryn trattenne il fiato, poi sentì il cuore martellare nel petto. Lo fissò a lungo, poi gli chiese: "In generale?"

Drew alzò le spalle: "Sì."

"Ehm, beh... sono favorevole."

"E nello specifico? Scarteresti l'idea di risposarti?"

Caryn si chiese dove volesse arrivare. Era il modo di Drew per arrivare a chiederle di sposarlo? Oppure stava cercando di dirle con tatto che lui non si sarebbe mai sposato? Dopo un respiro profondo, decise di parlare apertamente.

"No. Cioè, quando il primo matrimonio è finito, ci sono rimasta male. Pensavo che non fosse proprio il caso di ritentare, perché ero troppo incasinata per far funzionare un rapporto con chiunque, anche se cercavo disperatamente il compagno giusto. Mia mamma è stata terribile e non è stato un modello utile per imbastire rapporti, ma penso che vedere i genitori amorevoli degli altri mi abbia fatto venire voglia di cercare lo stesso tipo di rapporto. Poi ho l'esempio del rapporto tra il nonno e la nonna: Art amava tantissimo la moglie e quando è morta ci è rimasto malissimo. Io ero ancora troppo piccola per avere molti ricordi di lei, ma ho sentito un sacco di storie."

Drew annuì. "Io non ho mai sentito una forte spinta verso il matrimonio," le disse. "Ho visto troppe coppie non solo sposarsi e divorziare, ma andare di male in peggio con gli anni. Pensavo che non sarei mai riuscito a far funzionare un rapporto. Ero troppo concentrato sul lavoro. Troppo egoista. Volevo fare quello che mi andava, quando mi andava, anche se molto spesso volevo solo starmene a casa o magari aiutare dei colleghi con le pratiche fiscali."

Caryn deglutì a fatica. Stava cercando di dirle che non si sarebbe mai sposato? Che gli andava bene stare insieme, ma che non sarebbe mai andato oltre?

"Però con te... ho scoperto che la mia mente ha fatto una vera e propria inversione a U. Voglio il diritto di dire che sei mia, Caryn, legalmente, ufficialmente. Voglio che indossi il mio anello, così tutti sapranno che sei fuori dai giochi. Voglio mostrare al mondo quanto sono fiero di essere tuo. Non che ci sia la fila di donne che bussano alla porta per stare con me... ma voglio poter mostrare che anch'io sono completamente fuori dai giochi, impegnatissimo."

I muscoli che Caryn aveva sentito contrarsi alle parole precedenti si rilassarono all'improvviso. "Sei senz'altro impegnatissimo," gli confermò. "E anch'io voglio essere ufficialmente tua quanto voglio che tu sia mio."

"Io *sono* tuo," le disse senza esitare. "Però..." Drew si interruppe.

"Però cosa?" insisté Caryn.

"Però l'idea di sposarmi mi spaventa. Ho visto coppie perfettamente felici che si rovinavano, litigando subito dopo essersi scambiati gli anelli. Io non voglio nessun'altra, mai più.

L'unica persona con cui voglio svegliarmi e andare a dormire sei tu..."

"...ma non ti senti pronto per convolare a nozze," disse Caryn, terminando la frase per lui.

"Questo cambia ciò che provi per me?" le chiese Drew.

"Ma va' là!" esclamò Caryn con decisione. "A dire il vero, anch'io non sono ancora pronta per sposarmi. Il nostro rapporto si è sviluppato molto alla svelta... non che mi dispiaccia, ma penso di volermi godere il rapporto di coppia, prima di pensare al matrimonio."

Drew sospirò sollevato. "Quando saremo pronti entrambi, ti garantisco che ci sposeremo," le disse.

"Fantastico," commentò lei con un sorriso. Caryn si sentì un po' sollevata: almeno per il momento si era tolta dalla testa la pressione di chiedersi se e quando Drew si sarebbe fatto avanti con un anello. Cambiando argomento, gli disse: "Sono passate due settimane."

Drew era sulla stessa lunghezza d'onda, infatti non le chiese nemmeno di cosa stesse parlando. "È troppo presto. Hai ancora dei lividi e non pensare che non abbia notato che ti muovi con molta cautela, quando andiamo fuori a passeggiare."

Gli allenamenti erano stati tutt'altro che affaticanti, ma loro erano usciti di casa ogni giorno per passeggiare, o per percorrere un sentiero.

"Sto *bene*," insisté lei. "Non mi rompo mica, se facciamo l'amore," aggiunse.

"Se ti faccio male..." Drew chiuse gli occhi e prese fiato.

"Non mi faresti mai male," gli disse mettendogli una mano sulla guancia. Poi lo spinse all'altezza del petto per farlo sdraiare. Gli si mise sopra a cavalcioni e afferrò l'orlo della canotta che indossava per dormire. Se la sfilò da sopra la testa e si appoggiò sui pettorali di Drew, sorridendogli.

"Accidenti," commentò lui con un filo di voce, mentre le appoggiava con attenzione le mani sui fianchi, alla base del torace. Con i pollici, le sfiorò la pelle appena sotto i seni, fissandola negli occhi con le pupille dilatate.

"Ho bisogno di te," gli disse Caryn portandosi indietro fino ad avere tra le gambe l'erezione di Drew.

"Decidi tu come muoverti," le disse con determinazione. "E voglio che tu stia sopra tutto il tempo. Non voglio rischiare di fare un movimento sbagliato e di fare pressione sui lividi."

Caryn accettò senza alcun problema. Si sentiva bene... più che bene... e stare sopra a Drew non le creava alcuna difficoltà. Tutt'altro.

Invece di rispondergli a voce, Caryn si fece da parte e si tolse rapidamente i pantaloncini del pigiama. Nel mentre, lui si tolse i boxer e li scalciò via. Caryn si inginocchiò tra le gambe di Drew e glielo prese in mano, massaggiandolo per tutta la lunghezza, su e giù, godendosi i gemiti che gli provocò.

"Cazzo, non durerò molto," mormorò Drew, più a se stesso che a lei.

Caryn semplicemente sorrise.

Fecero l'amore con foga e con grande passione; anche se Drew cercò di trattenersi, di essere delicato, Caryn si lasciò andare. Gli fece un lavoretto di bocca con grande entusiasmo e quando fu certa che stesse per esplodere, lui la tirò su di sé fino a mettersela cavalcioni sulla faccia. Cominciò a leccargliela finché non fu *lei* a venire, poi la fece muovere e Caryn gli prese di nuovo in mano l'uccello ormai durissimo, per infilarselo lentamente dentro.

Seguirono momenti di passione concitata, ma a un certo punto Drew la tenne ferma su di sé e cominciò a scoparla con forza. Poi la tirò giù per penetrarla completamente mentre veniva. Durante l'orgasmo, le stimolò il clitoride con il pollice per farle raggiungere subito un altro orgasmo.

I dolori dovuti all'aggressione si aggravarono leggermente, dopo aver fatto l'amore, ma Caryn non l'avrebbe ammesso nemmeno sotto tortura. Non sapendolo, Drew non ci sarebbe rimasto male. Lei non era una viola mammola, non era il tipo che frignava per una ferita: non era mai successo in passato e non sarebbe mai successo.

"Santo cielo, che donna!" esclamò Drew mentre riprendeva fiato. Aveva ancora l'uccello dentro di lei. "Ci siamo lasciati andare un po' troppo."

Lei fece una risatina. "È colpa tua, non dovevi aspettare così tanto."

Lui la guardò negli occhi e le rispose: "Eh no! Piuttosto che farti male mi taglierei un braccio. Sceglierò sempre cos'è meglio per te, anche se non piace a nessuno di noi due."

"Ti amo," gli disse Caryn.

"Anch'io ti amo. Adesso... cos'abbiamo in agenda per oggi?" le chiese.

Caryn non trattenne una risata, sentendolo ripetere con tono quasi ironico la domanda che gli aveva fatto prima; purtroppo, il movimento della risata spinse fuori l'uccello ormai afflosciato. "Beh, accidenti..."

Drew rise. "Immagino sia un po' tardi per parlare di prevenzione?"

Solo in quel momento lei si accorse che non avevano usato un preservativo. "Abbiamo parlato di matrimonio... ma cosa ne pensi dei figli?" gli chiese.

Drew sembrò vagamente allarmato. "Accidenti. *Tu* piuttosto cosa ne pensi?"

Lei non se la prese, sentendosi rimbalzare addosso la stessa domanda. "Ho quarantun anni," gli disse, "se rimango incinta oggi, il termine sarà quando ne avrò quarantadue. Facendo i calcoli, significa che avrò sessant'anni prima che nostro figlio o nostra figlia arrivi alla maturità. Non so se me la sento di fare la mamma nonna."

"Io avrei sessantatré anni," aggiunse Drew. "Ma tu saresti la mamma nonna più sexy in assoluto."

"Allora... figli?" gli chiese.

"A me non dispiace pensare di averti tutta per me per i prossimi sessant'anni."

Eh sì, anche a lei quel pensiero non dispiaceva affatto. "Però... *se* succede, non mi dispiacerebbe avere un bel bimbo che ti somigli," gli disse con un sorriso dolce. Non sapeva se avrebbero mai avuto figli, ma con quell'uomo al proprio fianco, con quel partner, Caryn viveva un sogno già realizzato. Al massimo, avrebbe viziato i figli delle amiche.

"Sono d'accordo. Dobbiamo preoccuparci per quanto è appena successo?" le chiese Drew sfiorandole la schiena con un palmo calloso.

Caryn scosse la testa. "Prendo la pillola, la prendo da anni."

Drew annuì, poi le fece cenno di sdraiarsi su di lui. Dopo un po', le disse: "Se vuoi dei figli, sono disposto a tutto per darteli. Ma mi sta bene anche vivere senza. E poi sono sicuro che i nostri amici ne avranno in abbondanza, quindi possiamo fare da zio e da zia e imbottirli di zuccheri prima di riportarli a casa loro."

Caryn non fu sorpresa di di scoprire che al riguardo avevano la stessa opinione. Le piaceva il pensiero di organizzare serate e festini per i figli delle amiche. "Ottima idea. Pensi che Elsie ci lascerebbe prendere Tony ogni tanto per portarlo dal nonno? Qualche settimana fa, Art mi diceva che voleva dei bis-nipoti."

"Assolutamente. Anzi, penso che se non faremo attenzione ci ritroveremo a fare da baby-sitter più spesso di quanto ci aspettiamo."

"A me sta bene."

"Anche a me. Allora... significa che possiamo eliminare i profilattici, giusto?"

Lei ridacchiò. "Giusto. Io sono sana, tu sei sano, io sono protetta... va bene così."

"Meno male, perché il pensiero di tornare a usarli dopo

averlo fatto senza," finse di rabbrividire sotto di lei, "non è un pensiero piacevole."

Caryn alzò gli occhi al cielo. "Sai che dramma!"

"Infatti!"

"Allora... torniamo ai programmi della giornata?" gli chiese, con un pizzico di divertimento per quelle continue distrazioni.

"Penso che rimanere a letto con te sarebbe il piano perfetto," le rispose Drew con flemma.

Caryn si tirò su e scosse la testa. "Dobbiamo andare a trovare Clyde. Mi ha chiesto di provare il nuovo liquore alla mela caramellata che sta preparando per le nozze di Ethan e Lilly. Sai che si sposano per Halloween... Poi ho una testimonianza in remoto con la procura per il processo a Paul. Io e Oscar ci troviamo con Brock per chiedergli se possiamo usare alcune delle macchine nel retro dell'officina come materiale di addestramento per i vigili del fuoco, poi Finley ha invitato tutte le amiche da lei per una festa con assaggi di torte. Sai quanto è entusiasta di preparare la torta nuziale per Lilly? Solo che adesso è stressata e dobbiamo assicurarle che qualunque torta scelga, andrà benissimo. Anche *tu* hai del lavoro da sbrigare; poi stasera si cena col nonno. Comunque, guarda che non glielo dico, che vivremo nel peccato, almeno per un po'... mi sa che toccherà a te dargli la notizia."

Drew ridacchiò e quel suono vibrò in tutto il corpo di Caryn. "Penso io ad Art... e comunque, perché mi chiedi quali sono i programmi di oggi se ce li hai tutti perfettamente chiari?"

Caryn sorrise e fece spallucce. "Non lo so. Hai finito di cucirti le taschine nei pantaloni per le chiavi delle manette?" Il giorno dopo il rientro dal bosco, Drew aveva ordinato una ventina di quelle chiavette e aveva deciso di cucirsele in ogni paio di pantaloni... sempre per precauzione.

"Pensi che smetterai *mai* di prendermi in giro per questo?" le chiese con un sorrisetto.

"Eh no! Tu sei il poliziotto grande e grosso, e io sono quella con la chiave cucita nei *miei* pantaloni."

"Per la cronaca: a me va benissimo che tu mi prenda in giro, perché hai dimostrato che avevi ragionissima."

Si scambiarono un sorriso. "Ti amo, Drew. Non avevo idea che tornare a Fallport per seguire la convalescenza del nonno mi portasse a trovare l'anima gemella."

Lui chiuse gli occhi per un attimo, poi li riaprì e annuì. "Non direi mai, proprio *mai* che mi fa piacere che tuo nonno sia stato aggredito, perché sarei un deficiente, ma mi fa piacere che quell'aggressione ci abbia portati a stare insieme."

"Idem," concordò lei. "Immagino ci serva una doccia, prima di uscire a camminare."

"Eh sì," le rispose annuendo. "Anche una dopo. Poi magari un'altra prima di andare a letto."

Caryn sbuffò. "Sei proprio un tipo strano."

"No no, è solo che mi piace fare la doccia insieme a te."

Piaceva molto anche a lei, quindi Caryn non se ne lamentò. Si abbassò e lo baciò con dolcezza. Ovviamente la dolcezza durò solo alcuni secondi, poi il bacio si approfondì.

La camminata fu molto breve, perché si fecero la doccia molto più tardi del previsto. Ma a Caryn non interessava. Era viva, sana e più felice di quanto non fosse mai stata in tutta la vita.

———

Brock si fermò davanti allo Sweet Tooth per fare un respiro profondo. Aveva pensato davvero di fare qualche passo avanti con Finley, penetrando il muro di timidezza che lei sembrava alzare ogni volta che lui le andava vicino, ma ultimamente la pasticcera era tornata sulla difensiva.

Quando era passato in pasticceria per avvertirla di quanto era accaduto a Caryn, ma anche per rassicurarla che l'amica stava bene, aveva notato un aspetto di Finley che non aveva mai conosciuto prima. Si era dimenticata subito della propria timidezza e gli aveva chiesto di raccontarle ogni singolo dettaglio della storia; poi l'aveva praticamente trascinato fuori per un braccio, aveva chiuso la porta a chiave e aveva insistito perché lui l'accompagnasse subito da Caryn.

Però poi era tornata a evitare di guardarlo negli occhi, a trovare delle scuse per farlo smammare, e in generale non gli parlava mai più del necessario.

Tuttavia, dietro gli scudi con cui quella donna si proteggeva dal mondo, Brock aveva visto la vera Finley. La donna che nascondeva uno spirito leale, gioioso ed esigente. Uno spirito che a lui piaceva... moltissimo. Ancor più di quanto gli piacesse prima di quell'episodio.

E di sicuro Finley era uno spettacolo anche per gli occhi.

Brock era sempre stato attratto da donne con qualche chilo di troppo. Desiderava una compagna che fosse totalmente diversa da lui: un uomo rude, quasi scontroso, un uomo che non si tirava mai indietro quando c'era da sporcarsi le mani. Quando era in servizio nella polizia di frontiera, aveva passato molto tempo sul campo, inseguendo trafficanti che cercavano di contrabbandare oltre frontiera. Era stato di pattuglia sia nei deserti del sudovest che nelle tundre del nord.

Quindi era sempre stato costretto a tenersi in forma e continuava ancora ad allenarsi. Gli piaceva avere un corpo tonico e scattante. Ciononostante, non era mai stato attratto da donne con un fisico atletico come le tante che gli si avvicinavano in palestra.

No... a lui piacevano le curve. Curve morbide... e Finley Norris ne aveva in abbondanza. Quando l'aveva preso per trascinarlo fuori dalla pasticceria, due settimane prima, il contatto con la sua pelle morbida gli aveva fatto venire la pelle d'oca. Quando lei si era girata per chiudere la porta, si era strofinata contro di lui ed era bastato quel breve strusciamento a risvegliargli l'uccello, a metterlo quasi sull'attenti.

Finley odorava di farina, di vaniglia e di cannella, ed era morbida... sotto tutti gli aspetti.

La desiderava più che mai.

Però doveva persuaderla in qualche modo quantomeno a guardarlo, altrimenti non sarebbe mai riuscito a convincerla a uscire con lui. Brock non sapeva nemmeno come fosse arrivata a Fallport, ma prima o poi avrebbe scoperto qualcosa... se fosse riuscito a farla rilassare abbastanza.

Ecco qual era il suo piano: passare più tempo che poteva intorno a Finley, per convincerla delle proprie buone intenzioni, convincerla che lei gli piaceva per com'era. Ovviamente, era più facile a dirsi che a farsi, lui ne era convinto, specialmente da quando Finley aveva cominciato a frequentare regolarmente Lilly, Elsie, Bristol e Caryn. Le cinque amiche stavano sempre insieme e quindi Finley vedeva più spesso Brock e gli altri della squadra di ricerca e soccorso Eagle Point.

Le nozze di Lilly e di Ethan si stavano avvicinando e Brock voleva partecipare alla festa in compagnia di Finley. Erano invitati entrambi, ma lui voleva fare in modo di sederle accanto, come una coppia. Voleva chiacchierare con lei durante il ricevimento, ballare con lei. Per far funzionare il piano, però, doveva riuscire prima a farsi accettare da lei.

Brock afferrò la maniglia della porta dello Sweet Tooth e decise di affrontare quell'impegno come una missione: lui era un tipo ostinato, non si arrendeva mai, non rinunciava a raggiungere l'obiettivo. In passato, le missioni servivano a rintracciare e fermare le persone che oltrepassavano illegalmente le frontiere, oppure, più di recente, l'obiettivo era rintracciare ricambi per auto d'epoca.

Quel giorno, la missione era ottenere la fiducia di Finley, per convincerla finalmente a uscire insieme a lui.

Con un bel sorriso, entrò in pasticceria... e catturò subito l'attenzione di Finley. Le guance della pasticcera si arrossarono subito, tanto da indurla a voltarsi da un'altra parte per evitare di guardarlo negli occhi.

Eh sì! Quella donna non era insensibile al fascino di Brock: era tutto l'incentivo di cui lui aveva bisogno. Brock non aveva idea di cos'avesse in serbo il futuro per loro due, ma aveva la sensazione che sarebbe stata come una corsa sulle montagne russe. Finley nascondeva una passione intensa che nemmeno lei sapeva di avere... e Brock era l'uomo giusto per fargliela tirar fuori.

*

Penso proprio che Finley non se l'aspetti... ma quanto saprà insistere Brock per ottenere ciò che vuole? ...e ciò che vuole è Finley! Scopri il prossimo libro della serie: **In cerca di Finley**

Trovare Monica
Trovare Carly
Trovare Ashlyn
Trovare Jodelle (22 Luglio)

Armi & Amori: verso il futuro

Soccorrere Caite
Soccorrere Brenae
Soccorrere Sidney
Soccorrere Piper
Soccorrere Zoey
Soccorrere Avery
Soccorrere Kalee
Soccorrere Jane

Delta Force Heroes

Salvare Rayne
Salvare Emily
Salvare Harley
Il Matrimonio di Emily
Salvare Kassie
Salvare Bryn
Salvare Casey
Salvare Sadie
Salvare Wendy
Salvare Mary
Salvare Macie
Salvare Annie

Armi e Amori

Proteggere Caroline
Proteggere Alabama
Proteggere Fiona
Il Matrimonio di Caroline
Proteggere Summer

Proteggere Cheyenne
Proteggere Jessyka
Proteggere Julie
Proteggere Melody
Proteggere il Futuro
Proteggere Kiera
Proteggere i figli di Alabama
Proteggere Dakota

Mercenari di Montagna

Difendere Allye
Difendere Chloe
Difendere Morgan
Difendere Harlow
Difendere Everly
Difendere Zara
Difendere Raven

Ace Security

Il riscatto di Grace
Il riscatto di Alexis
Il riscatto di Bailey
Il riscatto di Felicity
Il riscatto di Sarah

Una raccolta di storie brevi

Un momento nel tempo

BIOGRAFIA

L'autrice best seller del *New York Times*, *USA Today,* e *Wall Street Journal*, Susan Stoker ha un cuore grande come lo stato del Texas, dove vive, ma questa tipica ragazza americana ha trascorso gli ultimi quattordici anni vivendo nel Missouri, in California, in Colorado, e nell'Indiana. È sposata con un ex militare dell'esercito, che ora la segue in tutto il Paese.

Ha debuttato con la sua prima serie nel 2014, seguita dalla serie SEAL of Protection, che ha consolidato il suo amore per la scrittura, e la creazione di storie in cui i lettori possono perdersi.

Se ti è piaciuto questo libro, o qualsiasi libro, per favore considera di lasciare una recensione. Gli autori lo apprezzano più di quanto tu possa immaginare.

www.stokeraces.com
susan@stokeraces.com